SARINA BOWEN

The Brooklyn Years

Was von uns bleibt

SARINA BOWEN

THE BROOKLYN YEARS

WAS VON UNS BLEIBT

Roman

Ins Deutsche übertragen von
Wiebke Pilz und Nina Restemeier

LYX

LYX in der Bastei Lübbe AG
Dieser Titel ist auch als E-Book erschienen.

MIX
Papier aus verantwortungsvollen Quellen
FSC® C014496

Textredaktion: Nicola Härms
Umschlaggestaltung: © Sandra Taufer, München unter Verwendung von Motiven von Shutterstock (© hans.slegers; © locote; © Jefunne; © tomertu; © ch123; © Avesun)
Satz: Greiner & Reichel, Köln
Gesetzt aus der Adobe Caslon
Druck und Verarbeitung: GGP Media GmbH, Pößneck
Printed in Germany
ISBN 978-3-7363-1288-3

1 3 5 7 6 4 2

Sie finden uns im Internet unter lyx-verlag.de
Bitte beachten Sie auch: luebbe.de und lesejury.de

Liebe Leser*innen,

dieses Buch enthält potenziell triggernde Inhalte.
Deshalb findet ihr auf der letzten Seite eine Triggerwarnung.

Achtung: Diese enthält Spoiler für das gesamte Buch!

Wir wünschen uns für euch alle
das bestmögliche Leseerlebnis.

Euer LYX-Verlag

Für Elle,
weil du mich immer wieder daran erinnerst,
dass dieser Job Spaß macht

1

Freitag, 29. Januar
31 Tage vor dem Ende der NHL-Transferperiode
Brooklyn, New York

Schlagzeile des Tages:
Stellen die Brooklyn Bruisers endlich einen neuen Coach vor?
Pressekonferenz für 10 Uhr anberaumt
– New York Post

High Heels vertragen sich nicht besonders gut mit Kopfsteinpflaster. Auf ihrem Weg zur Arbeit durch den Teil Brooklyns, den man Dumbo nennt, ließ Georgia Worthington sich deshalb Zeit.

Zum Glück war ihr Büro nur noch einen Block entfernt. Ihr Job verlangte nicht oft nach einem Kostüm und hohen Schuhen, aber heute musste sie wirklich Respekt einflößend wirken. Und das war gar nicht so einfach, wenn man gerade einmal eins sechzig groß war und alle Spieler und Trainer der Brooklyn Bruisers einen ein bis zwei Köpfe überragten. Die zusätzlichen Zentimeter ihrer Schuhe würde sie heute gut gebrauchen können. Mit der Pressekonferenz, die sie anberaumt hatte, würde sie dem Team schon beweisen, dass es nicht nötig war, einen neuen Pressechef einzustellen, nachdem ihr Vorgesetzter vor zwei Monaten gekündigt hatte.

Jeder Tag mit Georgia am Steuer der Presseabteilung des Eishockeyteams war ein Sieg. Sie brauchte nur noch ein kleines bisschen mehr Zeit, um zu demonstrieren, dass sie diesen Job auch allein hinbekäme.

Genau wie noch ein kleines bisschen mehr Übung in diesen Schuhen. In Tennisschuhen war Georgia praktisch unbezwingbar. Sie konnte einen Ball mit einer Geschwindigkeit von hundertzwanzig Stundenkilometern über den Tennisplatz schlagen. Sie konnte für einen kurzen Ball zum Netz hechten, zurückspielen und sich anschließend in jede erdenkliche Richtung wenden. Aber in ihren einzigen Pradas mit sieben Zentimeter hohen Absätzen über die Water Street zu stöckeln – das war eine Herausforderung.

Es war ein sonniger Wintermorgen, und vom East River wehte eine steife Brise herüber, dabei war Brooklyn um diese Tageszeit besonders hübsch, wenn das schräg einfallende Sonnenlicht den Backsteinfassaden einen rosigen Anstrich verlieh und sich in all den altertümlichen Fenstern spiegelte. Sie bog (vorsichtig!) in die Gold Street ein und beschleunigte ihre Schritte in Richtung Büro. Die Pförtner der Gebäude, an denen sie vorbeikam, waren mit ihrer täglichen Morgenroutine beschäftigt – den Bürgersteig zu kehren und jeden Dreck, der sich möglicherweise in der Nacht dort angesammelt hatte, mit dem Wasserschlauch wegzuspritzen. Das war mehr oder weniger genau das, was sie selbst in den letzten paar Jahren getan hatte: Sie hatte sich stets der Morgensonne zugewandt und alle düsteren Gedanken aus ihrem Kopf verbannt.

In zwei Stunden würde sie eine Pressekonferenz leiten, in der der Besitzer des Neuzugangs in der NHL endlich seinen neuen Cheftrainer vorstellen würde. Sie hatte die Veranstaltung allein geplant, und sie musste fehlerfrei über die Bühne gehen.

Von dieser Ankündigung hing für alle eine Menge ab. Das Team brauchte die Publicity. Vor nicht einmal zwei Jahren hatte Georgias Boss das Team aus Long Island gekauft und nach Brooklyn umgesiedelt. Es war ein riskantes Manöver, und nicht wenige Sportexperten unkten bereits, dass es schiefgehen würde.

Und als stünde für Georgia nicht schon genug auf dem Spiel, war der neue Coach auch noch zufällig ihr Vater. Nach zwanzig Jahren als Trainer von Collegeteams und einer kurzen Zeit als Co-Defensivcoach bei den Rangers hatte er nun zugestimmt, den riskantesten NHL-Posten des Landes zu übernehmen.

Dass der eigene Vater ihr nun bei der Arbeit den Rang ablief, war für Georgia nicht gerade die Erfüllung eines Traums, aber sie stand ihrem Vater seit jeher nahe und wusste, dass es ein großer Schritt für ihn war. Sie würde einfach das Beste aus der Situation machen müssen.

Und überhaupt – er war ein guter Trainer, und sie wollte doch, dass ihre Jungs gewannen. Nein, sie *mussten* gewinnen. Schon jetzt war der Chor der Stimmen, die sie als Versager abschreiben wollten, zu laut. Es hieß, in der Umgebung gebe es schon zu viele Eishockeymannschaften. Es hieß, der Internetmilliardär, der das Team gekauft hatte, wisse nicht, was er tue. Und nun war es Georgias Aufgabe, all diesen ungefragten Meinungsäußerungen mit einer professionellen Außendarstellung zu begegnen.

Die Kritiker irrten sich sowieso. Erstens konnte es nie genug Eishockeymannschaften geben. Und zweitens hatte sie den Eindruck, dass der junge Besitzer *ganz genau* wusste, was er tat.

Sie stieg die Stufen zum Hauptsitz der Mannschaft empor und zog an dem Türknauf aus Messing. Georgia schämte sich nicht dafür, dass sie das Gebäude mit der gleichen Begeisterung liebte wie andere einen neuen Liebhaber. Sie mochte das Gefühl der schweren Holztür unter ihrer Hand, mochte den goldenen Schimmer der Holzböden im Inneren. Wie viele andere Gebäude in der Gegend war es um die Jahrhundertwende eine Fabrik gewesen. Der Besitzer des Teams – der Internetmilliardär Nate Kattenberger – hatte es in einem völlig heruntergekommenen Zustand erworben und jedes Detail liebevoll restaurieren lassen. Jedes Mal, wenn sie die Eingangshalle mit ihren freigelegten Backsteinmauern und den alten Karbidlampen betrat, empfand sie Freude.

Gleich hinter dem Eingang hing ein großer Bildschirm an der Wand, der Ausschnitte vom Sieg der Jungs in Toronto zeigte. Damals, als Georgia gerade erst angefangen hatte, als Assistentin in der Presse- und Öffentlichkeitsarbeit zu arbeiten, hatte sie dieses Filmchen selbst zusammengeschnitten. Es bereitete ihr eine heimliche Freude, dass jeder Besucher im Hauptsitz als Allererstes ihr Werk zu sehen bekam.

Die Stelle bei den Bruisers war ihr erster Job nach dem College. Sie hatte ihn bekommen, kurz nachdem Nate Kattenberger das Team übernommen hatte. Er hatte beinahe die komplette Belegschaft gefeuert und ganz neu angefangen. Für die langjährigen Beschäftigten war das natürlich schlecht, aber für eine zweiundzwanzigjährige Collegeabsolventin war es ein Glücksfall. In den Anfangstagen hatte sie alles gemacht – vom Kaffeekochen, ans Telefon gehen bis hin zum Organisieren von Fototerminen.

Nate nannte sie noch heute Angestellte Nummer drei. Man musste Nate kennen, um zu verstehen, dass ein solcher Spitzname die höchste Form der Anerkennung war. In der Internetbranche galt es als Statussymbol, zu den ersten Mitarbeitern einer Firma zu gehören.

Georgia war es egal, ob sie Angestellte Nummer drei oder dreihundertdreiunddreißig war. Aber sie wollte unbedingt diesen Top-Posten im Pressebereich.

Als der Pressechef vor acht Wochen gekündigt hatte, um

mit seinem Freund nach Kalifornien zu ziehen, hatte Georgia kommissarisch seine Stelle übernommen. Und bislang war der Geschäftsführer, Angestellter Nummer zwei, viel zu sehr damit beschäftigt, vor dem Ende der Transferperiode Spieler einzukaufen, um sich nach einem erfahreneren Ersatz für die PR-Abteilung umzusehen.

Mit vierundzwanzig Jahren war sie nun also (zumindest vorübergehend) die Pressechefin einer NHL-Mannschaft.

Kneif mich, dachte sie, während ihre Absätze wichtig über den glänzenden Fußboden klackerten. Von der Lobby aus führte der linke Korridor in Richtung der Krafträume und der brandneuen Trainingseisfläche, die Kattenberger hatte bauen lassen. Aber Georgia ging in die andere Richtung, zum Bürotrakt auf der rechten Seite. Die Flügeltür, die sie durchschreiten musste, bestand aus welligem alten Butzenglas und verlieh dem Korridor den Anschein einer Unterwasserwelt – zumindest bis sie sie jetzt öffnete.

Das Erste, was sie hinter der Tür hörte, war die Stimme ihres Vaters. Und er brüllte.

Oh, oh.

Später, als sie die Ereignisse des Tages im Kopf noch einmal durchging, erkannte sie, dass die Dinge ab diesem Augenblick anfingen schiefzulaufen. Dabei war es noch nicht einmal neun Uhr.

»Was mache ich überhaupt hier?«, dröhnte ihr Vater. »Sie haben *gesagt*, ich hätte bei den Verträgen ein Mitspracherecht. Aber ich bin noch *keine zehn verdammten Minuten* im Gebäude und muss feststellen, dass Sie einen Spieler verpflichtet haben, den ich nicht will?«

»Tatsächlich«, setzte eine andere Stimme an. Diese Stimme kannte Georgia auch. Sie gehörte Nate, dem zweiunddreißigjährigen Besitzer des Teams. Der Selfmade-Milliardär hatte vor elf Jahren von seinem Zimmer im Studentenwohnheim aus eine Suchmaschine entwickelt, die mittlerweile auf achthundert Millionen Mobilgeräten installiert war. Nate begann eine Menge Sätze mit dem Wort »Tatsächlich«.

»Tatsächlich«, wiederholte er, »haben wir diesen Spieler einen Tag, *bevor* Sie das Gebäude betreten haben, verpflichtet, und das ist unser absolutes Vorrecht. Lesen Sie Ihren Vertrag durch.«

»Ich sollte mir den Vertrag nicht durchlesen müssen«, dröhnte ihr Dad. »Ich habe meine ganze Karriere aufs Spiel gesetzt, um ein Team zu trainieren, von dem alle annehmen, dass es versagen wird. Sie haben gesagt: *Vertrauen Sie mir, Karl. Ich brauche Sie, Karl.* Und dann ziehen Sie so eine Scheiße ab?«

»Streng genommen …«

»›Streng genommen‹ ist was für Weicheier. Sie haben da gerade eine ziemlich unehrliche Scheiße abgezogen, und ein echter Mann würde das wenigstens zugeben.«

Oh je, bitte nicht. Auf ihren hohen Absätzen schlitterte sie auf Mr Kattenbergers Büro zu, in der Hoffnung, diese Auseinandersetzung beenden zu können. Die Männlichkeit des Besitzers infrage zu stellen, war keine gute Idee. Der Boss war in dieser Hinsicht ein wenig empfindlich.

Okay, sehr empfindlich.

Als sie um die Ecke bog und das Vorzimmer betrat, rutschte ihr das Herz in die Hose. Im Vorbeihuschen zählte sie zwei oder drei Personen. Wenn das Journalisten waren, hatten sie gerade jedes hässliche Wort von dem Streit in Nate Kattenbergers Büro mitbekommen. Wenn einer von ihnen diese Auseinandersetzung aufgezeichnet hatte, dann hatte sie noch eine lange Woche vor sich.

Sie riss die Tür zu Nates Büro auf und schlüpfte hinein. »Meine Herren«, sagte sie ruhig. Wie sie befürchtet hatte, starrten die beiden Männer einander unverwandt an – die Schultern gestrafft, als wappneten sie sich für einen Kampf. Sie gaben wirklich ein seltsames Paar ab – Nate mit seinem stählernen Blick und dem Fünftausend-Dollar-Anzug an seiner schmalen Figur gegen ihren Vater mit seinem kantigen Kinn und dem militärisch kurzen Haarschnitt und einem Solche-Bürschchen-wie-dich-esse-ich-normalerweise-zum-Frühstück-Blick.

»Prinzessin«, bellte ihr Vater. »Ich wusste gar nicht, dass du für so ein Wiesel arbeitest.«

»Coach«, sagte sie warnend. Schon im Vorfeld hatte sie beschlossen, ihn bei der Arbeit Coach zu nennen. Es wäre ihr seltsam vorgekommen, ihren Vater mit seinem Vornamen anzusprechen. Und jemanden bei der Arbeit »Dad« zu nennen, war sicher nicht besonders gut fürs Image. »Hör mir mal zu«, flehte sie. »Wir erwarten heute dreißig oder vierzig Reporter in diesem Gebäude. Und da draußen stehen Leute, die mit anhören, wie ihr euch gegenseitig zerfleischt. Das ist nicht das, was wir morgen in den Sportteilen der Zeitungen lesen wollen. Also, könntet ihr diese Diskussion bitte in Zimmerlautstärke führen?«

»Er hat …«, setzte Nate an.

Georgia hob eine Hand. »Eure Pressechefin sagt, ihr sollt sofort leiser sprechen, sonst müsst ihr auf die Bank.«

Während die beiden einander weiter finster anstarrten, hielt sie den Atem an. Ihr Vater verschränkte die fleischigen Arme vor der Brust. »Dieses Gespräch ist noch nicht beendet«, zischte er. »Wenn der Vertrag von diesem Jungen noch nicht unterschrieben ist, zerreiße ich ihn.«

»Zu spät«, erwiderte Nate fröhlich, und ihr Vater kräuselte die Lippen. »Wir haben gestern Abend einen Scan des unterschriebenen Vertrags geschickt bekommen. Georgia, bitte füge unseren neuesten Spieler deiner Pressemeldung hinzu. Heute haben wir *zwei* Neuzugänge bei den Bruisers zu verkünden.« Er griff über den Schreibtisch und reichte ihr eine Aktenmappe.

»Ja, Captain.« Ihr Boss schwärmte auch für Star Trek.

Ihr Vater warf ihr einen Blick zu. Aber was hätte sie auch sonst sagen sollen? Georgia und der Big Boss hatten ein ausgezeichnetes Verhältnis, und das lag daran, dass sie schon gleich am Anfang herausgefunden hatte, dass Nate überhaupt keine Ahnung hatte, wie Teamarbeit funktionierte. Wenn man seine erste Milliarde scheffelt, während die anderen Kids auf dem College Trinkspiele wie Beer-Pong spielen, bleiben die sozialen Kompetenzen zwangsläufig auf der Strecke.

Außerdem hatte sie ihren Vater gewarnt, dass Nate egoistisch sei. Man musste mit ihm umgehen können. Und ihn anzuschreien, brachte nie etwas. Also blickte sie ihren Vater ihrerseits an. *Ich habe es dir doch gesagt*, telegrafierte sie.

Er ist so ein Arschloch, antwortete sein Grinsen.

Wahrscheinlich stimmte das, aber wenn sie Nate anschaute, dann sah sie einen Jungen, der auf der Highschool im Spind eingeschlossen worden war. Und nun wollte er derjenige sein, der zuletzt lachte, und nutzte jede Gelegenheit, um den starken (nerdigen) Mann zu markieren. Er hatte ein Eishockeyteam gekauft, und er würde die Sportler dazu bringen, nach seiner Pfeife zu tanzen, zumindest bis zu dem Tag, an dem er verstehen würde, dass Ehrenrettung nicht alles war im Leben.

»Also gut«, sagte sie ruhig. »Reden wir über die Pressemitteilung.« Sie legte ihre lederne Aktentasche auf Nates egoistisch-überdimensionierten Schreibtisch und holte eine Mappe aus der Außentasche. Daraus nahm sie für jeden von ihnen ein Blatt. »Nate wird dich vorstellen, Coach. Er soll mit deiner Erfolgsbilanz auf dem College-Level anfangen, denn die ist ziemlich spektakulär.« Sie zwinkerte ihrem Vater zu und bemerkte, wie er sich ein wenig entspannte. Und dann machen wir mit deinen Jahren in der NHL weiter, zur Vertiefung …« In ihrer Manteltasche begann ihr Handy ein Tänzchen aufzuführen. Heute Morgen war viel zu viel los, um es zu ignorieren. »Entschuldigung … Einen Moment.«

Sie zog das Telefon hervor und warf einen Blick auf das riesige Display. Alle, die für Kattenberger arbeiteten, bekamen so ein turboschnelles, megasicheres Riesensmartphone zur Verfügung gestellt, das Nate selbst entwickelt hatte. Der eingehende Anruf hatte allerdings nichts mit der Arbeit zu tun. Er war von ihrem alten Freund DJ. Erst als sie seinen Anruf weggedrückt hatte, fiel ihr auf, dass sein Timing ein wenig ungewöhnlich war. DJ rief sie sonst nie während der Arbeitszeit an. Jetzt machte sie sich Sorgen, dass die große Ankündigung vielleicht doch schon an die Medien durchgesickert war.

Oh Gott, hoffentlich nicht.

»Georgia«, grummelte ihr Vater und unterbrach damit ihre Gedanken, »ist das hier das Hemd, das ich zu dieser Krawatte anziehen soll?« Ihr Vater zupfte an seinem halben Windsorknoten. Die Krawatte war natürlich lila – das war die Teamfarbe. Sie hatte die Krawatte gestern per Kurier an ihr Elternhaus auf Long Island liefern lassen. Dass sie noch immer für ihren Vater Klamotten kaufte, war nichts, was sie in einer Pressemitteilung veröffentlichen wollte. Aber Georgias Mutter war gestorben, als Georgia sechs Jahre alt gewesen war, und ihr Vater ging einfach nicht gern shoppen.

»Du siehst todschick aus.« Sie lächelte ihn an und hoffte, das würde seine Laune heben. »Und könnt ihr zwei euch jetzt vertragen, bis die Pressekonferenz vorbei ist? Entweder das, oder du musst mein Gehalt verdoppeln, weil ich vierundzwanzig Stunden am Tag Schadensbegrenzung betreiben muss.«

Coach Worthington seufzte. »Ich werde nicht mehr schreien. Aber wir können diesen Spieler nicht behalten.«

»*Bullshit*«, zischte Nate. »Der Junge ist gut. Und ich habe ihn billig bekommen.«

»Ruhe«, flüsterte sie. »Ich flehe euch an. Ich muss jetzt noch eine halbe Stunde ins Büro, bevor wir gleich von Journalisten überrannt werden. »Geht bis zur Pressekonferenz jedem Ärger aus dem Weg, okay? Ich hole euch, unmittelbar bevor ich mit den Spielern spreche.«

Ihr Vater nickte verkniffen. Georgia war sich ziemlich sicher, dass er nicht wieder zu schreien anfangen würde, wenn sie das Büro verließ. Er war vielleicht hitzköpfig, aber er war nicht dumm. »Okay, Kleine.« Er legte ihr seine Pranke auf die Schulter.

Unglücklicherweise hatte sie in genau demselben Augenblick ihre schwere Aktentasche vom Schreibtisch genommen, und das Gewicht seiner Hand brachte sie aus der Balance. »Huch!«, machte sie, als sie auf den Stelzen, die sich als ihre Schuhe ausgaben, taumelte.

Ihr Vater reagierte sofort und packte sie am Ellbogen, bevor sie fallen konnte. »Himmel, Prinzessin. Alles in Ordnung? Musst du diese Dinger tragen? Ich dachte, du hättest hohen Absätzen nach diesem Vorfall beim Abschlussball in der achten Klasse abgeschworen …«

Nate lachte leise hinter seinem Schreibtisch, und Georgia spürte, wie sie rot anlief.

Sie richtete sich wieder auf. »Coach, eine Bitte. Nenn mich bei der Arbeit nicht Prinzessin.«

Ihr Vater hängte ihr den Gurt der Aktentasche über die Schulter, so wie man es bei einer Fünfjährigen tun würde. »Verzeihung, Miss Worthington.« Er grinste. Dann gab er ihr ein Küsschen auf die Wange.

Tja, an seiner Art der Kommunikation im Büro würden sie noch arbeiten müssen. Aber immerhin schrie er nicht mehr.

Sie verließ das Büro durch das Vorstandsvorzimmer. Und tatsächlich, ein paar Leute, die auf Nates teuren Ledersofas saßen, versuchten krampfhaft, gelangweilt dreinzuschauen, als sie vorbeiging.

Kein gutes Zeichen.

Georgia hievte sich ihre Tasche ein wenig höher auf die Schulter und bog auf den Korridor ab. Sie winkte durch die offene Tür in Richtung Großraumbüro, wo die Assistenten und Praktikanten saßen. »Morgen!«, begrüßte sie ihren Mitarbeiter Roger.

»Morgen!« Er winkte. »Ich gehe in ein paar Minuten Donuts holen. Möchtest du Marmelade oder Schokolade?«

Als Georgia in ihrer Tasche nach Geld suchte, fiel ihr auf, dass Roger nicht gefragt hatte, ob sie überhaupt einen Donut wollte. Das wurde einfach vorausgesetzt. Georgias Appetit war hier wohlbekannt. »Marmelade«, sagte sie und legte ihm einen Fünfer auf den Schreibtisch. »Danke. Du bist der Beste.«

Er salutierte, bevor sie zurück in den Flur trat, um ihre Bürotür aufzuschließen. Aber die Schlüssel versteckten sich vor ihr. Sie musste bis zum Grund ihrer Tasche graben, bis sie sie fand. Als sie endlich den Büroschlüssel ins Schloss steckte und herumdrehte, gab das alte Holz ein herzerfrischendes Quietschen von sich. Zumindest heute noch gehörte das Büro ihr ganz allein. Sie wollte gerade eintreten, da fielen ihr die Schlüssel mit einem metallischen Klirren auf den Boden. Sie bückte sich, um sie aufzuheben, und musste lächeln, weil der Boden viel weiter entfernt war als sonst. *So fühlt es sich also an, wenn man groß ist.*

Wäre sie nur ein bisschen weniger ungeschickt gewesen, wäre ihr das Gespräch am anderen Ende des Korridors möglicherweise entgangen. »Hier entlang«, hörte sie ihre Kollegin und Mitbewohnerin Becca, das Stampfen ihrer Doc Martens dröhnte durch den altehrwürdigen Flur. »Der Geschäftsführer steckt noch im Stau, aber Nate freut sich schon darauf, dich kennenzulernen.« Becca war Nates persönliche Assistentin, und Georgia wartete eine halbe Sekunde, um sie zu begrüßen und sie zu fragen, ob sie auch einen Donut wollte. Aber Becca, die einen hochgewachsenen Mann über den Flur begleitete, blickte gar nicht in ihre Richtung. Irgendetwas an seinem Gang löste in Georgias Unterbewusstsein etwas aus. Sie schaute genauer hin.

Und in diesem Augenblick machte ihr Herz einen Hopser wie ein verrückt gewordenes Kaninchen. Denn sie kannte diesen Mann. Sie kannte sein markantes, maskulines Kinn und seine langen kohlschwarzen Wimpern.

Oh mein Gott.

Ohmeingott. Ohmeingott. Ohmeingott.

»Wie war dein Flug?«, fragte Becca, ohne zu bemerken, dass Georgia sie belauschte.

»Ganz in Ordnung. Ich bin gestern Abend spät angekommen.«

Seine Stimme traf Georgia mitten in die Brust. Es war das gleiche rauchige Timbre, mit dem er ihr ins Ohr geflüstert hatte, während sie sich liebten. Sie hatte sich schon lange nicht mehr gestattet, an diese Stimme zu denken. Nun verursachte sie ihr Gänsehaut. Eine von der guten Art.

»Willkommen in Brooklyn«, sagte Becca, und Georgia zitterte. »Kennst du dich in der Gegend aus?«

»Bin etwa dreißig Meilen von hier aufgewachsen«, antwortete er, und Georgia lief ein Schauer über den Rücken.

Mit angehaltenem Atem schob sie ihre Bürotür weiter zu, bis nur noch ein wenige Zentimeter breiter Spalt offen stand.

Man durfte sie auf keinen Fall so sehen, panisch, sprachlos, wie sie sich hinter einer Tür versteckte.

Becca entging die Bewegung jedoch nicht. Georgia bemerkte, wie sie den Kopf in ihre Richtung wandte und sie in dem offenen Türspalt entdeckte. Sie zog ihre gepiercte Augenbraue hoch.

Georgia schloss die Augen und hoffte, dass Becca ihr keine Begrüßung zurufen würde. Eine Pause entstand, dann hörte sie Becca sagen: »Hier entlang, bitte.«

Leise betrat Georgia das Büro und schloss die Tür hinter sich. Nachdem sie das Licht eingeschaltet hatte, ließ sie ihre Aktentasche mit dem Laptop einfach auf den Boden gleiten. Nur die Mappe, die Nate ihr gegeben hatte, hielt sie noch in der zitternden Hand. Sie schlug sie auf und überflog die Seiten auf der Suche nach dem Namen des neuen Spielers.

Doch das Papier brauchte ihr nicht zu bestätigen, was ihr rasendes Herz längst wusste. Der neue Spieler bei den Brooklyn Bruisers war niemand anderes als Leonardo »Leo« Trevi, ein eins neunzig großer, linkshändiger Stürmer. Auch bekannt als ihr Highschool-Freund, der Junge, den sie aus tiefstem Herzen geliebt hatte, bis zu dem Tag, an dem sie ihn verlassen hatte. Und jetzt war er *hier?*

»Vielen Dank, Universum«, wisperte sie in die Stille ihres Büros.

Nachdem sie die Mappe auf den Schreibtisch geschleudert hatte, hob sie ihre Taschen vom Boden auf und schlüpfte aus dem Mantel. Sie setzte sich auf ihren Schreibtischstuhl, mit dem Rücken zum Brooklyn Navy Yard draußen vor dem Fenster. Normalerweise nahm sie sich einen Augenblick Zeit, um die Aussicht zu genießen, doch ihr Telefon klingelte schon wieder. DJ versuchte es noch einmal, und nun verstand sie auch, warum: Ihr alter Freund DJ war zufällig Leo Trevis kleiner Bruder.

Das Klingeln hörte auf, bevor sie abnehmen konnte. Stattdessen kam eine Nachricht an. *Rufst du mich zurück? Ich muss dir was sagen, damit du nachher nicht so schockiert bist.*

Georgias Antwort bestand nur aus zwei Wörtern: *Zu spät.*

Wieder klingelte das Telefon in ihrer Hand, und diesmal ging sie ran. »Hi«, sagte sie. »Wie geht's dir?«

»Ziemlich verdammt gut«, antwortete er. »Ich bin mit Lianne im Winterurlaub in Aspen.«

»*Schön*. Ich erinnere mich vage, was Urlaub ist, aber die Details verblassen.«

Er lachte an ihrem Ohr. DJ und sein großer Bruder klangen überhaupt nicht ähnlich, deshalb fiel es ihr auch leicht, mit ihm in Kontakt zu bleiben. Ihre Freundschaft hatte nichts mit der Vergangenheit zu tun, die sie mit seinem Bruder verband.

»Gigi, geht es dir gut?«, fragte er.

»Ähm, ja …«, sagte sie nicht besonders überzeugend.

»Ich meine …« Er schwieg einen Augenblick. »Du redest nie über ihn. Wirklich *nie*. Und jedes Mal, wenn ich ihn beiläufig erwähne, wechselst du das Thema.«

Das stimmte. »Warum kannst du nicht mehr wie andere Männer sein, denen so etwas gar nicht auffällt?«

»Sorry, Süße.« Er lachte. »Hast du ihn schon gesehen?«

»Nein«, antwortete sie hastig, denn DJ meinte sicher, ob sie schon mit Leo gesprochen hatte, und nicht, ob sie ihn durch einen fünf Zentimeter breiten Türspalt beobachtet hatte. »Also gut. Da ich sonst nie frage – gib mir ein Update zu deinem Bruder.«

»Tja, also die große Neuigkeit ist, dass er der neueste Nachwuchsstürmer bei den Brooklyn Bruisers ist.«

»Wahnsinnig witzig!« Eine Warnung wäre schön gewesen. Aber die Transfers geschahen rasch und im Geheimen. Das lag in der Natur der Sache.

»Er hat den Anruf erst gestern bekommen, Gi. Ich habe es auch erst spät am Abend erfahren, als ich endlich das Telefon eingeschaltet und die Mailboxnachricht meiner Mutter abgehört habe.«

»Hm«, machte sie. Ihr Boss war gestern offenbar sehr fleißig gewesen. Warum hatte er sich überhaupt die Mühe gemacht, einen Tag, bevor ihr Vater seinen Dienst antrat, einen neuen Spieler zu verpflichten? Auch wenn er zu laut geworden war, ihr Vater hatte nicht ganz unrecht.

»Leo hat sich anderthalb Jahre lang in der AHL den Arsch aufgerissen, weil er gehofft hat, dann nach Detroit in die NHL zu kommen, aber ein Wechsel ist genauso gut.«

»Und sonst so?«, fragte Georgia und verzog das Gesicht angesichts dieser vagen Frage. Was sie wirklich interessierte, waren die Dinge, die zu fragen sie kein Recht hatte. Sprach Leo manchmal von ihr? Hatte er eine Freundin? Oder schlimmer noch, eine Verlobte?

Gott. Bei dem Gedanken erschauerte sie. Wenn er verlobt war, musste sie es so schnell wie möglich wissen, damit sie an ihrem Pokerface arbeiten konnte.

»Ich weiß nicht, was er diese Saison gemacht hat. Ich habe ihn seit Weihnachten nicht gesehen. Aber ich nehme an, dass ich bestimmt bald mal zu einem Spiel der Bruisers komme. Wenn sie ihn wirklich aufs Eis lassen.«

»Du kannst kommen, wann du willst«, sagte sie. »Ich freue mich, dich zu sehen.«

»Lass mich raten – zu Leo hättest du das nicht gesagt.«

Erwischt! »Na ja …« Sie räusperte sich. »Es ist schwierig.«

Wieder schwieg er. »Vielleicht muss es das gar nicht sein. Es ist doch jetzt über fünf Jahre her. Bestimmt freut er sich total, dich wiederzusehen.«

Das bezweifelte sie doch sehr. Das letzte Mal, als sie miteinander gesprochen hatten, hatte sie ihn verlassen. »Wir werden schon irgendwie klarkommen«, sagte sie und hoffte, dass das stimmte.

»Halte durch!«, sagte DJ. »Ruf mich an, okay? Lianne und ich gehen heute nicht Skifahren, uns tut von gestern noch alles weh.«

»Und wie wollt ihr euch dann die Zeit vertreiben? Ihr beiden, ganz allein, in einem Hotelzimmer …« Sie kicherte ins Telefon.

»Kein Kommentar.« Er lachte. »Tschüss.«

»Tschüss.« Lächelnd legte sie auf, aber ihr Lächeln verschwand schon bald wieder. Mit DJ zu reden, war einfach. Mit seinem Bruder würde es das nicht werden.

Und sie musste eine Pressekonferenz schmeißen. Sie schob Leos Akte auf dem Schreibtisch von sich weg und versuchte, sich an die Arbeit zu machen.

2

Die letzten vierundzwanzig Stunden waren für Leo Trevi eine wilde Fahrt gewesen, auf die bestmögliche Art. Er konnte kaum fassen, dass er jetzt direkt vor dem Herzstück von Nate Kattenbergers Allerheiligstem stand.

Auf der Taxifahrt vom Hotel hierher hatte er sich gefragt, wie der Hauptsitz des Hockeyteams des großartigen Kattenberger wohl aussehen würde. Leo hatte sich den Internetmilliardär als jemanden vorgestellt, der eine komplette Etage eines Hochhauses in Manhattan beherrschte, mit seinem Schreibtisch in der Mitte eines riesigen Raumes von der Größe eines Eisstadions. Und vielleicht gab es so ein Büro auch in seiner Konzernzentrale in Manhattan. Aber der Raum hier wirkte eher wie die Kulisse eines alten Filmsets. Leo hätte sich nicht gewundert, wenn Typen mit Melone und Zwirbelbart aus den Schatten getreten wären. Stattdessen begrüßte ihn eine freundliche Assistentin mit lila Haaren und Doc Martens.

Das alles war sehr unverhofft.

Vor vierundzwanzig Stunden hatte er noch für ein AHL-Team in Michigan gespielt, 42 000 Dollar im Jahr verdient und sich den Arsch für eine Chance in Detroit aufgerissen. Direkt nach dem morgendlichen Training hatte er den entscheidenden Anruf von seinem Agenten erhalten. Ein paar Stunden später saß er im Flieger zum JFK-Flughafen. Sein Gehalt? Mehr als zehnmal so hoch wie vor dem Telefonat.

Heute Morgen war er in einem schicken Hotelzimmer aufgewacht, eine halbe Stunde von dem Ort entfernt, an dem er geboren und aufgewachsen war. Bisher war das der aufregendste Tag seines Lebens, und es war noch nicht einmal zehn Uhr.

Er trug seinen besten Anzug und vertrieb sich die Zeit damit, das coole alte Fabrikgebäude mit den freigelegten Ziegeln und den Eisenträgern im Industrielook zu bewundern. Auf den Stühlen am Fenster hockten ein paar Typen, die in einer Wahnsinnsgeschwindigkeit auf ihre Laptops einhackten. Was auch immer sie gerade machten, es sah dringend aus.

Mr Kattenbergers Assistentin setzte sich wieder auf den Stuhl hinter ihrem Schreibtisch, und für einige Minuten geschah gar nichts.

Nur so zum Spaß googelte Leo »Dumbo« mit seinem Smartphone. Er hatte keine Ahnung, warum dieser Teil Brooklyns nach einem Disney-Elefanten benannt worden war. Wie sich herausstellte, war Dumbo das Akronym für Down Under the Manhattan Bridge Overpass. Das »O« für »Overpass« war wahrscheinlich allein aus ästhetischen Gründen angehängt worden. Denn ohne das »O« hätte der Stadtteil »Dumb« geheißen.

Angespannt wie er war, fand er diesen Gedanken wahnsinnig witzig. Als er das Handy wegsteckte, konnte er ein Prusten nicht unterdrücken. Egal, er würde auch in einem Stadtteil wohnen, der »Dumb« hieß, wenn er dafür bei diesem Team spielen dürfte. Wenn sie wollten, sollten sie ruhig »Dumb« auf sein Trikot schreiben. Er wollte diese Chance so sehr, und er konnte kaum glauben, dass es endlich so weit war.

Doch kaum eine Minute später ging alles den Bach runter.

Der erste Hinweis war ein wütendes Knurren aus dem Büro

des Besitzers des Teams. Die Assistentin – Becca mit den lila Haaren – warf einen nervösen Blick auf ihre Uhr. Sie hockte auf einem Stuhl hinter einem modernen, nierenförmigen Tisch und warf immer wieder verstohlene Blicke auf die Tür zum Büro ihres Chefs. »Ich bin mir sicher, er wird gleich Zeit für Sie haben«, sagte sie. »Heute wird ein verrückter Tag – wir halten gleich eine Pressekonferenz ab, um den neuen Coach vorzustellen.«

»Ach?« Davon hatte Leo nichts gewusst. Sein Agent hatte kein Wort darüber verloren. Alle wussten, dass die Brooklyn Bruisers seit einem Jahr nach einem neuen Coach suchten. Für die Presse war es mittlerweile fast schon ein Running Gag. Experten hatten sogar behauptet, Kattenberger wolle den Job vielleicht selbst machen. »Wer ist es denn?«, fragte er.

Sie zwinkerte ihm zu, wobei der Brillantstecker in ihrem Nasenflügel im Licht der altertümlichen Lampen glitzerte. »Ich könnte es Ihnen sagen, aber dann müsste ich Sie töten.«

»Das würde meine Karriere verkürzen«, witzelte er. »Ich werde die Unwissenheit wohl aushalten müssen.«

Aber wie sich herausstellte, stimmte das nicht. Denn hinter Mr Kattenbergers geschlossener Bürotür fing jemand an zu brüllen. »Ich will diesen beschissenen Spieler nicht! Machen Sie das gefälligst wieder rückgängig!« Verdammt. Diese Stimme kannte er.

Die Antwort war so leise, dass Leo sie nicht verstand.

»Ach ja?«, erwiderte die erste Stimme. »Warten wir ab, was die Anwälte dazu sagen. Schicken Sie ihn direkt nach Michigan zurück oder meinetwegen dahin, wo der Pfeffer wächst.«

Die Erkenntnis, dass er damit gemeint war, traf Leo wie ein Schlag in die Magengrube.

Und als wolle sie noch den letzten Zweifel zerstreuen, sprang Becca von ihrem Stuhl auf und beeilte sich, an die Bürotür zu klopfen. Sie öffnete sie einen Spalt, steckte den Kopf hindurch und sagte betont: »Mr Trevi ist gerade eingetroffen, Sir.«

Wenn es nur so gewesen wäre. Sein großer Auftritt kam ihm auf einmal sehr viel kleiner vor.

Nach einer gemurmelten Antwort wurde die Tür ganz aufgerissen. Und da sah Leo ihn – den Mann, der einst sein Mentor gewesen war, bis er sich entschieden hatte, dieses Amt niederzulegen. Coach Karl Worthington beugte sich vor, durchbohrte ihn mit seinem stechenden Blick und verzog das Gesicht, als wäre Leo eine Kakerlake, die gerade hereingekrochen kam.

Für den Bruchteil einer Sekunde kam er sich genauso vor. Doch dann stieg sein Blutdruck plötzlich. Das war sein großer Tag – zumindest war er das bis vor einer Minute gewesen. Er hatte nie verstanden, warum dieser Mann sich gegen ihn gewendet hatte. Und jetzt war er zum Cheftrainer der Bruisers ernannt worden?

Hatten sich denn alle gegen ihn verschworen? Aber egal. Er würde nicht kampflos zulassen, dass Worthington ihm diese Chance vermasselte.

»Hi, Coach«, sagte er. Und wahrscheinlich ähnelte sein Lächeln eher einer Grimasse. Aber etwas Besseres brachte er gerade nicht zustande.

Die Zeit schien stillzustehen, während Leo nur dastand und sich fragte, wie lange wohl die kürzeste NHL-Karriere gedauert hatte. Zwei Spiele? Eins? Wenn Coach Karl seinen Willen bekam, dauerte seine vielleicht nur eine einzige Stunde. Leo spielte mit dem Handy in seiner Hosentasche und fragte sich, ob er seinen Agenten schon so früh am Morgen anrufen könnte. Bei ihm an der Westküste war es drei Stunden früher, aber das hier zählte bestimmt als Notfall.

Auf Leos Begrüßung reagierte Coach Karl nur mit einem knappen Nicken. Leo hätte wetten können, dass sie gerade wie zwei wütende Hunde aussahen, die ausfochten, wer zuerst angreifen würde.

Becca räusperte sich. »Nate, möchtest du, dass Mr Trevi in der Lounge wartet?«

Der Besitzer des Teams trat vor Coach Karl und streckte Leo die Hand entgegen. Er sah genauso aus wie auf den Fotos – ein schlaksiger Mann mit widerspenstigen Haaren und klugem Blick. »Freut mich, Sie kennenzulernen, Mr Trevi. Ich beobachte Sie bereits seit Jahren. Ich bin auch aufs Harkness College gegangen.«

Leo reichte ihm die Hand und stellte fest, dass er einen überraschend festen Händedruck hatte. »Ach ja, ich erinnere mich, dass ich das irgendwo gelesen habe. In welchem Haus waren Sie?«

Nate grinste Leo an. »Turner. Meister im Gummireifen-Wasserpolo 2006.«

»Herzlichen Glückwunsch.«

Coach Karl gefiel dieser Austausch von Ehemaligen-Nettigkeiten überhaupt nicht. Während Nate Kattenberger lächelte, stieß er tatsächlich ein leises Knurren aus.

Aber scheiß auf ihn. Der Besitzer des Teams wollte ihm eine Chance geben, und Leo war so dankbar, dass er ihm gern ein klein wenig in den Arsch kroch. Selbst wenn dem Coach schon die Ohren rauchten. »Ich habe noch ein paar Frozen-Four-T-Shirts vom letzten Jahr. Ich bringe Ihnen eins mit.«

»Fantastisch«, sagte der Milliardär und schlug ihm auf die Schulter. »Wenn Sie uns jetzt entschuldigen würden, wir müssen uns auf eine Pressekonferenz vorbereiten. Wir werden Sie gegen Ende kurz vorstellen, vor der Fragerunde mit Coach Worthington.«

»Danke. Das klingt toll.« Becca hatte sich in Richtung Tür zurückgezogen, und Leo verstand, dass er ihr folgen sollte.

Aber stattdessen streckte er Coach Karl die Hand entgegen. »Schön, Sie zu sehen, Sir.«

Es entstand eine kurze unangenehme Stille, in der Leo abwartete, was Coach Karl tun würde. Dann, weil ihm keine andere Möglichkeit blieb, ergriff er Leos Hand und schüttelte sie so fest, dass er ihm beinah den Arm gebrochen hätte. Er murmelte etwas, das wohl eine Begrüßung sein sollte, und Leo gab sich Mühe, ihn nicht frech anzugrinsen.

Nachdem er den Handschlag überlebt hatte, drehte Leo ihm den Rücken zu und folgte Becca mit einem Gefühl des Sieges hinaus in den Flur.

»Ich bringe dich zuerst zur Personalabteilung«, sagte sie. »Du musst ein paar Formulare unterschreiben. Danach begleitet dich jemand in die Lounge, wo sich der Rest des Teams für die Pressekonferenz trifft.«

»Danke«, sagte er und zupfte an seiner Krawatte. Das Hochgefühl, weil er Coach Karl dazu gezwungen hatte, höflich zu sein, ebbte ziemlich schnell ab. Für einen Mann zu spielen, der ihn wie die Pest hasste, würde wahrscheinlich in einer Katastrophe enden. Er hatte sich so sehr darauf gefreut, diesen Meilenstein zu feiern, aber das erschien ihm jetzt voreilig. Stattdessen würde er seinen Agenten anrufen, um die Worst-Case-Szenarios zu besprechen. Wenn Coach Karl sich wie ein Arsch benehmen wollte, konnte er Leo zurück in die Minor League schicken. Wenigstens bedeutete der unterschriebene Vertrag, dass sie ihm trotzdem sein NHL-Gehalt zahlen mussten. Außer wenn Karl ein Ass im Ärmel hatte und eine Möglichkeit fand, ihn mit leeren Händen in die untere Liga zurückzuschicken.

Er hoffte sehr, dass er keins hatte.

Im Personalbüro musste Leo ungefähr siebentausend Formulare ausfüllen. Kontaktlisten und Gesundheitsformulare. Steuerunterlagen. Ein PR-Fragebogen – soziales Engagement und bisherige Erfahrungen. Der Papierstapel war turmhoch.

Aber wenn Coach Karl seinen Willen durchsetzte, würde Leo sowieso im nächsten Flieger nach Michigan sitzen.

Als Leo eine Pause machte, um seinen Agenten aus dem Bett zu klingeln, bestätigte ihm dieser, dass Coach Karl ihn mit einem Fingerschnippen in die Minor League zurückschicken könnte. »Sie müssen sich allerdings an das vertraglich vereinbarte Honorar halten«, sagte er, »du verdienst also auf jeden Fall zwei Jahre lang das große Geld. Aber sie müssen dich nicht in Brooklyn behalten. Sie können dich auch in einer der Minor Leagues unterbringen.«

»Ist das das Schlimmste, was passieren kann?«, fragte Leo.

»So gut wie«, sagte der Agent zögerlich. »Ich schätze, wenn der neue Coach dich wirklich hasst, könnte er verhindern, dass du an ein anderes Team verkauft wirst, das dich will. Aber das wäre nicht nur sehr teuer, sondern auch ziemlich krass.«

Scheiße. »Gut zu wissen«, knurrte er.

Nach dieser erbaulichen Konversation und einer Stunde im Personalbüro brachte Becca ihm eine glänzende Schachtel. »Hier«, sagte sie. »Jeder im Team bekommt ein Willkommensgeschenk.« Er hob den Deckel und sah ein großes, schlankes, ultraleichtes Smartphone aus Titan. Zumindest nahm er an, dass es sich um ein Smartphone handelte. »Ich werde deine Nummer auf das Katt-Phone …« Sie bedeckte den Mund mit ihrer Hand. »Ups. Das ist unser Spitzname für die Dinger. Der richtige Name ist T-5000. Egal – solange du zum Team gehörst, musst du es benutzen.«

»In Ordnung.« Wenn er nur wüsste, wie lange das sein würde.

»In der App auf dem Startbildschirm findest du deine Termine – wann du wo sein musst. Wenn ihr bei Auswärtsspielen seid, schicken wir euch die örtlichen Wetter- und Verkehrsinformationen sowie Taxinummern und Restaurants. Den Lageplan der Hotels, in denen ihr wohnt. Eure Zimmernummer. Alles.«

»Verstanden«, sagte Leo und strich über die kühle Kante des Geräts. Mit diesem Teil zu telefonieren wäre, als würde er sich eine große Scheibe Brot ans Ohr halten. Aber das war ein geringer Preis, wenn er nur für dieses Team spielen konnte.

»In die Kante ist ein Lichtstreifen eingelassen, der die Farbe wechselt, wenn du draufschauen sollst«, fuhr Becca fort. »Du wirst schon sehen. Wenn die Kanten gelb leuchten, gibt es Infos, die du dir anschauen musst. Wenn es rot leuchtet, gibt es einen Notfall oder eine wichtige Planänderung.«

»Cool.«

»Und noch ein Tipp?«, bot Becca an. »Wenn du dem Handy eine Frage stellst und zuerst Nates Namen sagst, bekommst du eine besonders schnelle VIP-Verbindung. Also frag nicht einfach: ›Wann startet der Jet?‹, frag: ›Nate, wann startet der Jet?‹«

»Okay.«

»Dieses Feature wählt sogar automatisch ein anderes Netzwerk, wenn du keinen guten Empfang hast. Das ist der Wahnsinn. Wenn auch ein wenig egoistisch.« Den letzten Satz flüsterte sie, und Leo grinste. »Tja dann.« Sie klatschte einmal in die Hände. »Bringen wir dich zur Spielerlounge.«

Sie führte ihn an einem großen offenen Raum vorbei, der für eine Pressekonferenz vorbereitet war – mit einem Tisch an einem Ende und davor Reihen von Klappstühlen, die sich bis ans hintere Ende erstreckten. Als sie daran vorbei waren, öffnete sie eine Tür, hinter der sich ein großer Loungebereich verbarg, mit Sofas und einem Billardtisch. Es war ein wunderschöner, gemütlicher Raum voller Eishockeyspieler, die Anzüge und lila Krawatten trugen – die Teamfarbe der Brooklyn Bruisers.

Mehrere Köpfe wandten sich ihm zu, und Leo traf die Erkenntnis, dass es ein wirklich aufregender Augenblick hätte sein sollen, seine neuen Teamkollegen kennenzulernen. Aber Coach Karl hatte ihn um diese Freude betrogen. Um wirklich Mitglied dieses Teams zu werden, würde er hart gegen Karls gesammelte Einwände kämpfen müssen.

Er wusste nicht, wie seine Chancen standen, aber er würde alles dafür geben.

Und hey, munterte er sich selbst auf, während er die Jungs im Raum musterte, *immerhin wirst du niemals eine lila Krawatte tragen müssen, wenn Karl dich bis heute Abend aus dem Team schmeißt.*

»Meine Herren«, sagte Becca und klatschte in die Hände. Einige Gespräche verebbten, Köpfe wandten sich ihr zu. »Das ist Leo Trevi, Stürmer und Mr Kattenbergers neuester Fang.«

Darauf folgte ein Chor aus gemurmeltem »Hi« und »Willkommen«.

»Hey, Mann.« Vom Sofa aus winkte ihm ein Spieler, und Leo erkannte in ihm den derzeitigen Kapitän, Patrick O'Doul. Mit zweiunddreißig Jahren hatte er schon Tore für dieses Team geschossen, lange bevor Nate es gekauft und nach Brooklyn gebracht hatte. Sie hatten ein paar schwierige Spielzeiten hinter sich, aber das war nicht O'Douls Schuld.

»Hey«, sagte Leo. »Ich freue mich, hier zu sein.« Er wollte so was von unbedingt zu diesem Team gehören. Aber diesen Raum zu betreten, kam ihm nicht vor wie ein Sieg – es war eher die Vorbereitung auf einen Kampf. Und weil er das wusste, war Leo gerade nicht der freundlichste Mann der Welt.

»Er hat noch keinen Spind«, sagte Becca. »Wollt ihr umräumen? Oder sollen wir ihm den, äh, freien geben?«

O'Doul ließ einen Zahnstocher von einem Mundwinkel in den anderen wandern und musterte Leo mit hinter dem Kopf verschränkten Händen. Leo war sofort klar, dass er ihn auf Schwächen abklopfte. »Gib ihm den freien Spind«, sagte er schließlich.

Bis zu diesem Moment hatte Leo nicht ernsthaft über die Tatsache nachgedacht, dass seine Chance in der NHL einer Organspende glich – jemand anderes hatte für seinen großen Durchbruch leiden müssen. Er hoffte nur, dass er nicht noch vor dem Abend selbst einen Lungenflügel würde opfern müssen.

»Die Pressesprecherin kommt gleich, um alle auf die Pressekonferenz vorzubereiten«, sagte Becca. »Fühl dich so lange ganz wie zu Hause.«

»Vielen Dank.«

»Woher kommst du denn?«, fragte O'Doul träge.

»Von hier. Bin in Huntington an der Nordküste aufgewachsen. War schon immer Fan dieses Teams. Als ich fünf war, hat mein Vater zum ersten Mal Dauerkarten für die –«

O'Doul brachte ihn mit einer Handbewegung zum Schweigen. »Sag es nicht. Kattenberger erlaubt es niemandem, den alten Teamnamen auszusprechen.«

»Wie bitte?«

»In diesem Gebäude darfst du uns nur die Bruisers nennen.« O'Doul zwinkerte ihm zu. »Siehst du? Mittlerweile geht es mir ganz leicht über die Lippen. Hat mich ein Jahr gekostet, die alte Gewohnheit abzulegen. Was das angeht, ist Kattenberger ein bisschen irre. Es ist so wie mit Voldemort. Das Team, dessen Name nicht genannt werden darf. Aber da der Boss sein linkes Ei für das Franchising gegeben hat, kriegt er seinen Willen. Wenn du seinem Zorn entgehen willst, sag nie den alten Namen.«

»Äh, danke.«

Der Kapitän grinste böse. »Ich weiß, es klingt seltsam. Ich habe die alten Wimpel noch irgendwo zu Hause in einer Box. Wenn Kattenberger das wüsste, würde er wahrscheinlich einen seiner Ninja-Assistenten in meine Wohnung schicken, um sie verbrennen zu lassen. Wo hast du sonst noch gespielt?«

»Bei Detroit unterschrieben. Für zwei Spielzeiten zum AHL-Team nach Muskegon geschickt. Davor Harkness College.«

O'Douls Miene entspannte sich. »Ah, ein Junge aus der Ivy-League. Wie niedlich.«

Da hat wohl jemand einen Komplex. Um das Thema zu wechseln, deutete Leo mit einem Kopfnicken auf O'Douls lila Krawatte. »Hat der Besitzer auch die neue Farbe ausgesucht?«

O'Doul zupfte an seiner Krawatte. »Da kannst du drauf wetten. Er und ein Haufen teurer Marketinggurus. Wir sagen Indigo dazu, das klingt besser als Lila.«

Leo lachte. »Danke für den Hinweis.«

»Halt dich an mich, Kleiner. Schnapp dir mal besser eine Flasche Wasser. Sie wollen bestimmt, dass du als Neuzugang ein paar Worte auf der Pressekonferenz sagst. Die Pressesprecherin sagt dir Bescheid. Aber vielleicht kommen sie auch gar nicht dazu, diese ganze Trainersache ist eine echte Sensation.«

Mist. »Wem sagst du das?«

»Der letzte Trainer wurde – warte – vor eineinhalb Jahren gefeuert? Kattenberger musste es tun. Der Typ war ein guter Coach, aber man erzählt nicht so einen Scheiß über den neuen Besitzer. Dann bekam der Interimstrainer Krebs. Und jetzt liegt es an Worthington. Der kommt auch aus Long Island. Könnte schlimmer sein, oder?«

Nein, ehrlich gesagt nicht. Selbst wenn seine tote Tante Maria Theresa die Trainerin wäre, hätte es nicht schlimmer sein können. »Wo, sagtest du, finde ich das Wasser?«

O'Doul zeigte in die Ecke. »Da ist auch die Espressomaschine, wenn du auf Kaffee stehst.«

»Danke.« Leo ging in die Ecke der Lounge hinüber und hielt alle paar Schritte an, wenn einer der Jungs ihm die Hand schütteln wollte. »Danke«, sagte er ein Dutzend Mal. »Schön, hier zu sein.« Aber wahrscheinlich klang er nicht sehr überzeugend. Wenn sie erst dem knurrenden Coach dabei zusahen, wie er Leo nach Michigan zurückschickte … Das würde sicher ein lustiger Augenblick. Sie würden sich alle fragen, womit zur Hölle er sich den Coach zum Feind gemacht hatte.

Das fragte Leo sich auch.

Vor langer Zeit waren er und Coach Worthington sehr eng miteinander gewesen. Karl war damals Coach am College, aber er hatte Leos Highschool-Team trainiert. Der Mann hatte ihm viel beigebracht und immer Zeit für Leo gehabt.

Zur selben Zeit war Leo mit seiner Tochter Georgia zusammen gewesen. Manche Väter hassten die Freunde ihrer Töchter schon aus Prinzip. Aber so ein Dad war Coach Karl nicht. Und Leo hatte Georgia sowieso wie eine Königin behandelt – bis zu dem Tag, an dem sie ihm das Herz brach. Wenn Leo sich an die Highschool-Zeit erinnerte, war die Liebe zu Georgia das Einzige gewesen, was er richtig gemacht hatte. Vielleicht war er kein so guter großer Bruder für seine Geschwister gewesen, wie er hätte sein sollen. Und vielleicht hatte er auch seine Lehrer zur Weißglut getrieben. Aber Leo hatte Georgia Worthington wirklich vergöttert, von dem Augenblick an, als er sie in der zehnten Klasse gefragt hatte, ob sie mit ihm zum Homecoming-Ball gehen wolle, bis zu dem Tag des Highschool-Abschlusses, als sie sich von ihm getrennt hatte.

Es war jedoch nicht einfach eine Jugendliebe gewesen, die irgendwann vorbei war. Ein paar Monate vor ihrem Abschluss war Georgia etwas Schreckliches passiert, und Leo war nicht da gewesen, um es zu verhindern. Gegen Ende ihres Abschlussjahres hatten sie beide gelitten. Und irgendwann während dieser dunklen Tage hatte Coach Worthington aufgehört, Leo zu unterstützen. In dieser Zeit hatte Leo sich viel zu sehr um Georgia gesorgt, um sich Gedanken über den Sinneswandel ihres Vaters zu machen. Seine Ablehnung war Leo egal – für ihn gab es nur Georgia und ihren Schmerz. Bis zum Ende hatte er ihr loyal zur Seite gestanden.

Verdammt, er war gut zu ihr gewesen. Und sie hatte ihn weggestoßen.

Und jetzt stand Leo vor einem gläsernen Kühlschrank voll Wasser und Gatorade, die Fäuste geballt und wieder völlig aufgewühlt wegen des Schmerzes, den er in den letzten sechs Jahren hatte verdrängen wollen.

»Mach ihn einfach auf und nimm dir eine«, sagte eine Stimme neben ihm. »Jederzeit.«

»Danke«, sagte er grimmig. Er bemerkte, dass er die Reihen von Flaschen angestarrt hatte, als trügen sie die Geheimnisse des Universums in sich. Er riss die Tür auf und schnappte sich eine Wasserflasche.

»Ich bin Silas Kelly«, sagte der Typ neben ihm und streckte ihm eine fleischige Hand entgegen. »Ersatztorwart.«

Leo schüttelte ihm die Hand. »Freut mich, dich kennenzulernen. Wie lange bist du schon bei den Bruisers?« Oh Gott, klang das dämlich.

Silas grinste. »Ich bin dieses Jahr sozusagen der Rookie, der Frischling eben. Habe eine Weile bei einem ECHL-Team in Ontario gespielt. Wurde im September verkauft.«

»Cool.«

»Ich habe vier Spiele gemacht. Hoffe, der neue Coach mag mich, damit ich noch öfter von der Bank komme.«

Der Job des Ersatztorhüters war nicht leicht. »Das verstehe ich«, sagte Leo. »Wenn Coach Karl dich mag, dann mag er immerhin einen von uns.«

Silas lachte laut und dröhnend. »Ehrlich? Habt ihr zwei eine Vorgeschichte?«

»Ja, ein bisschen.« *Selbst wenn ich nicht weiß, worum es dabei geht.*

»Wie bist du dann ins Team gekommen?«

Leo schüttelte den Kopf. »Keine Ahnung.«

Die Tür flog auf. »Meine Herren«, sagte eine Frauenstimme.

Er drehte sich um, und seine Finger, die gerade dabei waren, die Wasserflasche zu öffnen, erstarrten mitten in der Bewegung, als er das Mädchen im Türrahmen anstarrte. Nein – das stimmte nicht: die *Frau* im Türrahmen. Er spürte ein Ziehen in der Brust, denn *oh – mein – Gott*: Georgia war noch schöner als vor sechs Jahren.

Sie wandte sich ans Team. Das dachte er zumindest. Aber ihre Worte drangen nicht zu ihm durch, weil er zu sehr damit beschäftigt war, alles zu erfassen, was er an ihr wiedererkannte. Das Erwachsenwerden hatte ihr Gesicht schmaler werden lassen und so vollendete Wangenknochen enthüllt, dass sie eines Models würdig wären. Seine Ex war schon immer hübsch gewesen, aber jetzt war sie einfach umwerfend. Ihre blonden Haare waren ein wenig dunkler geworden, aber immer noch von goldenen Strähnen durchzogen. Er wusste genau, wie seidig sie sich anfühlen würden, wenn er ihr eine Strähne aus dem Gesicht streichen würde.

Es gab aber auch unbekannte Teile in diesem Bild – zum einen war da ihr ernster Gesichtsausdruck. Er hatte immer gehofft, dass Georgia irgendwann ihr Lächeln wiederfinden würde, selbst wenn er nicht der glückliche Empfänger wäre. Aber im Moment konnte er keinen Hinweis auf ein Lächeln entdecken. Und sie hatte sich mit einem Kostüm und einer hauchdünnen Bluse herausgeputzt. Und mit Absätzen. Seine Georgia hatte nie solche Stelzen getragen. Mit ihnen wirkten ihre Beine kilometerlang. Sie waren der Wahnsinn. Aber das war nicht sie.

»... wir fangen in fünfzehn Minuten an. Coach Worthington wird Mr Kattenberger für die Möglichkeit danken, dieses Team zu trainieren, und er wird ein paar Worte darüber sagen, wie sehr er sich darauf freut, mit euch allen zusammenzuarbeiten. Die meisten von euch müssen nur aufrecht sitzen und klatschen. Noch Fragen?«

Sein Gehirn kam immer noch nicht ganz mit. Wenn Georgia über die Pressekonferenz redete, musste sie wohl für das Team arbeiten. Als Assistentin? Als Pressesprecherin?

O'Doul hob die Hand und grinste schief.

»Was gibt's, Captain?«, fragte Georgia mit einer Andeutung von Ungeduld in der Stimme.

»Ist es Zufall, dass unser neuer Coach denselben Nachnamen trägt wie du?«

»Ja und nein«, sagte sie und schaute auf ihr Klemmbrett. »Es ist Zufall, dass wir beide für dasselbe Team arbeiten. Aber wir tragen denselben Namen, weil Coach Worthington mein Vater ist.«

O'Doul grinste. »Danke für die Erklärung, Süße. Ist er auch so hübsch?«

Ihre Miene verfinsterte sich. »Das musst du selbst beurteilen, O'Doul«, sagte sie kühl. »Und du wirst einen guten Blick haben, weil du vorne mit auf dem Podium sitzt. Nachdem Coach Worthington seine Rede gehalten hat, wirst du ein paar Worte zur Begrüßung sagen. Ich habe dir hier etwas aufgeschrieben.«

Sie blätterte durch die Seiten auf ihrem Klemmbrett, nahm ein Blatt heraus und reichte es ihm. Tatsächlich musste sie sich ein bisschen herunterbeugen, weil ihre Schuhe sie so viel größer machten als sonst.

Leo starrte sie nun unverhohlen an, er konnte nicht anders. Sie sah gleichzeitig wie früher und doch ganz anders aus. Ihre Beine, die vom Tennisspielen schon immer durchtrainiert gewesen waren, wirkten in diesen Hacken endlos. Aber etwas an ihr wirkte … härter. Sie erschien ihm spröder als in seiner Erinnerung.

Außerdem hatte sie ihn noch nicht angesehen. Wusste sie überhaupt, dass er hier war?

»Muss ich das genauso sagen, wie es hier steht?«, fragte O'Doul und überflog die Seite.

»Nein, solange du freundlich und wortgewandt klingst.«

»Also so wie immer.« Er lachte in sich hinein. »Gut. Sonst noch was?«

»Eine Sache noch.« Sie räusperte sich und verlagerte das Gewicht. »Ich möchte euch bitten, einen neuen Spieler zu begrüßen, nachdem ihr den Coach begrüßt habt.« Georgia senkte den Blick wieder auf das Blatt vor ihr. Als ob sie eine Notiz bräuchte, um Leos Namen richtig auszusprechen. »Mr Leonardo Trevi, neuer Stürmer von den Muskegon Muskrats. In der zweiten Draftpick-Runde dieses Frühjahrs von Detroit nach Brooklyn gewechselt.«

»Alles klar«, sagte O'Doul.

Leo sah, wie Georgia sich zusammenriss. Sie holte tief Luft und blickte ihn direkt an, als hätte sie die ganze Zeit genau gewusst, wo er stand. Sie schauten sich für eine Nanosekunde in die Augen, bevor sie blinzelte und den Blickkontakt unterbrach. »Warum tragen Sie keine lila Krawatte?«, fragte sie.

Nach sechs Jahren kam ihr das als Erstes in den Sinn? Ihre Ungerührtheit überraschte Leo, und er brauchte einen Moment, um zu antworten. »Tut mir leid. Ich besitze keine. Muskrats tragen keine lila Krawatten.« Er lächelte sie an und hoffte, ihr die Befangenheit zu nehmen. *Ich weiß, dass das hier seltsam ist, Gigi. Aber wir kriegen das schon hin.*

Doch ihr Gesicht verschloss sich nur noch mehr. »Jemand muss ihm seine leihen«, blaffte sie und sah auf die Uhr an ihrem schmalen Handgelenk. Und verdammt, er kannte diese Uhr. Er hatte sie ihr gekauft und fast seine gesamten Ersparnisse dafür ausgegeben. Sie war sein Geschenk zum Abschluss gewesen. Er hatte sehr lange im *Saks Fifth Avenue* gestanden und überlegt, welche am schönsten war. Er hatte in jenem Frühjahr so verzweifelt versucht, sie zum Lächeln zu bringen. Er hätte alles getan. Ihr alles gegeben.

Es hatte nicht funktioniert.

»Zwei Minuten«, sagte Georgia grimmig. »Ich möchte, dass ihr in exakt zwei Minuten auf der Pressekonferenz erscheint. Für euch sind Plätze in den ersten beiden Reihen reserviert. Beantwortet keine Fragen auf dem Weg hinein. Wir beginnen mit der Konferenz, wenn ihr euch gesetzt habt.« Dann drehte sie sich um und stolzierte in diesen ungewohnten Schuhen davon.

»Der Neuling kriegt meine lila Krawatte!«, rief Silas. »Ich hab's zuerst gesagt.«

Leo beobachtete, wie Georgia verschwand. Und dann nahm er seine wirklich schöne grüne Seidenkrawatte ab und tauschte sie gegen die hässliche von Silas.

3

Als Georgia die Lounge verließ, klangen die Worte, die sie zu Leo gesagt hatte, noch immer in ihrem Kopf nach. *Warum tragen Sie keine lila Krawatte?* Gott, wann war endlich Feierabend? Sie hatte ihn regelrecht *angeblafft.*

Er hatte sie vollkommen unvorbereitet erwischt. Genau genommen saß ihre Vorbereitung in der U-Bahn Richtung Queens, sobald sie einen Blick auf dieses kantige Kinn und die großen dunklen Augen geworfen hatte, deren Wimpern so dicht waren, dass sie beim Blinzeln praktisch eine Brise entfachten.

Nun würde sie Taylor Swifts Rat beherzigen müssen: *Shake it off.* Sie hatte eine Pressekonferenz zu schmeißen, und es spielte keine Rolle, ob ihr die Knie zitterten. Sie betrat den Pressesaal, und fünfzig Journalisten drehten sich zu ihr um, in der Hoffnung, die Sache würde jetzt endlich losgehen, damit sie ihre Artikel noch vor dem Mittagessen einreichen konnten.

Sie warf einen letzten Blick auf die Uhr, dann stellte sie sich unauffällig an die Seitenwand, außerhalb des Blickfelds der Reporter, aber nah genug am Podium, um notfalls einschreiten oder irgendwelche nötigen Informationen einwerfen zu können. Alles war an seinem Platz, außer den Einzigen, auf die es ankam: die Mannschaft, der Coach und der Eigentümer des Teams.

Zum Glück erschien in diesem Augenblick Nate Kattenberger in der Tür. Auf dem Weg zum Podium blieb er für einen Augenblick vor ihr stehen. »Beachtliche Menge, Nummer drei. Gute Arbeit.«

Bei dem unerwarteten Lob des Selfmade-Milliardärs flatterten Schmetterlinge in ihrem Bauch. »Danke schön.«

Er ging weiter, betrat die erhöhte Plattform und umrundete den Tisch bis zur Mitte, nahm den Platz im Zentrum ein und grinste die Reporter an. Im Ernst, sie würde mit diesem Mann an seinem überheblichen Grinsen arbeiten müssen. Damit machte er sich weder unter den Medienvertretern noch unter seinen Spielern Freunde.

Als Nächster betrat Coach Karl den Raum, und als er hereinkam, beugten sich alle Journalisten auf ihren Stühlen vor. Dann zückten sie geschlossen ihre Smartphones und fingen an zu twittern oder zu texten oder was Journalisten sonst so machen, sobald sie die neuesten Neuigkeiten aus der Sportwelt erfahren. *Karl Worthington ist neuer Coach der Brooklyn Bruisers.* Mit den Zeigefingern hackten sie so schnell sie konnten diesen Knüller in ihre Geräte. In zwei Minuten wäre die Meldung schon wieder Schnee von gestern, also mussten sie sich beeilen.

Während Georgia ihren starken, tüchtigen Vater dabei beobachtete, wie er aufs Podium stieg und Platz nahm, vergaß Georgia für eine herrliche Sekunde, sich über irgendetwas Sorgen zu machen. Sie hatte es immer geliebt, in einer Sportlerfamilie aufzuwachsen. Es war ein gutes Leben, und sie war stolz auf ihren Dad.

Doch dann, pünktlich auf die Minute, betraten die Spieler den Raum und steuerten ihre reservierten Plätze in der ersten und zweiten Reihe an. Einer nach dem anderen kamen sie in ihren Anzügen an ihr vorbei.

Georgia war nicht blind – die Männer, für deren öffentliches Image sie verantwortlich war, waren schärfer als die Scotch-Bonnet-Chilischoten, die man auf dem Gemüsemarkt vor der Borough Hall kaufen konnte. Aber bei der Arbeit hatte sie sich angewöhnt, stets ein wenig unterkühlt aufzutreten. Okay, *sehr* unterkühlt. Sie sollten sie nicht mögen. Sie sollten *auf sie hören.* Es war ihre Aufgabe, dafür zu sorgen, dass keiner aus der Reihe tanzte oder Ärger mit der Presse bekam, und das war unmöglich, wenn sie sie für ihren Kumpel hielten. Es trug außerdem wenig zu ihrer Autorität bei, dass sie jünger war als die meisten von ihnen. Also gab sie sich immer betont professionell, wenn sie mit den Spielern zu tun hatte.

Sie wappnete sich für die Ankunft der beiden letzten Spieler, aber nichts hätte sie auf diesen Anblick vorbereiten können. Eine breitschultrige Superhelden-Version von Leo ging an ihr vorbei, keine zwei Schritte von ihr entfernt. Und er sah *unfassbar* heiß aus in dem dunkelgrauen Anzug. *Gott.* Allein ihn zu sehen war wie ein Schlag in den Magen. Vor langer Zeit hatte er sie geliebt. Und damals, als es geendet hatte, war es nicht einmal seine Schuld gewesen.

Bei seinem Anblick konnte sie sich ernsthaft in ihren Erinnerungen verlieren.

Unwillkürlich begann Georgia, all die Punkte aufzuzählen, in denen er sich verändert hatte. Seine Haare waren kürzer als damals, und die Frisur ließ ihn älter wirken. Der Dreitagebart war neu. Sie wollte mit dem Daumen über sein Kinn streichen und herausfinden, ob sich die Stoppeln rau oder weich anfühlten.

In einer der großen Hände hielt er eine Wasserflasche. *Kein Ehering,* registrierte ihr Unterbewusstsein. Sie dachte daran, wie sich diese Hände auf ihrem Körper angefühlt hatten …

Auf dem Podium hustete jemand, und da fiel Georgia auf, dass sie geglotzt hatte.

Mein Gott, reiß dich zusammen. Sie musste jetzt nur noch diese Pressekonferenz hinter sich bringen, dann würde sie sich in ihr Büro zurückziehen und eine Weile allein bleiben, um den Schock zu verarbeiten. Sie würde einen Schlachtplan erstellen müssen, um mit Leo Trevi umzugehen. Es würde eine Weile dauern, bis sie sich daran gewöhnt hätte, dass er hier herumlief. Nicht nur, weil er aussah wie ein sexy Filmstar, sondern auch, weil sein Anblick Erinnerungen an die schrecklichste Zeit ihres Lebens heraufbeschwor.

Wahrscheinlich war es irrational, aber es gefiel ihr nicht, dass Leo in ihre kleine Welt eindrang. Gestern noch hatte Brooklyn *ihr* gehört. Die Vororte von Long Island, wo sie aufgewachsen war, waren ihr meilenweit entfernt von den Backsteinstraßen und den renovierten Fabrikgebäuden in Brooklyn vorgekommen. In diesem Job hatte sie sich wahrhaftig unabhängig gefühlt und ihre zarten Wurzeln an einem neuen Ort eingepflanzt.

Nun war nicht nur ihr Vater ihr Arbeitskollege, sondern auch ihr Exfreund aufgetaucht und erinnerte sie an all das, was sie verloren hatte. Im Ernst, da konnte man schon ein bisschen hysterisch werden.

Aber sie hatte keine Zeit, um in Panik zu geraten. Sie musste sich jetzt auf die Pressekonferenz konzentrieren und professionell wirken. Zumindest so professionell, wie das in unbequemen Schuhen und mit flauem Magen möglich war.

Die Journalisten trafen die letzten Vorkehrungen, klappten ihre Notizblöcke auf und stellten ihre Kameras scharf. Ein erwartungsvolles Murmeln ging durch den Raum.

O'Doul war als Letzter hereingekommen, direkt hinter Leo. Sein Blick traf den von Georgia, und er legte Leo eine Hand auf die Schulter. Zwei Schritte später krächzte er Leo etwas ins Ohr. »Mit der Pressetante musst du dich gut stellen.« Sie gingen weiter und wandten ihr den Rücken zu. O'Doul versuchte leise zu sprechen, aber sie hörte seine letzte geflüsterte Bemerkung dennoch. »Das ist eine echte Bitch.«

Diese Bemerkung überraschte Georgia ganz und gar nicht. Sie war nicht einmal beleidigt. Wenn Männer bei der Arbeit unverblümt sind, werden sie für ihre Stärke verehrt. Eine Frau, die ihre Meinung sagt, ist dagegen entweder ein Fußabtreter oder eine Bitch. Dazwischen gab es nichts.

Doch was als Nächstes geschah, war eine Überraschung. Wenn auch keine gute.

Alles lief ab wie in Zeitlupe. Zuerst umrundeten Leo und O'Doul den Tisch, wo Georgia sorgfältig die Stühle und Mikrofone positioniert hatte. Leos Miene verfinsterte sich, und er blickte O'Doul mit zusammengekniffenen Augen an, während sich sein schön geformter Kiefer anspannte. Im gleichen Augenblick setzte er sich auf seinen Platz …

Georgia entfuhr ein Keuchen. Es war wie in einem dieser Albträume, in denen man nicht schnell genug rennen kann, um sich in Sicherheit zu bringen – sie beugte sich vor, hob die Hand in der universellen Geste für »Stopp!« und hoffte, die Bewegung würde ihn auf das bevorstehende Desaster aufmerksam machen.

Aber er sah sie nicht. Stattdessen beugte Leo sich zu O'Doul, als wollte er ihm etwas anvertrauen. Doch dabei kam sein Mund *viel zu nah* ans Mikrofon heran. »Wenn dir dein Leben lieb ist, nennst du meine große Liebe *nie wieder* eine Bitch.«

Es gab eine kreischende Rückkopplung, aber vielleicht war die auch nur in Georgias Kopf. Wie auch immer, Köpfe fuhren herum. Denn das Mikrofon war *eingeschaltet.* Der ganze Raum hatte gehört, was Leo gesagt hatte.

Georgia beobachtete entsetzt, wie Leo zurückwich, als er seinen Fehler bemerkte. Als könnte er ihn ungeschehen machen, indem er sich vom Mikrofon entfernte.

O'Doul wandte langsam sein breites Kinn in Leos Richtung, ein schiefes Grinsen auf dem Gesicht. Für den Bruchteil einer Sekunde fürchtete Georgia, er könnte auf den unverschämten Neuling losgehen, der ihn gerade bedroht hatte.

Aber wenigstens diesmal waren die Götter gnädig. O'Doul hielt den Mund, weil er seit Jahren an Pressekonferenzen teilnahm und wusste, dass es besser war, die Klappe zu halten und weiterzumachen, zumindest solange die Kameras liefen.

Und sie liefen.

Wie eine Armee von gigantischen Insektenaugen schwenkte jede überdimensionierte Linse im Raum zu Leo hinüber. Das verräterische Klicken von Kamerablenden hallte durch den Raum. Und am anderen Ende des Tisches drehte sich Georgias Vater zu Leo um und bedachte ihn mit einem sengenden Blick, der jedes Blitzlicht in den Schatten stellte.

Und damit hatte sie im Handumdrehen die Kontrolle über das Meeting und damit auch über ihre Message verloren.

Leo hob das Kinn, seine Haltung war abweisend. Aber sie sah, wie Röte seinen Nacken hinaufkroch. Leider wanderte sein Blick als Nächstes in ihre Richtung. Er spannte trotzig den Kiefer an. Als träfe ihn an diesem Problem keinerlei Schuld.

Schön wär's!

Aber die Presse interessierte es nicht, wessen Schuld es war. Nachdem sie sich an Leo sattgesehen hatten, schwenkten die Kameras weiter herum, folgten seinem Blick und landeten auf *ihr*.

In diesem Moment war Georgia davon überzeugt, dass man tatsächlich vor Scham sterben konnte. Zumindest wünschte sie es sich. Taumelnd streckte sie eine Hand aus, um sich am Türrahmen festzuhalten. Nate Kattenberger tippte an sein Mikrofon, den Mund zu einem grimmigen Strich zusammengepresst. Wenn Milliardäre eine Ankündigung machen wollen, sehen sie es nicht gern, wenn ihnen ihre hart erarbeitete Medienaufmerksamkeit streitig gemacht wird.

»Heilige Scheiße«, murmelte eine Stimme neben ihr. Sie gehörte Becca. »Du hast jetzt echt ein Problem.«

Sie hatte recht. Das Raunen und das Klicken der Kameras wurden immer lauter. Aller Augen blickten in die falsche Richtung.

Es gab nur eine Lösung.

Georgia drehte sich um und flüchtete.

Neun Stunden später waren die Reporter längst verschwunden. Aber die Schrecken der schlimmsten Pressekonferenz aller Zeiten waren noch frisch.

Georgia betrat die Wohnung, die sie sich mit Becca teilte, in jeder Hand eine Tüte mit Essen zum Mitnehmen. »Schatz, ich bin wieder zu Hause«, rief sie. Seit Stunden war es der erste Witz, den sie machte. Der Tag heute war selbst für Galgenhumor zu schrecklich gewesen.

Sie streifte sich die bösartigen High Heels von den Füßen und taumelte ins Wohnzimmer.

»Na, endlich«, kreischte Becca. »Ich bin schon halb tot.«

»Vor Hunger? Es ist doch erst halb acht.« Während der Eishockeysaison aßen sie oft erst deutlich später.

»Nein, du Idiot. Vor *Neugier.*« Becca schnappte ihr die Tüten aus der Hand. »Aber das hier riecht wirklich gut. Wie viele verschiedene hast du bekommen?«

»Fünf. Drei beim *Garden* und zwei beim *Foo.*« Man konnte von Brooklyn halten, was man wollte – zu überlaufen, zu angesagt, viel zu teuer – aber wenn man hervorragende chinesische

Teigtaschen haben wollte, dann führte an Brooklyn kein Weg vorbei.

Becca quietschte. »Juhu! Ähm … ich meine, es tut mir leid, dass du einen Fünf-verschiedene-Teigtaschen-Tag hattest. Aber jetzt zieh dir deine Jogginghose an, ich schenke schon mal was zu trinken ein. Los! Hopphopp. Denn du musst mir ganz dringend etwas erklären.«

Georgia war zu erschöpft, um zu widersprechen. Sie ging in ihr Zimmer und tat, wie ihre Mitbewohnerin ihr befohlen hatte.

»Im Kühlschrank riecht es komisch«, rief Becca aus der winzigen Küche.

»Ja«, grummelte Georgia. »Erinnerst du dich noch an die Mango, die wir nie gegessen haben? Die ist schlecht geworden. Ich muss ihn mal putzen. Aber nicht jetzt.«

»Ah.« Becca hätte gar nicht zu rufen brauchen, denn die Wohnung war so klein, dass man sich von überall gut verstehen konnte. »Ach, übrigens, als ich heute Nachmittag deine Anrufe beantwortet habe, hat so eine Fallschirmsprung-Firma aus New Jersey angerufen. Für nächste Woche hat jemand abgesagt, und sie haben dir den Termin angeboten. Aber ich habe ihnen gesagt, dass du auf Dienstreise bist.«

»Danke«, sagte Georgia und kramte in ihrer Kommode nach ihrer Fleecehose. Sie hatte eine Menge sportlicher Hobbys – Fallschirmspringen und Drachenfliegen und Klettern. Sie war ein kleiner Adrenalinjunkie, aber die meisten dieser Aktivitäten mussten bis zum Sommer warten. Während der Hockeysaison schaffte sie es manchmal nicht einmal zu ihrem wöchentlichen Taekwondo-Training. »Wie lange dauert dieser Auswärtstrip nächste Woche überhaupt? Ich habe Angst nachzuschauen.«

»Sechs Nächte. Das ist der Hammer. Und du musst schon

einen Tag früher packen, denn am Abend vorher ist noch die Benefizgala.«

»Natürlich.«

»Jetzt komm da raus und erzähl mir alles über Leo Trevi.«

Georgia ließ sich Zeit mit dem Umziehen. Sie wollte wirklich nicht darüber reden. Andererseits hatte sie einen Bärenhunger, also blieb ihr nichts anderes übrig, als ins Wohnzimmer zurückzukehren.

Als sie dort ankam, war immerhin eine Kerze auf dem Couchtisch angezündet und für zwei gedeckt. Sie hatten nicht viele Möbel im Wohnzimmer, nur ein riesiges und unsäglich hässliches Sofa – brauner Samt mit pinkfarbenen Rosen. Sie hofften, es in der nächsten Zeit ersetzen zu können. Bis dahin betonten sie sein seltsames Farbschema noch mit pinkfarbenen Sitzkissen als zusätzliche Sitzgelegenheit. Eines dieser Kissen hatte Becca jetzt an den Couchtisch herangezogen, weil Georgia gern darauf saß.

Hier aßen sie, wenn sie sich die Zeit für ein ausschweifendes Abendessen nahmen. In der letzten Zeit hatten sie entweder an ihren Schreibtischen oder auf den Barhockern am Küchentresen gegessen. Einen vernünftigen Esstisch gab es in ihrer Wohnung nicht. Dafür war einfach kein Platz.

»Als Allererstes muss ich wissen«, setzte Becca an und nahm sich eine Teigtasche mit Hähnchen und Kohl, »warum ich den Namen Leo Trevi noch nie zuvor gehört habe?«

Georgia trank einen Schluck Wein und stellte fest, dass die Frage nicht leicht zu beantworten war. Sie kannte Leo schon ihr ganzes Leben lang. Und dann in der Highschool waren sie unzertrennlich gewesen. Das Traumpaar. Irgendwo im Haus ihres Vaters auf Long Island gab es sogar ein klischeemäßiges Foto von ihnen beiden als Homecoming King und Queen.

Heute Morgen – was ihr inzwischen vorkam, als wäre es

hundert Jahre her – hatte sie verächtlich geschnaubt, als DJ gesagt hatte, sie würde nie über Leo sprechen. Aber sie wohnte jetzt seit einem Jahr mit Becca zusammen und hatte ihn noch nie erwähnt? Punkt für DJ. Dass sie nie über Leo sprach, war ihr bis heute überhaupt nicht komisch vorgekommen.

»Na ja«, sagte sie und nahm sich eine vegetarische Teigtasche. »Leo und ich waren auf der Highschool zusammen.« Wenn man es so ausdrückte, klang es so belanglos. Leo spielte eine viel größere Rolle in ihrem Leben als nur die einer Highschool-Liebschaft. Er war ihr erstes Date gewesen. Ihr erster Kuss. Ihre erste Liebe. Ihr erster … *alles*.

»Er ist *so* heiß«, seufzte Becca. »Wart ihr lange zusammen?«

»Drei Jahre. Am Abschlusstag habe ich Schluss gemacht.«

Ihre Freundin stieß einen Pfiff aus. »Warum das denn?«

»Na ja …« Auch das war nicht leicht zu beantworten. »Du weißt ja, dass es mir im letzten Schuljahr nicht so gut ging.« Diese Geschichte hatte sie Becca schon vor einiger Zeit erzählt. Ein paar Monate vor ihrem Abschluss war sie auf einem College-Campus, wo sie während der Frühjahrsferien an einem Tenniscamp teilgenommen hatte, vergewaltigt worden.

»Ja. Das muss ein schreckliches Jahr gewesen sein, Süße.«

»Du sagst es. Ich kann mich nicht an alles gut erinnern.« Die ersten fünf schrecklichen Wochen nach der Vergewaltigung war sie ein verängstigtes Wrack gewesen. Aussagen bei der Polizei, die Untersuchungen im Krankenhaus. Der Zorn ihres Vaters. Georgia dachte nicht gern daran zurück. Es hatte lange gedauert, bis sie sich wieder normal gefühlt hatte, und an die Vergangenheit zu denken, kam ihr vor, als würde sie die Dunkelheit wieder in ihr Leben einladen.

»War Leo dabei, als es passierte? Denn das wäre ziemlich viel zu ertragen für einen Achtzehnjährigen.« Becca erhob sich auf ein Knie, um sich Wein nachzuschenken. Georgia überlegte, wie sie von dieser Zeit erzählen sollte, ohne einem von ihnen unrecht zu tun. »Leo war wunderbar«, sagte sie und nahm sich noch eine Teigtasche. »Ich bin eine Weile nicht zur Schule gegangen, und er kam nach der Schule immer vorbei und brachte mir die Hausaufgaben. Er brachte mir auch Cupcakes und Filme mit. Er saß einfach auf dem Sofa und hielt meine Hand, ungefähr sechs Wochen lang. Und als ich wieder zur Schule ging, hat er mich jeden Tag hingefahren und ins Gebäude begleitet und hinterher wieder hinaus, damit ich mich sicher fühlte.«

Becca seufzte in ihr Weinglas. »Das ist ziemlich beeindruckend. Fast genug, um mein Vertrauen in die Männer wiederherzustellen. *Fast.*« Sie hatte in letzter Zeit nicht sonderlich viel Glück mit ihren Dates gehabt, und das war auch einer der Gründe, warum sie und Georgia so viele Freitagabende mit Essen zum Mitnehmen am Couchtisch verbrachten. »Also, warum hast du ihn verlassen? Oder darf ich das nicht fragen? Bitte sag mir nicht, dass er dich betrogen hat, während es dir so schlecht ging. Ich hoffe wirklich, dass diese Story nicht so ausgeht.«

Das tat sie auch nicht. »Nein, er war perfekt. Aber vorher waren wir so glücklich gewesen, und jetzt waren wir die ganze Zeit so traurig.« Damals hatte eine Wolke über ihnen gehangen, die vorher nicht da gewesen war. Vorher hatte Leo sie immer mit lachenden Augen angesehen. Ob sie nun auf den öffentlichen Plätzen im Park Tennis spielten oder in seinem Auto zum Radio mitsangen, alles war stets lustig und spielerisch gewesen.

Doch nach dem Überfall auf sie war das vorbei gewesen. Schon als er auf dem Sofa ihre Hand hielt, hing das Bedauern schwer in der Luft. Alle ihre Witze waren in einer einzigen brutalen Nacht in Florida für immer gestohlen worden. Auch seine lachenden Augen waren verschwunden, ersetzt durch Sorge und Mitleid.

Und als die Wochen ins Land zogen, verstand Georgia, dass es nie wieder so sein würde wie früher. Stunde um Stunde hatte sie buchstäblich zugesehen, wie sich ihre wilde, leidenschaftliche Liebe in Luft auflöste. Leo war der beste Freund, den sie je gehabt hatte. Aber die Leidenschaft war verschwunden.

»Ich dachte immer, dass Leo und ich für immer zusammenbleiben würden«, gab sie zu. »Aber zwischen uns hatte sich etwas verändert. Und außerdem wäre ich im August in Virginia aufs College gegangen, und er war in Harkness in Connecticut angenommen worden. Also wäre es sowieso schwierig geworden. Und ich hatte einfach Angst vor der Vorstellung, dass Leo den ganzen Sommer lang auf mich aufpasst, damit es mir auch gut geht.« Als der Abschlusstag kam, hatte sie ihr Limit erreicht. Die Trennung von ihm fühlte sich an, als würde sie einfach das Unvermeidliche akzeptieren. »Also sagte ich ihm, dass ich nach dieser Zeit … nach diesem schrecklichen, beängstigenden Jahr einen sauberen Schnitt bräuchte und auf dem College neu anfangen wollte. Und dass es keinen Grund gäbe, es noch länger hinauszuschieben. Dass es später nur noch mehr wehtun würde.«

Becca krümmte sich. »Wie hat er reagiert?«

Georgia schluckte schwer, und der Wein, den sie getrunken hatte, verwandelte sich in ihrem Magen in Säure. »Er hatte Tränen in den Augen. Aber er sagte nur: ›Das möchte ich nicht. Aber ich verstehe dich.‹ Und dann ist er nach Hause gegangen.«

Mit zitternden Händen stellte Georgia ihr Weinglas ab und nahm noch einen Bissen. Damals hatte es sie schockiert, wie stillschweigend Leo ihre Entscheidung akzeptiert hatte. Sie hatte nicht gewusst, dass man drei Jahre voller Liebe und Zusammensein so einfach aufgeben konnte. Aber Leo hielt sich von ihr fern, genau wie sie verlangt hatte. Während der nächsten Wochen weinte sie sich immer wieder in den Schlaf und fragte sich, ob es richtig gewesen war, ihn zu verlassen.

Der Sommer schleppte sich dahin wie zuvor, nur einsamer. Dann, am vierten Juli, war sie mit dem Boot ihres Vaters zum Feuerwerk gefahren. Und an den Docks hatte sie ihn mit einem Mädchen aus ihrem Abschlussjahrgang gesehen. Die beiden hatten Eis gegessen und über irgendetwas gelacht.

Das hatte sie beinahe umgebracht. Zu sehen, wie Leo ein anderes Mädchen anlächelte, hatte sie wütend gemacht. Aber das Schlimmste war, dass er sie schon seit Monaten nicht mehr so angelächelt hatte.

Deshalb hatte sie ihn gehen lassen müssen. Aber obwohl es das Richtige war, war es noch lange nicht leicht.

»Hast du jemals mit ihm darüber geredet?«, fragte Becca.

Georgia schüttelte den Kopf. »Nein. Er wollte nie mit mir sprechen. Bestimmt hat er eine Freundin, vielleicht ist er sogar verlobt. Es ist sechs Jahre her. Ich will es gar nicht wissen. Sein Bruder und ich sind immer noch befreundet, aber ich frage ihn nie nach Leo. Das ist wohl ziemlich schräg, was?« Hätte man Georgia vierundzwanzig Stunden früher gefragt, ob es immer noch wehtat, an Leo zu denken, hätte sie verneint. Aber offensichtlich war das immer noch ein wunder Punkt.

Becca stellte klirrend ihr Weinglas ab. »Georgia Ann Worthington, ich glaube, er ist der Grund dafür, warum du keine Dates hast. Ich glaube, du bist immer noch in diesen Jungen verliebt.«

»*Mann*«, korrigierte sie automatisch. »Und das ist ewig her. Wir waren noch Kinder.«

Der prüfende Blick ihrer Mitbewohnerin war aufmerksamer, als es Georgia lieb war. »Wenn du das sagst. Blöderweise hat Leo Trevi heute der ganzen Welt vor laufenden Kameras mitgeteilt, dass du seine große Liebe bist.«

Jetzt war es Georgia, die sich krümmte. »Ich glaube, er war einfach schockiert, mich zu sehen. Und O'Doul hatte mich gerade eine Bitch genannt. Er ist einfach ein bisschen ausgerastet.«

»Meinetwegen kann er jeden Tag ausrasten«, sagte Becca. »Ich habe heute Nachmittag siebzig Anrufe von der Presse angenommen, und in den meisten ging es um Leo.«

Georgia legte ihre Gabel ab und warf ihre Serviette auf den Tisch. Dann ließ sie sich rückwärts auf den Teppich fallen. »Ich stecke so tief in der Scheiße, Bec. Nate und der Geschäftsführer werden eine neue Pressechefin einstellen müssen. Ich habe die Pressekonferenz verkackt, und jetzt werden die Reporter nach *mir* fragen.« Sie hob den Kopf von ihrem Kissen und blinzelte Becca an. »Das werden sie doch, oder? Ich bin nicht eingebildet oder so, wenn ich das denke?«

Becca verzog das Gesicht. »Du bist die uneingebildetste Person, die ich kenne. Und leider wurde ich heute von drei Leuten gefragt, ob du der Grund für die Auseinandersetzung zwischen O'Doul und dem Neuen warst.«

Georgia ließ den Kopf wieder zurücksinken und stöhnte. »Die Pressesprecherin hat kein Teil der Story zu sein.«

Becca schwieg einen Augenblick. »Also, Nate ist etwa anderthalb Stunden nach der Pressekonferenz nach Midtown aufgebrochen, er weiß also nicht, dass ich den ganzen Tag für dich ans Telefon gehen musste. Zumindest wenn Hugh es ihm nicht erzählt hat.« Der Geschäftsführer war niemand, der Becca auf Schritt und Tritt überwachte, also war Georgias kopflose Flucht vermutlich unbemerkt geblieben.

»Danke übrigens«, sagte Georgia zu der antiken Putzdecke. »Ich weiß nicht, was ich getan hätte, wenn du nicht für mich eingesprungen wärst.« Sobald es offensichtlich wurde, dass sie Presseanfragen wegen des offenen Mikrofons erhalten würde, hatte sie ihr Telefon in Beccas Büro umgeleitet und gehofft, sich so aus der Story heraushalten zu können. »Aber das Ganze ist so was von unangenehm. Hilfst du mir, eine Strategie zu entwickeln?«

»Na klar«, antwortete Becca fröhlich. »Erstens, zieh deine Klamotten aus, und dann leih dir meinen Trenchcoat aus. Wenn ein Hottie wie Leo Trevi mich seine große Liebe genannt hätte, dann säße ich nicht hier mit meiner Mitbewohnerin auf dem Wohnzimmerboden und würde Essen zum Mitnehmen verzehren. Wenigstens eine von uns sollte Sex mit jemandem haben, der keine Batterien braucht.«

Georgia ging nicht darauf ein. Leo musste verrückt sein, dass er so etwas gesagt hatte. Es hatte überhaupt nichts zu bedeuten. Sie kannten einander doch überhaupt nicht mehr richtig. Seit sie ihn verlassen hatte, waren mehr Jahre vergangen, als sie jemals zusammen gewesen waren. »Ich darf meinen Job nicht verlieren, Bec. Wie bringe ich die Medien dazu, sich auf die Bruisers zu konzentrieren anstatt auf Leo und mich?«

»Die Story muss sich einfach abnutzen.« Becca machte eine große Geste mit ihrem Weinglas. »In der Zwischenzeit kannst du diesen Leo aus der Stadt schicken. Lass ihn ein paar Interviews geben, wie toll es ist, neu im Team zu sein. Hast du gesehen, dass da so ein Blog um einen Fototermin mit Leo gebeten hat?«

Georgia hatte es auf Beccas umfangreicher Anruferliste gesehen. Ein viel gelesener Fanblog mit dem Namen *Pucker Up* wollte Leo für seine Rubrik *Hockey Hotties* ablichten. »Klar, ich kann Leo zum begehrtesten Junggesellen machen, selbst wenn er das nicht ist. Ich kann seine Autogrammkarten verteilen wie Samen im Wind. Aber das ändert nichts daran, dass die Ernennung eines neuen Coaches nur halb so interessant ist wie ein Schlagabtausch zwischen dem Kapitän und einem heißen jungen Newcomer. Das wird das Top-Thema bei Page Six. *Bruiser-Rookie bedroht den Kapitän*. Heute um elf.« Oder schlimmer noch: *Arroganter Bruiser-Rookie gesteht Liebe zu rätselhaftem Mädchen*. Die Schlagzeile würde auf Fanseiten auftauchen, mit dem Link zu seinem Instagram-Account, sofern er einen hatte.

Und sie hatte geglaubt, die Neuausrichtung im Training wäre eine ausführliche Berichterstattung wert.

»In meinem Büro sind heute die Scans von Leos Personalakte angekommen«, erzählte Becca. »Er hat seine Eltern als Notfallkontakt angegeben. Keine Freundin.«

Georgias Herz vollführte ein unangemessenes Tänzchen. Nicht dass sie das zugegeben hätte. »Bitte sag mir, dass sich diese Story bald erledigt hat.«

»Wenn du mit ›bald‹ nächsten Monat meinst«, überlegte Becca. »Denn heute hat mir niemand geglaubt, als ich ihnen die Geschichte aufgetischt habe, dass Leo und O'Doul wegen eines Popsongs gestritten hätten. Denn sie haben alle gesehen, wie du aus dem Raum geflüchtet bist, als stände deine Strumpfhose in Flammen. Du wirst also niemanden davon überzeugen können, dass es da keine Story gibt. Aber stattdessen kannst du ihnen Leo auf dem Silbertablett servieren. Schick ihn mit irgendeinem Promi-Date zu einer Filmpremiere. Lass ihn dieses *Pucker-Up*-Dings machen und vielleicht ein Fotoshooting für irgend so einen Muskelprotz-Kalender. Und bring ein paar Ausgaben davon mit nach Hause, okay?« Sie stupste Georgia mit dem Zeh an.

»Das ist nicht witzig«, grummelte Georgia. »Oh Mann, wir brauchen einen Sieg, ist das denn zu viel verlangt?«

»Frag Daddy, ob er dir einen zum Geburtstag schenkt.«

»Na klar. Coach Karl muss für mich die Kastanien aus dem Feuer holen. Er muss seine dumme Tochter aus den Klatschspalten retten.« Zumindest hoffte sie, dass er das könnte. »Aber selbst wenn, ich versinke in Arbeit. Das Team hat letzte Woche zwei Publicitytermine verpasst, weil ich nicht an drei Orten gleichzeitig sein kann. Ich brauche Hilfe, aber ich möchte nicht darum bitten. Wenn sie mich nur endlich zur etatmäßigen Pressechefin ernennen würden, dann müsste ich nicht ständig um das Thema herumschleichen.«

Becca schnalzte mitfühlend mit der Zunge. »Ich weiß, du möchtest nicht, dass sie jemand Externes einstellen. Kannst du nicht den Praktikanten irgendetwas abgeben? Oder eine Aushilfskraft einstellen?«

Sie schüttelte den Kopf. »Pressemitteilungen schreiben und Interviewtermine vereinbaren kann ich nicht delegieren. Selbst wenn ich sie bitten würde, das Zeug auf den Social-Media-Kanälen zu posten, müsste ich vorher mindestens eine Stunde lang checken, ob die Message die richtige ist. Und dann das ganze Charity-Zeugs. Eigentlich ist mir das der liebste Teil an meinem Job, aber im Moment habe ich überhaupt keine Zeit, irgendetwas zu planen.«

»Du meinst so was wie die Benefizgala nächste Woche?«

Georgia ließ den Kopf kreisen und versuchte, die Verspannung im Nacken loszuwerden. »Ja. Gott sei Dank gibt es Partyplaner. Ich würde gern viel mehr Wohltätigkeitsveranstaltungen organisieren, aber ich komme nicht aus dem Hamsterrad heraus. Es ist schwer, einen großen Plan zu verfolgen, wenn man ständig irgendwelche Feuer löschen muss.«

»Arme Kleine.« Becca beugte sich über den Couchtisch und sammelte die leeren Essenskartons ein. Die letzte Teigtasche legte sie auf Georgias Teller, denn diese war für ihren Appetit bekannt. »Brauchst du irgendetwas?«

»Alles gut«, behauptete Georgia und setzte sich auf. »Und du brauchst nicht aufzuräumen. Du hast mir heute schon genug Arbeit abgenommen.«

»Ich habe ein paar zusätzliche Telefonanrufe beantwortet. Was für ein Aufwand.« Becca verschwand in der Küche und kam mit einer neuen Flasche Wein zurück. »Ich schenke uns mal nach«, verkündete sie.

»Warum? Morgen ist das öffentliche Training.« Und verdammt, was für ein schlechtes Timing. Sie hatte keine Lust, am Samstagmorgen Fans zu begegnen.

»Ich muss dich abfüllen, damit du mir erzählst, ob der Neuling gut im Bett ist.«

»Darüber werden wir nicht sprechen.« In Erinnerungen zu schwelgen war das Letzte, was sie jetzt brauchte. Wenn sie an die heißen Nächte auf dem Rücksitz von Leos Auto dachte, würde sie das bloß ablenken. Und es war verwirrend, daran zu denken, wie sorglos sie einmal gewesen war. Als sie und Leo Teenager gewesen waren, war alles sehr schnell sehr heiß hergegangen. Sie hatten alles nur Erdenkliche ausprobiert.

Uarrrgh. Sie hatten so, so oft Sex gehabt. Und es war umwerfend gewesen.

Becca kicherte. »War er, stimmt's? Oh Mann, Teenager sind ja nicht gerade für ihre Ausdauer bekannt. Aber du solltest mal dein Gesicht sehen.«

Georgia biss sich auf die Lippe und zwang sich zu einem neutraleren Gesichtsausdruck. »Ich möchte heute Abend wirklich nicht daran denken.«

»Schade.« Becca schraubte die Flasche auf und neigte sie in Georgias Richtung. »Ob du über Leo und dich nachdenken willst oder nicht, eure Gesichter werden morgen auf allen Eishockey-Fanblogs zu sehen sein.«

»Gott, hoffentlich nicht. Und hoffentlich merken die Chefs

nicht, wie viel Aufmerksamkeit ich von ihrer großen Ankündigung abgezogen habe. Mist. Nate hat bestimmt irgendeinen Ninja Web Alert, der ihm jedes Mal, wenn irgendwo das Team erwähnt wird, eine Benachrichtigung auf sein Katt-Phone schickt.«

»Du wirst deinen Job nicht verlieren«, murmelte Becca. »Aber vielleicht sollten wir doch noch einen Monat warten, bevor wir ein neues Sofa kaufen.«

»Das Universum möchte einfach nicht, dass wir in sicheren Arbeitsverhältnissen stehen, Bec. Warum nicht?«

»Ich wünschte, ich wüsste es.« Becca hatte einen guten Job in der Vorstandsetage der Bruisers. Aber sie war auch schon *vorher* Nates persönliche Assistentin in seinem Wolkenkratzer in Midtown gewesen. Nachdem er das Team gekauft hatte, hatte er sie aus dem dreißigstöckigen Büroturm nach Brooklyn mitgenommen. So hatten sie und Georgia sich vor fast zwei Jahren kennengelernt. Selbst heute noch war Becca sich nicht sicher, warum Nate diesen Schritt unternommen hatte. Er hatte gesagt, er brauche eine vertrauenswürdige Mitarbeiterin in Brooklyn, weil er es nicht jeden Tag zu den Bruisers schaffen würde. Aber Georgia wusste, dass Becca oft Angst hatte, er wäre mit ihrer Arbeit unzufrieden.

»Der Kinofilm, den du sehen wolltest, fängt übrigens um neun an«, bemerkte Georgia von ihrer Position auf dem Boden aus. »Aber wir sind nicht wirklich in der Stimmung zum Ausgehen, oder?«

»Nee«, machte Becca. »Warum Geld ausgeben, wenn wir stattdessen Wein trinken und Netflix gucken können?«

»Stimmt.«

»Dann komm her. Das hässlichste Sofa der Welt ruft nach dir.«

Zwei Stunden und einen Mädchenfilm später kletterte Georgia ins Bett und machte das Licht aus. Sie zog die Bettdecke um sich, um die Kälte fernzuhalten. Ihre Wohnung war klein und zugig und befand sich in einem alten Gebäude, das so oft seine Bestimmung gewechselt hatte, dass man nicht mehr sagen konnte, ob ihr kleines Schlafzimmer einst irgendein Büro oder ein Dienstbotenzimmer gewesen war. Ihr Doppelbett passte kaum in den Raum. Aber sie hätte ihre Bleibe niemals gegen ein Hochhaus in einer weniger interessanten Nachbarschaft eingetauscht. Dumbo war teuer, aber reizvoll. Und der kurze Weg zur Arbeit war etwas, von dem jeder New Yorker nur träumen konnte.

Sie lag im Dunkeln und wartete auf den Schlaf. Aber der anstrengende Tag hielt sie noch immer fest in seinen stressigen Klauen. Zum ersten Mal seit Jahren geisterte Leos hübsches Gesicht wieder durch ihr Bewusstsein. Inzwischen trennte sie ein Ozean an Zeit – vier Jahre College plus zwei weitere danach.

Georgia gestattete sich nie, an ihn zu denken – es war zu schmerzhaft. In ihrem letzten Jahr an der Highschool hatte sie so viel verloren. Ihren Seelenfrieden. Ihre Furchtlosigkeit. Und die Liebe des Jungen, der ihr so wichtig gewesen war. Um diese schlechten Erinnerungen zu vergraben, hatte sie auch die Erinnerung an die guten Zeiten mit Leo wegsperren müssen. Aber heute war alles auf sie hinabgestürzt wie aus einem Schrank, den man zu voll gestopft hat. Die guten Zeiten, die schlechten, und das schöne, kantige Kinn. Die warmen braunen Augen …

Oh je.

Es würde schwer werden, Leo zu ignorieren – seine ganzen herrlichen muskulösen hundert Kilo. Allein die Vorstellung, dass er nun jeden Moment an ihrer Bürotür vorbeikommen konnte, war irritierend. Wenn sie ihn fast jeden Tag sehen würde, ließe sich diese Flut von Erinnerungen nicht mehr zurückhalten.

Immerhin gab es zwischen all dem Traurigen und Schrecklichen auch so viel Gutes. Sie hatten so viel Spaß miteinander gehabt. Nun, da sie mit ein paar Jahren Abstand darauf zurückblickte, wurde Georgia klar, dass sie wahrscheinlich eines dieser Paare gewesen waren, wie einsame Menschen sie hassen. Wann immer sie zusammen im selben Raum waren, hatten sie einander berührt. Beim Essen lag seine Hand unter dem Tisch auf ihrem Knie. Ihre Finger zerzausten die Haare an seinem Hinterkopf.

Und all die heimlichen Küsse ...

Georgia wand sich in ihrem Bett. Die Erinnerung an Leos Hände auf ihrem Körper war stark, auch nach all den Jahren. Wann immer sie einen Augenblick lang allein gewesen waren, waren sie übereinander hergefallen. Die Mischung aus natürlichem Knistern und jugendlicher Begeisterung war quasi leicht entflammbar.

Im Nachhinein war es ein Wunder, dass sie nicht schwanger geworden war. Als Georgia achtzehn wurde und sich ohne das Wissen ihres Vaters die Spirale einsetzen ließ, hatten sie schon monatelang miteinander herumgemacht.

Die breite Sitzbank von Leos altem Truck war ihr absoluter Lieblingsplatz gewesen. Dort hatten sie sich stundenlang geküsst, ihre Hände wandern lassen und einander erkundet, soweit sie es in einem geparkten Fahrzeug wagten.

Aber zum ersten Mal wirkliche Privatsphäre hatten sie in Georgias Bett gehabt, in einer Nacht, als ihr Vater für ein Auswärtsspiel die Stadt verlassen hatte. Georgia hatte ihm geschworen, dass Leo nicht vorbeikommen würde, während sie allein zu Hause war. Doch sobald sein Auto aus der Einfahrt gerollt war, hatte sie Leo angerufen, um ihm zu sagen, dass die Luft rein sei.

Nachdem sie aufgelegt hatte, zog sie sich aus und stieg ins Bett. Dort lag sie, die Laken seidig auf ihrer erhitzten Haut, und lauschte. Zehn Minuten später hörte sie das Motorengeräusch von Leos Truck. Hörte ihn die Tür zuschlagen, als er ausstieg.

Georgia presste sich das Laken an die Brust, wo ihr Herz Mambo tanzte – nicht vor Angst, sondern vor Erwartung. Sie hörte Leos gedämpfte Schritte im Haus, während er nach ihr suchte.

Als er schließlich in der Tür zu ihrem Zimmer erschien, strahlte sein Blick genug Hitze aus, um sie zu schmelzen. Er streifte seine Schuhe ab und kam zum Bett herüber. Ohne ein Wort zu verlieren, warf er seine Hockeyjacke beiseite und kletterte aufs Bett, drückte sie mit der Hüfte in die Matratze, sein Mund landete auf ihrem Hals.

Sie keuchte und zog ihn mit ihren nackten Armen näher an sich. Sein warmer Mund machte aufregende Dinge an ihrem Hals, während sie am Saum seines T-Shirts herumfummelte. »Runter. Sofort«, befahl sie.

»Ich oder das Shirt?«, knurrte er ihr ins Ohr.

»Das Shirt! Und die Jeans. Alles.« Sie sagte, was sie wollte, und schämte sich nicht dafür. So war es zwischen ihnen. Einfach. »Du hast hier als Einziger irgendetwas an.«

Leos Augen weiteten sich, dann kam er auf die Knie hoch und zog sich das Hemd aus, um die schlanke, muskulöse Brust zu enthüllen, die sie immer bewundert hatte. Dann wanderten seine Finger zu seinem Reißverschluss, und er bemerkte, dass sie ihn beobachtete. Ein anderer Junge wäre vielleicht schüchtern geworden. Aber er ließ sie nicht aus den Augen, sein Gesichtsausdruck war feurig. Und als er seine Jeans und die Boxershorts heruntergeschoben hatte, sprang seine Erektion hervor.

Georgias Magen flatterte. Dann streckte sie langsam die Hand aus und umfasste ihn. Er war unglaublich heiß und hart in ihrer Hand.

Leo warf den Kopf zurück und keuchte zufrieden. Also bewegte sie die Hand langsam an seinem Schaft auf und ab, wobei ihr Daumen hin und wieder erkundend über die Spitze strich. Leo stieß einen hilflosen, kehligen Laut aus, also machte sie es noch einmal. Einen Augenblick später schloss sich seine Hand um ihre. »Ich bin etwa dreißig Sekunden davon entfernt, hier alles einzusauen«, keuchte er.

»Ist mir egal«, flüsterte sie. Leo um den Verstand zu bringen, war das Beste, was es gab.

»Noch nicht«, widersprach er und löste sanft ihre Hand von seinem Körper. Er zog sich die Jeans und die Socken aus. Da wagte Georgia es, ihr Laken komplett zur Seite zu schieben.

Leo fielen fast die Augen aus dem Kopf. Einen Moment lang war er sprachlos, und Georgia hielt den Atem an. Dann atmete Leo plötzlich aus. »Verdammt, ich liebe deinen Körper«, sagte er. Er hatte eine Hand auf ihren flachen Bauch gelegt und hielt inne, als könne er sich nicht entscheiden, was er zuerst berühren sollte.

»Dann komm her«, flüsterte sie und rutschte zu Seite, um ihm Platz in ihrem schmalen Bett zu machen.

»Okay.« Er schlüpfte neben ihr ins Bett, seine Augen lachten. »Das ist schon jetzt die beste Nacht meines Lebens«, flüsterte er.

Georgia konnte nicht länger warten. Sie umfasste mit beiden Händen sein Gesicht und küsste ihn.

Er keuchte und vertiefte den Kuss. Dann rollte er sich auf sie. Und endlich waren sie Haut an Haut. Überall. Er schob ihr seine Zunge in den Mund, und sie spürte, wie sie das Verlangen überflutete …

Uarrrgh. Allein in ihrem kalten Bett in Brooklyn, drehte Georgia sich um. Sie würde nie einschlafen können, wenn sie weiter daran dachte. Jetzt war sie aus zwei Gründen schlaflos – weil sie einen harten Tag hinter sich hatte und weil ihre Libido sich zum ersten Mal seit Jahren wieder meldete.

Danke, Leo Trevi. Vielen Dank.

4

Samstag, 30. Januar
30 Tage vor dem Ende der NHL-Transferperiode
Brooklyn, New York

Schlagzeilen des Tages:
Kann ein neuer Coach die Bruisers retten?
Oder ist es dafür schon zu spät?
– ESPN

Hitzköpfiger Bruisers-Rookie und
missmutiger Kapitän geraten aneinander
– Puckrakers Blog

»Noch mal!«, brüllte Coach Karl von der Seitenlinie.

Leo sah zum zehnten Mal in zehn Minuten in O'Douls grimmiges Gesicht. Sie machten eine Drei-gegen-zwei-Übung, die dazu diente, sie auf die wichtigen Minuten in Unterzahl vorzubereiten. Sein Partner war Jason Castro, ein junger Stürmer. Die beiden mussten nur den Puck an O'Doul und zwei von seinen widerspenstigen hünenhaften Handlangern vorbeikriegen.

Ein paarmal war ihnen das schon gelungen, aber nicht so oft, wie Leo es sich gewünscht hätte. Und leider war sein Partner gerade aus dem Gleichgewicht geraten, als einer ihrer Gegenspieler sich mit Höchstgeschwindigkeit auf ihn gestürzt hatte. Er konnte zwar noch passen, aber es war ein lahmer Schuss.

Leo holte aus, erwischte den Puck mit der Spitze des Schlägers und schoss ihn weg.

Fast wäre er zwischen O'Douls Beinen hindurchgesegelt. Doch in letzter Sekunde schloss der die Lücke und hielt.

Fuck.

»Netter Versuch, Collegeboy.« O'Doul lachte leise.

Nach ein paar weiteren Übungen bat einer aus dem Trainerstab die Stürmer um eine letzte Sprinteinheit. Leo stürzte los und gab alles. Seine Oberschenkel und seine Lungen brannten, während er sich durch die auf das Eis gestellten Kegel fädelte. Aber er liebte die Herausforderung. In der Eishockeywelt hatte alles seine Ordnung. Klar, jedes Spiel und jedes Training hatten eine Million möglicher Ergebnisse. Aber es gab Regeln, und wer sie nicht befolgte, wurde rausgeworfen. In den sechzig Minuten des Spiels wusste Leo immer, was ihn erwartete.

Anders als im echten Leben.

Als Georgia ihn verlassen hatte, hatte ihn der Verrat überrascht. Er hatte sie so heiß und innig geliebt, wie ein Junge es nur konnte. Er hatte ihr alles gegeben. Und war doch weggestoßen worden.

Aber Hockey funktionierte anders. War man der beste Mann auf dem Eis, gewann man irgendwann. Und ein guter Teamkamerad wurde immer geschätzt.

Neben dem Eis konnte einem Typen das Herz gebrochen werden. Auf dem Eis verlor man ein Spiel, das war scheiße. Man gewann ein Spiel, das war toll. Und irgendwie gab es immer ein nächstes Spiel, auch wenn es vielleicht nicht in der Liga stattfand, auf die man gehofft hatte.

Das war das pure Leben.

Der Abpfiff signalisierte das Ende von seinem ersten Training mit den Bruisers.

Als er zum Abkühlen noch ein paar Runden lief, rann ihm der Schweiß in die Augen. Heute Morgen war er wie ein Verrückter über das Eis geglitten. Er musste sich nicht nur dem Coach und dem Team beweisen, sondern es half auch, etwas von seinem Ärger auszuschwitzen. Sein Körper war schwer von der wohlverdienten Erschöpfung. Und niemand konnte behaupten, er hätte nicht einhundert Prozent gegeben.

Es war nicht leicht, der Neue zu sein. Jedes Mal, wenn er einen Sprung auf der Karriereleiter machte, hatte er wieder Angst vor der untersten Stufe. In der Highschool hatte er geglaubt, er wäre verdammt gut. Dann kam er aufs Harkness College und hatte seine Lektion gelernt, indem er eine ganze Saison in jedem Training zur Sau gemacht worden war, bevor er es im zweiten Studienjahr endlich hingekriegt hatte. Danach lief es gut, und er arbeitete härter als jemals zuvor in seinem Leben. Sein Lohn war der herausragende Verlauf der NCAA Championships im dritten und letzten Studienjahr. Fünf Wochen vor dem Abschluss hatten sie die Frozen Four, die Finalserie der NCAA, gewonnen.

Ziel erreicht.

Aber dann hatte er bei einem Minor-League-Team unterschrieben, und das Ganze fing von vorne an. Unterste Stufe. Große Veränderungen. Er musste sich auf einem ganz neuen Level beweisen. Das vergangene Jahr war jedoch gut gelaufen. Anstatt ein ganzes Jahr zu brauchen, um sich bei den Muskrats unentbehrlich zu machen, hatte er nur zwei Monate gebraucht.

Dieses Mal? Er nahm an, dass er zwei bis drei Wochen hatte, um sich zu beweisen. Und wenn der Coach und O'Doul beide beschlossen, ihn zu hassen, wäre selbst das nicht schnell genug.

Das Team verließ nacheinander das Eis, während der Coach an der offenen Tür stand und das eine oder andere Wort zu den Spielern sagte, die auf die Matten traten. »Schön zu sehen, dass das Handgelenk wieder funktioniert«, sagte er zu O'Doul. »Freu mich drauf, mit dir zu arbeiten«, sagte er zu Castro.

Als Leo heraufkam, presste der Coach die Lippen zusammen. Er bekam nichts als ein kurzes Nicken.

Scheiße.

Auf müden Beinen wankte er Richtung Umkleide. Heute waren viele Zuschauer zum Training gekommen, und Leo war so hart über das Eis gelaufen, dass er sie gar nicht bemerkt hatte. Die Vorstellung, dass Leute einen Samstagnachmittag damit verbringen wollten, dem Team beim Trainieren zuzusehen, war schon schräg.

Niemand spielte Eishockey wegen des tobenden Publikums. Man musste das Spiel selbst lieben, denn in den ersten fünfzehn Jahren oder so gab es nur einen selbst und die Konkurrenten. Und vielleicht die Eltern, die einen erst mal zum Eis fahren mussten. Bevor er aufs College kam, hatte er nie vor kreischenden Fans gespielt, und normalerweise hatte er die sowieso nicht wahrgenommen.

Aber hier standen jetzt Fans aller Altersgruppen und beugten sich über die Absperrung, an der die Spieler auf ihrem Weg zur Umkleide vorbeikamen. Sie winkten und streckten den bekannten Spielern Trikots und Programme entgegen; ein paar von ihnen blieben stehen, schrieben Autogramme und schüttelten Hände.

Leo musterte ihre Gesichter, als er seinen müden Körper zu den Türen schleppte. Im Augenblick gab es nur eine Person, die seine Aufmerksamkeit hätte erregen können – eine gewisse Wahnsinnstennisspielerin mit langen Beinen und großen blauen Augen.

Er wusste nicht, was er davon halten sollte, dass sie so plötzlich wieder in sein Leben getreten war. Gestern war sie so reserviert gewesen. Das sah ihr gar nicht ähnlich. Das Mädchen in seiner Erinnerung hatte ein strahlendes Lächeln und war total unkompliziert.

Georgia gehen zu lassen, war das Schwierigste, was er jemals hatte tun müssen. Und er hatte es nur über sich gebracht, weil er sicher war, dass es ihr dabei half, wieder glücklich zu werden. Die Vorstellung, dass ihre Trennung sie hatte verbittert werden lassen, war ihm unerträglich.

Wenn sie nicht glücklich war, musste er den Grund herausfinden.

Leo konnte sie jedoch nicht in der Menge ausmachen. Vielleicht wurde sie bei öffentlichen Trainings nicht gebraucht. Als Rookie hatte er keine Ahnung, wie die Organisation funktionierte. Es war schwer zu sagen, wie lange er in Brooklyn bleiben würde. Aber eines wusste er sicher – er würde mit ihr sprechen, und zwar bald. Er wollte sie nicht verlassen, ohne zu wissen, ob es ihr gut ging. Wenn er sie das nächste Mal sah, würde er sie fragen, ob sie etwas Zeit für ihn hätte.

Als er bei der Umkleide ankam, war es dort schon laut, die Jungs ärgerten und veräppelten sich gegenseitig. Er dagegen nahm seine Schoner schweigend ab und ließ noch einmal das Training vor seinem inneren Auge Revue passieren. Er hatte heute eine richtig gute Leistung abgeliefert. Außerdem hatte er eine großartige Saison mit den Muskrats hinter sich und war in Topform.

Er konnte einfach nur beharrlich weitermachen und hoffen, dass die richtigen Leute Notiz davon nahmen.

Silas, der Ersatztorhüter, setzte sich neben ihn. »Hey, du hast da draußen alles richtig gemacht. Aber du hast wirklich nicht gescherzt – der Coach ist tatsächlich nicht dein größter Fan, was?«

»Ist das so offensichtlich?« Leo zog die Schlittschuhe aus. »Was hast du jetzt vor?«

»Eislaufen, bis mir die Beine bluten. Und keinen Langzeitmietvertrag unterschreiben.«

Silas lachte. »Wo wohnst du denn?«

»Keine Ahnung. Hast du ein paar Tipps? Meine Familie wohnt keine Stunde von hier entfernt, aber das ist trotzdem etwas zu weit. Stell dir mal vor, ich komme zu spät zum Training, weil ich im Stau stecke. Das kann ich mir nicht erlauben. Obwohl der Coach aus derselben Gegend kommt. Vielleicht mag er mich mehr, wenn ich ihm anbiete, seinen Chauffeur zu spielen.«

»Biete ihm an, sein Auto zu waschen.« Silas kicherte. »Und vielleicht sein Haus anzustreichen. Alles, was geht, um sich mit ihm gut zu stellen.«

O'Doul blieb vor ihrer Bank stehen. »Pass bloß auf«, sagte er zu Silas. »Der Collegeboy mag keine Ratschläge.«

Verdammter Mist. »Hör mal, das mit gestern tut mir leid. Auf dem Eis bin ich ruhig, aber in einem Raum voller Reporter fällt mir das schwer«, sagte Leo. Das hatte er auch schon nach dieser katastrophalen Pressekonferenz gesagt, aber O'Doul hatte ihm nur den Mittelfinger gezeigt und war gegangen.

»Kein Ding«, sagte Doulie mit zusammengepressten Lippen. »Ich bin nicht so schnell beleidigt. Aber es scheint, als würde unser neuer furchtloser Coach dich nicht besonders mögen. Das ist dein eigentliches Problem.«

Offensichtlich war es niemandem im gesamten Universum entgangen. »Ich werde darüber nachdenken.«

O'Doul sah ihn noch einmal grimmig an und marschierte Richtung Dusche. Der Typ war verdammt schwer zu durchschauen. Er wirkte, als arbeitete er hart daran, eine entspannte Haltung vorzutäuschen, aber Leo war sich ziemlich sicher, dass der Kapitän stärker unter Spannung stand als ein Flitzebogen.

»Scheiße«, sagte Silas. »Es ist nicht gut für dich, wenn er dich auch nicht leiden kann.«

Leo nahm sich vor, sein Workout morgen früh zu verdoppeln. Er musste die anderen beeindrucken. Sofort. »Wann öffnet die Trainingshalle?«

»Sieben. Aber vor dem Gerätetraining gibt es Yoga.«

»Was … Hast du gerade *Yoga* gesagt?«

Silas grinste. »Willkommen in Brooklyn, Kumpel. Mach dir keine Sorgen. Die ersten zwanzig Mal siehst du zwar aus wie ein Riesentollpatsch, aber du musst danach keine Saft-Entgiftungskur machen.«

»Egal. Ich komme.« Selbst wenn die Bruisers Wackelpudding-Ringen machten oder Falun-Gong-Anhänger waren, würde er mitmachen.

»Hör mal, ich habe einen Vorschlag«, sagte Silas. »Der Typ, den du in unserem Kader ersetzt hast, hatte ein Zimmer bei mir in der Water Street gemietet. Das ist zwei Blocks von hier entfernt. Jetzt, wo er weg ist, fehlt mir die Kohle. Ich kann dir das Zimmer auch ohne Mietvertrag geben, weil ich mir die Wohnung nicht alleine leisten kann. Ich habe einen Zwei-Wege-Vertrag; solange ich kein Stammspieler bin, werde ich wie in der Minor League bezahlt.«

»Ach. Zwei Blocks entfernt?« Das klang wie ein Volltreffer.

»Ja, der Weg zur Arbeit ist super. Aber du solltest trotzdem noch mal drüber schlafen. Vielleicht willst du es ja doch nicht.«

»Warum? Schnarchst du? Oder stehst du auf Disco-Musik?«

Silas schüttelte den Kopf. »Weder noch. Es ist nur so, dass das Zimmer so eine Art Schleudersitz ist. Du wärst der vierte innerhalb von vier Monaten.«

Leo lachte leise. »Ist es verflucht? Wenn du Silas' zweites Zimmer nimmst, fliegst du bei den Bruisers raus?« Das klang bescheuert. Aber … *vier* Typen?

»Die Leute glauben seltsameres Zeug als das«, betonte der Torwart.

»Ja, das stimmt. Danke, Mann. Ich schlaf drüber. Klingt allerdings nach einer einfachen Entscheidung.«

»Nimm dir Zeit«, sagte Silas, während er Strumpfhalter und Socken auszog. »Ich wollte das Zimmer sowieso nicht vor den nächsten Auswärtsspielen im Internet anbieten. Wenn ich nicht da bin, kann ich es auch niemandem zeigen.«

»Cool. Ich sag dir Bescheid.« Leo ließ die restlichen Klamotten fallen und ging zu den Duschen. Die Bruisers hatten eine großartige Trainingsanlage. Er hatte schon an einigen ganz netten Orten gespielt, aber hier war es richtig luxuriös – großzügige Räume, gutes Licht und elegantes Design. Leo betrat die Duschkabine, die mit weißem Marmor gefliest war, und der Spender an der Wand enthielt verschiedene Duschgels und Shampoos, alle mit teuer wirkenden Etiketten. Er entschied sich für ein Shampoo, das angeblich »Seepalmenextrakt« enthielt. »Für Volumen und Glanz.«

Gut zu wissen.

Beim Duschen beschloss er, Silas' Angebot anzunehmen. Er hatte nicht die Zeit, sich um eine Wohnung zu kümmern. Wenn sein Vertrag bestehen blieb, wäre Geld kein Problem. Er brauchte keinen Mitbewohner. Aber wenn der Coach wollte, konnte er ihn immer noch in die Minor League zurückschicken, wo Leo einer der bestbezahlten Spieler außerhalb der NHL wäre. Das wäre scheiße, aber wenn er Silas' Zimmer nähme, hätte er wenigstens nicht noch einen laufenden Mietvertrag.

Und sollte sich alles zum Guten wenden, könnte Leo auch noch in ein paar Monaten eine eigene Wohnung nehmen, wenn er Lust hatte.

Über den Fluch – die Verwünschung oder das Schicksal –

des Zimmers würde Leo sich keine Sorgen machen. Wenn er wieder irgendwohin geschickt würde, wäre das nicht die Schuld des Zimmers. Es wäre entweder Karls oder seine. Und an etwas anderes zu glauben, war einfach lächerlich.

Langsam zog er sich an und fragte sich, wo er in der Nähe wohl ein spätes Mittagessen bekam.

5

Wie sich doch innerhalb eines Tages alles verändern konnte.

Georgia beugte sich in Jeans und Hoodie über ihren Schreibtisch und überlegte, ob sie schon mal ihren Lebenslauf aktualisieren sollte. Vor ihr auf dem Tisch lag die Liste der Anrufer seit dem gestrigen Fiasko. Gut die Hälfte hatte sich nach dem Vorfall mit Leo Trevi und dem eingeschalteten Mikro erkundigt.

Und heute? Heute waren es *noch zwei Dutzend* Anfragen mehr. Sie notierte sich jede einzelne auf ihrem Block. Die Interviewanfragen für Leo strömten nur so herein, und nicht alle kamen von seriösen Newsseiten. Als sie der Sache mit den Hockey-Hotties nachgegangen war, hatte man ihr gesagt, er solle sich nackt für einen Benefizkalender ablichten lassen.

Niemand hatte jedoch um ein Interview mit dem neuen Coach des Teams gebeten.

Georgia grummelte allein in ihrem Büro vor sich hin, als erneut das Telefon klingelte. Es war Samstag, und im Grunde war das Pressebüro nicht besetzt, also musste sie nicht abnehmen. Sie ließ den Anruf auf die Mailbox gehen. Eine Minute später leuchtete das Lämpchen für eine neue Nachricht auf. Also nahm sie den Hörer ab, um herauszufinden, was der Anrufer wollte.

»Hallo, hier spricht Randy Fenning, Faktenchecker bei Page

Six. Ich bräuchte eine Bestätigung, dass es sich bei der Georgia Worthington, die im Schuljahrbuch der Huntington Northern High School neben Leo Trevi abgebildet ist, um dieselbe handelt, die heute als Pressesprecherin für die Brooklyn Bruisers tätig ist. Bitte rufen Sie mich zurück unter der Nummer 212 …«

Sie stöhnte so laut, dass es von den kahlen Bürowänden widerhallte. Es wäre schon schlimm genug, wenn sie ihren Namen auf Blogs lesen müsste, die nichts Besseres zu tun hatten, als über eine Highschool-Romanze zu spekulieren. Aber ihr *Foto*? Das wäre eine absolute Katastrophe. Es ging nicht nur um den Peinlichkeitsfaktor – eine Pressesprecherin konnte einfach nicht effektiv arbeiten, wenn sie *Teil der Story* war, die es zu managen galt.

Es hätte sie nicht gewundert, wenn man bis Montagmorgen um neun eine neue Pressechefin eingestellt hätte.

Und dann erst das *Bild*. Igitt. Georgia hatte wirklich keine Lust, ihr achtzehnjähriges lächelndes Ich auf der Website eines Klatschmagazins zu sehen. Sie hatte das Jahrbuch gerade nicht zur Hand, vermutete aber, dass der Journalist sich auf das Foto bezog, auf dem Leo den Arm um sie gelegt hatte und sie lächelnd beim Schulfest auf der Tribüne saßen. Georgia erinnerte sich noch gut an dieses Foto. Es zeigte zwei einander zugewandte Gesichter, und sie lächelten breit wie zwei liebeskranke Idioten. Ihre jugendliche Leidenschaft troff geradezu aus dem Bild. Es war der Schnappschuss eines glücklichen, unbeschwerten Moments, bevor sie den Ernst des Lebens kennengelernt hatte.

Das Foto war nur wenige Monate vor der Vergewaltigung in Florida aufgenommen worden.

Georgia wollte es nicht im Internet sehen. Sie wollte es überhaupt nicht sehen. Und so zornig sie auch über Leos Mikro-Unfall war, war sie sich dennoch sicher, dass er das Bild auch nicht sehen wollte. Er konnte jetzt keine Ablenkung gebrauchen, und falls er eine Freundin hatte, würde eine solche öffentliche Spekulation die Dinge zu Hause ziemlich unangenehm machen.

Immerhin hatte er eine wertvolle Lektion über Mikrofone und Pressekonferenzen gelernt.

Sie trank ihren Kaffee aus und beantwortete die letzte E-Mail. Um ehrlich zu sein, galten auch einige Anfragen ihrem Vater und dem Geschäftsführer. Die Verkündung des neuen Cheftrainers bekam also zumindest *ein bisschen* Aufmerksamkeit. Sie machte sich eine Notiz, ihren Vater zu bitten, die dringendsten Anrufe von *Sports Illustrated* und *ESPN* zu beantworten.

Und was sollte sie nun mit diesen Anfragen für Leo machen? Ein Fotoshooting ließ sich leicht arrangieren. Ein Interview war dagegen komplizierter, wenn sie den Vorfall bei der Pressekonferenz herunterspielen wollte. Öffentliches Interesse an einem Spieler *konnte* etwas Gutes sein. Georgias Aufgabe war es, das Interesse an dem Team und seinen Spielern in geregelte Bahnen zu leiten. Eine Pressesprecherin war dazu da, die Marke des Teams zu stärken und seine Botschaft zu verbreiten. Aber da es so aussah, als hätte Leo den Teamkapitän *bedroht*, war das Ganze eine heikle Angelegenheit. Sie würde auch O'Doul bitten müssen, sich mit ein paar Schreiberlingen zusammenzusetzen. Vielleicht konnte er ein Zuversicht vermittelndes Interview darüber geben, wie gut sich die Neuzugänge in die Mannschaft integriert hatten …

Jemand klopfte an ihre Bürotür, und sie zuckte zusammen. »Herein.«

Die Tür schwang auf, und dahinter erschien niemand Geringeres als der Oberboss persönlich, Nate Kattenberger. »Tag«, sagte er, und Georgia rutschte das Herz in die Hose. »Du verkriechst dich an einem Samstag hinter deinem Schreibtisch?«

Sie räusperte sich. »Jede Menge Presseanfragen. Die *Times* möchte mit dir und Hugh über eure Trainerwahl sprechen.« *Und außerdem möchten Dutzende professioneller Tratschtanten die Geschichte über eure Millionen-Dollar-Entscheidung mit einer Story über meinen Highschool-Freund in den Hintergrund drängen.*

Er zuckte mit den Achseln. »Okay. Mach einen Termin. Solltest du nicht unten beim öffentlichen Training sein?«

Und wie ich das sollte. Aber Georgia hatte das Eis heute gemieden, obwohl das öffentliche Training eine gute Gelegenheit war, mit treuen Anhängern ins Gespräch zu kommen. Normalerweise schaute sie gern vorbei, um sicherzugehen, dass die Mitarbeiter die Spielpläne verteilten, die sie ausgedruckt hatte.

»Natürlich, ich wollte mich gerade auf den Weg machen«, log sie, stand auf und griff nach ihrem Klemmbrett. Sie wollte vor Nate nicht nachlässig wirken. Und wenn sie schon unten am Eis wäre, würde sie die Spieler an die Benefizveranstaltung erinnern, an der sie nächste Woche teilnehmen würden.

Nate hielt ihr die Bürotür auf. Sie folgte ihm hinaus auf den Flur. Ihr Weg führte sie durch die Lobby und hinunter in einen Tunnel aus Ziegeln und Glasbausteinen bis hin zu dem brandneuen Trainingseis, das Nate hier am Rand des Brooklyn Navy Yard hatte bauen lassen.

Ihr hochrangiger Begleiter sagte nichts, während sie nebeneinanderher gingen. Anfangs hatte sie es einschüchternd gefunden, für einen Mann wie Nate zu arbeiten. Aber seine lässige Art hatte sie schließlich für ihn eingenommen. Heute trug er seinen typischen Hoodie und Sneaker. Allerdings einen Kaschmir-Hoodie von Bergdorf, und die Sneaker waren von Tom Ford.

Sein Schweigen machte sie ein wenig nervös, auch wenn sie sich die Anspannung vielleicht nur einbildete. Bei Nate wusste man nie so genau, was er dachte. Vielleicht entwickelte er im Geiste gerade eine neue Software, die die Art und Weise revolutionierte, wie sich Handys mit dem Internet verbanden. Oder er grübelte darüber nach, welche Non-Profit-Organisation auf der Welt eine Hundert-Millionen-Dollar-Spende wohl am besten gebrauchen konnte.

Oder? Oder er überlegte gerade, wie er ihr ihre Degradierung beibringen sollte.

»Leo Trevi hat sich da gestern bei der Pressekonferenz einen ziemlichen Patzer geleistet«, sagte er schließlich.

»Es tut mir wirklich leid, dass es so gelaufen ist«, sagte sie eilig, während ihr Magen eine Etage tiefer rutschte.

»Ich weiß.« Er lachte tatsächlich. »Immerhin war die Pressekonferenz nicht *langweilig*.«

Das wäre Georgia allerdings lieber gewesen. Aber nun, da sie schon einmal so offen miteinander redeten, würde sie ihm wohl etwas gestehen müssen. »Ähm, wie es der Zufall will, waren Leo und ich auf der Highschool zusammen. Also, ähm … wird demnächst ein Bild auf den Klatschseiten die Runde machen.«

Nate warf ihr einen Seitenblick zu, während er ihr die Tür zum Eis aufhielt. »Ein *kompromittierendes* Bild? Das wird deinem Vater nicht gefallen.«

»*Gott, nein.*« Sie atmete tief ein und wieder aus. »Nein – ein Reporter hat unser altes Schuljahrbuch ausgegraben.«

»Ah.« Nate grinste. »Also bloß schlechte Frisuren und eine kitschige Bildunterschrift. Das Team hat schon Schlimmeres überstanden.«

Seine scheinbare Gleichgültigkeit gegenüber diesem Theater hatte sie nicht erwartet. »Ähm, stimmt«, stammelte sie und überholte ihn, während ihr die eisige Luft von der Trainingsfläche entgegenschlug. »Und ich, ähm, ich mache den Interviewtermin mit der *Times* fest.«

»Perfekt. Kopf hoch, Georgia.« Er schenkte ihr ein undurchschaubares Lächeln und ging an ihr vorbei.

Vielleicht würde sie diese Woche also doch überstehen. Wer wusste das schon?

Blitzlichter flammten auf, als Nate die Menge durchschritt, hinein ins Herz der Trainingsanlage. Die Fans interessierten sich mindestens genauso sehr für ihn wie für die Spieler. Dabei war das Training bereits beendet, und das Personal sorgte beflissen dafür, dass alle Zuschauer hinter den samtenen Absperrungen blieben, die den öffentlichen Bereich von den Umkleiden, den Massageräumen und dem Kraftraum trennten. Letztes Jahr hatten sie nach einem öffentlichen Training eine Handvoll Groupies nackt im Whirlpool erwischt, wo diese auf die Mannschaft warteten, also war ständige Wachsamkeit angesagt.

Georgia zog sich die Kapuze ihres Sweatshirts über den Kopf, nur für den Fall, dass unter den Zuschauern irgendein Pressevertreter war, der sie von der gestrigen Pressekonferenz wiedererkannte. Dann ging sie auf die Mitarbeiter zu, die den Eingang bewachten, wo eine lange Schlange von Fans geduldig darauf wartete, wer herauskommen und Autogramme geben würde.

Ein Mitarbeiter, den alle Old Bob nannten, öffnete die Absperrung für Georgia, als sie auf ihn zukam. »Hallo, Süße.«

»Wie war das Training, Bob?« *Haben sich mein Vater oder der Kapitän auf dem Eis mit meinem Exfreund geprügelt?*

»Sieht gut aus, Miss Georgia. Ich glaube, morgen Abend gegen Tampa haben wir gute Chancen.«

Puh! »Das glaube ich auch. Dann sehen wir uns morgen, was?« Sie ließ die Menge hinter sich und ging eilig durch den hell erleuchteten Korridor. Sie trat durch eine weitere Tür und näherte sich den Umkleiden. Doch unmittelbar davor blieb sie stehen.

Hin und wieder musste sie die Umkleiden betreten. Aber es war nicht der bevorzugte Ort, an dem sie mit den Spielern redete. Vor allem wusste sie nie genau, wo sie hinschauen sollte, während sie darauf wartete, bis sich ein Kerl seine Unterwäsche angezogen hatte, um mit ihr zu reden. So viel attraktive Männlichkeit in einem Raum konnte einen wirklich ein bisschen benommen machen.

Und heute war die Angelegenheit sogar noch zehnmal schwieriger, weil *Leo* hier war. Sie wollte ihn wirklich nicht nackt sehen. Es war schon schlimm genug, dass sie jetzt mehr oder weniger im selben Gebäude arbeiteten. Das Team hatte diese Woche eine Reihe von Heimspielen, und es war seltsam zu wissen, dass sie jederzeit um eine Ecke biegen und dem einzigen Mann gegenüberstehen könnte, der sie je geliebt hatte.

Ein nackter Leo wäre mehr, als ihr armes Herz verkraften würde. Wahrscheinlich würde ihr eine Ader platzen, wenn sie seine eins neunzig großen muskelbepackten hundert Kilo (vielen Dank, Spielerdatenblatt) am anderen Ende der Umkleide sehen würde. Ihre Fantasie jedoch driftete ständig ab und wollte sich Leo 2.0 ohne Klamotten vorstellen. Schon als Teenager war er stark und durchtrainiert gewesen. Wenn sie neben ihm auf dem Beifahrersitz seines Trucks gesessen hatte, hatte sie immer seinen Bizeps bewundert.

Und nun? Wenn sie in der Umkleide stände, während er sich umzog, würde man ihren Blick operativ von seinem durchtrainierten Hintern entfernen müssen.

Sie würde diesen Raum nie wieder betreten können. Ganz klar.

Zum Glück kamen in diesem Moment die Spieler einer nach dem anderen aus der Umkleide, die Haare noch nass vom Duschen. »Massey!« Sie stoppte einen von ihnen mit erhobenem Klemmbrett auf dem Gang. »Du hast noch nicht für die Brooklyn Art Benefizgala nächste Woche zugesagt. Vergiss das nicht.«

Der massige Verteidiger hielt inne und grinste sie an. »Jawohl, Ma'am. Ich bin dabei. Und ich bringe eine Begleitung mit, habe mich aber noch nicht entschieden, welche.«

Georgia machte sich eine Notiz auf ihrem Block. »Okay. Schick mir spätestens achtundvierzig Stunden vorher ihren Namen per E-Mail, okay? Du willst ja nicht herumstehen und warten, während sie den Namen deiner Begleitung auf der Last-Minute-Liste suchen.«

»Alles klar.« Er trampelte davon, und sie schnappte sich den nächsten der Jungs, der herauskam, um ihm die gleiche Frage zu stellen.

Als sie das nächste Mal aufblickte, stand Leo nur wenige Schritte von ihr entfernt und schaute sie mit diesen freundlichen braunen Augen an, die sie immer geliebt hatte. »Hi Georgia«, sagte er.

»Hi«, setzte sie an. Aber sie brachte das Wort nur halb heraus, und das Ergebnis war eher so etwas wie ein stockendes Keuchen.

»Hör mal«, sagte er und rückte die Sporttasche auf seiner breiten Schulter zurecht. »Das mit der Pressekonferenz tut mir wirklich leid. Ich wusste nicht –«

»Ich weiß«, schnitt sie ihm viel zu hastig das Wort ab. Sie sollten diesen Augenblick wirklich nicht noch einmal durchspielen. »Vergessen wir das einfach.« Das hatte schnippisch geklungen. *Verdammt.* »Ähm, es gibt ein paar Promo-Termine, die du in den nächsten Wochen wahrnehmen solltest. Ich muss dir eine Liste mailen. An welche Adresse soll ich sie schicken?«

Er musterte sie eine Sekunde lang, ehe er mit einem ernsten Ausdruck auf dem kantigen Gesicht antwortete. »Meine E-Mail-Adresse hat sich nicht geändert, Gigi. Du kannst mir jederzeit etwas schicken.«

»Gut.« Sie schluckte. »Okay. Als Erstes, ähm, musst du wissen, dass das ganze Team heute in einer Woche bei der Brooklyn Art Benefizgala erwartet wird. Es ist eine Cocktailparty mit Abendgarderobe. Und du musst mir den vollen Namen deiner Begleitung schicken, damit es beim Einlass keine Verzögerungen gibt.«

Er runzelte die Stirn. »Ich habe keine Zeit, mir eine Begleitung zu suchen. Wie wäre es, wenn du mit mir hingehst? Bist du schon verabredet?«

»Äh …« *Was?* »Ich kann nicht«, blaffte sie völlig schockiert. »Das ist … ähm, nett von dir, aber ich könnte niemals mit einem Spieler ausgehen.« *Herrje.* Er hatte sie doch nicht um ein *Date* gebeten. »Ich meinte, es darf nicht so aussehen, als würde ich mit einem Spieler ausgehen«, faselte sie. Es wurde mit jeder Sekunde schlimmer. »Und außerdem muss ich an dem Abend sowieso arbeiten. Lange arbeiten. Überstunden.«

Meine Fresse! Sie brachte überhaupt keinen zusammenhängenden Satz heraus. Falls irgendjemand diese stammelnde Unterhaltung belauschte, würde sie nie wieder einen Job im PR-Bereich bekommen.

Und nun starrte Leo sie an, als wären ihr gerade zwei zusätzliche Köpfe gewachsen. »Also gut, okay. Wenn es von jetzt an immer so ist …« Er seufzte, und sie zerbröckelte innerlich ein wenig. Der Haufen der Peinlichkeit türmte sich höher als das von der Zamboni, der Eisbearbeitungsmaschine, abgeschabte Eis draußen. Er war so hoch, dass sie nicht einmal darüberblicken konnte.

Sie musste unbedingt hier raus, bevor sie in das nächste Fettnäpfchen treten konnte. Auf dem Weg zur Tür murmelte sie etwas davon, er solle sie anrufen, wenn er noch Fragen habe, dann flüchtete sie.

Zumindest versuchte sie es. Aber Leo ließ es nicht zu. Mit seinen langen Beinen hatte er sie sofort eingeholt. »Warte, Gigi.« Er legte ihr eine Hand auf den Ellbogen, bevor sie die Flügeltür erreicht hatte. »Können wir irgendwann mal zusammen einen Kaffee trinken gehen? Einfach nur so?«

In ihrer Brust tanzte ihr Herz Tango. Er wollte mit ihr Kaffee trinken gehen. Das konnten eine Frau, die mit sich im Reinen war, und ihr Ex doch tun, oder? »Ähm, okay? Normalerweise habe ich mit neuen Spielern immer ein PR-Meeting. Aber das sollten wir trotzdem machen.« Das war schon wieder eine schwache Antwort.

Ganz große Klasse, Georgia! Aber sie wollte einfach nicht, dass er erfuhr, wie schwer diese ganze Situation für sie war.

Sein Gesichtsausdruck versteinerte. »Gut. Okay. Das machen wir.« Er öffnete die Tür und hielt sie ihr auf. Dankbar schlüpfte Georgia an ihm vorbei.

Aber keiner von beiden war sonderlich weit gekommen, als ein ohrenbetäubender Schrei die Stille zerriss und eine Gestalt an den Sicherheitsleuten vorbeiflog und sich auf Leo stürzte.

»Treviiiiiiii!« Die Stimme des Mädchens war beinahe so schrill wie eine Hundepfeife. »Oh mein Gott, Baby! Du hast so gut ausgesehen da draußen!« Während Georgia sie anstarrte, warf sich eine wunderschöne Frau an Leos Oberkörper und attackierte seinen Mund mit ihrem.

Leo taumelte einen Schritt zurück, ehe er sein Gleichgewicht wiederfand. Und obwohl er ziemlich verblüfft wirkte, auf einmal von diesem Mädchen geküsst zu werden, verursachte der Anblick ihrer Lippen auf seinen Georgia Übelkeit. Ihr drehte sich der Magen um, als die Fremde Leos raues Kinn in beide Hände nahm und ihn noch näher an sich zog. Ihre Fingernägel waren perfekt lackiert, schimmerten und sahen teuer aus. Und die Haare fielen ihr in seidigen Wellen über den Rücken, während sie ihn im Arm hielt.

Auf einmal verspürte Georgia das Bedürfnis, dem Mädchen mit ihrem Klemmbrett eins über den perfekten Hinterkopf zu ziehen. Und obwohl sie wusste, dass sie einfach an ihnen hätte vorbeigehen sollen, hätte sie für kein Geld der Welt den Blick abwenden können.

Nach einer Minute stellte Leo die Frau wieder auf ihre Füße. »Amy«, schnaubte er, nachdem er seinen Mund von ihrem gelöst hatte. »Was für eine Überraschung. Wie lange ist es jetzt –«

»Du bist hier!«, quietschte sie. »In New York! Ich konnte es gar nicht glauben. Um nichts in der Welt hätte ich mir dein erstes Training entgehen lassen. Oh mein Gott, warum hast du mich denn nicht angerufen? Wann bist du angekommen?«

»Äh, gestern«, sagte er und hielt ihre Hände fest, die sich auf Wanderschaft über seinen Körper begeben hatten. »Es, ähm, ging alles sehr schnell.«

Immerhin war Georgia nicht die Einzige, die stotterte.

»Na komm, lass uns gehen«, sagte die Invasorin und nahm seine Hand. »Wir könnten essen gehen, dann kannst du mir alles erzählen.«

»Ich glaube, ich habe jetzt ein Meeting«, sagte er.

Georgia verstand nicht ganz, warum sie sich einmischte. »Das Trainingsmeeting ist erst um vier«, hörte sie sich sagen.

Amy sprang auf diese Information an, ohne auch nur einen Blick auf diejenige zu verschwenden, die sie ihr geliefert hatte. »Dann hast du anderthalb Stunden«, stellte sie fest und zog an ihm.

»Leo«, fügte Georgia hinzu, bevor das Mädchen ihn entweder zur Tür hinausziehen oder ihm die Schulter auskugeln konnte, »denk daran, dass du eine Begleitung für die Benefizgala brauchst.«

Da schnellte der Kopf des Mädchens herum. »Eine Benefizgala? Wo?«

»Brooklyn Academy of Music. Kommenden Samstag.«

»Wow, am Samstag habe ich Zeit. Ich muss mir nur noch ein neues Kleid kaufen. Das wird fantastisch.«

Endlich riss Georgia sich zusammen. Sie wandte den Blick von dem Pärchen ab und machte sich auf den Weg zurück ins Büro.

Auf dem Weg dorthin überlegte sie, was sie bei der Benefizgala anziehen sollte. Und sie hasste sich ein wenig dafür, dass sie sich überhaupt Gedanken darüber machte.

6

Sonntag, 31. Januar
29 Tage vor dem Ende der NHL-Transferperiode
Brooklyn, New York

Schlagzeilen des Tages:
Brooklyn empfängt Tampa um 19.00 Uhr
– ESPN

Bruisers komplett in Familienhand.
Spieler streiten sich um Tochter des Coachs
– Pucker Up Blog

Zum ersten Mal seit gefühlt einem Jahr setzte Leo sich hin. Aber ihm blieben nur noch wenige Minuten zum Entspannen, bevor er zum Stadion musste.

Bei Silas einzuziehen, war das Einfachste in dieser Woche gewesen. Weil er nur seine Ausrüstung und ein paar Klamotten nach Brooklyn mitgenommen hatte, besaß er noch nicht einmal Bettwäsche für das Kingsize-Bett in seinem neuen Zimmer und musste sich eine Garnitur von Silas leihen.

Von seinem Platz auf Silas' riesigem Sofa bewunderte Leo die hohen Decken und den hippen Industrial-Look des Zimmers. Die Wohnung des Torhüters war schöner, als er erwartet hatte, und jetzt wusste er auch, warum der Typ einen Mitbewohner brauchte. Nur für das Zimmer bezahlte Leo doppelt so viel wie für seine komplette Wohnung in Michigan.

»Dieses Viertel ist teuer«, hatte Silas eingeräumt, als er Leo den Preis nannte. »Aber wir sind in fünf Minuten zu Fuß bei der Trainingshalle, was ziemlich praktisch ist.«

Und immerhin bekam er für das ganze Geld eine loftartige Einrichtung und eine moderne, elegante Küche. Es gab bodentiefe Fenster, großartiges Licht, und an einer der freigelegten Ziegelwände hing ein gigantischer Fernseher. Daran würde er sich gewöhnen können.

Auch Leos Zimmer hatte eine gute Größe, allerdings war es recht leer. Er brauchte einen Teppich und eine Kommode. Vielleicht einen Tisch. Aber Leo war klar, dass es dumm wäre, loszurennen und das Zimmer einzurichten. Er hatte Silas gesagt, er wäre nicht abergläubisch, aber es war schwer, diese Bude sein Zuhause zu nennen, wo doch Brooklyn offensichtlich versuchte, ihn loszuwerden.

Am Belt Parkway gab es ein Autobahnschild, auf dem stand: *Leaving Brooklyn. Fuhgeddaboutit.* Jedes Mal, wenn er in Coach Karls wütendes Gesicht sah, hatte Leo das Gefühl, er sollte sich dieses Schild auf den Hintern tätowieren lassen.

Und was wollte der Coach überhaupt von ihm? Blut? Schweiß? Tränen? Was es auch war, für die Chance, in der NHL zu bleiben, würde Leo alles geben. Gestern und heute Morgen war er für das Workout seines Lebens aufs Eis gekommen. Zuerst machten sie eine Stunde Yoga, was er seltsam fand, aber immerhin war er danach entspannt. Und dann folgte ein langes, hartes Training.

»Gute Energie«, hatte der Stürmertrainer heute Nachmittag gesagt. »Du machst das verdammt gut«, fügte der Co-Trainer hinzu. »Du hast die wenigsten Problemstellen von allen im Kader«, hatte der Mannschaftsarzt gesagt, als Leo zur ersten Untersuchung in sein Behandlungszimmer gekommen war.

Karl Worthington hatte gar nichts gesagt.

Leo lehnte sich zurück in die Kissen und schloss die Augen. Er war müde. Und er konnte sich kaum entscheiden, welches seiner Probleme er zuerst lösen sollte. Er musste den Coach beeindrucken. Das stand fest. Aber in seinem Leben gab es noch viele weitere lose Enden, um die er sich dringend kümmern musste. Sollte er zuerst ein Umzugsunternehmen damit beauftragen, seine nicht länger benötigte Wohnung in Michigan zu räumen? Selbst wenn Coach Karl ihn mit einem Arschtritt in die Minor League beförderte, würde er zu einem der Ostküstenteams kommen, das mit den Bruisers kooperierte. Oder sollte er sich Gedanken über Georgia und die schreckliche Anspannung zwischen ihnen machen? Oder – und das komplizierte das andere Problem noch weiter – über das plötzliche Auftauchen von Amy?

Leo und Amy waren im letzten Collegejahr zusammen gewesen. Aber als Leo nach Michigan zog, um in der Minor League zu spielen, hatte sie das Interesse verloren. Ihrer Meinung nach brachte es diese Liga nicht. Und seltsamerweise hatte Leo sie überhaupt nicht vermisst. Er hatte es darauf geschoben, dass er so beschäftigt war. Aber jetzt, wo sie hier aufgetaucht war und wieder da anknüpfen wollte, wo sie aufgehört hatten, empfand er nichts mehr. Gar nichts. Gestern hatte sie ihn zum Mittagessen geschleift, aber sie wollte nur über sich selbst und die Clubs sprechen, in die er sie reinbringen könnte. Als ob er Zeit hätte, tanzen zu gehen.

Er hatte ihr höflich einen Abschiedskuss auf die Wange gegeben und dann seine Liebe-Amy-Rede vorbereitet. *Du bist toll, aber ich werde eine Weile brauchen, um mich hier zurechtzufinden. Und ich kann dir gerade nicht das geben, was du brauchst.* Oder so ähnlich.

Aber er hatte diese dämliche Wohltätigkeitsgala vergessen, die Georgia erwähnt und zu der sie Amy quasi eingeladen hatte. Und als Leo nach dem Workout und zwei Stunden Videoanalyse von Tampa sein Handy einschaltete, erwarteten ihn zwanzig Nachrichten von Amy, ein Viertel davon Fotos von Kleidern, die sie anprobiert hatte.

Das letzte zeigte ein trägerloses, schimmerndes Etwas, und sie hatte geschrieben: »Das habe ich genommen!«

Er würde sie also zumindest noch einmal sehen. Aber nach der Veranstaltung wollte er ihr auf jeden Fall sagen, dass das zwischen ihnen – leider – nichts Festes würde. Wie sehr er sich auf dieses Gespräch freute. Amy mochte das Wort »Nein« nicht besonders.

Leo öffnete die Augen und sah nach, ob er Nachrichten bekommen hatte. Bis zum Anstoß zum Heimspiel gegen Tampa waren es noch drei Stunden, und er wusste nicht, ob er sich dafür anziehen sollte. Wie ein Teenager, der auf die Antwort eines Mädchens wartet, hatte er innerhalb der letzten Stunde alle drei Minuten auf sein Handy geschaut.

Das war ziemlich lächerlich.

Eine Nachricht hatte allerdings geholfen. Sein Coach auf dem College hatte ihm gemailt, der Typ, der ihn während seiner ersten Frozen Four betreut hatte. Nach der Saison war er in Rente gegangen, und Leo hatte ihn sehr vermisst – seine harte Schale, die einen empathischen Mann verbarg, sein betrübtes Lächeln nach einer Niederlage und seine Ansprachen, in denen er immer ein oder zwei verstorbene Präsidenten zitierte.

Leo,
ich kann nicht glauben, dass ich deinen Namen gestern auf der Website der New York Times gelesen habe. Einer meiner Jungs in der NHL? Für solche Momente lebe ich.
Egal, ob deine Karriere ein oder tausend Spiele dauert, ich werde immer stolz auf dich sein. Du bist nicht nur so schnell wie

der Blitz, sondern auch charakterstark und hast ein gutes Herz. Nutze diese Gaben und nicht nur deinen harten Schlag. Herzlichen Glückwunsch, Junge. Du hast es verdient.

Alles Gute
John

Scheiße. Das konnte einem helfen, den Tag zu überstehen.

»Gehst du gleich zum Stadion?« Silas kam aus seinem Zimmer und ging mit seiner Kaffeetasse in die Küche. Er klopfte sich auf den Bauch. »Wenn wir jetzt gehen, kriegen wir noch was zu essen.«

Glücklich, dass sein neuer Mitbewohner seine dunklen Gedanken durchbrochen hatte, stand Leo auf. »Klar. Du kannst mir helfen, den Weg aufs Eis zu finden.« Als Rookie wusste er noch nicht mal, wem er seinen glänzenden neuen Bruisers-Ausweis zeigen sollte, um reinzukommen.

»Cool. Dann zieh ich mich mal um.«

Leo ging in sein Zimmer, um sich einen Anzug anzuziehen. Daran musste er sich erst gewöhnen. In der Minor League konnte man im Trainingsanzug zum Stadion gehen. Die Vorstellung, dass man versuchte, diesem Sport eine glamouröse Note zu verleihen, fand er ziemlich lustig. Auch wenn sie in den VIP-Lounges Champagner für 200 Dollar die Flasche verkauften und Jets für die Reisen charterten, blieb das Spiel auf dem Eis trotzdem dasselbe. Leo hätte um jeden Preis gewettet, dass die Schiedsrichter die Pucks auch hier in einer Igloo-Kühlbox unter der Strafbank aufbewahrten.

Zurück im Wohnzimmer, ging Leo zum Fenster und sah nach unten auf die Straße, während er auf Silas wartete. Das Licht des späten Nachmittags tönte die Backsteingebäude lila. Die Water Street war schmal und eine der letzten Straßen New

Yorks, deren Pflaster noch erhalten war. Das war so viel stimmungsvoller als die Stadt, die er noch vor drei Tagen als sein Zuhause bezeichnet hatte.

Ein leuchtend gelbes Taxi hielt am Bürgersteig, und die Tür ging auf. Unter Leos Blick stieg Georgia Worthington aus. Selbst aus diesem Blickwinkel, aus dem er nur ihren Kopf von oben sehen konnte, wusste er sofort, dass sie es war. Bei ihrem Anblick wurde ihm leicht ums Herz. In einer Hand hielt sie eine Einkaufstasche, mit der anderen bezahlte sie.

Leo sah an sich hinab und checkte unterbewusst sein Äußeres. Vielleicht würde es gleich klingeln. Vielleicht würde sie heraufkommen, um das Gespräch wiederaufzunehmen, das gestern beim Training unterbrochen worden war. Ihr musste doch aufgefallen sein, wie dringend sie miteinander reden mussten.

Mit der Stirn an der Scheibe sah Leo, wie das Taxi davonfuhr. Georgia schaute erst nach links, dann nach rechts und nahm sich kurz Zeit, um die Umgebung zu prüfen. Es war gut, dass sie das machte – eine Frau bei Sonnenuntergang allein auf der Straße. Er hoffte, dass sie hier in der Stadt keine Angst hatte. Aber trotzdem war es immer gut, aufmerksam zu sein.

Dann wandte Georgia ihm den Rücken zu und holte einen Schlüsselbund hervor. Sie ging die zwei Stufen zum Aufgang des kleinsten Hauses im Block hinauf – ein Gebäude ohne Fahrstuhl, das zwischen zwei größeren eingeklemmt war. Sie steckte den Schlüssel ins Schloss, trat ein und war kurz darauf verschwunden.

»Okay!«, rief Silas hinter ihm. »Bist du fertig?«

»Glaub schon«, murmelte Leo enttäuscht. Ihm wurde bewusst, wie lächerlich die Vorstellung war, Georgia könnte auf dem Weg zu ihm sein. Er hatte ihr nicht erzählt, wo er wohnte, und sie hatte sich auch bestimmt nicht danach erkundigt.

Sein Gefühl sagte ihm, dass es zwischen ihnen noch etwas zu klären gab. Aber vielleicht war das auch nur Wunschdenken.

Er zog sich den Mantel über und folgte Silas hinaus. Mit dem glänzenden neuen Fahrstuhl fuhren sie vom vierten Stock hinunter in die Lobby. Wie das Hauptquartier der Bruisers war auch dieses Gebäude eine ehemalige Fabrik, deshalb hatte es über vier Meter hohe Decken, abgesehen von der Lobby, die doppelt so hoch war und deren Möblierung aus ledernen Clubsesseln und orientalischen Teppichen bestand. Es war wunderschön hier. Ein Türsteher in Uniform begrüßte Silas und bot ihm an, ein Taxi zu rufen.

»Das wäre toll, Miguel.« Silas und Leo folgten dem Portier nach draußen, und er winkte eines der Taxis an der Ecke heran.

Leo sah zu dem kleinen Wohnhaus hinauf, in dem Georgia verschwunden war. In der dritten Etage brannte Licht, wo vorher ziemlich sicher Dunkelheit geherrscht hatte. War das ihre Wohnung? Es erschien ihm logisch, dass jemand, der für das Team arbeitete, sich für dieses Viertel entschied.

Das Taxi hielt, und er setzte sich neben Silas auf die Rückbank. »Kennst du irgendwen von den Nachbarn?«, fragte er den Torwart.

»Nö«, sagte dieser, und das Taxi fuhr los. »Wir sind hier in New York. Man kann die Massen nur ertragen, wenn man so tut, als gäbe es die anderen acht Millionen Menschen nicht.«

Leo sah auf die dunkler werdenden Straßen hinaus und fragte sich, ob er Georgia wenigstens heute Abend aus seinem Kopf verbannen konnte. Wenn er aus dem Team geworfen wurde, weil er ständig an sie dachte, täte er keinem von ihnen beiden einen Gefallen.

»Oh, *Mann.*« Silas lachte leise. »Das kann nicht gut für dich sein. Diese verdammten Klatschblätter.«

»Was?« Er drehte sich um und sah Silas sein Handy angrinsen. Er nahm es dem Torhüter aus der Hand und blickte auf den Bildschirm, auf dem eine Seite der *Post* zu sehen war. Die Schlagzeile lautete:

Neuzugang und Kapitän kämpfen um ein Mädchen.
Aber können sie auch Tampa bekämpfen?

Es gab auch zwei Fotos. Das erste zeigte ihn am Tag der Pressekonferenz neben O'Doul auf dem Podium, beide mit grimmiger Miene. Das zweite hatte Leo seit Jahren nicht mehr gesehen – er und Georgia zusammen auf der Highschool-Tribüne, eng umschlungen und glücklich lächelnd. Er konnte sich nicht daran erinnern, worüber sie an diesem Tag gelacht hatten. Es war über sechs Jahre her, seit sie so jung und unbeschwert gewesen waren.

Verdammt. Es tat weh, das zu sehen. Ohne etwas zu sagen, gab er Silas das Handy zurück.

»Kann der Coach dich deshalb nicht leiden?«, fragte Silas. »Warst du mit seiner Tochter zusammen? Und bist du O'Doul deswegen an die Gurgel gegangen?«

Leo seufzte. »Ja. Aber das ist schon ewig her. Wenn ich neulich die Klappe gehalten hätte, wäre dieses Foto nicht aufgetaucht.«

»Wo haben sie das her?«

»Aus dem Highschool-Jahrbuch, kannst du dir das vorstellen?«

»Alter«, sagte Silas voll Mitgefühl. »Diesen Scheiß sollte man lassen, wo er ist. Ich will meine 18-jährige Fresse nicht in der Presse sehen.«

»Man lernt nie aus«, knurrte Leo.

»Hoffe, der Coach sieht das erst, wenn er die Aufstellung

für heute Abend schon gemacht hat. Denn jetzt bist du der Typ, wegen dem sein kleines Mädchen in den Klatschblättern ist.«

Fuck. »Ich bin bereit zu spielen. Hoffe, er streicht mich nicht.«

»Das Lied singe ich jeden Abend, Kumpel. Und trotzdem habe ich in der ganzen Saison erst vier Spiele gemacht.«

»Verstehe.« Ersatztorhüter war ein harter Job. Es war nicht dasselbe, das wussten sie beide.

»Hast du sie betrogen oder so?«

»Niemals«, sagte Leo schnell. »Wir waren lange zusammen, aber am Tag unserer Abschlussfeier hat sie sich von mir getrennt.«

»Na toll.« Silas lachte.

Leo sagte nichts. Das Jahr war für sie beide sehr hart gewesen, aber darüber konnte er nicht sprechen. Er hoffte, dass Georgia sich so gut es ging davon erholt hatte, aber das war ihre Privatsache.

»Können Sie noch um die Ecke fahren?«, fragte Silas den Taxifahrer, als das Auto langsamer wurde. »Wir müssen zum Seiteneingang.«

Kurz darauf stiegen sie aus, und Leo winkte ab, als Silas ihm zehn Dollar geben wollte. »Zahl einfach das Nächste.« Er bezahlte und zog seinen nagelneuen Team-Ausweis hervor.

»'N Abend, Jungs«, sagte der Sicherheitsmann, als er sie durchwinkte. »Schlagt Tampa.«

»Machen wir«, sagte Silas, obwohl fraglich war, ob einer von ihnen daran beteiligt sein würde. Leo folgte dem Torwart ein paar Treppen hinunter und durch einen hellen Flur unter dem Stadion. Vor einer verschlossenen Tür hielten sie an. »Nimm deinen Ausweis«, schlug Silas vor. »Check mal, ob er funktioniert.«

Mit einem nervösen Lachen hielt Leo die Karte vor den Scanner. Das Licht leuchtete grün, und die Tür öffnete sich mit einem Klicken.

Er war drin. Zumindest für heute.

»Dann bin ich jetzt wohl dein Guide«, sagte Silas. »Die Behandlungsräume und der Kraftraum sind ganz am anderen Ende des Korridors. Aber die Umkleide ist hier.« Leo folgte Silas in einen Vorraum mit altmodischen Holzspinden. »Der Mantel kommt hierhin, und dort kannst du deinen Anzug aufhängen und dich umziehen. Hey – sie haben dir schon einen Spind zugeteilt.« Er öffnete einen Spind, an dem ein Schild im Messingrahmen mit dem Namen TREVI hing. Silas zeigte auf eine schwarze Shorts und ein graues T-Shirt mit dem Bruisers-Logo. »Sie haben dir ein Trainingsoutfit besorgt. Ich ziehe mich mal um.« Er ging die Reihe hinunter zu seinem Spind.

Nachdem sie sich beide die Aufwärmmontur angezogen hatten – Polster und Trikots kamen später –, folgte Leo Silas in den nächsten Raum, wo es richtig zur Sache ging. Der Besitzer der Bruisers hatte einen supermodernen ovalen Umkleideraum bauen lassen, wo jeder Spieler jede Menge Platz für seine Ausrüstung hatte und jeden anderen sehen und hören konnte.

Auch hier fand er TREVI, #55 an einem Spind. Alle seine Polster waren da – von einem Team-Assistenten in seinen Spind geräumt, der sich neben dem von Castro befand. Und was noch besser war – daran hing ein lila Trikot, auf dem in weißen Sticklettern TREVI prangte. Er konnte nicht anders, er musste es anstarren. Darauf hatte er sein ganzes Leben lang gewartet.

»Du kannst ein Foto machen«, sagte Silas. »Ich verrat's auch keinem.«

»Nee.« Leos kleine Schwester hätte sich das gewünscht, aber Leo war zu abergläubisch. Sollte er wirklich hierbleiben, hätte er später noch genug Zeit, ein Foto zu machen. »Wo sind die anderen?« Sie waren allein im Raum.

»In den Behandlungsräumen, um sich dehnen und tapen zu lassen. Und in der Lounge, um etwas zu essen oder einen Proteinshake zu trinken. Komm, wir gehen. Es ist gleich da drüben.«

Sie gingen den Weg zurück, den sie gekommen waren, und noch etwas weiter den Flur hinunter bis zu einer Tür mit der Aufschrift: ZUGANG NUR FÜR SPIELER UND MITARBEITER DER BRUISERS.

Silas drückte sie auf und rief: »Hey, Ladys. Was gibt's zu essen?«

»Taco-Dienstag!«, rief O'Doul. Und tatsächlich stand auf einer Arbeitsplatte am anderen Ende der Lounge eine Auswahl mexikanischen Essens. Zusätzlich zu der Küche und den Esstischen gab es einen Bereich mit Teppichen, Ledersofas und einem großen Fernseher. Ein halbes Dutzend Spieler waren da, aßen und redeten miteinander.

»Es ist Sonntag, Dumpfbacke.« Beringer, ein weiterer erfahrener Abwehrspieler, zwickte O'Doul in den Hintern, klaute ihm etwas vom Teller und stopfte es sich in den Mund.

»Hol dir selber was«, beschwerte sich O'Doul und wich ihm aus. Er setzte sich mitten auf ein Ledersofa an der Seite. »Hey, Rookie!«

Leo brauchte einen Moment, um zu kapieren, dass er damit gemeint war. »Hey.«

»Bring mir ein Wasser, ja?«

Ernsthaft? »Na gut«, sagte Leo. Aber dann nahm er sich Zeit. Ganz langsam drehte er sich um und nahm sich einen Löffel und einen Joghurt. So kurz vor einem Spiel würde er nicht mehr viel essen.

Als er fertig war, durchquerte er die Küche und öffnete den

Getränkekühlschrank. »Bevorzugt unser Kapitän stilles Wasser oder Sprudel zu seinem Menü?«

O'Doul schnaubte. »Wirf mir einfach eine Flasche stilles Wasser rüber.«

Leo nahm zwei Flaschen, ging zurück und bot O'Doul eine an. »Hier, Mann. Der Scheiß auf der Pressekonferenz gestern tut mir leid. Normalerweise flippe ich nicht so schnell aus.« Er sah ihm in die Augen und wartete ab, was der Kapitän sagen würde.

O'Doul musterte ihn, gab aber nichts preis. Leo konnte Leute gut einschätzen, aber der Kapitän war eine ziemlich harte Nuss. Er schien sich allen gegenüber launisch zu verhalten. »Danke«, sagte er und öffnete die Flasche. Ob der Dank dem Wasser oder der Entschuldigung galt, sagte er nicht. Und dann sah der Kapitän an ihm vorbei zu jemand anderem, der gerade hereinkam. »Bayer! Wie geht's deiner Schulter?«

Er war entlassen. Tja. Er hatte es versucht.

Leo setzte sich an einen der Tische und hörte beim Essen den Gesprächen um sich herum zu. Am interessantesten war die Diskussion um Bayers Verletzung.

»Hab nach dem Aufwärmen eine Massage bekommen, aber es tut immer noch ein bisschen weh. Der Mannschaftsarzt will, dass ich noch ein Spiel aussetze«, beschwerte sich Bayer. »Aber das ist nicht nötig. Wir haben beide mit dem Coach gesprochen, aber ich kann noch nicht einschätzen, wie der neue tickt.«

Stille senkte sich über den Raum, nachdem der Small Talk langsam abgeebbt war. Obwohl Leo wahrscheinlich von allen am meisten Angst vor dem neuen Coach hatte, war tatsächlich jeder im Raum heute ein wenig angespannt. Ein neuer Coach konnte alles so drastisch verändern, dass es niemandem gefiel.

O'Doul sah auf seine Uhr. »Fangen wir heute etwas früher mit dem Fußball an.« Er stand auf. »Gehen wir.«

Wie ein Mann standen alle auf und folgten ihm nach draußen. Also stürzte Leo den Rest seines Wassers hinunter und bildete das Schlusslicht. Die Parade der Spieler schlängelte sich den Flur entlang, bis O'Doul durch eine Tür mit der Aufschrift LADERAMPE ging. Als Leo hereinkam, bildeten die Jungs schon einen Kreis auf dem Betonboden. Der Raum war höhlenartig und aufgrund mehrerer Garagentore auf einer Seite auch kalt. Aber als Leo in den Kreis der Männer trat, die alle wie er die identische Bruisers-Aufwärmmontur trugen, besserte sich seine Laune. Er spürte das altbekannte Ziehen, Teil eines Teams zu sein, mit einem gemeinsamen Ziel und einem gemeinsamen Gegner.

Und Aufwärmfußball war sowieso ein Riesenspaß.

»Achtung, Jungs«, sagte O'Doul mit einem Grinsen. Dann ließ er den Ball auf seinen Turnschuh fallen und kickte ihn quer durch den Kreis zu Bayer. Der köpfte zu Silas. Der kickte ihn zu Beacon, dem Stammtorhüter.

Der wollte ihn mit einem Knie annehmen. Und verfehlte.

»Ohhh!«, riefen die Männer erschrocken und wie aus einem Mund.

»Das hebe ich mir für später auf!«, protestierte der Torwart, verließ aber lächelnd den Kreis.

Leo ließ sich ganz auf das kindische Spiel ein. Als er den Ball zum ersten Mal bekam, köpfte er zu O'Doul. Beim nächsten Mal gelang ihm ein guter Knietreffer. Die Regeln beim Aufwärmfußball waren einfach: Der Ball darf nicht den Boden berühren. Und die anderen blöd anzumachen, ist hundertprozentig legal und erwünscht.

Die Spieler im Kreis schrumpften auf vier zusammen. Übrig waren nur noch Leo, O'Doul, Bayer und Silas. Leo war entspannt und hatte Lust zu spielen, egal ob es Eishockey oder dieses dumme Aufwärmspiel war. Er war bereit.

O'Doul passte zu Silas, der in die Lücke zwischen Leo und O'Doul köpfte.

»Hab ihn«, rief O'Doul, also ließ Leo ihn den Ball annehmen. Der Kapitän kam gerade noch rechtzeitig, um den Ball mit der Schulter zu Leo zu passen. Wegen der schwierigen Flugbahn gelang Leo kein normaler Kick. Aber er bekam das Knie unter den Ball und schoss ihn in die Luft, sodass er über den Kreis hinausflog, allerdings zu hoch für Bayer, um ihn zurückzuköpfen.

»Scheiße.« Bayer lachte. Aber anstatt ihn durchzulassen, sprang er drei Riesenschritte nach hinten, um einen Fallrückzieher zu landen.

Fast hätte es funktioniert. Fast. Aber der Ball flog über seine Schuhspitze. Und auf dem Weg nach unten knallte Bayers Fuß gegen einen Gabelstapler, der an der Wand der Laderampe geparkt war. »Au!«, schrie Bayer, und Leo wusste nicht, ob er aus Frust oder Schmerz schrie. Bayer rollte weg von der Maschine und kam auf die Füße. »Na, vielen Dank, Rookie.«

»Tut mir leid«, sagte Leo, auch wenn er wusste, dass es nicht seine Schuld war, dass Bayers Zeh mit dem schweren Gefährt kollidiert war. Aber weil er der Neue war, war es eine Frage der Ehre, sich von den Erfahreneren einiges gefallen zu lassen. Er trottete davon, um den Ball zu holen, der unbeachtet zur Tür gerollt war.

Als Leo den Ball vom Boden nahm, fiel sein Blick auf ein Paar Lederschuhe. Er richtete sich auf und sah Coach Worthington mit einem Klemmbrett in der Hand im Türrahmen stehen. »'N Abend, Coach«, sagte Leo und drehte den Ball auf einem Finger.

Worthington ging an ihm vorbei, um das Team zu begrüßen. »'N Abend, Hooligans«, sagte er mit einem Lächeln. »Bereit für den großen Auftritt?«

Leos Teamkameraden wendeten sich der Stimme des Coachs zu wie Blumen der Sonne. Karl Worthington war in der Eishockeyszene beliebt. Obwohl er für seine manchmal bärbeißige Art bekannt war, konnte er doch auch charmant und inspirierend sein.

Der Coach grinste kurz und musterte jeden Einzelnen. »Wir kennen uns ja noch nicht so gut. Aber ich weiß jetzt schon, dass ihr auf dem Weg in die Play-offs Großartiges vollbringen werdet. Ich erzähle euch mal eine kleine Geschichte über neue Trainer. Ihr Jungs habt alle schon seit einiger Zeit das Vergnügen, mit meiner Tochter Georgia zusammenzuarbeiten. Vielleicht wisst ihr das noch nicht, aber sie ist eine verdammt gute Tennisspielerin und hat schon mit sieben Jahren Turniere gewonnen. Sie war eine erbitterte Gegnerin, und ich gab ihr den Spitznamen ›Killer‹.«

Damit erntete er einige leise Lacher.

»Also, als Killer neun war, ging ihre Trainerin in den Mutterschutz, und sie bekam einen neuen Trainer. Beim ersten Training mit ihm hatte sie auf dem Platz echte Probleme. Sie vergaß, ihre Rückhand einzusetzen, und nahm Bälle nicht an, die sie hätte bekommen können. Das arme Kind verpatzte es total. Ich hätte nie gedacht, dass es für sie so schlimm wäre, für einen neuen Trainer zu spielen.«

Leo musterte die Gesichter seiner Mitspieler. Einige von ihnen grinsten und fragten sich, worauf der Coach wohl hinauswollte.

»Nach dem Training gab ich mir Mühe, sie sehr behutsam danach zu fragen, was schiefgelaufen war. Ich sagte: ›Du hast da draußen echt Scheiße gebaut, Schatz. Was war denn los?‹« Die Spieler lachten.

»Und sie sagte: ›Daddy, ich konnte schon alles, was er uns gesagt hat. Aber vor dem Turnier hat er nur ein Training mit mir. Wenn ich also nächstes Wochenende gewinne, kann er trotzdem stolz sein, weil er mir geholfen hat.‹«

Die anderen Spieler grölten, und auch Leo lächelte, obwohl er diese Geschichte schon tausendmal gehört hatte.

»Also macht das nicht«, sagte Worthington lachend. »Wir kennen uns noch nicht besonders gut. Aber ich werde es langsam angehen lassen und mir ansehen, wie ihr zusammenarbeitet. Ich werde keine übereilten Entscheidungen treffen, Jungs. Mir ist wichtig, dass ihr heute Abend entspannt seid und euer Ding durchzieht. Deshalb bleibt die Aufstellung heute Abend erst mal so wie im letzten Spiel.«

Er hielt das Klemmbrett hoch und fing an, die Namen vorzulesen. Und mit jedem Namen, der laut vorgelesen wurde, wurde Leo das Herz ein bisschen schwerer. Er stand heute Abend nicht auf der Liste.

Die Jungs nahmen ihr Fußballspiel wieder auf, aber Leo stahl sich hinaus und ging in die leere Umkleide zurück. Er setzte sich auf die Bank und holte sein Handy hervor. Der Empfang war hier unten nicht ganz so gut, aber er wollte seiner Familie sagen, dass sie heute Abend nicht wegen des Spiels in die Stadt zu kommen brauchten. Dass es keinen Grund gab. Sein Bruder DJ hatte als Letzter versucht, ihn anzurufen, also drückte Leo auf »Rückruf«.

»Hey!«, erklang die Stimme seines kleinen Bruders. »Es ist Mr Unerreichbar! Warte – Leo, bist du das wirklich? Oder ist das nur dein persönlicher Assistent?«

»Sehr witzig, Arschloch«, knurrte Leo. Obwohl DJ ihn mehrmals angerufen hatte, war Leo zu beschäftigt gewesen, ihn zurückzurufen. Zumindest hatte er das geglaubt. Aber heute Abend hatte er plötzlich so viel Freizeit.

»Die Familie ist schon auf dem Weg, um dein Spiel zu sehen.«

»Sag ihnen, sie sollen nicht kommen«, sagte Leo schnell. »Ich wurde gestrichen.«

»Scheiße«, flüsterte DJ jetzt ganz ohne frotzelnden Unterton. »Das ist ja Kacke.«

»Aber so was von.« Wenn es einen Menschen gab, dem er seine Enttäuschung zeigen konnte, war es DJ. Sie waren sich nicht immer nah gewesen. Als Kinder hatten sie sich genauso oft gestritten, wie sie sich verstanden hatten. Aber wenn es hart auf hart kam, hatten sie immer ihre Feindseligkeiten begraben und sich zusammengerauft. »Coach Worthington hasst mich.«

Sein Bruder blieb kurz still. »Das verstehe ich nicht so richtig. Aber vergiss das mal kurz. Was würde denn passieren, wenn er dich zurück in die AHL schickt?«

Leo stöhnte. »Das würde so aussehen, als wäre ich eine Fehlinvestition. Und ich wäre dann für jedes andere AHL-Team zu teuer. Außer, sie lassen mich aus meinem Vertrag, aber das will mein Agent nicht.«

»Scheiße«, wiederholte DJ.

»Ja.« Wieder herrschte einen Moment brüderliches Schweigen, dann räusperte sich Leo. »Das Gute daran ist, dass ich dich auf das eine oder andere Bier einladen kann, solange ich noch hier in der Gegend bin. Ich hoffe, ihr habt für heute Abend noch keine Tickets gekauft.«

»Na ja.« DJ lachte leise. »Dad hat Tickets für alle Heimspiele der Saison.«

»Warum? Wenn es gut geht, kann ich ihm Freikarten besorgen.«

»Das habe ich auch gesagt. Aber er meinte, er bräuchte auch welche für seine Kumpel bei der Arbeit. Und außerdem – ich hätte es heute Abend sowieso nicht geschafft. Ich bin mit Lianne Skifahren.«

»Echt?«

»Winterferien.«

»Oh.« Leo erinnerte sich dunkel daran, wie es war, Urlaub zu haben. »Wie schön.«

»Ja. Aber wir telefonieren schon seit fünf Minuten, und du hast mir noch nicht gesagt, ob du Georgia schon gesehen hast, mein Freund.«

Noch ein schwieriges Thema. »Halt dich fest – sie arbeitet fürs Team.«

»Ich weiß.«

»Woher? Hast du diese bescheuerte Pressekonferenz gesehen?«

»Nö.« DJ räusperte sich. »Ich spreche manchmal mit ihr. Wir halten Kontakt.«

»Ihr – im Ernst?«

»Ja. Seit ungefähr zwei Jahren – da hatte ich Probleme in der Schule. Ich habe sie angerufen, weil ich ihren Rat hören wollte. Sie hatte sich gerade bei den Bruisers beworben. Und danach sind wir in Kontakt geblieben.«

Leo schwirrte der Kopf. »Alter. Das hast du mir nie erzählt.«

»Ich wollte es nicht verheimlichen«, sagte DJ. »Aber eigentlich bist du derjenige, der nie von ihr redet. Niemals.«

Leo wurde langsam sauer auf seinen Bruder. Sprachen DJ und Georgia hinter seinem Rücken über ihn? »Redet sie denn von mir?«

»Nie«, sagte DJ sofort. »Und genau das meine ich. Ihr zwei tut so, als wäre der jeweils andere tot. Total seltsam.«

»Nein, tu ich nicht«, sagte Leo sofort.

»Schon klar«, sagte DJ. »Wann hast du sie denn zum letzten Mal mir oder unseren Eltern gegenüber erwähnt?«

Leo lehnte sich an seinen makellosen, unbenutzten Spind und schlug mit dem Kopf gegen das teure Holz. »Ich weiß es nicht.« *Gar nicht.*

»Denkst du manchmal an sie?«

»Klar.« *Öfter als mir lieb ist.* »Aber was macht das schon für einen Unterschied? Was willst du damit sagen?«

»Ich will darauf hinaus, dass ihr beide noch nicht darüber hinweg seid. Wenn es so wäre, könntest du ihren Namen laut aussprechen. Du würdest ab und zu mit ihr reden. Sie fragen, was sie so macht.«

»Das machst du ja ganz offensichtlich.« Leo gefiel nicht, welche Wendung das Gespräch nahm. »Dann erzähl mal. Was weißt du von Georgia?«

Am anderen Ende der Leitung lachte sich DJ kaputt. »Oh, Gott, ihr beiden …«

»Erzählst du's mir jetzt oder nicht?«, knurrte Leo.

»Schon gut.« DJ lachte leise. »Sie arbeitet in der PR-Abteilung bei den Brooklyn Bruisers.«

»Du bist wahnsinnig witzig.«

»Sie wohnt ein paar Blocks vom Büro entfernt zusammen mit Becca, der Office-Managerin. Äh, keine Haustiere. Reist mit dem Team. Steht unglücklicherweise total auf Ed Sheeran. Aber sie kann immer noch den Text von Eminems ›Rap God‹. Mal im Ernst, nur wenige Frauen können –«

»Du schweifst ab, kleiner Bruder.« Er hatte vergessen, dass DJ und Georgia immer die Liebe zur Musik verbunden hatte.

»Gut. Also, sie ist *Single* …«

Erzähl mir mehr.

»Das wolltest du hören, stimmt's?«

Leo seufzte. Vermutlich war es so. »Ist sie …« Er wusste nicht, wie er fragen sollte. »Geht es ihr denn gut?« Das war die entscheidende Frage – das, was er wissen musste, bevor er das Schicksal akzeptieren konnte, das die NHL-Götter für ihn vorgesehen hatten.

DJ schwieg einen Moment. »Ja. Sie hat wohl keine Angst, wenn sie unterwegs ist. So ist es nicht. Sie hat seit dem College eine Menge Judo und Taekwondo gemacht.«

»Ach ja?« Leo musste lächeln. Georgia war eine großartige Tennisspielerin, und er konnte sich vorstellen, wie sich das auf den Kampfsport auswirkte. Sein Mädchen kämpfend in einem Taekwondo-Anzug? Sie würde alles geben.

»Ja. Es geht ihr gut. Guter Job und eine Beförderung auf Zeit, die sie hofft, behalten zu können. Nette Freunde. Aber manchmal glaube ich, dass sie ein bisschen einsam ist.«

Leo wusste nicht, was er dazu sagen sollte. »Das kommt in den besten Familien vor.«

»Mmh.« Die Stimme seines Bruders klang ein wenig abfällig. »Hast du schon mit ihr gesprochen?«

»Hab's versucht. Sie hat mich quasi abblitzen lassen. Und dann wurde es komisch, weil Amy einfach so aufgekreuzt ist.«

»Was?«, keuchte DJ. »Du landest in New York, und die Erste, die du anrufst, ist Amy?«

DJ hatte Leos Collegefreundinnen gehasst. Und Amy ganz besonders. Der Fairness halber musste man dazu sagen, dass Amy DJ immer die kalte Schulter gezeigt hatte, weil DJ kein Eishockeystar war. »Ich habe sie nicht angerufen«, erklärte Leo abwehrend. »Sie ist einfach beim öffentlichen Training vorbeigekommen. Und dann war da die Pressekonferenz …«

»Ja. Lianne hat mir davon erzählt. Sie hat es auf Gawker mitbekommen. Hör mal – das wollte ich eigentlich gar nicht ansprechen. Du hast sie deine große Liebe genannt?« DJ lachte leise.

Leo zuckte zusammen. »Äh, egal. Amy hat herausbekommen, dass ich in der Stadt bin, und ist zum öffentlichen Training gekommen. Und als ich versucht habe, mit Georgia zu reden, hat sie mich quasi angesprungen.«

DJ lachte wieder. Offensichtlich fand er Leos Leben zum Totlachen. »Ich kenne Amys Attacken. Und trotzdem hast du das Problem ein Jahr lang ausgeblendet, während wir uns alle gefragt haben, was du in ihr siehst.«

Es wurde Zeit, das Thema zu wechseln. »Georgia wirkte jedenfalls nicht besonders erfreut, mich zu sehen. Offensichtlich wäre es dem Worthington-Clan lieber, wenn ich wieder in der Minor League wäre.«

»Versuchs noch mal«, sagte sein Bruder sofort. »Ich glaube, du und Georgia müsst wirklich mal miteinander reden. Sie steckt gerade in einer Zwickmühle, weil sie versucht, diesen Superjob zu behalten. Kann mir nicht vorstellen, dass dein Mikro-Unfall es ihr leichter gemacht hat.«

Ach, scheiße. »Das wusste ich nicht.«

»Kein Witz. Deshalb musst du …«

»Mit ihr reden. Verstanden. Ich versuch's noch mal.«

»Mach das, Bro.«

7

Georgia hatte nicht beabsichtigt, zum Spiel ein paar Minuten zu spät ins Eisstadion zu kommen. Aber sie war zuerst bei ihrem Taekwondo-Kurs gewesen und danach noch ein wenig shoppen gegangen.

Als das Taxi sie schließlich vor ihrem Wohnhaus absetzte, hatte sie nicht mehr viel Zeit zum Duschen und Umziehen. Und außerdem erschien ihr keines ihrer Spieltags-Outfits angemessen.

»Sieht das hier schick und erwachsen aus oder einfach nur langweilig?«, fragte sie Becca, während sie sich in einem Bleistiftrock und einer lockeren Seidenbluse um sich selbst drehte.

Ihre Freundin zog die Augenbrauen hoch. »Ich frage mich, warum du auf einmal so sehr im Modekrisen-Modus bist. Es hat nicht zufällig etwas mit einem gewissen Rookie zu tun?«

Verdammt. Natürlich hatte es das. »Becca, eine echte Freundin spielt sich nicht als Küchenpsychologin auf, wenn ihre Freundin zu spät dran ist.«

Becca stellte die Handtasche ab, die sie für ihre eigenen Abenteuer heute Abend gepackt hatte, und stellte sich vor Georgia. Sie griff nach Georgias Bluse und öffnete die beiden obersten Knöpfe, um ein wenig Dekolleté freizulegen. »So ist es perfekt.«

»Äh, danke. Bist du fertig? Sollen wir uns ein Taxi teilen?«

Eine Stunde später saß sie in der Lounge von Kattenberger und versuchte, nicht alle brasilianischen Käsebällchen, die ein Kellner gerade hereingebracht hatte, in sich hineinzustopfen. Aber sie war hungrig und nervös – eine gefährliche Kombination.

Keine fünfzig Meter entfernt in der Presselounge warteten die Reporter darauf, dass die Startaufstellung verkündet würde. Und das dauerte heute Abend länger als gewöhnlich. Inzwischen wurden sie ungeduldig – und zwar zunehmend.

Und sie waren nicht die Einzigen. Nate tigerte auf und ab und schaute immer wieder auf seinem Handy nach Neuigkeiten. Er sagte nichts, aber Georgia spürte, dass er die Geduld mit ihrem Vater verlor. Der Oberboss trank eigens für ihn importiertes Wasser, sein Lieblingsgetränk. Das war etwas, das sie mit ihm gemeinsam hatte – sie tranken beide bei Spielen keinen Alkohol.

»Süße?«, sagte Becca, als Georgia sich gerade ihr siebzehntes Käsebällchen nahm. »Sorry, wenn ich deine Raubtierfütterung unterbrechen muss. Aber die Journalisten drüben werden schon ganz hibbelig wegen der Startaufstellung. Der Typ von der *Post* hat mich gerade gefragt, ob es irgendein Problem gibt.«

»Hmpf!« Georgia stürzte ihr Wasser hinunter. »Es ist auch nicht hilfreich, dass ich ihnen schon den ganzen Abend aus dem Weg gehe. Entschuldigt mich.« Sie huschte aus dem Raum und steckte dann den Kopf in den Presseraum. Ein Dutzend Köpfe fuhren zu ihr herum, um zu sehen, ob irgendjemand Wichtiges hereingekommen war. Normalerweise wandten sich die Gesichter sofort wieder ab. Nicht, weil Georgia ihnen nicht nützlich gewesen wäre. Sondern vielmehr, weil sie selbst normalerweise keine Nachricht wert war.

Heute Abend jedoch blieben die Blicke der Reporter leider an ihr hängen. »Gibt es schon irgendwelche Neuigkeiten darüber, ob der Neuzugang heute spielen wird?«, fragte ein Typ von *ESPN.* »Alle Frauen in meiner Redaktion haben sich nach ihm erkundigt.«

Sie unterdrückte ein Stöhnen. »Der neue Coach muss sich erst noch einfinden«, erklärte sie. »Er nimmt sich heute die Zeit, mit den Spielern zu sprechen, damit auch alle wissen, dass er nicht einfach hier hereinrauschen und alles über den Haufen werfen will. Ich informiere Sie über die Aufstellung, sobald ich sie habe.«

Mit dieser Antwort war niemand zufrieden, nicht einmal sie selbst. Die Männer, die hierherkamen, um über die Spiele zu berichten, waren eingefleischte Sportreporter, keine Klatschkolumnisten. Aber ihr gefiel einfach der Gedanke nicht, dass sie selbst auf ihren Nachrichtenwert hin taxiert werden könnte. Darum hatte sie die Presselounge den ganzen Abend über gemieden.

Wenn die Pressechefin der Presse aus dem Weg ging, war das immer ein schlechtes Zeichen. Aber sie wusste nicht, wie sie sich sonst verhalten sollte, bis ihr Name und ihr Gesicht nicht mehr durch die Medien zirkulierten.

Hier herumzustehen war sowieso schon unangenehm genug. Es würde erträglicher werden, sobald das Spiel angefangen und die Presse etwas zu tun hatte. Aber nun würde sie sich erst einmal wieder abseilen müssen. Sie zog die Tür auf und machte einen Schritt nach draußen. Doch sie kam nicht weit, denn auf einmal versperrte ihr eine riesige Mauer mit einer lila Krawatte den Weg. Und sie lief direkt dagegen.

»Uff«, entfuhr es Georgia.

»Oh Gott, das tut mir leid.« Beim Klang der rauen Stimme in ihrem Ohr richteten sich ihre Nackenhaare auf.

Georgia machte einen Satz rückwärts, entfernte sich von Leo Trevis Brust. »Tut mir leid«, echote sie mit dünner Stimme. »Habe … ähm … nicht aufgepasst, wo ich hingehe.«

Leo grinste sie an, sein Lächeln breitete sich langsam auf seinem hübschen Gesicht aus. »Genau dich habe ich gesucht.«

Aus der Nähe war nicht zu übersehen, wie breit seine Schultern inzwischen waren und wie kräftig seine Arme in den Ärmeln des Jacketts aussahen. Sie starrte ihn an. »Äh, was?«

Aus seinem Lächeln wurde ein leises Lachen. »Ich habe dich gesucht. Wir sollten uns wirklich mal unterhalten.«

»Unterhalten?« Offensichtlich war sie zu mehr als Ein-Wort-Sätzen nicht in der Lage.

»Ja, Gigi. Unterhalten. Zum ersten Mal seit sechs Jahren. Ich hatte Kaffeetrinken vorgeschlagen, aber du wolltest ein PR-Meeting, stimmt's? Also, da bin ich.«

Da war er in der Tat, und mit seinem Lächeln sog er den gesamten Sauerstoff aus dem Raum. *Reiß dich zusammen, Georgia.* »Ähm, klar. Wo wollen wir uns unterhalten?«

Er zuckte mit den massigen Schultern. »Ich bin hier der Neue. Du müsstest dich doch hier auskennen.«

Stimmt.

Georgia blickte sich um. Im Stadion war Privatsphäre Mangelware, selbst hier oben im VIP-Bereich. Es gab eine ziemlich edle Bar am anderen Ende des Korridors, aber wer wusste schon, wer da noch war? Stattdessen führte Georgia ihn einige Meter den weitläufigen, verwinkelten Korridor entlang bis zu einer gepolsterten Bank an der Wand. Sie setzte sich und schlug verlegen die Beine übereinander.

Die Bank neigte sich ein wenig unter Leos Gewicht, als auch er sich setzte. Sie war breit genug für sie beide, und dennoch kam sie ihr unerträglich eng vor. Selbst aus dieser Entfernung war sein Duft unverwechselbar – nach frisch gewaschenen Hemden und einem holzigen Aftershave.

Sie legte die feuchten Hände auf die Knie, auf den Saum ihres Rocks. »Also.« Wo sollte sie anfangen?

»Also«, wiederholte er mit warmer Stimme. »Das ist dein Meeting. Was macht die PR-Queen, um den Neuling einzuweisen?«

Bildete sie sich das ein oder war die Frage wirklich so … zweideutig? *Uah!* »Na ja, ähm. Es gibt einige Veranstaltungen, bei denen du erwartet wirst. Zum Beispiel, ähm, die Benefizgala, von der ich neulich gesprochen habe. Diese Galas mit Abendgarderobe gibt es allerdings nicht so häufig. Meistens sind es Besuche in Krankenhäusern oder Spendenveranstaltungen mit dem ganzen Team für die Krebsforschung …«

»Das hört sich nicht allzu schlimm an«, sagte er und legte seine Hand auf das Polster zwischen ihnen.

Georgia hob den Kopf, damit sie nicht darüber nachdenken musste, was diese Hand Wunderbares mit ihr angestellt hatte. Doch das war ein Fehler, denn nun schaute sie direkt in seine wunderschönen braunen Augen. Auch diese strahlten Hitze aus, oder wurde sie langsam verrückt?

Jep. Sie verlor definitiv den Verstand. Und den Faden.

Verdammt. Sie räusperte sich und kehrte zum Thema zurück. »Diese Predigt halte ich allen. Ihr steht im Fokus des öffentlichen Interesses. Du hast das sicher alles schon mal gehört, aber hier steht mehr auf dem Spiel, weil die Leute aufmerksamer sind.« Langsam entspannte sie sich ein wenig, weil sie diese Rede schon oft gehalten hatte und sie sich auf vertrautem Terrain befand. »Ob es dir gefällt oder nicht, du repräsentierst in jedem Augenblick das Team. Wenn du dich also an einem öffentlichen Ort befindest, musst du ständig davon ausgehen, dass dich jemand fotografieren könnte. Alles, was du online von dir gibst, wird genau unter die Lupe genommen. Ich folge allen Accounts der Spieler, einfach um sicherzugehen, dass es keinen Skandal gibt.«

Leo unterbrach sie mit einem Stups mit dem Ellbogen und

grinste sie an. »Aber du hast mich auf Facebook entfreundet, Gigi.«

Mist, das hatte sie wirklich. Nachdem sie sich von Leo getrennt hatte, hatte sie ihren Beziehungsstatus nicht geändert. Und jedes Mal, wenn sie sich eingeloggt hatte, brach es ihr das Herz. Aber aus irgendeinem Grund brachte sie es nicht über sich, wieder »Single« anzuklicken.

Doch dann, während ihres ersten Semesters auf dem College, tauchten in ihrer Timeline auf einmal jede Menge Bilder von Leo umgeben von neuen Gesichtern auf. Teamkameraden, die sie nie kennengelernt hatte. Mädchen. Diese Fotos machten sie wahnsinnig. Da hatte sie es getan. Sie hatte ihn komplett entfreundet, damit sie nicht sehen musste, was es bei ihm Neues gab.

Sie schluckte schwer. »Ähm … Na ja, ich meinte Instagram … Twitter, falls du da bist …«

Leo schnaubte. »Davon bin ich kein Fan.«

»Okay«, sagte sie leise.

»Pass auf. Ich werde kein Problemkind sein. Ich bin pflegeleicht. Solange dein Vater mich nicht zurück in die Minor League schickt, bin ich ein braver Junge.«

»Das wird er nicht«, sagte sie reflexartig. Auch wenn sie nicht darauf vorbereitet gewesen war, ihn wiederzusehen, war sie jetzt auch nicht bereit, ihn wieder gehen zu lassen. Leo machte große Augen, und ihr ging auf, dass es so geklungen haben musste, als habe sie Insiderinformationen. »Ich meinte, das wird er hoffentlich nicht. Oder, ähm, ich glaube, das wird er nicht. Das ist, ähm, reine Spekulation.«

Leo nickte, seine Augen bohrten sich in ihre. Als er sie so ansah, war es, als wäre überhaupt keine Zeit verstrichen. Sie hatten einander so lange so nahe gestanden. Auch wenn alles schrecklich kompliziert war, ertappte Georgia sich dabei, wie sie sich wenige Zentimeter in seine Richtung neigte. Die Verbindung zwischen ihnen war immer noch da. Wie die Angelschnur, die ihr Vater immer benutzte, wenn er mit dem Boot auf den Long Island Sound hinausfuhr. Unsichtbar, aber stark.

Jemand räusperte sich, und Georgia sprang von der Bank auf, als hätte man sie bei etwas Verbotenem ertappt.

»Ich wollte dich nicht erschrecken«, sagte Becca hastig. »Aber der Coach sucht Leo. Du sollst dich umziehen.«

Nun sprang auch Leo auf. »Wirklich? Warum?«

»Bayer wird heute Abend nicht spielen. Sie wollen seiner Schulter noch einen Tag Erholung gönnen.«

»Wow, okay.« Leo ließ Georgia nicht aus den Augen, und in seinem Blick lag so viel Wärme, dass es Georgia beinahe den Atem verschlug. »Ich geh dann mal besser.«

»Viel Erfolg da unten«, flüsterte sie. Sein ganzes Leben lang hatte er auf diesen Augenblick hingearbeitet, in der NHL antreten zu können. Wie wunderbar, dass es nun endlich Wirklichkeit wurde, und sie war tatsächlich dabei und erlebte es.

Leo lächelte sie ein letztes Mal an, und sein Lächeln war so voller Freude, dass ihr Herz einen Schlag aussetzte. Dann drehte er sich um und legte mit seinen langen Beinen den Weg zu den Aufzügen in wenigen Schritten zurück.

»Komm zurück, Georgia«, rief Becca. »Geh nicht zum Licht!«

»Was?«

»Genau.« Becca schnippte mit den Fingern. »Bleib bei mir, Süße. Lass dich nicht von dem Hottie, der dir die Unschuld geraubt hat, ins Zombieland schicken.«

»Becca!«, zischte Georgia. »Nicht so laut.«

Becca grinste wie ein Honigkuchenpferd. »Dann stimmt es also? Aaach, ihr zwei seid ja so süß.«

»Psssst«, zischte Georgia. Es fehlte gerade noch, dass ein

Reporter diese lustige kleine Unterhaltung mit anhörte. »Hör auf!«

»Nur, wenn du mir nachher zu Hause die ganzen schmutzigen Details erzählst. Denn immerhin sind Erinnerungen die einzige Action, die du und ich derzeit bekommen.«

»Traurig, aber wahr.«

»Also, versprich mir, dass du nicht ausrastest, aber wir müssen etwas vor der Presse geheim halten.«

»Was?«, fragte Georgia und versuchte, den Leo-Nebel aus ihrem Hirn zu vertreiben.

»Die Ärzte sagen, Bayers Schulter ist wieder vollkommen in Ordnung. Aber sie befürchten, dass er sich beim Aufwärmfußball einen Zeh verstaucht hat.«

»Ach du Schande«, fluchte Georgia. »Das darf auf keinen Fall herauskommen, sonst stehen wir da wie die Idioten. Der große starke Eishockeyprofi tritt so hart gegen einen Fußball, dass er ein Spiel lang ausfällt.«

»Wie dem auch sei«, sagte Becca und grinste, »so kommt dein Ex an sein NHL-Debüt, und das, obwohl dein Vater ihn hasst.« Sie legte Georgia eine Hand auf den Arm und lotste sie zurück zur Loge von Kattenberger. »Wieso hasst er ihn überhaupt? Weil Leo dich entjungfert hat?«

Huch. »Eigentlich nicht. Heute kann man es kaum glauben, aber sie haben sich mal ziemlich gut verstanden. Dad hat Leo Einzelstunden auf dem Eis gegeben, einfach so aus Spaß. Ich glaube, Dad hat einfach die Augen zugemacht und verdrängt, dass wir zusammen waren.«

Becca lachte. »Ich glaube, als Vater muss man das auch.«

»Stimmt. Doch als ich vergewaltigt wurde, kam Dad einfach nicht mit dem Gedanken klar, dass ich kein kleines Mädchen mehr war, das er beschützen konnte. Die Scheuklappen fielen ab. Und da Leo nun mal ein Mann war …«

»War er gefährlich … oder so.«

»Oder so«, sagte Georgia. »Und nicht nur Leo gegenüber hat Dad sich anders benommen. Du weißt ja, dass er mich Prinzessin nennt?«

»Ja, und ich überlege manchmal, dich auch so zu nennen.«

Georgia stieß Becca in die Rippen. »Nicht, wenn dir dein Leben lieb ist. Nun ja, jedenfalls, als ich noch klein war, hat er mich nie so genannt. Da war ich ›Killer‹ für ihn.«

Becca lachte schallend. »Oh mein Gott. Ich muss sagen – Killer passt besser zu dir als Prinzessin. Der Spitzname gefällt mir.«

»Ich hätte lieber überhaupt keinen Spitznamen. Aber offensichtlich ist das keine Option.«

Becca klatschte in die Hände. »Darf ich Page Six erzählen, dass dein Spitzname Killer ist?«

»Nein!«

Sie kicherte. »Ach, schade. Ich hätte das so gerne schwarz auf weiß gesehen.«

»Man kann nicht alles haben«, grummelte Georgia. »Aber wir können Käsebällchen haben.«

»Du vielleicht. Wir Normalsterblichen nehmen zu, wenn wir essen.«

»Habe ich auch gehört. *Verdammt.* Jetzt bin ich nervös vor diesem Spiel. Leo in der NHL. Wie soll ich da zugucken können?«

»Haach! Dich hat es ganz schön erwischt, Mädchen.«

»Hat es nicht.«

»Hat es wohl.«

Georgia gab Becca einen leichten Schubs.

»Ganz ruhig, Killer«, sagte Becca. Dann brachen sie beide in Lachen aus.

Als das Spiel begann, verabschiedete Georgia sich jedoch von der freundlichen Gesellschaft.

Sie schaute sich das Spiel gegen Tampa allein an, aus der hinteren Ecke der Presselounge. Diese Abgeschiedenheit war genau das, was sie brauchte, denn noch nie im Leben hatte ein Spiel sie so schrecklich nervös gemacht. Sie schaute das Spiel mit ihrem siebzehnjährigen Selbst, mit geballten Fäusten und einem Herzen, das ihr bis zum Halse schlug. Jedes Mal, wenn Leo die Eisfläche betrat, hielt sie den Atem an.

Der überdimensionierte Leo war auf Kufen ein echter Hingucker. Er bewegte sich mit der gleichen Leichtigkeit wie eh und je, nun aber mit noch mehr beeindruckender Kraft und Schnelligkeit. Zwischen Georgia und ihm lagen Jahre der Entfremdung, aber er hatte ganz eindeutig den Großteil dieser Jahre auf dem Eis verbracht. Er war wendig, selbst als sich der überaus aggressive Verteidiger von Tampa auf ihn stürzen wollte. Immer wieder biss Georgia sich auf die Lippen, wenn einer der Gegner hinter ihm her war, nur um zu sehen, wie Leo mit dem Puck entkam und Möglichkeiten eröffnete, die vorher nicht existiert hatten.

Es war atemberaubend. Georgia sprach ein weiteres kleines Dankgebet für die abgelegene dunkle Ecke, in der sie stand, denn die Emotionen auf ihrem Gesicht wechselten so schnell, wie die Spieler über die Eisfläche rasten. Nicht einmal für sämtliche Teigtaschen in Brooklyn hätte sie Desinteresse an Leo heucheln können. Die ersten beiden Drittel vergingen wie im Flug. Es war ein harter Kampf, und kurz vor Ende des dritten Drittels stand es 1:1.

Leo zuzuschauen war zugleich wunderbar und schmerzhaft. Sie wollte den Erfolg für ihn so sehr, dass es wehtat. Mitten in ihrer Brust, wie eine unerträgliche Enge. Das Problem war nur, dass das *Wollen* ansteckend war. Zu wollen, dass er Erfolg hatte, fühlte sich ganz ähnlich an, wie *ihn* zu wollen. Und das kam überhaupt nicht infrage. *Das ist bloß die Nostalgie*, redete sie sich ein.

Früher hatte sie ihn ganz für sich gehabt – und es war wunderbar gewesen. Doch dann war die Leidenschaft aus seinem Blick verschwunden, und das hatte so wehgetan, dass sie es nicht noch einmal erleben wollte.

Nie wieder.

Leo sprang über die Bande, als seine Reihe erneut eingewechselt wurde, und Georgia füllte ihre Lunge mit einem zitternden Atemzug. *Na, los, Baby. Ihr packt das.*

Sein Mannschaftskamerad spielte ihm den Puck zu, und Leo raste auf das gegnerische Tor zu. Tampa schwärmte aus, und er schaffte es gerade noch, zu Castro zu passen, der jedoch in Schwierigkeiten geriet und den Puck an Tampas Verteidigung verlor.

Das Spiel näherte sich dem Ende, und Georgia war sich nicht sicher, ob sie die Spannung aushalten würde, als Leo die Verfolgung aufnahm. Die Gegner schlossen die Reihen, und es erschien aussichtslos, den Puck zurückzuerobern.

Doch als Tampa passte, um dem gegnerischen Stürmer auszuweichen, stürzte Leo vor, erwischte den Puck und raste damit in die Angriffszone, bevor er ihn zu Castro passte.

Der schoss. Und traf.

Die Fans der Heimmannschaft sprangen auf, als die Torlampe aufleuchtete. Georgia grinste so breit, dass sie schon befürchtete, ihr Gesicht würde zerspringen. Leo hatte sein erstes Tor in der NHL vorbereitet. Er hatte nicht selbst getroffen, aber es war verdammt beeindruckend gewesen. Wie viele seiner Highschool-Spiele hatte sie angeschaut und sich gefragt, was die Zukunft für ihn bereithalten würde? Hunderte? Mindestens Dutzende.

Eine leise Stimme flüsterte in Georgias Kopf: *Manchmal bekommen die Menschen eben doch, was sie sich sehnlichst wünschen.*

Allerdings nicht oft. Dafür war sie der wandelnde Beweis.

Das Spiel endete mit einem weiteren Tor, und die Bruisers hatten Tampa besiegt. Es war der Erfolg, den das Team so dringend benötigt hatte.

Triumphierend flitzte Georgia vor den Reportern aus der Presselounge und nahm den privaten Aufzug nach unten, um alles für die fröhlich-chaotische Pressekonferenz nach dem Spiel vorzubereiten. Normalerweise kümmerte sie sich zeitig darum und schaute sich die letzten Minuten eines Spiels unten auf einem Bildschirm an. Heute jedoch kam sie zu spät zu ihrer eigenen Party.

Aber ihr Assistent Roger hatte sich um ihren winzigen Presseraum im Untergeschoss gekümmert. Sie kam schlitternd vor dem Podium zum Stehen. Über die Wand dahinter flimmerten bereits Ausschnitte des Spiels. (Von allen Teams in der NHL hatten die Bruisers die schickste Ausstattung für Pressekonferenzen – dank Nates Technologiebesessenheit.)

»Danke, Rog«, keuchte sie. »Ich konnte mich nicht von dem spannenden Spiel losreißen.«

Er lachte leise. »Ich habe hier alles im Griff, Boss. Wen holen wir für Interviews rein?«

»O'Doul.« Georgia zögerte. Die erste Torvorlage eines Neulings war schon eine Meldung wert. Aber es war sinnvoller, Castro zu seinem Tor zu befragen und die Medien Leo einen Abend lang vergessen zu lassen. »Und Castro.«

»Ich hole sie.« Er wandte sich zum Gehen.

»Danke!«, rief sie ihm nach.

Draußen im Korridor herrschte der übliche Aufruhr. Georgia steckte den Kopf zur Tür hinaus, um die Reporter dazu zu bewegen, in den Presseraum zu kommen, anstatt den Spielern vor den Umkleiden oder im Flur aufzulauern. Es war wichtig, dass die Antworten vor dem Bruisers-Logo aufgenommen wurden und nicht vor einer schäbigen Korridorwand. »Hereinspaziert, Leute«, rief sie fröhlich. »Gleich kommen die Spieler.«

Ein paar Köpfe wandten sich ihr zu, aber niemand rührte sich. Es war genau wie nach jedem Spiel.

Als O'Doul und Castro auftauchten und sich dem Presseraum näherten, umringten sie die Reporter mit ihren Mikrofonen, in der Hoffnung auf einen exklusiven Kommentar. Die sich langsam vorwärtsbewegende Parade von Journalisten folgte den Spielern in den Presseraum.

Georgia trat beiseite, um alle vorbeizulassen. Als die Horde vorbeigezogen war, streckte sie kurz den Kopf zur Tür hinaus, um nach Nachzüglern Ausschau zu halten. Aber sie sah nur die üblich Meute von Ehefrauen und Freundinnen mit VIP-Ausweis. Die Tür zur Umkleide öffnete und schloss sich mit jedem Spieler, der herauskam, um seine Familie zu begrüßen, oder sich wieder zurückzog. Dann sah Georgia, wie Leo herauskam, eine Millisekunde, bevor er überfallen wurde. Doch diesmal kam der Angriff nicht von seiner schrillen Freundin, sondern von seiner Mutter.

Beim Anblick von Mrs Trevi stolperte Georgias Herz fast genauso ungeschickt wie jedes Mal, wenn sie Leo selbst sah. Der Ausdruck der Freude auf Marion Trevis Gesicht war so rein und herzerwärmend, dass Georgia ein Kratzen im Hals verspürte. Und da war auch Leos Schwester, Violet, die neben ihrer Mutter grinste. Georgia war verblüfft, wie erwachsen sie aussah. Als Georgia sich von Leo getrennt hatte, stand Vi kurz vor ihrem Wechsel auf die Highschool und trug eine Zahnspange. Sie sah zu, wie Leo seine Schwester schnappte und drückte, während ihr Vater strahlend ein paar Schritte dahinter stand.

Georgia zwang sich, den Blick abzuwenden. Das war Leos Augenblick mit seiner Familie. Sie trat zurück in den Presseraum, wo ihr Vater gerade mit seinen beiden Spielern das Podium betrat. Aber ihr Herz verweilte noch immer draußen auf dem Korridor.

Es hatte eine Zeit gegeben, da hatte Georgia den Trevi-Clan als ihre Familie angesehen. Sie liebte es, wie laut und glücklich es im Haus der Trevis zuging. Drei Kinder. Drei Eishockey-Trainingspläne (denn DJ und Violet spielten auch). Ein Kühlschank voller Reste, selbst gebackene Kekse auf dem Küchentresen. Georgia und ihr Vater hatten sich immer nahegestanden, aber Leos Zuhause war voller Leben und Liebe. Sie hatte dort so manchen glücklichen Sonntag im Wohnzimmer beim Footballgucken verbracht oder in der wärmeren Jahreszeit auf der rückwärtigen Veranda. Als sie Leo verlassen hatte, hatte sie auch ihr zweites Zuhause verlassen.

Sie waren sowieso nie ihre Familie gewesen.

Georgia richtete ihre Aufmerksamkeit wieder auf das Podium und warf keinen Blick mehr in den Korridor.

8

Samstag, 6. Februar
23 Tage vor dem Ende der NHL-Transferperiode

Schlagzeile des Tages:
Brooklyn unterliegt Jersey im ersten von drei Auswärtsspielen
– NBC Sports

Dieses erste Spiel würde er bis an sein Lebensende nicht vergessen.

Die Erinnerung half ihm durch den Rest einer sehr langen Woche. Coach Worthingtons durchdringende Pfeife korrigierte Leo bei der Hälfte seiner Aktionen im Training. Und dann setzte ihn der Coach für das Spiel gegen New Jersey auch noch auf die Bank.

Die Bruisers verloren das Spiel, und das gesamte Team hatte schlechte Laune.

Leo allerdings nicht. Weil er die Vorlage für das entscheidende Tor gegen Tampa gemacht hatte. Und das würde ihm niemand nehmen können. An jenem Abend hatte sich seine Familie auf der Tribüne heiser geschrien. Danach hatten seine Mutter und seine Schwester ein Foto mit seinem verschwitzten Trikot mit dem Schriftzug TREVI auf dem Rücken gemacht.

Und – am allerwichtigsten – er hatte einem Coach, der ihn nicht wollte, zeigen können, dass er wertvoll war, wenn er die Chance dazu bekam.

Um ihm die Laune zu verderben, musste schon Schlimmeres passieren als ein bisschen Gemotze von Coach Worthington. Jede Stunde, die er Teil dieses Teams war, erhöhte seine Chance, es auch zu bleiben. Hätte es einen einfachen Weg gegeben, seinen Vertrag zu annullieren, hätte Coach Worthington das bestimmt längst gemacht.

»Ihr werdet euch wohl nicht so schnell los«, hatte sein Agent lachend gesagt.

Donnerstagabend hatten sie ihr letztes Heimspiel vor dem Trip mit den drei Auswärtsspielen in den USA und Kanada. Leo durfte gegen Pittsburgh spielen, weil man »Bayers Schulter für die Auswärtsspiele schonen« wollte.

Was soll's, dachte Leo bei sich, während er seine Schlittschuhe schnürte. Wenn der Coach es so aussehen lassen wollte, als wäre Leo nur ein Ersatzmann, sollte er ihn doch kleinreden. Ob der Coach mit ihm zufrieden war oder nicht, in seinem zweiten NHL-Spiel würde er alles geben.

Gegen Pittsburgh erkämpften sie sich ein Remis. Leo war nicht ganz zufrieden mit sich. Er hatte ein paar Chancen verpasst, die er hätte verwandeln sollen. Und er konnte nicht alle Spielzüge seiner Mitspieler vorausahnen, wie er es bei den Muskrats gelernt hatte.

Wenn es Zeit braucht, braucht es Zeit, sprach er sich selbst Mut zu. Wenn er nur mehr davon hätte.

Am Morgen der Wohltätigkeitsgala stand ein frühes Training an und dann ein gutes, hartes Workout im Kraftraum. Nachdem er sich bei einem Deli etwas zum Mittagessen besorgt hatte, ging er zu Silas' Wohnung zurück – er konnte sie noch nicht seine eigene nennen – und machte ein Nickerchen.

Während er schlief, wurde sein Smoking beim Portier des Gebäudes abgegeben. Er hatte sich den Smoking von einem Kleiderverleih geliehen, der extra zum Training gekommen war, um Leos Maße zu nehmen. Leos eigener Smoking war irgendwo in einem Karton, verpackt vom Umzugsunternehmen, das er engagiert hatte, um seine Sachen aus seiner Wohnung in Michigan abzuholen.

Gegen Nachmittag, als die Schatten länger wurden, trottete er in der Wohnung herum und war immer noch erschöpft. Vor genau acht Tagen war er mitten in die laufende Saison des Teams geplatzt. Im Februar hatten die Bruisers zwölf Spiele absolviert, während der März sogar sechzehn Partien versprach. Man hatte ihn kopfüber in dieses harte Programm geworfen, und dann sollte er auch noch seine Mitspieler kennenlernen, ihre Schusskraft verstärken, tausendfünfhundert Kilometer umziehen und sich als Spieler weiterentwickeln.

Auch Georgia hatte er kaum gesehen, nachdem sie sich kurz vor dem Spiel gegen Tampa unterhalten hatten. Aber er hoffte, sie am Abend bei der Gala zu treffen. Er konnte kaum glauben, dass er sich am Abend vor einer Woche voller Auswärtsspiele in einen Smoking schmeißen und in die Kameras lächeln sollte. Er hoffte, dass diese Zeitverschwendung wenigstens ordentlich Geld für einen guten Zweck einbrachte. Sonst hätte sich der Aufwand nicht gelohnt.

Und dann war da noch Amy. Sie hatte ihm ungefähr zwanzig Nachrichten geschrieben, während er geschlafen hatte, mit Fotos von ihrer Pediküre und der winzigen Unterwäsche, die sie passend zum Kleid gekauft hatte. Als er diese Fotos sah, schwand seine Zuversicht, denn ganz offensichtlich stimmten ihre Erwartungen an diesen Abend nicht mit seinen überein.

Dieser Abend würde damit enden, dass Leo allein ins Bett ging. Und Schluss.

Wenn er ehrlich war, war ihm im Lauf der Woche immer deutlicher geworden, dass er Amy hätte anrufen sollen, um ihr freundlich abzusagen. Er hätte seinen Mann stehen und sie von der Veranstaltung ausladen sollen, zu der er sie ja gar nicht eingeladen hatte. Aber er versuchte, nett zu sein. Amy war ein Hockeyhäschen allererster Güte, und ein glamouröser Abend in Gesellschaft von zwei Dutzend Eishockeyprofis war für sie wie ein wahr gewordener Traum. Er wusste, dass es für sie das Selfie-Event des Jahres und die beste Möglichkeit zum Angeben wäre. Sie würde jede Menge Spaß haben, und das musste ja nicht heißen, dass sie ein Paar wurden.

Aber jetzt, während er sich ihre sexy Selfies ansah, wirkte es wie ein Fehler, dass er nichts gesagt hatte. Nach der Veranstaltung heute Abend brauchte er Schlaf und einen klaren Kopf für die Reise. Was er nicht brauchte, war eine weitere Verstrickung mit Amy.

Er musste es ihr nur heute Abend schonend beibringen.

In einer Stunde würde sie vor dem Gebäudekomplex vorfahren, und dann musste er fertig sein. Auf den Rat von einem von Beccas Assistenten hatte er eine Limousine nach Manhattan geschickt, um Amy abzuholen. Er hatte ihr eine Nachricht geschickt und erklärt, dass er Sachen für die Reisewoche einpacken musste. Sie hatte gesagt, sie verstehe, warum er sie nicht persönlich abholen könne.

Nach der Party heute Abend würde er sie wieder in dieses Auto setzen und sie zurückschicken. Und es würde keine weiteren Missverständnisse geben.

Leo ging in sein Schlafzimmer und holte seinen Koffer hervor. Es war Zeit zum Packen.

Zwei Stunden später stand Georgia in der Mitte des aufwendig dekorierten Ballsaals der Brooklyn Academy of Music und überblickte die Menge. Bis jetzt war die Veranstaltung ohne Zwischenfall verlaufen. Die gereichten Horsd'œuvres waren sehr lecker. Die Bars an beiden Enden des Saals waren gut besucht, aber nicht überlaufen. Und die Floristen, die den Saal in eine Winterlandschaft verwandelt hatten, hatten sich selbst übertroffen; es sah wundervoll aus. Es gab silberne Birkenzweige mit feinen Lichterketten, und von der Decke hingen glitzernde Schneeflocken.

Es war großartig. Trotzdem war Georgia absolut unglücklich.

»Mann, jetzt geht das schon wieder los.« Becca stellte sich neben Georgia und knuffte sie leicht mit dem Ellbogen.

»Ich kann gar nicht hinsehen«, grummelte Georgia. Sie wusste, dass Becca Leos Date meinte. Die beiden waren auf der Tanzfläche und bewegten sich zu einem langsamen, sinnlichen Lied.

Heute war einer der seltenen Abende, an dem Georgia sich wünschte, sie würde mehr trinken. Sie brauchte etwas, um das Brennen zu dämpfen, das die Hände dieser Frau auf Leos Körper bei ihr verursachten. Weil es nicht ihr Stil war, in der Öffentlichkeit Alkohol zu trinken, ertränkte sie ihre Sorgen stattdessen in Miniquiches und Entenconfit im Teigmantel.

»Sie hat ihm mit der Hand über den Oberschenkel gestrichen, und er hat sie weggeschoben.« Becca kicherte. »Sie ist wie ein Krake in Prada.«

Georgia knurrte nur und schob sich eine Miniteigtasche in den Mund.

»Reg dich ab«, rügte Becca. »Der Typ knirscht so heftig mit den Zähnen, dass es bleibende Schäden anrichten wird und er von Denver bis Phoenix nur Apfelmus zum Abendessen bestellen kann. Und der Bullshit, den sie allen auftischt, setzt ihm auch zu.«

»Was für Bullshit?« Georgia hasste sich dafür, dass sie gefragt hatte.

»Sie hat Bayers Freundin erzählt, dass sie ›seit dem College‹

zusammen sind. Was wirklich komisch ist, denn vorhin habe ich ihn fragen gehört, wie es ihr seit dem Abschluss ergangen ist. Und das ist schon über ein Jahr her, richtig?«

»Fast zwei«, präzisierte Georgia.

Becca grinste. »Du musst die Komik darin sehen, George. Auch das wird vorübergehen.«

Georgia richtete den Blick auf das Mädchen – Amy hieß sie. Sie war in einem ganz und gar glamourösen Silberkleid gekommen, und ihre Brüste quollen praktisch überall heraus. Georgia musste zugeben, dass sie umwerfend aussah. Sie war groß und kurvig, mit glatter Haut und goldenem Teint, glänzendem Haar und einem derart gekonnten Make-up, wie Georgia es nie hinbekommen würde.

Obwohl … Georgia spähte hinüber. Der Mund des Mädchens war ein bisschen zu groß. Er war regelrecht *breit.* Wie bei einer Muppet-Figur.

Jetzt nahm Georgia das Erscheinungsbild einer ihr völlig Fremden auseinander, und das nur, weil sie noch an ihrem Highschool-Freund hing.

Ganz schön armselig. Denn auch wenn Becca recht hatte und Leo die Gesellschaft des Mädchens nicht besonders genoss, machte es keinen Unterschied. Wenn es nicht Amy war, dann kam über kurz oder lang eine andere. Georgia hatte keinen Anspruch auf Leo. Die Mädels würden an ihm kleben wie Fliegen an Honig. Er war heute Abend bestimmt schon hundertmal fotografiert worden, sowohl von den Fotografen der Gala als auch den Gästen. Reiche Fans, die tausend Dollar pro Kopf bezahlt hatten, interessierten sich für den süßen Neuling.

Besonders die weiblichen.

Im Augenblick wartete in Georgias Mail-Eingang eine Erinnerung von Hockey Hotties für einen Termin für Leos Nackt-Shooting. Sie hatte ihn noch nicht gefragt, ob er dazu bereit war. Wie sie dieses Gespräch führen sollte, ohne so rot anzulaufen wie eine Tomate, wusste sie nicht.

»Ich möchte sehen, wie ihr zwei euch um ihn prügelt«, neckte Becca. »Du würdest ihr mit deinem schwarzen Gürtel den Hintern versohlen – sie wüsste nicht einmal, wie ihr geschieht.«

Bei der Vorstellung schnaubte Georgia. Auch wenn es stimmte, dass sie Amy bei ihrem aktuellen Trainingsstand vermutlich wie ein Stöckchen hätte durchbrechen können, gewann man so nicht das Herz eines Mannes.

»Achtung«, flüsterte Becca. »Ungebundener, attraktiver, aber selbstgefälliger Verteidiger auf neun Uhr.«

»Meine Damen.« O'Doul blieb vor Georgia und Becca stehen. »Ihr seht heute Abend beide sehr schön aus.«

»Danke«, flötete Becca. »Ihnen steht dieser Smoking aber auch nicht schlecht, mein Herr.«

Ihretwegen schluckte Georgia einen weiteren bissigen Kommentar hinunter. Auch wenn O'Doul heute Abend Komplimente verteilte, hatte sie nicht vergessen, wie er auf der Pressekonferenz über sie gesprochen hatte, als er glaubte, sie wäre außer Hörweite.

»Er ist ganz schön in dich verknallt«, sagte Becca, nachdem er wieder gegangen war.

»Auf keinen Fall!«, japste Georgia. »Hast du was genommen?«

»Du bist der ahnungsloseste Mensch der Welt, weißt du das? Die Hälfte der Jungs ist in dich verliebt. Ganz besonders O'Doul. Und als wir letzten Monat in Vancouver waren, hat er dich gefragt, ob du mit ihm essen gehst.«

»Oh.« Georgia runzelte die Stirn. »Ich dachte, er meinte uns als Gruppe. Es gibt ein paar Restaurants dort, die er sehr mag.«

Becca verdrehte die Augen. »Es war ein romantisches Fischrestaurant am Ufer, und er hat dich nach einem Date gefragt.

Ich habe das zufällig mitbekommen. Du bist wirklich ganz schön außer Übung, was diese Jungs-Mädels-Sache angeht, meine Liebe. Wir müssen ein Dojo finden, in dem der Umgang zwischen Männern und Frauen gelehrt wird.«

Georgia schnaubte. »Und was soll man da üben? Wie man am besten sein Haar zurückwirft?«

»Wie man sich für einen Kuss vorbeugt.« Ihre Mitbewohnerin kicherte. »Eine leichte Berührung der Brust, die ganz zufällig wirkt.«

Sie kicherten beide. »Vielleicht brauche ich wirklich Unterricht.«

»Aber bloß nicht von *ihr*.« Becca deutete mit ihrem Getränk auf Amy.

An Leo gepresst, schob sich Amy über die Tanzfläche.

»Blöde Kuh! Wegen dir hab ich hingeguckt.« Georgia riss ihren Blick von dem glücklichen Paar los und entdeckte einen livrierten Kellner, der mit einem Tablett voller Shrimpstörtchen aus der Küche kam. *Komm zu Mami,* beschwor ihn Georgia lautlos. *Ich brauche eine Dröhnung.*

»Süße«, sagte Becca und knuffte sie am Ellbogen. »Bleib mal von den Horsd'œuvres weg. Warum fragst du nicht Silas, ob er tanzen will? Er sieht ein bisschen gelangweilt aus.«

Georgia entdeckte den Torhüter am anderen Ende des Raumes an die Wand gelehnt mit einem Getränk in der Hand. Er sah tatsächlich ein wenig gelangweilt aus. »Sein Date hat im letzten Moment abgesagt. Das passiert ihm ziemlich oft. Sehr merkwürdig.« Und die Spieler waren dazu verpflichtet, ein paarmal im Jahr an diesen Veranstaltungen teilzunehmen, ob sie wollten oder nicht.

»Siehst du?«, drängte Becca. »Er braucht dich. Und es tut ja nicht weh.«

»Ich fordere die Spieler nicht zum Tanzen auf.«

»Aber es ist nicht verboten, oder?«

»Dann mach du es doch«, forderte Georgia sie heraus. »Und, oh mein Gott, sind wir wieder vierzehn? Ich bin mir ziemlich sicher, dass ich so ein Gespräch zum letzten Mal in der neunten Klasse geführt habe. Und in der Sporthalle lief Green Day. ›Boulevard of Broken Dreams‹.«

»Guter Song. Aber du weißt, dass ich nicht auf Eishockeyspieler stehe«, beharrte Becca. »Ich mag den dünnen Künstlertyp. Und versuch nicht, mir weiszumachen, sie wären auch nicht dein Typ. Denn das wäre glatt gelogen.«

Georgia versuchte gar nicht erst zu protestieren. »Silas würde vor Schreck in Ohnmacht fallen, wenn ich ihn aufforderte.«

»Er wüsste, dass du keine Hintergedanken hast. Frag ihn einfach, okay? Ich wasche auch den Kühlschrank aus, wenn du es machst.«

»Echt? Sogar das Gemüsefach?« Georgia graute es vor dieser Aufgabe. Die überreife Mango lag immer noch darin und versank langsam in ihrem eigenen Schleim.

»Sogar das Gemüsefach.« Becca gab ihr einen Schubs. »Geh. Bevor ich's mir anders überlege.«

Georgia machte sich auf den Weg, ließ sich aber Zeit. Silas zum Tanzen aufzufordern, war vielleicht nicht besonders schlau. Genau genommen war sie gerade bei der Arbeit, und sämtliche ihrer Arbeitskollegen befanden sich in diesem Saal. Zu viele Augenpaare, zu viel Druck. Als Teenager war es etwas anderes gewesen. Mit Leo zu tanzen hatte immer Spaß gemacht. Aber in den letzten sechs Jahren hatte sie nur ab und zu mal auf einer Hochzeit getanzt. Und dann auch nur mit Verwandten.

Huch, dachte sie, als sie sich an verschiedenen Gruppen von Partygästen vorbeischlängelte. Sechs lange Jahre hatte sie als Stubenhockerin verbracht. So schnell wurde eine Gewohnheit zur Routine.

Das war keine sehr erfreuliche Erkenntnis.

Im College hatte Georgia es langsam angehen lassen. Im ersten Jahr war sie für sich geblieben und hatte sich von Fremden und Menschenmassen ferngehalten, während sie ihr Selbstbewusstsein wieder aufbaute. Die Leute aus dem Tennisclub wurden zu guten Freunden, und weil sie von ihrem schwierigen letzten Jahr auf der Highschool wussten, waren sie sehr verständnisvoll. Niemand hatte ihr das Gefühl gegeben, ein Loser zu sein, weil sie freitags und samstags zu Hause blieb. Und in der Tennissaison hatte sie jede Menge Gesellschaft. Sie trainierten alle zu hart, um viel auf Partys zu gehen.

Die Jahre vergingen, und sie war nicht länger ängstlich. Georgia fühlte sich stark – sogar glücklich. Aber das Alleinsein wurde ihr zur Gewohnheit. Partys waren ihr zu laut und überdreht. Sie ging lieber mit ein paar Freunden essen.

Manchmal hatte sie ein Date, und manchmal sogar mehr als einmal mit demselben Typen. Aber bei niemandem, den sie nach Leo kennenlernte, funkte es oder sie war zu distanziert. Das eine oder das andere. Jedenfalls hatte sie seit Leo keinen Freund mehr gehabt. Komisch, dass sie nie eins und eins zusammengezählt hatte, bevor er wieder aufgetaucht war. Sie war jetzt fast seit sechs Jahren Single. Und bis jetzt war es ihr nicht erbärmlich vorgekommen.

»Hi, Silas«, sagte sie und blieb neben ihm stehen.

»Hey, Georgia. Müsste ich jetzt woanders sein?«

»Nein«, sagte sie und lächelte, um ihm die Befangenheit zu nehmen. Meine Güte, war sie wirklich so ein Feldwebel? Sie sagte Hallo, und er hatte sofort ein schlechtes Gewissen? »Und ich auch nicht. Deshalb habe ich beschlossen, den Abschnitt der Wand neben deinem zu bewachen. Nur für den Fall, dass du Hilfe brauchst.«

»Ah«, sagte er und stieß mit seinem Drink an ihr Wasserglas an. »Ich bin nur müde. Und die nächste Woche wird anstrengend.«

»Stimmt.« Es war die längste Auswärtsserie auf ihrem Spielplan. Und der Ersatztorwart musste genauso hart trainieren wie alle anderen Spieler, auch wenn er nur gelegentlich eingesetzt wurde.

»Ab wann kann ich mich davonschleichen, ohne Probleme zu kriegen?«, fragte Silas.

Georgia sah auf die Uhr. Es war erst neun.

»Wenn der Vorstand der Stiftung seine Rede gehalten hat. Aber er sollte in dreißig Minuten anfangen.«

»Super«, sagte Silas und grinste sie an. »Wenn jemand mich aufhalten will, werde ich sagen, dass du mir erlaubt hast zu gehen.«

»Soll ich dir eine Entschuldigung schreiben wie in der Highschool?« Die Frage schien angemessen, denn offensichtlich hatte sie in der Highschool zum letzten Mal ein Leben gehabt.

»Klar«, neckte er.

Georgia erwiderte sein Lächeln. Aber noch traute sie sich nicht, ihn zum Tanzen aufzufordern. Am anderen Ende des Saals kaute Becca wahrscheinlich wie eine Wahnsinnige an ihren Fingernägeln und fragte sich, worauf Georgia wartete. Irgendwie machte es Spaß, ihre distanzlose Mitbewohnerin auf diese Art zu quälen. Aber selbst wenn sie die Wette nicht einlöste, lenkte sie der Small Talk mit Silas für ein paar Minuten von Leo ab. Und das war ja der Sinn der Sache.

»Und was machen wir jetzt in der halben Stunde?«, fragte er.

»Wir sind sehr beschäftigt damit, auf diese Wand aufzupassen«, betonte sie.

Er deutete mit seinem Drink auf die Band, die in der Ecke spielte. »Ich mag diesen Song. Wir könnten stattdessen auch die Tanzfläche bewachen.«

»Okay«, sagte Georgia schnell. Becca würde nicht herausfinden, dass sie sich gedrückt hatte, und würde trotzdem den schimmeligen Mangomatsch aus dem Gemüsefach schrubben müssen. Georgia verkniff es sich, wegen dieser kleinen Täuschung zu lächeln, während Silas ihr das Wasserglas aus der Hand nahm.

Er führte sie zur Tanzfläche und legte ihr die Hand auf den unteren Rücken. Der Druck seiner warmen Hand war ihr nicht unangenehm. Er war beruhigend. Silas hatte etwas Freundliches und Offenes an sich, das ihr schon immer gefallen hatte. Er war nicht so temperamentvoll wie Leo, aber er war zugänglich. Vor den Augen der ganzen Welt mit einem der Spieler zu tanzen, war nicht so unangenehm, wie es hätte sein sollen. Denn es war Silas mit dem struppigen Bart und den freundlichen braunen Augen.

Als er näher trat, legte sie ihm leicht die Hand auf die Schulter. Mit einem kurzen Grinsen korrigierte er ihre Haltung und drehte sie leichtfüßig nach links.

»Du bist ein guter Tänzer«, platzte sie heraus.

Er lachte. »Hast du gedacht, ich wäre mies?«

»Nein«, sagte sie schnell. »Vergiss, was ich gesagt habe. Ich tanze nicht oft.«

»Vielleicht solltest du öfter tanzen«, schlug er vor. Sein Ton war leicht und sein Lächeln freundlich.

Heilige Scheiße, ich habe tatsächlich Spaß, dachte sie, als er sie im Takt führte. *Und Becca muss den Kühlschrank sauber machen.* Gewonnen!

»Was ist so lustig?«, fragte Silas.

»Nichts, nichts. Hast du Tanzstunden genommen?«, fragte sie, nur um das Gespräch von sich selbst abzulenken.

Aber Silas antwortete nicht, deshalb musterte sie sein Gesicht. »Kann ich dir vertrauen?«

»Klar, ich schweige wie ein Grab«, versprach sie.

»Meine Mutter hat mich dazu gezwungen, sechs Jahre lang Tanzunterricht zu nehmen. Von der siebten bis zur zwölften Klasse.«

»Was?«, japste sie. »Warum?«

»Weil sie aus dem Süden kommt«, sagte er, als erkläre das alles. »Der Cotillion. Da mussten alle durch.«

»Das ist merkwürdig.«

»Nicht dort, wo sie herkommt.«

»Das meinte ich ...« Sie musste sich unterbrechen, weil Silas ihre Hand über ihren Kopf führte und sie wusste, dass sie sich drehen sollte. »Seltsam ist, dass ein Südstaatengentleman wie du Eishockeyspieler geworden ist.«

»Stimmt«, sagte er. »Aber meine Mama mag tanzen und weiße Handschuhe, und mein Dad ist ein harter Kerl. Wir haben also beides.«

Georgia lächelte ihn erneut an und war glücklich über die Ablenkung, so kurz sie auch sein mochte.

9

»Dann erzähl mal«, sagte Amy zu Bayers Freundin. »Wie läuft es so im Club der Spielerfrauen?«

Der leise Anflug von Kopfschmerzen, der Leo nervte, seit sie den Saal betreten hatten, wurde zu einem wütenden Pochen. Amy einzuladen war ein Fehler gewesen. Seit Silas und er zu ihr in die Limousine gestiegen waren, versuchte sie unablässig, sich in sein Leben zu drängen – und in seine Hose.

Silas war eindeutig der schlauere Bewohner aus Wohnung Nummer 407. Er hatte kein Date mitgebracht. (»Ich bringe nie jemanden mit«, hatte er mit einem Schulterzucken gesagt, als Leo gefragt hatte.) Und jetzt? Jetzt tanzte der junge Torhüter mit Georgia. Leo wusste, dass er nicht hätte hinsehen und es ihm hätte egal sein sollen. Aber sein Blick wanderte immer wieder zu den beiden. Sie wirkten hundertmal entspannter, als er sich gerade fühlte.

Und weil er nicht aufpasste, zog Amy die Schlinge immer enger und saugte die Aufmerksamkeit und die Ratschläge der anderen Frauen auf. »Du musst auf der Reise mit uns Cocktails trinken gehen!«, sagte eine von ihnen. »Wir sind Expertinnen darin, nach der Sperrstunde ins Hotel zu schleichen.«

Das reichte. Er konnte das nicht so weiterlaufen lassen. »Amy?« Er nahm sie bei der Hand. »Komm, wir tanzen. Ich möchte mit dir reden.«

Sie glitt geradezu in seine Arme und lächelte zu ihm auf. »Ich gehöre ganz dir.«

Ach, scheiße.

Er führte sie etwas weiter weg, wo sie ungestört reden konnten. Dann sah er ihr in die Augen. »Ich bin froh, dass du heute Abend mitgekommen bist. Diese Veranstaltung ist ziemlich schräg, und ich dachte, es würde dir gefallen.«

»Es ist der Hammer«, stimmte sie zu. »Ich habe ein Foto mit O'Doul und seinem süßen Date gemacht.« Mit ihrer freien Hand glitt sie unter sein Jackett und über seine Bauchmuskeln. »Und ich konnte dir wieder näherkommen. Fast.« Sie grinste. »Wann können wir nach Hause gehen?«

Er hielt ihre Hand fest. »Amy, wir gehen heute nicht zusammen nach Hause. Das habe ich dir schon gesagt.«

»Ich weiß, du brauchst deinen Schlaf.« Sie trat vor, bis ihre Brüste seine Brust berührten. »Aber es ist noch früh. Wir könnten jetzt anfangen.«

Leo unterdrückte ein Seufzen. Er hatte es mehrfach freundlich gesagt, aber Amy hörte nur, was sie hören wollte. Also musste er jetzt etwas weniger subtil sein. »Wir gehen nicht gemeinsam nach Hause. Heute nicht und auch sonst nicht. Seit dem College ist es aus, Amy. Was übrigens deine Entscheidung war.«

Sie sah mit aufgerissenen Augen zu ihm auf. »Aber du bist in den Mittleren Westen gezogen. Und abgesehen davon war es eine schlechte Entscheidung. Ich habe sie seitdem bereut.«

Seit letztem Freitag, meinte sie wahrscheinlich.

»Mein Leben ist weitergegangen«, sagte er so sanft wie möglich.

»Ehrlich?« Sie trat einen halben Schritt zurück. »Und wo ist dann deine unsichtbare Freundin?«

»Ich wollte sagen …« Scheiße. »Zwischen uns ist es aus. Wir

hatten eine schöne Zeit, aber wir kommen nicht mehr zusammen. Es tut mir leid. In meinem Leben passiert gerade zu viel.«

Sie kniff die Augen zusammen. »Ich wollte dich auf dem Auswärtstrip überraschen. In Montreal. Wann hast du jemals eine schnelle Nummer im Hotel abgelehnt, Trevi?«

Trevi. Für sie war er schon immer nichts als ein Name auf einem Eishockeytrikot gewesen. Früher hatte ihm das nichts ausgemacht. Aber das war jetzt anders. Vielleicht war das nicht alles Amys Schuld. Aber er konnte seine Meinung ändern, oder etwa nicht?

»Es tut mir leid«, sagte er langsam. »Ich will mich nicht mit dir streiten. Aber ich wollte nichts mit dir anfangen.«

»Schön«, blaffte sie, und ihre Augen wurden feucht. »Dann war ich dir auf dem College gut genug für Sex, und jetzt auf einmal nicht mehr?«

»Amy«, flüsterte er. »Auf dem College habe ich dich gut behandelt.« Wenn es nur um Sex gegangen war, dann hatte das auf Gegenseitigkeit beruht, da war er sich sicher. Und als sie im Abschlussjahr zusammengekommen waren, hatte er kein anderes Mädchen mehr angesehen. Auch wenn sie sehr hohe Ansprüche gestellt hatte, hatte er alle ihre Eskapaden mit einem Lächeln ertragen.

»Aber du hast mich nie geliebt«, keifte sie. »Ich kann nicht glauben, dass ich so viel Zeit auf dich verschwendet habe.«

Jetzt drehten die Leute die Köpfe in ihre Richtung. So etwas sah für niemanden gut aus. »Komm, wir gehen nach draußen zum Wagen«, sagte er sanft. Gott sei Dank hatte er den Fahrer gebeten zu warten, selbst wenn ihn das ein Vermögen kostete. »Wir können darüber reden, wenn du willst.«

»Ich bin nicht hier, um zu ›reden‹.« Sie wurde lauter. Und jetzt warf sie die Haare in dieser altbekannten Geste von weiblichem Trotz über die Schulter. »Offensichtlich bist du zu dämlich, eine Torchance zu erkennen, wenn sie sich bietet. Ich hoffe, deine Mitspieler wissen das. Das ist kein gutes Zeichen für eure Statistik auf dem Trip. Viel Glück, Rookie!« Den letzten Satz schrie sie. Und dann stampfte Amy auf ihren glitzernden High Heels davon, ihr Hintern wiegte in dem glänzenden Kleid. Auf der Tanzfläche gerieten die Paare aus dem Takt, und die Menge teilte sich für sie.

Dann landeten Dutzende von Augenpaaren auf Leo, der nur dämlich dastand.

Ihm brannte der Nacken, in seinem Kopf pulsierte es. Außerdem wünschte er sich nichts sehnlicher, als sich diese einengende Fliege vom Hals zu reißen und diese durch den Saal zu schleudern. Natürlich fiel sein Blick direkt auf Georgia, die aufgehört hatte, mit Silas zu tanzen. Sie starrte ihn entsetzt an.

Scheiße. Noch eine PR-Katastrophe. Wer hätte gedacht, dass die NHL ihn in jemanden verwandeln würde, der mindestens einmal in der Woche für Aufsehen sorgte? Und er konnte jetzt noch nicht mal gehen, weil Amy vielleicht immer noch an der Garderobe auf ihren Mantel wartete oder nach dem Wagen suchte.

Dann lieber noch einen Drink.

Leo atmete tief durch und steuerte auf die Bar an der Wand zu. Während er auf den Barkeeper wartete, versuchte er sich vorzustellen, was sein Bruder sagen würde, wenn er hiervon erfuhr. Wahrscheinlich würde er sich kaputtlachen.

»Scotch, bitte«, sagte er, als er dran war. Er nahm ein paar Dollar aus der Tasche und steckte sie in ein randvolles Trinkgeldglas.

»Leo«, flüsterte eine sanfte Stimme.

Er nahm seinen Drink und drehte sich um. Vor ihm stand Georgia, die gleichzeitig irre heiß und total angepisst aussah. Den ganzen Abend hatte er versucht, dieses dunkelblaue Kleid nicht zu beachten, das ihren straffen Körper in einer einzigen fließenden Bewegung umschmeichelte. Auch als sie noch jünger gewesen waren, hatte sie öfter Kleider getragen. Aber dieses hier betonte schmerzhaft, dass sie kein Teenager mehr war. Es war elegant. Ein Kleid wie gemacht für eine kluge, sexy Frau.

Verdammt. Er konnte seine Gedanken – und andere Körperteile – nicht davon abhalten, in die Vergangenheit abzuschweifen.

»Das war ja eine beeindruckende Vorstellung«, sagte Georgia und stemmte eine Hand in die seidenbedeckte Hüfte. Leo beneidete ihre Handfläche. »Wann bist du denn zur Rampensau geworden? Wenn morgen Journalisten nach dem Rookie und der unschönen Trennung auf der Tanzfläche fragen, bist du offiziell der zeitaufwendigste Spieler auf meiner Liste. Undenkbar, dass unser Büro mal über Eishockey berichtet!«

Obwohl er die Röte auf ihren Wangen und den feurigen Ausdruck in ihren Augen bewunderte, hörte er jedes wütende Wort. »Ja, für mich war das auch ein Riesenspaß. Ich glaube, ich sollte mich verkrümeln und schlafen gehen.«

»Guter Plan«, gab sie zurück.

Er nahm einen großen Schluck von seinem Scotch, der vorzüglich schmeckte. »Gut. Aber wenn du morgen Anrufe bekommst, denk daran, dass *du* sie eingeladen hast.«

Leo glaubte, er hätte das letzte Wort, er hatte jedoch vergessen, dass Georgia nicht so leicht aufgab. »Ja, aber du warst mit ihr zusammen«, spielte sie den Ball zurück. »Oder liege ich da falsch?« Ihre großen blauen Augen wurden schmal, und sie verschränkte die Arme vor den perfekten Brüsten. Als Typ konnte man da schon mal vergessen, was für ein Argument man hatte vorbringen wollen.

Da warf er das Handtuch. Als sie zusammen gewesen waren,

hatte er sie jede Diskussion gewinnen lassen. Georgia war eine kluge Frau, sie hatte ihn nie fehlgeleitet. Und der Versöhnungssex war immer großartig gewesen. »Schön. Heute Abend ist es wohl offensichtlich, dass ich ein Idiot bin. Vielleicht hat Amy ja am Ende doch nicht ganz unrecht gehabt.«

Georgias Lippen zuckten. Dann gab sie nach und lächelte. Und es war, als ginge die Sonne auf. In Georgias Lächeln lag mehr Wärme und Humor, als er irgendwo sonst in den letzten sechs Jahren gesehen hatte. Sein Herz sagte: *Das. Genau das hier will ich.*

Sein Verstand sagte dummerweise nichts. Das war die einzige Erklärung dafür, dass er vortrat und ihr die Hand auf die Wange legte. Seine Fingerspitzen glitten in das seidige Haar hinter ihrem Ohr.

Diese klaren, schönen Augen weiteten sich leicht. Aber das hielt ihn nicht auf. Zum ersten Mal seit viel zu langer Zeit beugte Leo sich vor und küsste sie direkt auf die süßen Lippen. Georgia schnaufte überrascht. Verdammt, wie sehr er sie vermisst hatte. Das war zu viel und doch nicht genug. Er vertiefte den Kuss, streichelte mit dem Daumen ihre Wange, und das Gefühl ihrer Haut unter seiner Hand ließ seine Hose eng werden. Sie schmeckte nach den glücklichsten Jahren seines Lebens.

Als wäre sie die Seine.

Aber Georgia war vernünftiger als er – wie immer. Sie legte ihm eine ihrer perfekten Hände auf die Brust und gab ihm einen leichten Schubs. »Leo«, warnte sie leise, als sie sich voneinander lösten. Das war weder die richtige Zeit noch der richtige Ort für die Wiedervereinigung, nach der er sich sehnte, obwohl das seinem Körper und seinem Herzen ziemlich egal war. Aber weil ihre Augen ihn darum baten, richtete er sich auf. Doch er konnte den Blick nicht von ihr abwenden – noch nicht einmal, wenn er dafür den Stanley Cup für den Play-off-Gewinner der NHL bekommen hätte.

Und das war sein Pech. Denn hätte er sich umgesehen, hätte er vielleicht bemerkt, wie Coach Worthington sich mit vor Wut gerötetem Gesicht näherte. Oder zumindest seine Faust, die angeschossen kam und Leo direkt auf die Wange traf.

Leos Kopf wurde durch den Aufprall zur Seite geschleudert, er stolperte einen Schritt zurück, wobei er mit dem Hintern einen Tisch neben der Bar traf, auf dem Hunderte von Weingläsern für die durstigen Gäste aufgereiht standen. Der Krach und das Klirren der zerbrechenden Gläser waren ohrenbetäubend.

Reflexhaft legte sich Leo die Hand auf die Stelle, wo ihn die Faust getroffen hatte. Aber mit der freien Hand musste er sich an der Bar festhalten, weil der Raum sich durch den Aufprall zu drehen schien. Er schloss die Augen und hoffte, dass er nicht ohnmächtig würde.

»Nein!«, hörte er Georgia japsen, und die Angst in ihrer Stimme half ihm, sich zu fokussieren.

Er streckte das Kinn vor, öffnete die Augen, und der Saal hörte auf sich zu drehen.

Um ihn herum bildete sich eine Traube glotzender Leute. Überall drehten sich Köpfe, um den neuesten Skandal mitzubekommen. Hugh Major, der Geschäftsführer der Mannschaft, eilte herbei und zog Coach Karl einen Schritt zurück. Die fleischige Hand auf dem Arm von Georgias Vater war entweder beruhigend oder bedrohlich. Oder vielleicht beides.

Vom Tisch hinter Leo fielen immer noch Gläser musikalisch klirrend zu Boden. Glasscherben glitzerten im Blitzlichtgewitter der Handykameras, die dafür sorgten, dass das neueste Fiasko der Brooklyn Bruisers morgen in den Klatschspalten zu finden war.

Irgendwie quetschte sich Silas durch die wachsende Menge bis zu Leo. »Komm mit«, sagte er nur und zog ihn aus dem Gedränge.

Leo gehorchte, richtete sich auf und ließ die Arme hängen. Erst nach ein paar tiefen Atemzügen lief er wieder sicher, und sie betraten die Lobby.

»Hast du eine Garderobenmarke?«, fragte Silas.

»Äh …« Leo durchwühlte seine Tasche und fand die Marke.

Silas nahm sie entgegen. »Warte hier. Zwei Minuten.«

Mit pochendem Kiefer lehnte sich Leo an eine Säule und musterte die verzierte Decke hoch oben. Jemand hatte sich die Mühe gemacht, den Saal wie einen Winterwald zu dekorieren. Morgen würde er wieder in einen Konzertsaal zurückverwandelt.

Er musste sich fragen, ob er am Morgen wieder in einen Minor-League-Spieler zurückverwandelt würde. Vom Coach geschlagen zu werden, war kein gutes Zeichen.

Als Silas ihn mit einem Taxi nach Hause gebracht hatte, hatte sein Handy mehrfach mit einer unbekannten Nummer aufgeleuchtet. Er hatte nicht darauf reagiert. Die Lichter im Flur vor ihrer Wohnung waren zu hell. Er wollte nur sein schmerzendes Gesicht kühlen und ins Bett gehen.

»Wie alt ist Georgia?«, fragte Silas, als die Tür aufschwang, und Leo fiel auf, dass sie auf dem Weg nach Hause kein Wort miteinander gesprochen hatten.

»Vierundzwanzig«, murmelte Leo mit zusammengepressten Kiefermuskeln.

»Du kannst einen Mann nicht dafür schlagen, dass er deine Tochter küsst, außer sie ist noch minderjährig.«

»Offensichtlich doch.« Das Sprechen tat weh. Leo steuerte direkt auf sein Zimmer zu.

Silas lachte leise. »Brauchst du was? Ibuprofen? Wasser? Vielleicht einen Anwalt?«

»Nur Eis.«

»Ich bring dir ein Kühlpack.«

Leo winkte ab. »Das musst du nicht, Mann.«

»Ich weiß.«

Er zog den Smoking aus, machte sich fürs Bett fertig und ignorierte weiterhin sein Handy. Im Spiegel sah sein Kiefer jetzt schon geschwollen aus. Also wandte er den Blick ab. Er nahm ein Schmerzmittel und stellte den Koffer vom Bett auf den Boden. Gleich morgen früh würde er mit dem Team und Coach Worthington in einen Flieger steigen. Wie er sich darauf freute.

Silas kam mit einem Kühlpack in der einen und dem Handy in der anderen Hand herein. »Du gehst wohl nicht an dein Handy. Der Mannschaftsarzt will mit dir sprechen.«

»Danke«, knurrte Leo, nahm das Kühlpack und zögerlich auch das Handy. »Hallo?«

»Mr Trevi, ich habe gehört, Sie haben einen Schlag auf die Wange bekommen?«

»Jasir«, sagte er und bemühte sich, deutlich zu sprechen, damit der Doktor wusste, dass es ihm gut ging, und ihn in Ruhe ließ. Er setzte sich aufs Bett. »Es ist aber nicht so schlimm.«

»Was ist mit Ihren Zähnen?«, fragte der Doktor. »Irgendeiner locker?«

»Nein.«

»Ist die Haut aufgeplatzt oder im Mund oder außen abgeschürft?«

»Glaub nicht.« Er hatte aber auch keine Lust aufzustehen, um sich durchchecken zu lassen.

»Leiden Sie unter Übelkeit oder Schwindel?«

»Nein. Nur Schmerzen.«

»Auf einer Skala von eins bis –«

»Nur eine drei«, unterbrach ihn Leo und nannte eine beliebige Zahl. »Ich habe ein paar Ibuprofen genommen. Ich kühle es.«

»Sagen Sie mir bitte ganz genau, welche Schmerzmittel Sie genommen haben.«

Hatte er das nicht gerade getan? »Zwei normale Ibuprofen. Nichts Besonderes.«

»Okay. Ich mache mir Sorgen wegen einer Gehirnerschütterung, Mr Trevi.«

»Nennen Sie mich doch Leo«, bat er. »Und ich glaube nicht, dass es so schlimm ist.«

»In Ordnung«, sagte der Doktor milde. »Wenn dir übel oder schwindelig wird, ruf mich an, und im Ernstfall solltest du immer zum Notarzt gehen oder den Rettungswagen rufen.«

»Verstanden«, versprach Leo. Er hoffte sehr, dass er keine Gehirnerschütterung hatte. Welcher Spieler setzte bei einem Spiel aus, weil der Coach ihn geschlagen hatte? Es war fast beeindruckend, wie viele unterschiedliche Möglichkeiten Leo entdeckt hatte, um seine Profikarriere zu sabotieren.

»Wir sprechen uns morgen früh noch mal«, sagte der Doktor. Das war ein Befehl, keine Bitte.

Leo legte auf, gab das Handy zurück und kletterte dann ins Bett, um diesen schrecklichen Abend zu beenden. Was für eine Katastrophe. *Abgesehen von dem Kuss …*

Mit der Erinnerung an Georgias Geschmack auf seinen Lippen schlief er ein.

»Hey. Geht's dir gut? Kannst du mal kurz wach werden?«

Leo tauchte langsam aus der Stille seiner Träume auf. Er wollte nicht aufwachen.

»Erde an Leo. Leo, bitte kommen.«

Er öffnete die Augen und sah eine Gestalt auf der Kante seines riesigen Bettes sitzen. »Silas?« Schnell setzte er sich auf.

»Tut mir leid, wenn ich dich erschreckt hab, Kumpel. Der Doktor hat mich gebeten, dich alle drei Stunden aufzuwecken. Jetzt bist du froh, dass du eingezogen bist, was? Ein Schlafzimmer, eine fette Miete und ein Weckservice um zwei Uhr morgens inklusive.«

»Hätte im Hotel bleiben sollen«, murmelte Leo.

Silas lachte. »Ich könnte dem Doktor auch einfach sagen, ich hätte dich mehrfach aufgeweckt, und stattdessen schlafen wir beide – Deal?«

»Gerne. Mir geht's ja auch gut.« *Abgesehen von den Schmerzen in meinem Gesicht.*

»Das glaube ich dir. Aber Gehirnerschütterungen nehmen sie sehr ernst. Erschreck dich nicht, wenn sie dich für ein paar Tage auf die Verletztenliste setzen, nur um sicherzugehen.«

»Scheiße.« Er musste sich im Team beweisen, am besten schon gestern. Das ging nicht, wenn er nicht spielte. »Scheiß Karl.«

»Kumpel, du könntest dem Coach ernsthafte Schwierigkeiten bereiten. Scheiße, wenn du damit zum Chef der NHL gehen würdest, könntest du ihn feuern lassen.«

Leo verzog das Gesicht und bekam prompt Schmerzen. »Bestimmt keine gute Aktion für meine Karriere.« Er wollte nicht der Neuling sein, der dafür sorgte, dass sein Coach gefeuert wurde. »O'Doul kriegt in jedem zweiten Spiel Schlimmeres ab.«

»O'Doul weiß aber, dass er Prügel einstecken muss. Und er trägt einen Helm.«

Das waren gute Argumente. Aber er würde trotzdem auf keinen Fall eine große Sache daraus machen. Wenn überhaupt, war er jetzt noch entschlossener, für Worthington zu spielen. Das Arschloch würde ihm Chancen bieten, Tore zu erzielen, und ihm noch dankbar dafür sein.

Das war zumindest der Plan.

»Willst du noch eine Ibuprofen?«, fragte Silas.

»Gute Idee.«

Silas verschwand im Badezimmer und kam kurz darauf wieder. »Fang!«

Leo hob die Hand gerade noch rechtzeitig, um die Flasche aufzufangen, die ihm entgegensegelte.

»Super. Ich schreibe dem Doktor, dass deine Reflexe top sind.«

Leo öffnete die Flasche und schüttelte zwei Tabletten heraus. Dann verschloss er sie wieder und schluckte die Tabletten trocken hinunter.

Silas reichte ihm ein Glas Wasser, das er dankbar trank. »Danke, Mann. Ehrlich.«

»Kein Ding. Kann ich dich was fragen?«

»Schieß los.«

»Was hat der Coach eigentlich für ein Problem mit dir?«

Genau das war die Frage. »Ich glaube, es ist der normale Beschützerinstinkt eines Vaters. Georgia und ich sind ziemlich jung zusammengekommen. Na ja …« Leo lachte in sich hinein. »Er hat ja keine Ahnung.«

»Oder vielleicht doch.«

Leo lehnte sich in die Kissen zurück und schloss die Augen. »Vielleicht. Wir haben alle Regeln gebrochen, die er aufgestellt hatte. Und nicht nur ich. Georgia war ein Partygirl. Manchmal habe ich sie am Arm gezogen und gesagt: ›Du musst langsam nach Hause.‹ Und sie war diejenige, die sagte: ›Nur noch einmal tanzen.‹«

»Ach nee.«

»Was?«

»Ich habe Georgia noch nie Party machen sehen.«

»Wie meinst du das? Du hast heute Abend selbst mit ihr getanzt.« Mist. Das hatte er nicht sagen wollen.

Silas lachte im Dunklen. »Das ist dir aufgefallen, was?«

»Vielleicht.«

Sein Mitbewohner lachte wieder. »Ich war genauso erstaunt wie du, Mann. Dieses Mädchen trinkt nicht, sie feiert nicht, und ich habe sie noch nie tanzen sehen. Ich habe sie nur gefragt, weil wir beide dort gelangweilt herumstanden. Als sie Ja gesagt hat, konnte ich es kaum glauben.«

Das hörte Leo gar nicht gern. »Vielleicht liegt es daran, dass sie immer im Dienst ist, wenn ihr euch seht.«

»Vielleicht.« Silas klang nicht sehr überzeugt. »Der Coach hasst dich also, weil du sie zu spät nach Hause gebracht hast? Das wäre aber ziemlich übertrieben.«

Allerdings. »Nein, etwas hat sich verändert. Er mochte mich mal sehr. Wir sind super miteinander ausgekommen. Er war dieser großartige College-Trainer, und ich habe ihn gewissermaßen angehimmelt. Manchmal ist er zu uns ins Stadion gekommen und hat Workshops für mein Highschool-Team veranstaltet – und zwar, weil ich ihn darum gebeten habe. Als Talentscouts aufgetaucht sind, um mich spielen zu sehen, hat er mich richtig unterstützt. Er hat sehr oft mit diesen Typen telefoniert. Ich bin mir ziemlich sicher, dass ich es ohne ihn nicht in die Harkness-Mannschaft geschafft hätte.«

Silas pfiff anerkennend. »Das ist ja spitze. Aber was ist passiert?«

Leo war sich nicht sicher, was er verraten konnte, ohne Georgias Privatsphäre zu verletzen. »Im Frühling des letzten Schuljahres ging alles den Bach runter. Die Anmeldegebühren fürs College waren bezahlt, und das Leben war schön. Aber dann verbrachte Georgia die Frühlingsferien in einem Tenniscamp und wurde dort Opfer eines Verbrechens.« Mehr würde er dazu nicht sagen, aber selbst das erschien ihm schon zu viel. Es zu erwähnen fühlte sich an, als würde er die Büchse der Pandora öffnen. *Scheiße.* Vielleicht war Coach Karl deshalb so ausgeflippt. Vielleicht hatten er und Georgia lange nicht darüber nachdenken müssen. Und dann erschien Leo auf der Bildfläche, und die alten Wunden rissen wieder auf …

Darüber würde er nachdenken müssen, wenn er nicht mehr so müde war.

»Ein schlimmes Verbrechen?«, fragte Silas.

Leo seufzte. »Ja. Und danach war nichts mehr wie vorher. Georgia steckte eine Weile in einer Krise, und ich habe alles für sie getan, was ich konnte, aber es war eine richtig schlimme Zeit. Damals fing Karl an, mich böse anzusehen. Wenn er von der Arbeit kam, war ich bei Georgia, obwohl wir nicht alleine bei ihr zu Hause sein sollten. Ich wusste, dass ich dort nicht mehr willkommen war. Aber Georgia brauchte damals meine Gesellschaft, und mir war egal, was er dachte. Aber es war, als wäre er aufgewacht, nachdem jemand seinem kleinen Mädchen wehgetan hatte. Und er vertraute niemandem mehr. Noch nicht einmal mir.«

Silas schwieg für eine Weile. »Ihr habt eine echt krasse Geschichte, Mann. Und dann habt ihr euch getrennt?«

»Sie hat nach alldem mit mir Schluss gemacht. Hat gesagt, sie wolle auf dem College neu anfangen.« Leo entspannte sich in seinem Bett, und sein Kopf sank tiefer ins Kissen.

»Autsch.«

»Ja. Autsch. Aber Karl hatte kein Recht, sauer auf mich zu sein. Ich habe Georgia gut behandelt.«

»Außer, wenn du die Regeln gebrochen und sie zu lange in deinem Sexmobil festgehalten hast.«

Leo schnaubte. »Ich hatte einen Ford F-150 mit getunter Stereoanlage. Hielt mich für einen echten Aufreißer.«

»Ich hatte einen zerbeulten Leichenwagen.«

»Was? Einen echten Leichenwagen?«

»Ja.«

Leo wurde langsam wieder müde. »Konntest du Mädchen davon überzeugen, mit dir hinten in den Leichenwagen zu steigen?«

»Du würdest dich wundern.«

Mitten im Lachen schlief Leo ein.

10

Sonntag, 7. Februar
22 Tage vor dem Ende der NHL-Transferperiode

Schlagzeile des Tages:
Rauferei im Smoking – Bruisers-Coach schlägt Spieler bei Gala
– Pucker Up Blog

»Hast du dein Handy-Ladekabel?«, fragte Becca.

»Hab ich.« Georgia zog den Reißverschluss ihrer Reisetasche zu. Der Wagen wartete schon unten.

»Ich frage nicht, ob du deine Sportsachen eingepackt hast. Die vergisst du eh nicht. Aber was ist mit deiner Rundbürste? Das ist kein Trip für platte Haare.«

Ehrlich, eine Burka klang nach der besseren Wahl. Georgia würde sich nach der Katastrophe gestern Abend sowieso am liebsten verstecken. Sie war überrascht, dass sie noch keine Nachricht mit der Info bekommen hatte, sie müsse heute Morgen nicht zum Flughafen kommen. Georgia checkte noch einmal ihre E-Mails. Keine Nachricht vom Vorstand. Alle Mails kamen von Medien, die um einen Kommentar zu dem Gerücht über die Prügelei zwischen einem Spieler und dem neuen Coach baten.

Das würde ganz sicher wieder eine anstrengende Woche werden.

Becca beugte sich in ihrem Bademantel über sie. Während Georgia die Mannschaft zu den Auswärtsspielen begleitete, blieb ihre Mitbewohnerin meistens da und hielt die Stellung im Büro. »Hast du Kondome?«

Georgia sah kurz auf. »Oh Gott, wofür?«

»Mal überlegen!« Becca grinste. »Willst du nicht herausfinden, wohin dieser Kuss führen könnte?«

»Er hat zu einem Schlag ins Gesicht geführt! Ich weiß noch nicht einmal, ob *sein Kiefer gebrochen ist.*«

Der letzte Teil klang wie ein Schmerzensschrei, und Beccas Miene wurde sanft. »Es geht ihm bestimmt gut, Süße. Wenn es richtig schlimm wäre, wüsstest du es bestimmt schon. Warum rufst du ihn nicht einfach an?«

Das war eine beängstigende Vorstellung. *Hi, Leo. Das war der einzige gute Kuss in den letzten sechs Jahren. Und bei dir? Irgendwelche ernsthaften Verletzungen?*

Georgia schüttelte den Kopf. »Ich bin sicher die Letzte, mit der er jetzt sprechen möchte. Und wenn er meinen Dad nicht verklagen und im Team bleiben will, müssen wir sechs Tage hintereinander im selben Jet reisen.«

»Und fünf Nächte«, sagte Becca und wackelte mit den Augenbrauen.

»Ich hab dich lieb, aber du bist bekloppt«, sagte Georgia, überprüfte noch einmal ihre Tasche und stand auf.

Becca schlang die Arme um sie. »Ich hab dich auch lieb, Georgia. Und ich glaube nicht, dass du diese Worte oft aussprichst.«

Überrascht von diesem ungewöhnlich emotionalen Augenblick umarmte Georgia Becca und drückte sie. Becca hatte recht. Sie forderte sonst niemanden zum Tanzen auf, und sie sagte auch niemandem, dass sie ihn lieb hatte. So ein Mist, dass Leo Trevi aufgetaucht war und ihr klargemacht hatte, wie sehr sie sich seit der Highschool verändert hatte. »Du nimmst unsere Spiele auf, oder?«

»Natürlich.« Becca ließ sie los.

»Und falls ich dich heute bitten muss, ein paar Journalisten zurückzurufen …«

»Ich mach das schon. Leite mir einfach die E-Mails weiter und schreib mir, was ich sagen soll. Und jetzt geh. Der Wagen wartet draußen.«

Georgia zog sich die Schuhe an – natürlich flache – und nahm sich ihr Handgepäck. Becca rollte den großen Koffer zur Tür. »Ich helfe dir, ihn die Treppe runterzutragen. Gott, ist der schwer.«

»Sechs Tage sind lang.«

»Und ich will regelmäßige Updates.«

Nachdem sie den Koffer die Treppe hinuntergewuchtet hatten, übergab Georgia ihn dem Fahrer des schwarzen Wagens, der am Bürgersteig wartete. Sie kletterte auf den ledergepolsterten Rücksitz, schloss die Tür und winkte Becca ein letztes Mal zu.

In dem Moment, als der Fahrer sich ins Auto setzte, kam ein weiterer schwarzer Wagen hinter ihnen zum Stehen. Georgia musterte das lächerlich moderne Gebäude mit den Eigentumswohnungen gegenüber. Normalerweise holten die Fahrdienste in diesem Block die Leute aus dem piekfeinen Haus gegenüber ab. Bedachte man das Timing, konnte es gut sein, dass gleich Silas aus dem Haus käme.

Und tatsächlich trat ein Portier mit glänzenden Knöpfen an der Uniform hervor und hielt ihm die Tür auf. Silas folgte ihm in Anzug und mit violetter Krawatte und zog eine große Reisetasche hinter sich her.

Wir hätten uns einen Wagen teilen sollen, dachte Georgia. *Was für eine Verschwendung.* Aber da erschien eine zweite Gestalt hinter Silas – ein großer, gut aussehender Mann mit einem riesigen violetten Bluterguss auf einer Gesichtshälfte.

Leo. Beim Anblick seiner Verletzung spürte sie einen Stich im Herzen.

In diesem Moment trat ihr Fahrer aufs Gas, und der Wagen schoss die Water Street hinunter. Georgia wurde tatsächlich kurz übel. Sie klammerte sich am Türgriff fest und überlegte, ob sie den Fahrer bitten sollte, rechts ranzufahren. Sie konzentrierte sich auf den Horizont und atmete dreimal konzentriert ein und aus.

Sie saß so dermaßen in der Patsche. Und sie hatte keine Ahnung, wie sie da wieder rauskommen sollte.

Einer der Vorzüge Brooklyns war der kurze Weg zum LaGuardia-Flughafen, deshalb blieb Georgia nur eine halbe Stunde zum Grübeln, bis der Wagen vor dem Marine Air Terminal anhielt.

»Guten Morgen, Georgia«, begrüßte ihr Vater sie, als sie ihren Koffer in die Abflughalle rollte. »Darf ich dir den abnehmen?«

Georgia schüttelte den Kopf und wollte einfach weitergehen.

Aber er hielt sie an der Hand fest. »Was ist los, redest du nicht mehr mit mir? Ich habe dir eine Apfeltasche von Reinwald's mitgebracht.«

»Dad«, sagte sie und vergaß, dass sie ihn bei der Arbeit nur Coach nennen wollte, »du musst dich nicht bei mir einschleimen. Mein Posteingang quillt über vor Nachfragen, ob Coach Worthington einen seiner Spieler vor dreihundert Gästen verprügelt hat. Diese Kopfschmerzen kann ein Teilchen nicht lindern.«

Er sah sie verlegen an. »Das tut mir leid, Prinzessin. Wollte dir deinen Job nicht erschweren.«

»Aber was wolltest du *dann?* Ich verstehe es nicht. Überhaupt nicht! Was hat Leo getan, dass du deine Karriere, mei-

ne psychische Gesundheit und sein Gesicht aufs Spiel setzt?«
Georgia regte sich furchtbar auf. Wenn Leo in Brooklyn blieb, würden er und ihr Vater einiges klären müssen. Was auch immer es war, es bezog sich wahrscheinlich auch auf sie. Das konnte ja heiter werden.

Ihr Vater hob das Kinn auf diese unerträglich abweisende Art, die Männer manchmal haben. »Das geht dich gar nichts an.«

»Ach, nein?«, bohrte Georgia nach. »Das sehe ich aber anders. Und ich möchte, dass du es in Ordnung bringst. Sag ihm, dass es dir leidtut.« Sie zeigte auf die Tüte aus der Bäckerei. »Genau genommen solltest du Leo das Teilchen geben und dich bei ihm entschuldigen.« Sie ging an ihm vorbei, lehnte sich an eine Wand und verschanzte sich hinter ihrem Handy und einem Sprich-mich-nicht-an-Gesicht. Sie sah nach unten, weil es zu verlockend war, nach Leo Ausschau zu halten und sich Sorgen wegen dieses schrecklichen Blutergusses zu machen.

Das würde eine lange Reise werden, und sie konnte sie nicht damit verbringen, ihn anzustarren. Es gab andere Dinge, um die sie sich kümmern musste. Ihr Magen knurrte, und Georgia wurde nur noch wütender auf ihren Vater.

Denn jetzt musste sie auch noch an die Apfeltasche von Reinwald's denken. Nur ihr Stolz hinderte sie daran, sie ihrem Vater aus der Hand zu reißen.

Während Leo gestern Abend der Typ gewesen war, der für zwei Eklats auf einer Benefizveranstaltung gesorgt hatte, war er heute der Typ, dessen Name nicht auf der Passagierliste stand. Die Liste der Probleme, die er verursacht hatte, war schon jetzt legendär. Diesmal war es wenigstens nicht seine Schuld. Keiner der Büroangestellten hatte daran gedacht, seinen Namen mit auf die Liste zu setzen. Aber auch das änderte nichts am Gemaule und den demonstrativen Blicken auf Armbanduhren, bis seine zweiundzwanzig Mitspieler und die anderen Mitarbeiter ohne ihn boarden konnten.

Leo stand mit seinem Pass in der Hand da, beobachtete, wie der letzte von ihnen auf der Brücke verschwand, und hoffte, dass das kein Zeichen des Universums war.

Als sein Status schließlich geklärt war, bestieg auch er endlich den Jet, nur um festzustellen, dass die meisten Plätze schon besetzt waren. Er ging den Gang hinunter und entdeckte am Ende ein paar leere Plätze, einen davon neben Georgia Worthington. Er hatte sie im Terminal unauffällig beobachtet, während sie ihn demonstrativ ignorierte. Jetzt würde sie ihm nicht länger aus dem Weg gehen können. Er ging schneller in Richtung Sitzplatz.

»Leo Trevi?« Er bemerkte Hugh Major, der ihn von einer kleinen Tür am Ende des Flugzeugs rief. »Kannst du für einen Augenblick hier hereinkommen, mein Sohn?«

Schon wieder vereitelt.

Leo ging weiter den Gang hinunter und ließ Georgia nicht aus den Augen. Als er an ihr vorbeikam, schaute sie auf, und in ihrem Ausdruck las er so etwas wie Mitleid.

Er musste ziemlich erschreckend aussehen.

Als er durch die Tür trat, fand er einen kleinen, aber hübsch eingerichteten Raum mit einem Tisch und ledergepolsterten eingebauten Sitzmöglichkeiten vor – wie eine Restaurantnische für reiche Leute. Tatsächlich war der Jet ein deutliches Upgrade im Vergleich zu den stundenlangen Reisen im Bus mit seinem AHL-Team. Und jetzt war er ins Allerheiligste gerufen worden. Coach Karl saß am Tisch und schaute mürrisch.

»Setz dich«, sagte der Geschäftsführer und setzte sich neben Coach Karl. »Kaffee?«

»Äh, ja bitte«, sagte Leo und verstaute seine langen Gräten auf einem freien Platz am gegenüberliegenden Ende des Tisches. Es war ein bisschen, als wäre er zum Schuldirektor gerufen worden. Obwohl – wenn es schlechte Nachrichten gegeben hätte, hätten sie ihn gar nicht erst in den Jet einsteigen lassen.

»Wie geht's dem Kiefer? Hat der Doktor schon einen Blick drauf geworfen?« Der Geschäftsführer öffnete eine Starbucks-Tüte, zog drei verschlossene Kaffeebecher hervor und reichte Leo einen.

»Ich werd's überleben«, sagte er und nahm den Deckel ab. »Habe noch nicht mit dem Doktor gesprochen, aber er wird nichts finden außer einem richtig fiesen Bluterguss und einem Kratzer. Nichts, was mein Schönheitschirurg nicht wieder hinkriegen würde.«

Niemand lachte. Und Coach Karl saß stocksteif auf seinem Platz und sah aus, als hätte ihn jemand gezwungen, etwas Bitteres zu schlucken. Leo nippte an seinem Kaffee und war dankbar, dass er ihn hatte. Er wog den Schlag ins Gesicht zwar nicht auf, aber die Heilkraft einer französischen Röstung sollte man nicht unterschätzen.

Hugh räusperte sich. »Mein Sohn, du sollst wissen, dass der Club es nicht gutheißt, wenn ein Trainer gegenüber seinem Spieler handgreiflich wird. Und umgekehrt natürlich auch nicht. Das gestern Abend hätte nicht passieren dürfen. Und es wird auch nicht wieder vorkommen.«

»Okay«, sagte Leo und sah vom Geschäftsführer zum Coach. Es war schön und gut, dass Hugh das sagte. Aber Leo fand, dass jetzt eine persönliche Entschuldigung fällig war.

»Karl?«, ermunterte ihn Hugh.

»Ich entschuldige mich für meinen unbedachten Ausbruch und das bedauerliche Ergebnis«, sagte Karl hölzern.

Eine so lustlose Entschuldigung hatte Leo noch nie gehört.

Und auch wenn das hier gar nicht lustig war, musste er ein bitteres Lachen unterdrücken. »Danke.« … *Für diese unzulängliche Äußerung.*

Der Coach schob eine weiße Papiertüte über den Tisch. »Hier«, sagte er unwirsch.

Leo nahm die Tüte. »Was ist das?«

»Eine Apfeltasche von Reinwald's.«

»Äh … Danke?« Dieser Morgen wurde von Minute zu Minute seltsamer. »Ist die vergiftet?«

Wieder lachte niemand.

»Mein Sohn«, sagte Hugh. »Wir müssen wissen, ob du rechtliche Schritte gegen den Coach oder das Team einleiten wirst.«

Mit dieser Frage steuerte Hugh auf den eigentlichen Kern des Gesprächs zu. Vorsicht! Leos Agent würde nicht wollen, dass er irgendetwas versprach. »Wenn das das letzte Problem mit Coach Worthington ist, wüsste ich nicht, warum ich rechtliche Schritte einleiten sollte«, sagte er.

Der Geschäftsführer legte den Kopf in den Nacken und musterte Leo über seine Nasenspitze hinweg. »Na gut.« Er blätterte in einem Ordner und nahm ein Formular heraus. »Würdest du das hier dann bitte unterschreiben?«

Der Flieger beschleunigte auf der Startbahn. Leo nahm das Blatt entgegen und las die ersten Zeilen.

Bezüglich der Auseinandersetzung zwischen mir und Karl Worthington am Abend des … Er überflog ein paar Zeilen … *werde ich weder regulatorische noch rechtliche Schritte einleiten oder Schadenersatz verlangen …*

Er seufzte und legte das Blatt auf den Tisch, das jetzt knisterte, als sie abhoben. »Hör zu. Wir wissen beide, dass mein Agent mich übers Knie legen würde, wenn ich irgendetwas unterschreibe, das er vorher nicht gesehen hat. Aber wir brauchen dieses Papier nicht.«

»Ach nein?«

Leo schüttelte den Kopf. »Wenn der Coach mir eine faire Chance gibt, mich wie die anderen Spieler behandelt und mich nicht verkauft, dann ist dieses Gespräch überflüssig.«

Der Geschäftsführer blinzelte langsam. »Willst du Coach Worthington erpressen? Wenn er dich verkauft, dann klagst du?«

»Nein«, widersprach Leo. »Leg mir nichts in den Mund. Ich will keine Anwälte, ich will aufs Eis. Und ich will dieselbe Chance wie alle anderen Spieler im Flieger. Das ist doch nicht so schwierig.«

Hugh überraschte ihn mit einem plötzlichen Lächeln. »Gute Antwort, mein Junge.«

Coach Karl sagte nichts.

Leo schulterte seine Reisetasche. Dann nahm er die Papiertüte und den Kaffeebecher. Denn guter Kaffee blieb guter Kaffee, auch wenn man ihn von einem Arsch bekam. »Wir sind hier fertig, oder?« Er schaute zum Coach, der ihn nur wortlos anstarrte.

Dann nickte er.

»Danke.« Leo stand auf, schob die Tür mit dem Zeigefinger auf und duckte sich vorsichtig unter dem Türrahmen hindurch. Der Jet stieg immer noch auf, deshalb stützte er sich mit der Tüte in der Hand an der Decke ab, während er vorsichtig den Gang hinunterging. Als er bei Georgias Reihe ankam, war der Platz neben ihr immer noch frei. Er spürte die Blicke der umsitzenden Teamkameraden, glitt auf den Platz und schloss den Sicherheitsgurt. Neben ihm sah Georgia unverwandt aus dem Fenster auf den trüben, weißen Himmel.

Er öffnete die Papiertüte und holte das Teilchen heraus. Seit Jahren hatte er keine Apfeltasche mehr gegessen. Allein beim Anblick des knusprigen Gebäcks auf dem Wachspapier lief ihm das Wasser im Mund zusammen. »Georgia«, flüsterte er.

»Was?«, flüsterte sie zurück.

»Weißt du, warum dein Vater mir erst einen Schlag ins Gesicht verpasst und dann eine Apfeltasche geschenkt hat?«

»Nein.«

»War die für dich gedacht?«, fragte er. »Du mochtest schon immer gefüllte Sachen.«

»Was?« Endlich wandte sie ihm ihr herzförmiges Gesicht zu. Es war schwer, wütend zu sein, wenn diese klaren Augen einen anblickten.

»Gefüllte Sachen«, wiederholte er. »Apfeltaschen. Samosas. Chinesische Teigtaschen.«

Sie schluckte. »Du machst mich fertig.«

Er grinste und stupste das Gebäck an. »Halbe?«

Georgia nickte langsam.

Leo wickelte das Wachspapier vorsichtig um die Apfeltasche und zerteilte sie. Er nahm sich eine Hälfte, legte die andere auf die Papiertüte und schob sie auf Georgias Klapptisch.

Sie aßen schweigend. Kauen war unangenehm für Leo, weil dabei sein Kiefer schmerzte. Aber für die Apfeltasche lohnte es sich. Die Bäckerei Reinwald's war ungefähr eine Meile von ihrer Highschool entfernt. Sie öffnete morgens um halb sieben, und so konnte man selbst vor einer frühen Trainingseinheit schon einen Donut bekommen. Nachdem Georgia überfallen worden war, war er jeden Tag nach der Schule auf dem Weg zu ihr dort vorbeigegangen. Er hatte immer das Törtchen oder den Keks gewählt, der sie am ehesten zum Lächeln bringen würde.

Die Tage, bevor sie wieder in die Schule gehen konnte, waren schrecklich gewesen. Bevor die Schnitte in ihrem Gesicht abgeheilt waren. Und sie wollte auch nicht darüber sprechen. Er hatte ein paarmal versucht, mit ihr über den Angriff zu reden, aber sie hatte bloß das Thema gewechselt.

Und so hatte er ihr zwei Wochen lang jeden Tag ein Teilchen mitgebracht, bis sie sich beschwerte, sie würde fett werden. Sich darüber Gedanken zu machen, war so dermaßen untypisch für Georgia, dass es sich wie ein Schlag ins Gesicht anfühlte.

Aber Leo gab nicht auf. Niemals. Von Süßigkeiten schwenkte er auf lustige Videos auf seinem Handy um. Das hatte aber auch nicht viel gebracht. Immerhin hatte er es versucht.

Er hätte ewig gewartet, um sie wieder lächeln zu sehen, aber diese Chance gab sie ihm nicht.

Leo sah hinunter und bemerkte, dass er das Papier zerknüllt hatte und so fest zusammenpresste, dass seine Fingerknöchel weiß hervortraten. Interessant – ihm war nicht klar gewesen, dass er nach all dieser Zeit immer noch sauer war. Was sollte das bringen? Es war schon so lange her. Und er wusste, dass Georgia ihre Gründe gehabt hatte. Das hatte er schon damals gewusst, aber er war trotzdem wütend gewesen.

»Tut es weh?«, fragte Georgia plötzlich.

Und wie, hätte er fast geantwortet. Aber dann wurde ihm klar, dass sie sein Gesicht und nicht sein Herz meinte. »Nicht besonders. Sieht schlimmer aus, als es ist.«

»Es tut mir leid«, murmelte sie.

Er wandte sich ihr zu, sah sie an und zwang sie damit, dasselbe zu tun. In Georgias schönen Augen lag so viel Vorsicht. Wie er das hasste. Früher war es nie unangenehm zwischen ihnen gewesen. Nicht zwischen Georgia und Leo. So sollte es nicht sein. »Mir tut es auch leid«, sagte er schließlich. »Ich wette, du wünschst dir, dass dein Vater mich so schnell wie möglich verkauft.«

Einen Augenblick lang sagte sie gar nichts. »Ich will, dass du eine Chance bekommst, Leo. Die hast du verdient.«

»Dann sollte ich die Tochter des Coachs wohl besser nicht küssen.«

Sie lächelte ihn verstohlen an. »Nein, wohl besser nicht.«

Da war sie. Die Zurückweisung. *Autsch.* Aber es war ja auch verrückt gewesen, sie einfach so zu küssen. Vielleicht betrachtete er die Situation auch einfach falsch – er hatte Glück gehabt, dass Georgia ihm keine geknallt hatte. Genau wie sein Ausrutscher bei der Pressekonferenz war es eine dämliche, unüberlegte Aktion gewesen. »Schon kapiert«, sagte er und ließ es viel unbeschwerter klingen, als er sich fühlte.

Georgia wendete sich ab und schaute wieder aus dem Fenster. Er hätte schwören können, dass sie dabei ein bisschen enttäuscht aussah. Aber das war wahrscheinlich nur Wunschdenken.

11

Ein sechstägiger Auswärtstrip mit Leo? Die reinste Folter.

Schlimmer noch, im ersten Hotel in Denver hatte man ihnen benachbarte Zimmer zugeteilt. Nach einer Trainingseinheit am Mittag kehrte das Team zum Ausruhen ins Hotel zurück. Vom Ende des Korridors entdeckte Georgia Leo, wie er die Tür zu Zimmer 614 öffnete. Aber als sie an seiner Tür vorbeikam, war sie schon wieder zu.

Doch während ihres kurzen Aufenthalts in Zimmer 615 war sie sich seiner Anwesenheit nebenan nur allzu bewusst. Georgia nutzte die Auszeit von einer Stunde, um ein paar E-Mails zu beantworten. Sie saß ans Kopfende ihres Bettes gelehnt, hatte den Laptop auf dem Schoß und konnte nicht anders, als auf die Stille im Nebenzimmer zu lauschen. Ob er sich wohl auf dem Bett ausgestreckt hatte …?

Aaah! Eine hyperaktive Einbildungskraft konnte sie jetzt wirklich nicht gebrauchen.

Aber es war viel zu einfach, sich Leo auf einem Hotelbett vorzustellen. Im Herbst ihres Abschlussjahres auf der Highschool war Leo so kühn gewesen, am Abend des Homecoming-Balls ein Hotelzimmer für sie zu buchen. Sie konnten dort natürlich nicht übernachten. Weder ihr Vater noch Leos Eltern hätten es erlaubt. Aber sie verließen den Ball schon früh, schlichen sich zum Nebeneingang der Halle hinaus, damit sich keiner ihrer Freunde beschweren konnte, dass sie sich davonmachten. Das hatte ihnen drei unvergessliche Stunden beschert, bevor sie zu Hause sein mussten.

Sie hatten es kaum in das Zimmer im Motor Inn geschafft, da fielen sie auch schon übereinander her. Leo hatte sie gegen die Tür gedrückt, sein starker Körper forderte ihre gesamte Aufmerksamkeit, sein Mund war überall. Vielleicht lag es an der ungewohnten Privatsphäre, vielleicht an ihren achtzehnjährigen Hormonen. Aber an diesem Abend waren die beiden wild. Sie hatte ihm mit zitternden Fingern die Krawatte abgenommen, und er hatte ihr das Kleid vom Leib gerissen, als stünde es in Flammen.

Sie streiften ihre Sachen ab und schafften es kaum bis zum Bett, da war Leo auch schon in ihr. Als er ihre Hände auf die Matratze drückte, stöhnte sie so laut, dass man sie bestimmt über den ganzen Long Island Sound hören konnte. Zwischen ihnen gab es keine Hemmungen, nur lautes, anfeuerndes Keuchen.

Im Rückblick war es erstaunlich, wie vollkommen unbefangen Georgia in ihrer naiven Jugendzeit gewesen war. Nach ein paar Minuten eifrigen Stoßens hatte er sich mit ihr umgedreht, sodass sie oben war. »Dann dauert es länger«, hatte er gekeucht. »Reite mich.«

Das tat sie, während er ihr mit einem sexy Glanz in den Augen dabei zusah, seine Hände ihre Brüste bedeckten und ihm schmutzige, anspornende Worte über die vollen Lippen kamen. Dann war seine Hand ihren Bauch hinuntergewandert, und seine Fingerspitzen direkt zwischen …

Arrrgh! Seit zehn Minuten starrte Georgia, ohne etwas zu sehen, auf den Absatz, den sie zu schreiben versuchte. So würde sie bestimmt nichts fertig bekommen. Also gab sie es auf und stellte sich stattdessen unter die Dusche.

An diesem Abend behielt der Mannschaftsarzt Leo nur zur Sicherheit auf der Bank. Georgia sah Leo an, wie enttäuscht er war, als der Arzt das Urteil verkündete. »Wir dürfen nicht riskieren, dass du heute einen Schlag abbekommst und Symptome einer Gehirnerschütterung entwickelst«, betonte er. »Es ist wichtig, dass du dich schonst.«

Leo verfolgte das Spiel von einem Platz hinter der Strafbank. Sein Kiefer war angespannt. Selbst aus der Presselounge konnte Georgia erkennen, wie unzufrieden er war. Das Team gewann mit 2:1 durch einen Alleingang, den Denver in den letzten zwei Spielminuten nicht mehr kontern konnte.

Anschließend, während Georgia die Reporter betreute, die darauf warteten, ein paar Worte mit O'Doul zu wechseln, schlüpfte Leo mit ein paar Mannschaftskameraden davon, vermutlich in irgendeine Bar.

In dieser Nacht lag Georgia schlaflos in ihrem Hotelbett. Sie konnte nicht einschlafen, weil Leo noch nicht in sein Zimmer zurückgekommen war. Es war schon nach Mitternacht. Wo war er? Sie stellte sich vor, wie er in irgendeinem Club mit einem weiblichen Fan tanzte. Vielleicht lud das Mädchen ihn zu sich ein …

Genervt drehte sie sich um. Verdammt, es war nicht gesund, sich so zu quälen. Und vielleicht war er ja schon längst hineingeschlichen und schlief nebenan. Vielleicht machte sie sich völlig grundlos so fertig.

Endlich hörte sie, wie seine Zimmertür aufging und wieder zufiel. Georgia hielt den Atem an, lauschte und kam sich dabei vor wie die schlimmste Schnüfflerin. Zu ihrer unglaublichen Erleichterung hörte sie keine Stimmen. Leo war allein zurückgekommen. Nach ein paar Geräuschen aus dem Bad hörte sie schließlich den Fernseher. Mit der Stimme eines Late-Show-Moderators im Ohr schlief sie ein.

Am nächsten Morgen brach das Team nach Phoenix auf.

Nach einer vollen Trainingseinheit im Stadion checkten sie im nächsten Hotel ein. Es befand sich auf einer weitläufigen Anlage und verfügte über mehrere Swimmingpools. Hier war es deutlich wärmer als in Brooklyn.

Aber schon wieder waren sie und Leo in benachbarten Zimmern. Mit zwei Unterschieden. Diesmal befanden sie sich im elften Stock. Und diesmal bemerkte Leo es. »Hallo Nachbarin«, sagte er leise, als sie ihre nebeneinanderliegenden Türen öffneten.

»Hey du.« Sie zog ihre Schlüsselkarte durch und betrat eilig ihr Zimmer. Ihr Herz tanzte Cha-Cha-Cha. Das Universum hatte es eindeutig darauf abgesehen, sie in den Wahnsinn zu treiben.

Oder vielleicht hatte das Universum damit auch gar nichts zu tun.

Georgia ließ ihre Reisetasche fallen, griff nach ihrem Handy und warf die Handtasche aufs Bett. Dann ging sie ins Bad und zog die Tür hinter sich zu.

Ihre Mitbewohnerin nahm beim ersten Klingeln ab. »George! Genießt du deinen Hotelaufenthalt bis jetzt?«

»Becca!«, zischte sie. »Pfuschst du an den Hotelbuchungen herum, nachdem die Reiseabteilung die Reservierungen gemacht hat?«

»Hin und wieder habe ich meine Hand im Spiel«, kicherte Becca.

»Hör auf damit! Du bringst mich um.«

Becca verstummte. »Warum, Süße? Ich wollte dir bloß eine Gelegenheit geben, mit ihm zu reden. Ich glaube, das müsst ihr.«

Georgia vergewisserte sich, dass der Deckel heruntergeklappt war, dann setzte sie sich auf die Toilette. »Bec, ich könnte mit ihm reden, ohne überhaupt die Tür öffnen zu müssen. Es ist total komisch, ihn da auf der anderen Seite hören zu können. Letzte Nacht hatte ich schon befürchtet, er würde vielleicht ein Hockeyhäschen mitbringen, und ich müsste dann die ganze Nacht zuhören.«

»Igitt«, machte Becca. »Daran hatte ich gar nicht gedacht. Ist er der Typ dafür?«

»Weiß ich das? Menschen verändern sich, Bec. Es ist sechs Jahre her.«

»Ja? Wie sehr hast du dich in sechs Jahren verändert?«

Georgia schnaubte. »Meine Witze sind besser geworden.«

»Wirklich? Dann müssen sie früher ja echt unterirdisch gewesen sein.«

»Das war eine Steilvorlage für dich, stimmt's?«

»Jep. Vielen Dank.«

Es entstand eine vertraute Stille, ehe Becca wieder etwas sagte: »Früher, als du noch mit Leo reden konntest, was war eure gemeinsame Währung?«

»Unsere was?«

»Eure gemeinsame Währung. Die kleinen Dinge, die euch verbunden haben. Du und ich, wir haben auch eine gemeinsame Währung – Trash-Fernsehen und Teigtaschen am Couchtisch essen. Was hattest du mit Leo?«

»Jede Menge Sex«, antwortete Georgia augenblicklich.

Becca stieß einen verträumten Seufzer aus. »Auch wenn das fantastisch klingt, kann das doch nicht das Einzige gewesen sein. Ein Tag ist lang.«

»Darüber muss ich nachdenken. Ich habe lange damit zugebracht, die kleinen Dinge zu verdrängen.«

»Warum?«

Offenbar wollte Becca sie dazu bringen, es laut auszusprechen. »Weil ich es immer bereut habe, okay? Ich habe mit ihm

Schluss gemacht, weil ich es musste. Nicht, weil ich ihn nicht mehr geliebt habe.«

»Oh Mann«, sagte Becca, und Georgia sah sie vor sich, wie sie den Kopf schüttelte. »Du liebst ihn *immer noch*, stimmt's?«

»Ich weiß es nicht.« *Lügnerin.*

»Als du in den Jet gestiegen bist und sein Gesicht gesehen hast, wie ging es dir da?«

»Schrecklich«, antwortete sie, ohne zu zögern. »Ist es schlimm, dass ich nicht einmal mit ihm befreundet sein will? Das klingt so kindisch, aber es ist so schwer, ihn anzusehen und mich nicht an so vieles zu erinnern. Er war da, als ich so glücklich war wie noch nie. Und er war da an den schlimmsten Tagen meines Lebens.«

»Das ist eine ziemlich starke Kombination. Kein Wunder, dass du dich ein bisschen irre benimmst.«

»Tu ich gar nicht.«

»Tust du wohl. Ich habe gesehen, wie du sechs Paar Schuhe und vier Kleider in deinen Koffer gepackt hast. Ich wusste gar nicht, dass du so viele Schuhe hast.«

Georgia schnaubte. Ihre Mitbewohnerin war viel zu aufmerksam.

»Los, geh ein paar Bälle schlagen, Süße. Dein Hotel ist direkt neben einem Tennisclub. Eine Stunde kostet nur dreißig Dollar. Deshalb habe ich das Hotel für dich ausgesucht.«

»Oh mein Gott.« Georgia lachte. »Du kannst also doch zuvorkommend sein.«

»Du hast ja keine Ahnung! Los, geh ein bisschen von dem thailändischen Essen abtrainieren, das es nachher zum Abendessen gibt. Das habe ich auch für dich ausgesucht. Es gibt vier verschiedene Sorten Teigtaschen auf der Karte.«

»Ich nehme alles Böse zurück, was ich jemals über dich gesagt habe.«

»Jetzt geh schon.«

Georgia tat wie ihr geheißen. Sie machte einen Termin mit einem Tennislehrer in einer halben Stunde aus. Dann nahm sie ihren Laptop mit nach draußen und versuchte, ihre E-Mails abzuarbeiten.

12

Montag, 8. Februar
21 Tage vor dem Ende der NHL-Transferperiode
Phoenix, Arizona

Schlagzeile des Tages:
Angriffslustiges Brooklyn-Team vermasselt uns die Tour. Fieslinge
– Denver Sports Network

Leo lag auf dem Bett des Hotelzimmers, um sich auszuruhen. Aber einige Dinge schwirrten ihm im Kopf herum, die ihm das unmöglich machten.

Der Arzt hatte ihm endlich erlaubt, morgen Abend zu spielen. Aber Coach Karl hatte sich bis jetzt noch nicht geäußert. Und Leo wusste, dass der Mistkerl das auch nicht tun würde. Nicht bis er die nächsten vierundzwanzig Stunden durchlitten hatte, in denen er sich fragte, was passieren würde. Er wusste einfach, dass man ihn warten lassen würde.

Was für ein Spaß.

Der andere Stachel in seinem Fleisch war, dass Georgia direkt nebenan wohnte. Und das war einfach seltsam. Zwischen ihnen befand sich eine Wand. Die beschissenste Metapher überhaupt.

Er schnappte sich sein Handy, auf dem eine neue Nachricht von seinem Bruder DJ eingegangen war. *Hat Karl dich wirklich geschlagen? Bitte sag mir, dass Twitter sich irrt.*

Leo tippte auf den Namen seines Bruders und dann auf

»Anrufen«. Als DJ abnahm, sagte er: »Es stimmt wirklich. Ich habe einen Bluterguss von der Größe Montanas auf der Wange.«

»Den Mädels gefällt's«, witzelte DJ.

»Hoffe, du hast recht.«

»Na klar. Aber womit hast du ihn so verärgert?«

Leo hatte diese Frage so satt. »Im Großen und Ganzen? Keine Ahnung. Aber die Nacht war total kacke. Erst habe ich Amy gesagt, dass wir nicht wieder zusammenkommen. Sie hat eine Riesenszene gemacht. Na los. Sag schon, dass du es doch gesagt hast. Ich werde auch nicht sauer.«

DJ lachte nur. »Ich erspare dir die Moralpredigt, aber nur weil du endlich Eier gezeigt und sie abgesägt hast.«

Leo knurrte unglücklich. »Ja, das war echt witzig. Und dann hat Georgia mich angekackt, weil ich eine Szene gemacht habe. Sie hat sich richtig aufgeregt …« Leo konnte sich immer noch an den feurigen Ausdruck in ihren Augen erinnern. *Verdammt.* Dafür wollte er sie direkt wieder küssen. Aus manchen Fehlern konnte man einfach nicht lernen, selbst wenn man dafür einen Schlag ins Gesicht kassierte. »Und dann hab ich …«

»Was?«, fragte DJ.

»Ich … ich hab sie geküsst. Direkt auf den Mund, um sie zum Schweigen zu bringen.«

Sein Bruder fing an zu lachen. »Ziemlich schlau.«

»Ja, oder? Und dann hat der Coach mir vor dreihundert Leuten den Kopf abgerissen.«

»Mann, immer verpasse ich die guten Sachen«, beschwerte sich DJ. »In ein paar Wochen komme ich zu einem Heimspiel. Sorg dafür, dass es sich lohnt.«

»Auf gar keinen Fall«, knurrte Leo. »Damit bin ich durch. Ich werde mich schön im Hintergrund halten und von jetzt an ein paar Tore schießen. Hab aus meinen Fehlern gelernt.«

»Unsinn«, widersprach DJ. »Du hast gar nichts gelernt. Und wenn du wieder mit Teflon-Mädchen ausgehst, verpasse ich dir auch eine.«

»Mit wem ausgehen?«

»Mit den Amys dieser Welt, Alter. Ich nenne sie deine Teflon-Mädchen – sie sind so hart wie Stahl und völlig herzlos. Du wirst nie eine von ihnen lieben, aber sie können dich auch nicht wirklich verletzen.«

»Das ist lächerlich«, platzte Leo heraus. »Bist du jetzt plötzlich Beziehungsexperte? Findest eine der seltenen perfekten Freundinnen, und auf einmal meinst du, du hast Ahnung? Vielleicht war Amy nicht die Richtige. Aber das war ja kein verdammter Trend.«

»Na ja. Erinnerst du dich an Lori? Ihr Ego war größer als dein Bluterguss. Hielt sich für ein Geschenk Gottes, weil sie diese A-cappella-Gruppe leitete. Und vor ihr gab es noch Emily und in der Zehnten Stacia. Alle diese Mädchen waren Eisköniginnen. Und ich spreche nicht vom Eis beim Hockey.«

Leo zuckte zusammen. »Na und? Sie waren etwas unterkühlt. Das heißt noch gar nichts.«

»Nur ein Riesenzufall, also«, spottete DJ. »Nach der Highschool hat sich dein Geschmack völlig verändert? Dir gefielen einfach Mädchen, die niemanden anlächeln, nur ihr Spiegelbild.«

»Du bist so eine Nervensäge, D.« Leo war es leid, analysiert zu werden.

»Mag schon sein. Aber ich bin *deine* Nervensäge. Hör auf, mit ätzenden Frauen auszugehen. Ich bitte dich.«

»Ich gehe mit niemandem aus.« Vielleicht nie wieder. »Hab sowieso zu viel zu tun.«

»Schon gut. Lässt der Coach dich morgen spielen?«

»Das wüsste ich auch gerne.«

»Viel Glück!«

»Danke.«

Sie legten auf, und Leo war noch schlechter gelaunt als vorher. Also gab er den Versuch sich auszuruhen auf und zog Shorts und T-Shirt an. Das Hotel hatte bestimmt ein Fitnessstudio. Er würde es finden und vielleicht ein paar Kilometer auf dem Laufband laufen. Offensichtlich musste er die Scheiße loswerden, die in seinem Kopf herumspukte.

Aber als er sein Zimmer verließ, sah er Georgia in Tennisklamotten und mit ihrer Schlägertasche über der Schulter in einen Aufzug steigen. Bevor er dort ankam, schlossen sich die Türen.

Es war fast, als hätte er einen Geist gesehen.

Er wartete auf den nächsten Aufzug, und als der ankam, stand Silas darin, auch in Sportsachen. »Hey, Alter! Kommst du mit ins Studio?«

Leo zögerte. »Ich habe plötzlich Lust, Tennis zu spielen. Gibt es hier wohl einen Platz?«

Silas zuckte mit den Schultern. »Keine Ahnung. Frag mal den Concierge. Du weißt, dass wir später zum Thai gehen, oder?«

»Klar. Hab ich im Terminkalender gesehen.« Leo lachte leise.

»Gut, bring deine Kreditkarte mit. Es ist das erste Essen im Restaurant auf dem Trip. O'Doul wird alle teuren Sachen bestellen und dich auf der Rechnung sitzen lassen. Neuling-Dinner. Das ist Tradition.«

Ach, natürlich. »Gut zu wissen.« In der Lobby glitten die Aufzugtüren auf. »Bis später. Bring Hunger mit.«

»Na klar.«

Leo ging zur Rezeption. »Hallo. Ich habe gehört, dass man hier in der Nähe Tennis spielen kann?«

»Direkt nebenan – das ist ein guter Club. Man kann dort auch ohne Anmeldung spielen.« Die Frau im goldenen Blazer lächelte ihn an.

»Großartig.« Er lächelte zurück. »Meine nächste Frage wäre, ob Sie hier irgendwo Schläger haben, für Idioten, die ihre vergessen haben.«

»Aber natürlich.«

Fünf Minuten später war er mit einem billigen Schläger und einer Wegbeschreibung zum Tennisclub im Gebäude nebenan ausgestattet. Er entdeckte Georgia beim Aufwärmen gegenüber einem schnöseligen jungen Mann im Tennis-Outfit, der ihr unverhohlen auf die Brust starrte. »Also, was möchtest du üben?«, fragte der Typ sie, und seine Augen durchbohrten ihren Ausschnitt wie Laser. »Hast du schon an deinem Slice gearbeitet?«

Über Georgias Gesicht huschte kaum verhohlene Belustigung. Leo konnte fast sehen, wie sich die Rädchen in ihrem Kopf drehten. Ihr Blick sagte: *Ich werde dir den Slice beibringen …*

Es hätte sich bestimmt gelohnt, das anzusehen. Abgesehen davon, dass Leos innerer Höhlenmensch nicht danebenstehen und zusehen konnte, wie ein anderer Mann mit Georgia trainierte, wenn sie mit ihm hätte spielen können. »Hey«, hörte er sich sagen. »Kann ich mitspielen?«

Georgia und der Glotzer drehten sich gleichzeitig um. »Privatstunde«, sagte der Schnösel abweisend.

Georgia zog eine Augenbraue hoch, als wollte sie ihn fragen: *Was machst du denn hier?*

»Wie schade«, sagte Leo. »Denn so werde ich nie herausfinden, ob ich sie immer noch schlagen kann, ohne einen Satz zu verlieren.«

»Wie bitte?«, japste Georgia. »Das habe ich aber ganz anders in Erinnerung.« Sie verschränkte die Arme unter ihrem Sport-BH, und Leo musste sich abwenden, um nicht selbst zum Ausschnitt-Glotzer zu werden.

»Ab und an habe ich gewonnen«, beharrte er. »Da bin ich mir ziemlich sicher.«

Sie verdrehte die Augen. »Komm her. Da möchte sich wohl jemand den Hintern versohlen lassen.«

Verdammte Axt. Sie meinte es nicht so, wie es klang, aber er hörte es trotzdem gern.

Leo schlenderte zum anderen Ende des Platzes, und der Tennisprofi trat zögernd zurück. »Na gut, ihr beiden. Dann schauen wir mal, wie gut ihr zusammenpasst«, sagte er.

»Willst du dich aufwärmen?«, fragte sie und ließ den Ball aufprallen. »Ich möchte nicht, dass du dir etwas zerrst.«

»Schlag schon auf. Sonst glaube ich noch, du willst mich hinhalten.«

Sie runzelte die Stirn. »Love, all«, sagte sie.

Leo blieb nur der Bruchteil einer Sekunde, um sich zu fragen, warum »Love« in der Tennissprache »Null« bedeutete, bevor der Ball auch schon über das Netz geflogen kam. Er holte aus und schlug ihn zurück. Leicht und gekonnt spielte sie den Ball zurück, und schon steckten sie mitten in einem ziemlich guten Duell. Kurz nachdem sie zusammengekommen waren, hatten sie ziemlich oft gegeneinander gespielt. Sie waren nicht nur beide Sportler, sondern konnten im Tennisclub auch Zeit miteinander verbringen, ohne dass jemand ihre Beweggründe infrage stellte.

Obwohl Georgia es ihm damals nie so leicht gemacht hatte wie jetzt.

Leo spielte den Ball härter und direkt auf die Seitenlinie, was sie überraschte. Sie kam nicht mehr rechtzeitig dorthin, und der Ball war drin gewesen. Punkt für ihn.

Ohne Kommentar holte sie den Ball. »Love, fifteen«, sagte sie ruhig. Dann schlug sie ein bisschen schneller auf als beim letzten Mal. Und dann ging es los. Langsam steigerte sich ihr Wettkampf, und beide erhöhten ihre Fußgeschwindigkeit und ihren Einsatz. Beim ersten Spiel erreichten sie einen Einstand, bevor Georgia Leo bezwang. Er gewann das zweite Spiel, aber nach einem Ass beim letzten Aufschlag ging das dritte wieder an sie.

»Dein Slice ist wohl ziemlich gut«, murmelte der Tennisprofi irgendwann.

Sie schwitzten jetzt beide. Georgia ging zum Spielfeldrand, schnappte sich eine Wasserflasche, trank einen großen Schluck und hielt sie dann Leo hin.

»Danke«, sagte er, nahm die Flasche und bewunderte den leichten Schweißfilm auf ihrem Dekolleté. Doch da stolzierte sie schon wieder in ihre Ecke und machte sich stirnrunzelnd bereit für das nächste Spiel.

Leo ließ den Ball aufprallen, fing ihn wieder auf und bereitete sich auf den Aufschlag vor. Er hatte vergessen, wie sich das anfühlte – diese Zielstrebigkeit im Tennis. Wenn er mit Georgia spielte, blieb keine Zeit zum Grübeln, denn konzentrierte er sich nicht auf diesen kleinen flauschigen Ball, ging es schief. Er genoss das Spiel. Sport, der keine lebensverändernden Konsequenzen nach sich zog. Was für eine Offenbarung. In seinem Leben hatte es eine Zeit gegeben, in der Eishockey nur ein Spiel war, aber die war lange vorbei.

Sie spielten weiter, und Georgia gewann den ersten Satz. »Reicht dir das?«, fragte Georgia.

»Scheiße, nein.«

Der Tennislehrer sah ihn stirnrunzelnd an, weil er geflucht hatte. Aber der Typ war bloß neidisch. Seine Aufgabe bestand nur noch darin herumzustehen, während Leo mit dem heißen Mädchen schwitzen durfte, das richtig gut Tennis spielte. Auch wenn er noch lieber auf andere Art mit ihr geschwitzt hätte.

»Okay, harter Typ«, sagte Georgia und nahm noch einen Schluck aus der Flasche. »Dann schauen wir mal, ob dir ein Comeback gelingt.«

Er verkniff sich die Anspielung, die ihm auf der Zunge lag, und bereitete sich auf die nächste Attacke vor. Er würde nie genug davon bekommen, von der schönen Frau geschlagen zu werden, die auf der anderen Seite des Netzes hin und her lief. Es lag nicht nur an den langen Beinen in den kurzen Shorts oder ihren geröteten Wangen. Vielleicht machte ihn ihr entschlossener Blick noch mehr an als der Einblick in ihr Dekolleté, wenn sie sich herunterbeugte, um ihren Schuh zuzubinden.

Auf dem College war er mit einigen Frauen ausgegangen, aber keine von ihnen hatte er so gut kennengelernt wie sie, war es nicht so? Er hatte nie dieselbe Verbundenheit gespürt oder so viel mit jemand anderem geteilt.

Was wohl sein nerviger kleiner Bruder dazu sagen würde? Leo war sich nicht sicher, ob er das wissen wollte.

Er konzentrierte sich wieder auf das Spiel und überstand auch den zweiten Satz. Es stand vier zu vier Spielen, und er erinnerte sich, dass er dank seiner größeren Reichweite den Ball noch zurückspielen konnte, wenn sie nicht damit rechnete. Aber Georgia fiel nicht darauf herein. In zwei weiteren Spielen gab sie alles, konnte sich noch einmal richtig motivieren und versohlte ihm ordentlich den Arsch. Und als sie beim allerletzten Punkt besonders hart ausholte, zeugte ihr gutturaler Laut von einer Kraft, die man nicht unterschätzen durfte. Dieser Laut war so seelenvoll und tief, dass Leo fast einen Ständer bekam.

Das Schicksal hörte zu, und der Ball segelte wenige Zentimeter an der Spitze seines Schlägers vorbei. *Verdammt.* Er war wahrscheinlich der erste Typ in der Geschichte, der im Angesicht einer Niederlage eine Erektion bekam. *Entspann dich, Junge.*

Erschöpft trafen sie sich am Netz. »Wie ich sehe, kannst du es immer noch«, keuchte er. Er hatte das Spiel gemeint, aber irgendwie klang es nicht jugendfrei. Und er war sich sicher, dass ihre Nasenflügel bebten.

Um mit ihr gleichzuziehen, wischte er sich das Gesicht mit dem T-Shirt ab. Als er bemerkte, dass sie sein Sixpack musterte, musste er sich ein Lächeln verkneifen.

Der uralte Trick. Den hatte er auch damals schon angewendet.

Georgia dankte dem Tennislehrer für seine nicht so besonders hilfreiche Anwesenheit. Und dann gingen sie zusammen zurück ins Hotel. Sie sprachen nicht, und Leo schrieb es der sexuellen Spannung zwischen ihnen zu.

Entweder das, oder Georgia war einfach nur müde, weil sie ihn so richtig fertiggemacht hatte. Es konnte wirklich beides sein.

»Leo«, sagte sie schließlich leise, als sie gerade die Lobby durchschritten, »ich muss dich um einen Gefallen bitten.«

Bitte lass uns dabei nackt sein. »Was denn?«

»Es gibt ein paar Leute, die morgen Fotos für den ›Hockey-Hotties-Kalender‹ machen. Sie haben extra nach dir gefragt.«

Es dauerte einen Moment, bis die Enttäuschung durchsickerte. Aber dann brach Leo in Lachen aus. »Also muss ich dabei nackt sein?« *Nur nicht, wie ich es mir erhofft hatte.*

Sie zog eine Augenbraue hoch. »So wird das in der Regel gemacht. Wichtiges, äh, wird aber nicht gezeigt.«

»Aha.« Er verschränkte die Arme. »Ich kann ja einen Puck davorhalten.«

Georgia räusperte sich und musterte das Tape an ihrem Schläger gründlicher als notwendig. »Nein, wahrscheinlich eher …« Plötzlich hob sie den Blick. »Das war eine Falle, oder?«

Er grinste. »Nur eine kleine.«

»Oh Gott.« Sie verdrehte die Augen, aber ihre Wangen glühten jetzt. »Machst du denn beim Kalender mit oder nicht? Ich muss ihnen Bescheid sagen.«

»Weiß nicht, Gigi. Ich dachte, dir gefällt es nicht, wenn ich so eine ›Rampensau‹ bin. Deine Worte.«

Sie kaute auf ihrer Lippe. »Tut mir leid, dass ich das gesagt habe. Ich weiß, dass du keine Diva bist, Leo.«

»Danke.«

»Egal wie du dich entscheidest, du hast bis heute Abend Zeit, es mir zu sagen.«

»Klar.«

Den restlichen Weg durch die Lobby gingen sie zusammen, während sich zwischen ihnen wieder eine Stille zusammenbraute. Sein Verlangen nach Georgia war zu einem lebenden, atmenden Geschöpf geworden. Und vielleicht war es nur Wunschdenken, aber er hätte schwören können, dass er in Georgia das gleiche Verlangen spürte. So wie sie die Luft anhielt, wenn er ihr nahe kam. Und wie ihre Augen um etwas zu bitten schienen, bevor sie sich abwendete.

Mit einem Nicken und einem Lächeln gab er den Schläger an der Rezeption zurück. Georgia hielt den Aufzug auf, als er wieder bei ihr ankam.

Als sich die Aufzugtüren schlossen, hatten sie schon recht lange geschwiegen. Leo drückte auf den Knopf. »Hey«, sagte er und wendete sich ihr zu. Er hatte sagen wollen: *Danke für das Spiel.* Aber er vergaß das Ende des Satzes, als er ihre geröteten Wangen und ihren sehnsuchtsvollen Gesichtsausdruck sah.

»Leo«, flüsterte sie und hob ihm das Kinn entgegen.

»Ja«, flüsterte er zurück. Es kam ihm so selbstverständlich vor, einen Schritt auf sie zuzugehen und ihr eine Hand auf die Taille zu legen. Sie fühlte sich noch genauso an wie in seiner Erinnerung. Und sie zitterte leicht. Mit der anderen griff er nach ihrem Haargummi, löste es und befreite die seidigen Strähnen, und sie seufzte direkt an seinem Ohr.

Ohne zu sehr darüber nachzudenken, presste er ihr die Lippen auf die Schläfe. Es fühlte sich einfach richtig an. Er atmete tief ein, und der wohlbekannte fruchtige Duft ihres Shampoos vernebelte seinen sowieso schon verschleierten Verstand. Langsam hob sie das Kinn und zeichnete mit der Nase seine Wange nach. Und ohne Mühe, wie sich ausrichtende Magneten, trafen sich ihre Lippen.

Der erste Kuss war sanft und langsam. Ihre Lippen berührten sich leicht, als bräuchten sie beide einen Augenblick, um sich daran zu erinnern, wie es sich anfühlte. Aber die Empfindung war so perfekt, dass Leo ein Knurren aus seiner Brust heraufsteigen hörte. Er zog sie an sich und eroberte ihren Mund. Georgia öffnete die Lippen für ihn, und er stöhnte auf, als er sie endlich kosten durfte.

»Mmm«, antwortete sie. Warme Hände legten sich auf seine Brust.

Leo vertiefte den Kuss, er wollte mehr. Wollte alles.

Dann zeigte der Aufzug mit einem »Pling« an, dass sie auf ihrer Etage angelangt waren. Sie lösten sich, als die Türen aufglitten.

»Verdammt«, hörte er sie fluchen, als sie den Flur hinunterstapfte.

War das ein gutes oder ein schlechtes »Verdammt«, fragte er sich und folgte ihr. Sie eilte voraus, und bevor er sie eingeholt hatte, erreichte sie ihre Tür und schlüpfte in ihr Zimmer.

Und warf die Tür hinter sich ins Schloss.

13

Herrgott im Himmel, warum mussten wir das tun?

Mit zitternden Knien taumelte Georgia in ihr Hotelzimmer. Leos Kuss hatte sie vollkommen aus der Fassung gebracht. So hatte sie sich schon lange nicht mehr gefühlt.

Und nun war sie vor ihm weggelaufen wie irgendeine Dramaqueen. Aber sie wusste einfach nicht, was sie nach einem solchen Kuss hätte sagen sollen. Wenn er sie irgendetwas gefragt hätte, hätte sie wahrscheinlich angefangen, dummes Zeug zu plappern.

Sie hörte, wie ein Riegel zurückgeschoben wurde, und dann ein Pochen. Leo klopfte an die Verbindungstür zwischen ihren Zimmern.

Einen Augenblick lang starrte Georgia die Tür bloß an. Wenn sie sie öffnete, könnte alles passieren. War das gut? Oder erschreckend?

Ihre gemeinsame Währung, wie Becca es ausgedrückt hatte, fiel ihr auf einmal wieder ein. Es war *Schnelligkeit*. Skaten auf dem Eis. Der Tennisball, der über das Netz hin und zurück flog. Und Küsse, so heiß, dass sie beinahe Kondensstreifen am Himmel zurückließen.

»Gigi«, sagte er hinter der Tür. »Lass mich dein Gesicht sehen.«

Nur deswegen hatte dieses Durcheinander doch überhaupt

erst angefangen. Sechs Jahre lang hatte sie Leo Trevi nicht gesehen. Hatte sie nicht so viel *fühlen* müssen.

»Gigi«, wiederholte er. »Bitte.«

Zur Hölle.

Sie trat zur Tür und entriegelte sie. Dann öffnete sie sie, und da stand er, so riesig und wunderbar, mit dem Ellbogen in den Türrahmen gelehnt, eine Hand in den Haaren vergraben. Er trat einen Schritt auf sie zu. »Können wir reden …?«

Mit bis zum Hals klopfendem Herzen stürzte Georgia sich auf ihn. Ihr Mund traf auf seinen, und sie hörte, wie er einen überraschten Laut ausstieß. Aber Leo besaß schon immer natürliche Reflexe und die Fähigkeit eines Sportlers, ein Spiel zu lesen. Also schlossen sich bloß eine Nanosekunde später seine Hände um ihre Taille. Er erwiderte den Kuss, als Georgia sich auf die Zehenspitzen stellte und die Arme um seinen Hals schlang. Seine Lippen waren warm und einladend, und sie schloss die Augen und ließ sich fallen.

Er roch nach sauberem Schweiß und *nach Leo*. Als sie die Lippen öffnete, kitzelten sie seine Bartstoppeln am Kinn. Aber das war das einzig Ungewohnte an der Situation. Als seine hungrige Zunge ihre berührte, fühlte es sich an, als käme sie nach Hause. Wie oft hatte sie Leo Trevi geküsst? Eine Million Mal? Nie hatte sie es mehr genossen als in diesem Augenblick. Sie schmiegte sich fester an ihn, ihre Hüfte und ihre Brust passten genau an seinen harten Körper und überwanden jegliche Distanz zwischen ihnen.

Leo stöhnte lang und tief, und der Klang vibrierte durch ihren ganzen Körper. Seine starken Hände glitten an ihrem Hinterteil hinab und drückten zu.

Gott. Ihr kurzer Tennisrock und seine dünne Trainingsshorts stellten keine besonders effektive Barriere dar. Er war *genau dort.* Und hart. Sie stieß ein verzweifeltes Wimmern aus.

»Fuck«, murmelte er an ihren Lippen. Dann hob er sie hoch und zwang sie so, den Kuss zu unterbrechen und sich einfach festzuhalten.

Sie schwebte, und dann bewegten sie sich. Und die ganze Zeit hielt Georgia die Augen fest geschlossen, als wäre das alles nur ein Traum, der verschwinden würde, sobald sie sie öffnete.

Einen Moment später befand sie sich auf seinem Schoß. Leo hatte sich einfach auf einen der Sessel im Hotelzimmer gesetzt. Ihre Knie spreizten sich zu beiden Seiten von seinen Schenkeln auf dem Polstersitz. Sie saß rittlings auf ihm. Er zog sie an sich und küsste sie erneut.

Georgia ließ ihre Hände über seine breite Brust wandern, um sich erneut mit all den Muskeln vertraut zu machen, die sie dort vorfand. Ihre Fingerspitzen glitten abwärts, über sein Sixpack, und dann wieder aufwärts, bis ihre Daumen harte Brustwarzen unter seinem T-Shirt streiften.

Er stöhnte. Laut. Sie hatten ihrem Verlangen immer Ausdruck verliehen, und sie waren so frei mit dem Körper des anderen umgegangen. Das war, bevor Georgia zu würdigen wusste, was für ein unglaubliches Geschenk es ist, wilden, ungehemmten Sex mit jemandem zu haben, der einen liebt.

»Unschuldig« war nicht gerade das Wort, das viele verwendet hätten, um ihre sexuelle Beziehung zu beschreiben. Und doch war sie das in so vielerlei Hinsicht. Sie hatten einander auf jede erdenkliche Weise Vergnügen bereitet, mit Begeisterung und ohne Angst.

Bis zu jenem Tag, an dem es vorbei war.

Georgia schob diesen Gedanken beiseite. Sie schlüpfte mit der Hand unter den Saum von Leos Shirt und berührte warme Haut. Und schon war alles besser. Ihr Kopf war frei von Ablenkungen, es gab nur noch seine feuchten Küsse auf ihrem Hals und seine wandernden Hände.

Georgia vergaß alles um sich herum und presste ihren sehnsüchtigen Körper an Leo, hielt seine Erektion genau dort fest, wo sie sie brauchte. Sie umfasste sein Gesicht mit den Händen und drückte den Mund auf seinen, wo er hingehörte. Sofort drang seine Zunge ein, und sie stöhnte so laut, dass man es wahrscheinlich in ganz Phoenix hören konnte. Ihr ganzer Körper spannte sich an und ihre Nervenenden prickelten vor Erwartung. Seine Hände umfassten ihren Po und ermutigten sie, sich zu bewegen. Sie glitt an ihm hinauf und wieder hinab, und er stöhnte.

An ihn gepresst, bewegte sie sich immer drängender, und Leo reckte ihr die Hüften entgegen. Und die ganze Zeit waren ihre Küsse tief und verzweifelt. Sie waren Teamkameraden, die schon so oft zusammen gespielt hatten, dass sie genau wussten, was der andere brauchte. Mit jedem folgenden Kuss wurde ihr Verlangen weiter angefacht.

»Georgia«, keuchte er zwischen Küssen. »Sieh mich an.«

Wie auf Befehl sprangen ihre Augen auf, aber sie war noch nicht bereit für den feurigen Ausdruck in seinen Augen. Er brannte für sie. Das war etwas, von dem sie nicht geglaubt hatte, es jemals wiederzusehen.

»Ich habe dich vermisst«, raunte er, bevor er ein weiteres Mal über ihren Mund herfiel.

Mehr brauchte es nicht. Ihre Hüften bebten, sogar als Georgias Herzschmerz den Gipfel erreichte und überquoll. Sie vergrub ihr Gesicht an Leos Hals und kam mit einem schluchzenden Keuchen.

Er stieß einen Laut aus, der direkt aus den Tiefen seiner Seele zu stammen schien, und schlang die Arme um ihren Rücken. Sie erschauerte, und er hielt sie fester, hielt sie einfach. Seine großen, starken Arme waren wie ein warmer Käfig, aus dem sie nicht ausbrechen wollte.

Ihr Herz rollte in ihrer Brust herum und drohte ihr aus dem Körper zu springen. Doch dann beruhigte sie sich langsam, und die Peinlichkeit der Situation wurde ihr bewusst. Sie hatte sich gerade auf ihren Ex gestürzt und seinen Schwanz geritten, bis … Das war ihr erster Orgasmus, bei dem eine weitere Person anwesend war – seit dem letzten, den er ihr verschafft hatte, als sie gerade mal alt genug gewesen war, um wählen zu gehen. Und das alles, ohne sich auszuziehen oder auch nur ein paar zusammenhängende Worte zu wechseln.

Es war alles furchtbar peinlich. Und doch kam es ihr irgendwie vollkommen vernünftig vor, ihr Gesicht weiterhin in die Kuhle zwischen seiner Schulter und seinem lächerlich attraktiven Kiefer zu pressen.

Leo hielt sie fest und strich ihr mit einer seiner riesigen Hände über die Haare. Gerade als er ihr einen Kuss auf die Schläfe drückte, klopfte es an der Tür.

»Prinzessin? Ich dachte, wir wollten einen Kaffee trinken. Hast du mich vergessen?«

Georgia setzte sich auf und hätte Leo damit fast einen Kinnhaken verpasst. Hastig kletterte sie von seinem Schoß und blieb mit zitternden Knien stehen, während Panik ihr in den Magen fuhr. »Dad? Ich, äh.« Ihre Augen wanderten unwillkürlich zu der offenen Verbindungstür zu Leos Zimmer.

Er verstand den Hinweis und stand ebenfalls auf. Er sah rot und zerzaust aus von ihrer Fummelei. Zum Abschied legte er ihr still eine Hand auf die Wange.

»Prinzessin?«

»Ich bin gerade vom Tennis zurückgekommen«, rief sie und folgte Leo auf Zehenspitzen, um die Tür hinter ihm zu schließen. »Ich brauche noch ein paar Minuten zum Duschen.« *Und jemanden, der mir ein bisschen Verstand einprügelt. Und vermutlich auch einen neuen Job.*

»Dann triff mich in der Kaffeebar. Für mich brauchst du dich nicht aufzubrezeln.« Ihr Vater lachte leise, dann verschwand sein Schatten unter der Tür.

Georgia stand noch einen Augenblick auf dem Teppichboden und lauschte einfach. Sie sollte wirklich etwas zu Leo sagen. Sich dafür entschuldigen, dass sie sich ihm an den Hals geworfen hatte. Doch auch auf seiner Seite der Wand ging die Dusche an. Sofort wurde ihr Verstand von Bildern geflutet, wie Leo sich auszog und unter das Wasser trat, Wassertropfen, die von seiner muskulösen Brust perlten …

Himmel! Sie würde schön auf ihrer Seite der Tür bleiben. Jetzt zu ihm unter die Dusche zu steigen, war nicht der richtige Weg, um dieses Durcheinander zu entwirren.

Stattdessen ging sie in ihr eigenes Bad. Ohne einen Blick auf ihr vor Erregung gerötetes Spiegelbild zu werfen, gönnte sie sich die kürzeste Dusche in der Geschichte, bevor sie ihren Vater in der Kaffeebar traf.

»Gutes Training?«, fragte er, als sie sich ihm zehn Minuten später gegenübersetzte.

»Jep.« *Werd jetzt bloß nicht rot*, ermahnte sie sich.

»Normal oder entkoffeiniert?«, fragte er. »Es ist schon ziemlich spät, also wollte ich es nicht drauf ankommen lassen.«

»Entkoffeiniert«, sagte sie hastig. »Danke.«

Als ihr Vater aufstand, um ihr einen Kaffee zu holen, schickte sie eine Nachricht mit drei Worten an Leos alte Nummer. *Tut mir leid.*

Die Antwort kam sofort. *Mir nicht.*

Georgia stopfte ihr Handy zurück in die Tasche und versuchte nicht darüber nachzudenken, was das bedeutete. Ihr Vater kam mit einem Kaffee für sie und einem Cookie zum Teilen zurück. Er brach eine Ecke ab und schob den kleinen Teller zu ihr hinüber. »Was gibt's Neues aus der PR-Welt?«

Sie schaute in seine grauen Augen und überlegte, ob sie ehrlich sein sollte oder ob sie damit bloß einen Streit vom Zaun brechen würde. »Schadensbegrenzung natürlich. Jede Menge Fragen zu der mutmaßlichen Auseinandersetzung zwischen dem neuen Coach und seinem Spieler.«

Er winkte ab, als könne er nicht glauben, dass sich jemand mit solchen Kleinigkeiten beschäftigte. »Wenn wir gewinnen, werden sie dich nicht mehr mit diesem Blödsinn nerven.«

»Wenn du Leo morgen spielen lässt, werden die Fragen aufhören.« Die Bemerkung war einfach so aus ihr herausgeplatzt, ohne dass sie darüber nachgedacht hatte. Du lieber Himmel. Es stand ihr wirklich nicht zu, die Trainerentscheidungen zu kritisieren.

Ihr Vater sah sie ob ihrer Unverfrorenheit mit großen Augen an. Dann schnaubte er. »Nein, das werden sie nicht. Gerüchte folgen ihren eigenen Regeln. Ich lasse Trevi spielen, wenn ich dazu bereit bin.«

Herrje. Georgia war sich nicht sicher, ob das ermutigend klang oder nicht. »Aber warum solltest du ihn *nicht* spielen lassen?«, drängte sie. Das war eine gefährliche Unterhaltung. Aber sie hatten Leo jahrelang mit keinem Wort erwähnt, und erst jetzt fiel ihr auf, wie seltsam das war. Er war so lange ein so großer Teil ihres Lebens gewesen. »Ich will dich nicht beeinflussen, aber ich verstehe es einfach nicht. Was hast du eigentlich gegen ihn?« Es war riskant, die Vergangenheit anzusprechen. Keiner von ihnen wollte die schlimmsten Tage ihres Lebens noch einmal durchleben. Aber Leo war nun einmal hier bei ihnen, und es war unvermeidlich, daran zu denken.

»Ich traue ihm nicht«, grunzte ihr Vater.

»Warum nicht?« Die Worte hingen in der Luft, über ihren Köpfen. So viel hatten sie in sechs Jahren nicht über Leo gesprochen.

Seine grauen Augen blinzelten hinunter in seine Tasse. »Tu ich einfach nicht.«

Sie konnte sich schwer eine weniger befriedigende Antwort vorstellen, aber Georgia hatte ihn so weit gedrängt, wie sie konnte. Also wechselte sie das Thema, so wie jedes Mal in den letzten sechs Jahren, wenn sie irgendjemand nach Leo gefragt hatte.

14

Eine kalte Dusche würde nichts bringen. Also duschte Leo lange und ausgiebig und löste seine Anspannung auf andere Art.

Dann drehte er das Wasser ab und atmete tief die dampfende Luft ein, die mit Optimismus geschwängert schien. Er und Georgia würden wieder zusammenkommen und auch zusammenbleiben. Vielleicht war es ihr noch nicht bewusst, aber für ihn war es so klar wie Kloßbrühe. Zwischen ihnen knisterte es immer noch, und zwar heftiger als jemals zuvor.

Georgia schien zwar sehr sprunghaft, aber er würde den Grund dafür herausfinden und ihn aus der Welt schaffen.

Ihr Job war jedoch offensichtlich ein Hindernis. *Ich kann nicht mit einem Spieler ausgehen,* hatte sie gesagt, als er sie gefragt hatte, ob sie zusammen zur Benefizgala gehen sollten. Und natürlich musste sie sich bei der Arbeit professionell verhalten. Aber er war nicht irgendein Spieler, mit dem sie es in der Umkleide getrieben hatte. Er und Georgia kannten sich schon ihr ganzes Leben. Wenn sie zusammenkämen, wäre es wohl kaum ein Skandal.

Vor sich hin summend trocknete er sich ab. Georgia hatte sein Herz schon einmal gebrochen, und er hatte es überlebt. Der Sommer nach dem Abschluss war nicht das Schlimmste gewesen, weil er die Hoffnung gehabt hatte, sie würde wieder zur Besinnung kommen, bevor es zu spät war.

Doch der September kam rasend schnell, und er war alleine zu seinen ersten Tagen auf dem Harkness College aufgebrochen. Er hatte solches Heimweh und war so einsam, dass er kaum atmen konnte. Die Spieler in seinem Team waren verdammt gut und nicht besonders nett zu den Neuzugängen. Das erste Jahr war scheiße gewesen, und der Kern seines Unglücks war eine Leerstelle in seinem Herzen, wo einst ihre Liebe für ihn gewohnt hatte.

Mit neunzehn Jahren hatte ihn der Schmerz, den sie ihm zugefügt hatte, total umgehauen.

Aber das war lange her. Jetzt war er auf jede erdenkliche Art stärker. Und Georgia war auch nicht immun gegen ihn – so viel war sicher. Sie wollte ihn, selbst wenn ihr noch nicht klar war, dass sie dafür bestimmt waren, wieder zusammen zu sein.

Daran konnte er arbeiten.

Er zog sich eine Kakihose und ein schönes Hemd an. Dann klopfte er an Georgias Tür, aber sie antwortete nicht. Also schrieb er stattdessen Silas, und die beiden gingen die zwei Blocks bis zum Thai-Restaurant zu Fuß. Die Kellnerin führte sie in einen reservierten Raum im hinteren Bereich, wo sich schon ein paar Spieler versammelt hatten.

»Rookie!«, rief O'Doul. »Hoffe, du hast deine Kreditkarte dabei.« Er lachte derb. »Ich habe gerade eine Flasche fünfundzwanzigjährigen Single-Malt-Whisky bestellt. Sie haben wohl gerade den Laufburschen losgeschickt, um sie zu kaufen.«

»Hach, ja!«, gluckste Bayer. »Ich liebe diese Rookie-Dinner.«

Dieses besondere Ritual – bei einem Team-Dinner möglichst teure Sachen zu bestellen und den Rookie zahlen zu lassen – kannte Leo, obwohl es schon über ein Jahr her war, seitdem die Muskegon Muskrats diesen Scheiß mit ihm gemacht hatten.

Egal. Immerhin waren sie bei einem Thai und nicht in irgendeinem superteuren Steakrestaurant. Im Vergleich dazu kam er gut weg.

Leo landete auf einer Bank in der Ecke, zwischen Bayer, O'Doul und Silas. Die Jungs bestellten vergnügt alles, was die Karte hergab. »Natürlich probieren wir die Jakobsmuscheln. Zweimal bitte. Jakobsmuscheln sind klein.«

Natürlich würde er kein Spielverderber sein. Die kauenden Gesichter am Tisch lernte er gerade erst kennen. Berreki mit den drei fehlenden Zähnen. Er trug nie seine Brücke. Und Johnson, der mit achtunddreißig der Opa im Team war. Er hatte eine Tochter auf dem College, ließ aber trotzdem nichts anbrennen.

Leo hoffte, dass er die Chance bekam, ein echtes Mitglied dieses Teams zu werden. Das lag natürlich an ihm. Und an Coach Karl.

Weder der Coach noch der Geschäftsführer tauchten beim Essen auf. Aber die Assistenztrainer und ein paar andere Typen aus dem Management kamen vorbei.

Georgia allerdings nicht.

Der Tisch bog sich unter dem vielen Essen. Tatsächlich war nicht genug Platz für all das, was die Jungs bestellt hatten. Es gab gebratenen Fisch, Panang-Currys mit Rindfleisch und Variationen von Ananas- und Kokosnuss-Reis. Und – dabei musste er an Georgia denken – Teigtaschen in verschiedenen Farben.

Leo holte sein Handy hervor und schrieb ihr eine Nachricht. *Wo bist du? Es ist Essenszeit. Wir haben super viel bestellt. Und ich muss bezahlen.*

Sie antwortete innerhalb von ein oder zwei Minuten. *Ich komme nicht. Muss noch arbeiten.*

Du musst ja wahnsinnig viel zu tun haben, neckte Leo, *wenn du auf thailändisches Essen verzichtest.*

Hab ich auch! Tut mir leid, dass ich frage, aber machst du beim Kalender mit? Sie warten auf deine Entscheidung.

Vor sich hin lächelnd antwortete Leo: *Was für ein Kalender?*

Über den wir gesprochen haben. Mit den Nacktfotos.

Ach, der.

Du wolltest bloß, dass ich »nackt« schreibe, stimmt's?

Jetzt grinste er wie ein Irrer. *Genau.*

Sie schickte ihm einen Smiley mit geröteten Wangen. Es war, als wären sie wieder auf der Highschool – im besten Sinne.

Er holte zum entscheidenden Schlag aus. *Auf dem Tisch stehen vier verschiedene Arten von Teigtaschen.*

Du bist echt fies.

Gar nicht! Komm vorbei. So wie es aussieht, habe ich all diese Teigtaschen bezahlt. Hier ist mein Vorschlag: Ich mache beim Kalender mit, wenn du herkommst.

Es entstand eine Pause, bevor sie antwortete. *Sind wir also schon bei Erpressung angekommen?*

Ja.

Leo freute sich, als Georgia zehn Minuten später den Raum betrat. Und auch über das warme Klima des Südwestens, denn Georgia trug ein ärmelloses Top, das ihre glatten, goldenen Schultern zeigte, an denen er lieber geknabbert hätte als am thailändischen Essen. An der Tür zögerte sie, vielleicht weil der Tisch schon ziemlich überfüllt aussah.

Aber Beacon, der Torhüter, sah sie dort stehen. »Hey, Killer ist da!« Als Georgia den alten Spitznamen hörte, den sie von ihrem Vater bekommen hatte, zog sie überrascht die Augenbrauen hoch, doch dann lächelte sie. »Rutsch rein«, sagte Beacon winkend. »Hey, Castro, mach Platz für Killer.« Sie machten ihr Platz auf der Bank.

Leo war quasi auf der anderen Seite des Tisches gefangen. Aber er nahm drei Gerichte, jeweils mit ein paar Teigtaschen, und arrangierte sie auf einem Teller für sie. Als er fertig war, reichte er ihn O'Doul. »Gib das bitte an Georgia weiter. Und nicht naschen.«

O'Doul nahm den Teller und zog eine Augenbraue hoch. »Das sind aber ziemlich viele Teigtaschen.«

»Mein Mädchen liebt Teigtaschen. Und sie hat einen krassen Stoffwechsel.«

O'Doul gab ihn Bayer, der ihn Silas reichte, der tatsächlich aufstand und ihn Georgia am Ende des Tisches brachte.

Schleimer, dachte Leo mürrisch. Aber immerhin hatte sie ihr Essen bekommen.

Von ihrem Platz am anderen Ende sah Georgia zu Leo auf. *Danke,* formte sie mit den Lippen.

Wofür?, fragte er und wackelte mit den Augenbrauen.

Sie senkte die Augen und errötete. Obwohl sie ihn jetzt ignorierte, spürte Leo sofort, wie ihm das Blut in die Lenden schoss. Sie nahm sich eine Serviette und legte sie sich auf ihren Schoß, während er ihre langen, definierten Arme bewunderte. Er wusste genau, wie es sich anfühlte, wenn sie sie um ihn schlang. Sie war stark, und das machte ihn so sehr an. Vorhin hatte ihn der Anblick ihrer Hände bezaubert, wie sie ihren Schläger hielt, denn er konnte sich nur allzu leicht vorstellen, wie sie damit etwas anderes umschlang.

Fuck. Es hatte ihn ganz schön erwischt.

»Also …«, sagte O'Doul und schwenkte den Scotch in seinem Glas. »Zwischen euch ist mal was gelaufen?«

Leo musste sich zurückhalten, um nicht gegen O'Douls Verwendung der Vergangenheit zu protestieren. Die Situation am Nachmittag hatte sich ziemlich aktuell angefühlt. Aber Georgia war sprunghaft. Deshalb zwang er sich, das Ganze herunterzuspielen und auch den nur vorgetäuscht lockeren Ton der Frage zu ignorieren. »Ja. Das ist lange her.«

»Du stehst also auf verklemmt?« Bayer lachte.

»Denk schon«, sagte Leo leichthin. Sie mussten nicht wissen, dass er sie vorhin alles andere als verklemmt erlebt hatte. Obwohl … Er musterte die Gruppe am Tisch. Plötzlich fiel ihm auf, dass Georgia die einzige Frau inmitten der Spieler und anderen Angestellten war. Auch andere Frauen arbeiteten für den Club. Mehr als eine Handvoll hatte er schon kennengelernt. Aber es konnte nicht einfach sein, als einzige Frau mit all diesen Männern zu reisen. Selbst wenn man wunderschön, klug und selbst Sportlerin war.

Kein Wunder, dass sie großen Wert darauf legte, wie sie wirkte.

Darüber musste er später noch nachdenken.

Er gab einer Kellnerin ein Zeichen, die an ihrem Tisch geblieben war, um mit Castro zu flirten. »Entschuldigen Sie, aber die junge Dame dort braucht einen Drink«, sagte er und deutete auf die einzige junge Dame am Tisch.

Ein paar Minuten später brachte die Kellnerin Georgia etwas, das wie eine Cola Light aussah.

Er hätte ihr lieber ein Glas Champagner gekauft und es nackt mit ihr im Bett getrunken. Aber irgendwo musste man ja anfangen.

Die Rechnung im Restaurant war der Hammer. Leo konnte sich nicht an das Limit seiner Kreditkarte erinnern. Als er sie herausgab, hoffte er, dass der Betrag beglichen werden konnte. Sonst hätte der Betrag auf zwei oder drei Karten aufgeteilt werden müssen, und das Team hätte sich kaputtgelacht.

Glücklicherweise ging alles glatt.

Auf der Pechseite stand, dass er beim Dinner nicht mit Georgia hatte reden können. Und auf dem kurzen Fußweg zum Hotel unterhielt sie sich mit Silas.

Georgia ging ihm aus dem Weg. Anders konnte man es nicht interpretieren.

Zurück in der Lobby gingen alle in die einzig mögliche Richtung – an die Bar. Leo stellte sich an einen Stehtisch und ließ Platz für sie. Sie stand beim Eingang und beendete das Gespräch mit dem Ersatztorwart.

Und dann? Verschwand sie.

Seine Mitspieler hatten offensichtlich entschieden, dass Leos Kreditkarte heute Abend genug geglüht hatte, und fingen an, ihm Bier auszugeben. Castro besorgte Leo ein Glas guten Tequila und wollte über College-Eishockey sprechen. Sie hatten einmal in den Frozen Four gegeneinander gespielt. Eine Stunde verstrich mit einer zwanglosen Unterhaltung.

Aber Georgia tauchte nicht wieder auf.

Angenehm betrunken nahm sich Leo kurz Zeit, um ihr eine Nachricht zu schreiben. *Alles gut bei dir?*

Die Antwort kam schnell. *Ja, und danke für die Teigtaschen.*

Wo bist du hingegangen?

Hab mich hingelegt.

Das verlieh seiner Fantasie Flügel. Er stellte sie sich in dem riesigen Bett in ihrem stillen Hotelzimmer vor. Er wollte sie auf das Bett legen und … Ja. Er würde ein paar Stunden brauchen, um nur die wichtigsten Dinge auf seiner To-do-Liste abzuhaken. *Kann ich vorbeikommen?*

Sie antwortete sofort. *Das ist keine gute Idee.*

Das sah er anders. *Vorhin wirkte es aber wie eine gute Idee,* drängte er sie.

Das war ein Fehler, war ihre schnelle Antwort.

Leo stöhnte laut.

»Hat dein Mädchen dich sitzen lassen?«, fragte Silas neben ihm.

Schnell sah er auf und schob das Handy in die Tasche. »Vielleicht. Aber ich kann geduldig sein.«

Silas lachte. »Ach ja? Auf mich wirkst du nicht besonders geduldig. Du hast sie vor ein paar Hundert Leuten geküsst, ungefähr sechzig Sekunden nachdem du mit Wie-hieß-sie-noch Schluss gemacht hast. Und dann war da noch dein Mikro-Unfall. Das war stylish. Aber nicht *geduldig.*«

»Scheiße.« Leo nahm einen Schluck Bier und verzog das Gesicht. Leider war Silas' Meinung zum Thema nicht unberechtigt. Seit er aus dem Flieger von Michigan gestiegen war, hatte Leo sich öfter wie ein trotziges Kleinkind benommen, als er zählen wollte. »Da hast du nicht ganz unrecht.«

Sein Mitbewohner lachte wieder. »Entspann dich, Kumpel. Sie ist Single, und das schon so lange ich sie kenne. Die meisten im Team schmachten sie an, aber ihr fällt es gar nicht auf.«

Das war interessanter, als Leo zugeben wollte. »Als ich sie zum ersten Mal gefragt habe, ob sie mit mir ausgeht, hat sie mir nicht geglaubt. Kann aber auch an meiner miesen Anmache gelegen haben.«

»Das muss ich hören.«

Leo lachte leise. »Wir waren sechzehn und hatten zusammen Physik.«

Silas schnaubte. »Sag nicht, du hättest ihr Nachhilfe angeboten.«

»Ganz so schlimm war es nicht«, sagte er, während Silas lachte. »Der Lehrer wollte, dass wir alle Stromkreise verstehen. Also fragte er: ›Wer will Teil eines menschlichen Stromkreises sein? Ich brauche zwei Freiwillige.‹« Leo sah die Situation vor seinem inneren Auge, als wäre es gestern gewesen. Georgia saß ein paar Reihen vor ihm, und normalerweise beobachtete er im Physikunterricht sie und nicht den Lehrer. Er hatte schon eine Weile ein Auge auf sie geworfen, bevor er den ersten Schritt wagte. »Georgia hebt also die Hand. Sie war schon immer furchtlos.« Er lachte leise bei der Erinnerung. »So wie ›*Verdammt, ich will auf jeden Fall Strom mit meinem Körper leiten.*‹ Also hob ich auch meine Hand.«

»Aber klar doch.«

»Ja, oder? Ich hätte einen Stromschlag in Kauf genommen, um neben dem hübschesten Mädchen der ganzen Stufe zu stehen. Der Lehrer stellt uns also nebeneinander und bittet uns, uns an den Händen zu fassen, und ich wusste, ich hatte die richtige Entscheidung getroffen.«

Grinsend leerte Silas sein Bier.

»Dann haben wir beide die freie Hand auf diesen Metall-Leiter an einer besonderen Batterie gelegt, die der Lehrer hatte. Er schaltete sie ein, und es passierte nicht viel. ›Aber Leo – lass nicht los, wenn du keinen Schlag bekommen willst‹, sagte er, denn wenn man den Stromkreis unterbricht, würde ich es an meinem Ende fühlen.«

»Und natürlich hast du losgelassen«, riet Silas. »Denn sechzehnjährige Jungs sind allesamt Genies.«

»Warst du etwa dabei?«, witzelte Leo. »Natürlich habe ich losgelassen. Und es war kein heftiger Schlag, nur ein kleines Ziepen. Und Georgia hat nur den Kopf geschüttelt. Nach der Stunde bin ich ihr zum Spind gefolgt und habe sie gefragt, ob sie mit mir zum Homecoming-Ball geht. ›Zwischen uns hat's echt gefunkt,‹ habe ich gesagt.«

»Niveauvoll.«

»Ja, oder? Und erst hat sie mich angesehen, als wolle ich sie verarschen oder so. Also habe ich sie noch zweimal gefragt, und schließlich hat sie Ja gesagt.«

Silas deutete mit seiner leeren Bierflasche auf Leo. »Und deshalb hast du es in die NHL geschafft. Gib nie auf, Kumpel. Morgen könnte dein großer Tag werden.«

»Man weiß nie.« Leo trank sein Bier aus. »Aber nur für den Fall – ich lasse es für heute besser gut sein. Muss morgen früh beim Training Gas geben, damit der Coach mich für unentbehrlich hält.«

Silas salutierte. »Hau rein, Soldat. Immerhin hast du eine Fifty-fifty-Chance, morgen zu spielen. Könnte schlimmer sein. Du könntest auch Ersatztorwart sein.«

»Stimmt. Tut mir leid.«

Silas zuckte mit den Schultern. »Bis morgen. Wir haben zuerst Yoga.«

»Ja, klar.« Kopfschüttelnd verließ Leo die Bar.

15

Dienstag, 9. Februar
20 Tage vor dem Ende der NHL-Transferperiode
Phoenix, Arizona

Schlagzeile des Tages:
Arizona Favorit im Heimspiel gegen Brooklyn –
Wird das der dritte Sieg in Folge?
– Phoenix Eagle Sports Page

Georgia brachte ihre Yogamatte in den Raum, den Nate gebucht hatte, und suchte sich wie immer einen Platz im hinteren Teil.

Die Yogastunden wurden von Ari, der Massagetherapeutin des Teams, abgehalten, und das bedeutete, dass sie mindestens dreimal pro Woche stattfanden, selbst wenn das Team unterwegs war. Georgia war allerdings schon lange bei keiner Stunde mehr gewesen. Letzte Woche hatte sie Yoga gleich zweimal geschwänzt, weil sie der Gedanke, Leo beim Sonnengruß zu beobachten, höllisch ablenkte. Und auch das ganze Team hatte ein paar Sitzungen verpasst, weil Ari sich einige Tage krankgemeldet hatte, was ungewöhnlich für sie war.

Die exotische, tätowierte Yogalehrerin in ihrem typischen pinkfarbenen Gymnastikanzug und den Leggings winkte Georgia fröhlich von der Vorderseite des Raumes zu, und diese grüßte zurück. Aber dann bemerkte Georgia die blaue Schiene an Aris Fuß.

Nun, das erklärte Aris Abwesenheit die letzte Zeit. Krass.

Georgia rollte ihre leuchtend pinkfarbene Matte aus und setzte sich, um sich zu dehnen. Weiter vorne entdeckte sie Nate. Der Besitzer des Teams war zum heutigen Spiel eingeflogen, vermutlich in seinem Privatjet. Er stand bereits in der ersten Reihe auf seiner lila Bruisers-Matte. Nate war ein wenig verrückt, was Yoga anging. Auch andere NHL-Teams boten Yoga und Meditation als Teil ihres Trainingsprogramms an. Aber diese Stunden waren direkt auf Nates Mist gewachsen, und er bezog gern die gesamte Administration ein. Auch Trainer – und Pressesprecher – wurden zur Teilnahme ermutigt.

Deswegen kam in diesem Augenblick – sehr zu Georgias Erheiterung – ihr Vater in einem alten Trainingsanzug und mit finsterem Blick herein. Es war ihr nicht in den Sinn gekommen, dass ihr Dad zusammen mit den anderen den Hinabschauenden Hund oder den Krieger machen musste. Vielleicht würde sie beim nächsten Mal ihr Handy mit in den Raum schmuggeln und ein paar Fotos machen. Ihre Tante Joanie würde sich königlich amüsieren.

Und dann kam es, wie es kommen musste: Leo betrat mit einer Yogamatte in der Hand den Raum. Und genauso unvermeidlich stolperte Georgias Herz bei seinem Anblick. Sie bemerkte, wie er sich suchend im Raum umschaute und sein Blick schließlich an ihr hängen blieb. Dann kam er direkt zu ihr herüber und blieb vor ihr stehen. »Morgen«, sagte er leise.

»Morgen«, antwortete sie und spürte, wie ihr unter den Armen der Schweiß ausbrach. Echt jetzt? Würde sie die nächste Stunde damit verbringen müssen, zu versuchen, ihm nicht auf den Hintern zu starren? Er trug eine Trainingshose vom Harkness College, doch anstatt irgendetwas zu verbergen, schmiegte die sich an seine muskulösen Oberschenkel.

Als er seine Matte ausrollte – limettengrün – fragte Georgia sich, woher er die hatte. Sie konnte sich kaum vorstellen, dass er in Brooklyn in irgendein Geschäft gegangen war und sie gekauft hatte. Aber was wusste sie schon? Vielleicht war Leo ein Yogaprofi. Vielleicht besaß er Matten in allen Farben des Regenbogens. Sie musste sich in Erinnerung rufen, dass sie ihn im Grunde überhaupt nicht mehr kannte. Mit Ausnahme von einer heißen und heftigen Knutsch-Session und ein paar Nachrichten waren sie inzwischen länger getrennt, als sie je zusammen gewesen waren.

Wenn Ari sie später zum Meditieren auffordern würde, würde Georgia *Zurückhaltung* als ihren heutigen Leitsatz wählen. Kontrolle. Abstand. Reserviertheit. Es waren alles gute Wörter, und sie würde sie zu einem Mantra formen, wenn ihr das half, ihre wirren Gedanken an Leo Trevi zu bändigen.

Er hatte sich auf seine Matte gesetzt und lockerte gerade die breiten Schultern, genau dieselben Schultern, an die sie sich mit beiden Händen geklammert hatte, während sie versucht hatten, mit den Mündern zu verschmelzen.

Ahhh! *Zurückhaltung.*

Zurückhaltung.

Zurückhaltung.

Auch wenn ihr widerspenstiges Herz noch immer zu rasen anfing, wenn er einen Raum betrat, war ihre frühere Verbindung doch vor allem eins: vorbei.

Zum Glück für Georgia begrüßte Ari in diesem Moment die Teilnehmer. »Guten Morgen, Yogis! Bitte setzt euch, winkelt das linke Bein an und dann das rechte. Wer Probleme mit dem Rücken oder der Hüfte hat, kann sich auch gern auf einen Block setzen oder jederzeit die Beine ausstrecken …«

Georgia nahm die Position ein, dann hob sie die aneinandergelegten Hände wie die Lehrerin. Ari begann mit einer vertrauten Folge von Handgelenk- und Unterarmkreisen, mit denen sie stets ihre Stunden eröffnete. Darin lag eine gewisse Geborgenheit, und Georgia verstand, warum Nate Yoga zu einem Teil ihrer Routine machte, ganz egal, wo sie sich befanden. Es konnte verwirrend sein, aus dem Koffer leben zu müssen, und mindestens einmal pro Saison holte sich Georgia einen blauen Fleck oder stieß sich den Zeh an, wenn sie mitten in der Nacht in einem unbekannten Hotelzimmer nach dem Badezimmer suchte. Doch die Geografie ihrer Yogamatte war immer dieselbe, und Aris beruhigende Stimme und die Aufwärmroutine waren eine angenehme Möglichkeit, den Körper aufzuwecken.

Die Spieler scherzten immer noch über die Ausdrücke im Yoga. Sie kamen sich komisch vor, wenn sie aufgefordert wurden, »ihre Mitte« zu finden. (»Ich zeig dir gleich meine Mitte, Baby. Hehe.«)

Aber das war bloß Gerede. Nachdem sie sich erst einmal an die Routine gewöhnt hatten, hörten sie jedes Mal auf, dagegen anzukämpfen. In einer Stunde würden sie diesen Raum alle mit warmen, gelockerten Muskeln und einer ruhigen Geisteshaltung verlassen.

Vorne im Raum saß Nate bequem im Schneidersitz und stellte mit seinem schlanken Körper die perfekte Haltung zur Schau. Später, wenn die Posen schwieriger würden, würde er wie eine Statue im Kopfstand stehen, während die hochbezahlten Sportler um ihn herum zitterten und wackelten wie ein Haufen nasser Hunde. Der Boss war unfassbar gut im Yoga.

An einer Seite des Raums quälte sich Georgias Vater durch eine einfache Rumpfbeuge. Georgia freute sich schon darauf, ihren Vater dabei zu beobachten, wie er die schwierigeren Posen angehen würde, doch dieser Freude wurde sie etwa fünfzehn Minuten nach Beginn der Stunde beraubt, als der Feigling doch tatsächlich aufgab. »Entschuldige mich bitte«, sagte er zu Ari. »Ich habe jetzt eine Telefonkonferenz.«

Der Blick, den sie ihm zuwarf, sagte ganz eindeutig: *Verarschen kann ich mich selber.* Ari war vielleicht die Yogakönigin, aber sie war durch und durch Brooklynerin. Man flüchtete nicht aus ihrer Stunde. Das machte man einfach nicht.

Doch Georgias Vater marschierte durch den Raum mit genauso vielen Schuldgefühlen wie Napoleon am Berg Tabor. Er grinste sie an, doch sein Grinsen gefror, als er Leo direkt vor ihr bemerkte. Als er vorbeiging, schien sein Grinsen zu sagen: *Halt dich von meiner Tochter fern.*

Leo blickte nicht einmal zu ihm auf. *Punkt für Leo.*

Weiter ging es mit dem Sonnengruß, und Georgia schaffte es, nicht zu lachen, als Leo beim Übergang in den Hinabschauenden Hund einfach umfiel. Es war allerdings absolut ablenkend, ihn so direkt vor sich zu haben. Beim Friedvollen Krieger rutschte ihm das T-Shirt nach oben, sodass sie einen Blick auf die Spur dunkler Härchen unter seinem Bauchnabel erhaschen konnte, als er seinen muskulösen Oberkörper nach hinten beugte.

Schau nicht ins Licht, befahl sie sich selbst.

Aber irgendetwas an dem warmen Raum und ihrem zunehmend entspannten Körper machte sie ein wenig kirre. Während sich ihr Körper in so unmittelbarer Nähe zu seinem bewegte und dehnte, brauchte es keiner besonders ausgeprägten Einbildungskraft, um sie sich in interessanteren und aufregenderen Positionen vorzustellen. Die perfekten Muskeln an seinen langen Armen waren nicht zu übersehen, und als Ari sie aufforderte, ihre »Mitte zu finden«, hätte Georgia Leo am liebsten angefleht, ihre zu finden.

Die Stunde kam ihr endlos vor, und als es am Ende Zeit war

für die individuellen Meditationen und Visualisierungen, waren Georgias Visualisierungen deutlich anregender als sonst.

Als die Stunde endlich vorbei war und Leo sich umdrehte, warf er ihr einen Blick zu, der heiß genug war, um den Raum für eine Bikram-Yoga-Stunde aufzuheizen.

Hilfe. Bitte nicht. Georgia rollte ihre Yogamatte zusammen und zog sich schnell in ihr Zimmer zurück, um eine Weile allein zu sein. Es war schon schlimm genug, dass sie ihn in ein paar Stunden zu einem Aktfotoshooting würde begleiten müssen.

Eine lauwarme Dusche half ihr. Dann setzte sie sich vor ihren überquellenden Posteingang, was sich als die perfekte libidokillende Ablenkung herausstellte. Es war erst neun Uhr morgens, aber schon jetzt musste sie bei der Arbeit die Feuerwehr spielen. Sie nahm sich eine Minute, um Becca anzurufen und sich nach Neuigkeiten zu erkundigen. »Hey, Lady!«

»Hey, Babe! Wie war's beim Yoga?«

»Na ja, ich glaube, ich bin jetzt bereit, wieder zu daten.«

Einen Augenblick lang schwieg Becca schockiert. »*Echt*? Aber das ist doch fantastisch, Süße. Ich muss es geradeheraus sagen, ich habe Details verdient – scharfe, scharfe Details.«

»Viel Glück damit. Also. Wen soll ich daten?«

Wieder herrschte Schweigen am anderen Ende. »Ich dachte, wir reden von Leo Trevi. Georgia? Bist du's?«

»Bec! Ich kann keinen *Spieler* daten. Ich meine … professionell gesehen ist das eine absolute Schnapsidee. Außerdem gibt es im Team null Privatsphäre. Wie soll das gehen?«

»Dann sind es vielleicht nicht die idealen Bedingungen, aber *er* ist perfekt, stimmt's? Und darauf kommt es doch an.«

Georgia seufzte. »Aber ich bin wirklich eingerostet. Außer Übung. Verkümmert. Ich brauche ein Date, um mich aufzuwärmen. Jemanden, der mich locker macht.«

Becca lachte. »Es geht doch nichts über einen Kerl, den du gar nicht wirklich magst, um dich lockerzumachen. Und vor einem Jahr hast du den Dating-Apps endgültig abgeschworen. Also, wo sollen wir diesen Aufwärm-Mann für dich finden?«

Da hatte sie nicht unrecht. »Ich bin am Arsch.«

»Nein«, beharrte Becca. »Aber du solltest mit selbigem in der Kiste landen. Noch heute, wenn möglich. Mit einem heißen Nachwuchsstürmer.«

»Glaub nicht, ich wäre nicht versucht.«

»Warum tust du es dann nicht einfach?«

»Echt, Bec? Von allen Menschen auf diesem Planeten ist er …« *Beinahe* hätte sie gesagt: *die Furcht einflößendste Wahl.* Aber Georgia ließ sich keine Angst machen. »… die riskanteste Wahl.«

»Wieso riskant? Ich dachte, du hättest ihn verlassen.«

»Oh, das habe ich auch. Aber nicht, weil ich wollte. Ich habe bloß das Unvermeidliche akzeptiert. Er liebte mich nicht mehr, aber man kann ein weinerliches Vergewaltigungsopfer nicht einfach verlassen. Also habe ich ihm das abgenommen.«

»Wie nett von dir«, sagte Becca, mit nur einem Hauch von Ironie in der Stimme. »Und was zum Teufel war dann dieser Kuss? Ich habe gesehen, wie sich der Junge auf dich gestürzt hat. Alle haben es gesehen.«

Das stimmte. Und es war höllisch verwirrend. Und dann war da auch noch dieses Durcheinander von gestern. »Vielleicht will er einfach das letzte Wort haben«, überlegte Georgia. »Leo ist ein schlechter Verlierer. Ich habe ihn verlassen, und jetzt will er eine Revanche.«

»Oh mein Gott, du bist wirklich eine Zynikerin vor dem Herrn.«

War sie das? Das war sie nicht immer gewesen, aber mit achtzehn vergewaltigt zu werden, konnte einen verändern. »Ich hasse das. Ich hasse es, dass ich seinetwegen wieder an alles denken muss, was passiert ist. Vor zwei Wochen musste ich noch nicht sein lächerlich hübsches Gesicht ansehen und mich fragen, ob er sich zu mir hingezogen fühlt. Und mich dann fragen, warum er jemals aufgehört hat, sich zu mir hingezogen zu fühlen.«

»Du hast recht, für diese Art von Folter gibt es keine Heilung. Ach, Moment. Vielleicht *fragst du ihn einfach*?«

Auf keinen Fall. »Ich denke darüber nach.« Aber im Ernst – dieses Gespräch würden sie und Leo niemals führen. Es war zehnmal schlimmer, als einen Mann zu fragen: *Sehe ich in dieser Jeans fett aus?* Vor ihrer Vergewaltigung hatten sie ständig Sex gehabt. Danach hatte er angefangen, ihr keusche Küsschen auf die Wange zu geben. Als könnte er sich nicht schnell genug von ihr zurückziehen. Klar, er hielt sie auf der Couch umschlungen, wenn sie traurig war, und das war sie die ganze Zeit. Aber wenn sie die Hand über seine Brust wandern ließ und neckend auf seinem inneren Oberschenkel liegen ließ, nahm er sie weg und legte sie irgendwo anders hin.

Seine Körpersprache sagte: *igitt.* Und sie starb jedes Mal ein kleines bisschen, wenn er sich ihr entzog.

»Ich weiß nicht, was ich dir sagen soll, Süße.« Becca seufzte. »Wenigstens eine von uns beiden sollte nicht einsam sein.«

»Aber das sind wir doch gar nicht«, beharrte Georgia. »Okay, wir haben beide keinen Freund. Aber wir haben eine tolle Mitbewohnerin. Wir haben tolle Jobs …«

»Anständige Jobs, die wir beide vielleicht verlieren.«

»Okay, anständige Jobs. Na schön. Und eine Wohnung in einer der schönsten Gegenden der Welt.«

»In der Küche ist schon wieder eine Maus.«

»Verdammt. Du machst mir dieses Aufmunterungsgespräch wirklich nicht leicht.«

Becca lachte. »Das ist es auch nicht. Denn ich wünsche mir einen Mann in meinem Leben. Ich will einen Partner und Kinder. Für dich würde ich ja sogar lesbisch werden, Schätzchen, aber eine Adoption ist teuer. Und dann kommt noch hinzu, dass du keinen Schwanz hast.«

»Du hast aber auch immer irgendwas zu meckern.« Georgia wünschte sich, sie könne jetzt einfach nach Hause fliegen und mit Bec auf dem hässlichen Sofa sitzen. Wo alles so einfach war.

»Hat Nate es zum Yoga geschafft? Er war sich nicht sicher, weil die Flüge aus Teterboro verspätet waren.«

»Er hat es geschafft und sah so Zen-mäßig aus wie eh und je.«

»In seinen Ich-schäme-mich-nicht-enge-Shorts-zu-tragen-Shorts?«

»Genau.« Georgia zögerte. »Glaubst du, er hat die technischen Möglichkeiten, dass er jedes Wort versteht, was an diesen Dingern gesprochen wird? Vielleicht hört er uns ab?«

»Kann sein. Hab ich dir schon gesagt, dass ich heute eine Zwölf-Stunden-Schicht einlegen will? Und ich lasse die Mittagspause ausfallen, damit ich noch mehr schaffe.«

»Ah ja.«

»Hab dich lieb, George. Ich muss jetzt tatsächlich was schaffen.«

»Sehr überzeugend. Mach's gut.«

Georgia wartete in der Hotellobby auf ihre Kalenderboys. Der Blog hatte neben Leo auch Castro für Nacktbilder angefragt.

Castro kam als Erster an. »Hey, Killer«, sagte er fröhlich. Castro hatte eigentlich ein ziemlich nettes Lächeln. Er war ein Flügelspieler; Nates erster Vertragsabschluss, nachdem er das Team übernommen hatte. Er hatte eine makellose braune Haut und ungewöhnlich hellbraune Augen. Kein Wunder, dass Hockey Hotties ihn fotografieren wollte. Sollte er jemals mit dem Eishockey aufhören, könnte er immer noch Karriere als Model machen.

»Hey, Castro. Ich glaube, der Spitzname bleibt jetzt für immer an mir kleben.«

»Sieht so aus.« Er grinste.

Vielen Dank, Dad. Sie ließ den Blick durch die belebte Lobby schweifen, und ihr Blick blieb an einem großen, dunkelhaarigen, schick gekleideten Mann hängen, der auf sie zukam.

Leo.

Man hätte meinen sollen, nach ein paar Wochen hätte sie sich an seinen Anblick gewöhnt. Aber von wegen. Er trug einen Anzug und ein freches Grinsen, und ihr Herz führte bei seinem bloßen Anblick ein frivoles Tänzchen auf. Sie war vollkommen verwirrt, was es bedeutete, ihn wieder in ihrem Leben zu haben, aber ihr Unterbewusstsein war ganz und gar nicht verwirrt. Jedes Mal, wenn er auftauchte, waren alle ihre Sinne in Habachtstellung. Und nun wusste sie auch, wie sich diese Muskeln unter ihren Händen anfühlten, wenn sie sich küssten.

»Hi, Schöne«, sagte er und sah so heiß aus wie immer.

Holla! Es würde ein langer Nachmittag werden. »Hi du. Bist du bereit, heute Abend zu spielen?«

Sein Lächeln verschwand. »Wir werden sehen.«

»Wie war das Training?«

»Unfassbar schlimm.«

Neiiiin. »Ist irgendetwas passiert?« Sie wusste nicht, wie viel Drama sie noch aushalten würde.

Er schüttelte langsam den Kopf. »Nee. Einfach nicht mein Tag. Und ich kann mir solche Tage nicht leisten. Nicht einmal einen.«

»Das tut mir leid«, antwortete sie. Egal wie verwirrend es war, Leo in ihrer Nähe zu wissen, sie wollte, dass er seine Chance bekam.

»Wohin fahren wir eigentlich?« Er hielt ihr und Castro die Hoteltür offen. »Irgendein Fotostudio?«

»Nein. Ins Eisstadion. Das werden Actionfotos.«

Leo kratzte sich an seinem herrlich stoppeligen Kinn. »Wie zum Beispiel in der Umkleide?«

»Wahrscheinlich«, wich Georgia aus. Sie wusste wirklich nicht, was dem Fotografen vorschwebte, aber sie würden es bald erfahren.

Die drei stiegen in die wartende Limousine. »Es gibt nur zwölf Monate im Jahr, aber dreißig NHL-Teams«, bemerkte Leo. »Wollen sie wirklich zwei von uns? Oder werde ich zugunsten von unserem Schönling hier herausgeschnitten?«

»Lieber aus einem Pin-up-Kalender rausfliegen als aus dem Team«, bemerkte Leo.

»Stimmt.« Castro lachte.

»Wahrscheinlich sind es deshalb zwei von uns«, grummelte Leo. »Für den Fall, dass einer von uns rausgeschmissen wird, bevor das Ding in den Druck geht.«

»Das ist die richtige Einstellung«, sagte Georgia und stupste ihn am Knie. Sein muskulöses Knie … *Konzentrier dich, Georgia.* Aber es war schwer, innere Distanz zu wahren, wenn sie zusammen in einem Auto saßen.

Glücklicherweise war die Fahrt nur kurz. Sie zeigten den Wachmännern am Stadioneingang ihre Bruisers-Ausweise, und ein Mitarbeiter führte sie durch das Innere der Arena zur Umkleide der gegnerischen Mannschaft, wo die Fotografin mit ihrem Team wartete.

»Ich bin Gloria«, stellte sie sich vor. Die Fotografin war eine stämmige Frau mit einem hübschen Gesicht, einem Dutzend

Ohrringen und raspelkurzen Haaren. »Du musst Georgia sein. Vielen Dank, dass du mir diese beiden Leckerbissen bringst.«

»Äääähm«, stotterte Georgia.

»Ich bin Castro«, sagte der eine von ihnen und streckte eine Hand aus. »Wie hast du dir das vorgestellt?«

Die Fotografin musterte ihn von oben bis unten und noch einmal hinauf. »Schön«, sagte sie. Dann drehte sie sich zu Leo um und machte das Gleiche noch einmal. »Okay. Wir fangen auf dem Eis selbst an. Ihr habt eure Schlittschuhe dabei, richtig? Kommt mit.« Sie verließ die Umkleide und führte sie hinunter zur Bank des gegnerischen Teams. »Ich werde hier aufbauen, und dann hilft Gracie euch bei der Vorbereitung. Ich habe noch jemanden dabei, der die Beleuchtung auswechselt.« Sie winkte vage mit einer Hand in Richtung Zwischengeschoss. »Also, wer fängt an?«

»Er«, sagte Castro hastig und deutete auf Leo.

»Ach, zur Hölle«, grummelte Leo.

»Okay.« Die Fotografin rieb sich die Hände. »Ich möchte euch auf dem Eis ablichten, mit nichts an als euren Schlittschuhen.«

»Brrr«, machte Castro und lachte. »Je kälter, desto kleiner.«

Georgia biss sich auf die Lippen, und Leo blickte finster drein.

»Ihr werdet eure Helme vor die entscheidenden Stellen halten«, fuhr die Fotografin fort. »Die Fotos werden sinnlich, aber nicht pornografisch.«

»Gut zu wissen«, murmelte Leo.

»Hör auf zu jammern«, ermahnte ihn die Fotografin grinsend. »Ihr werdet aussehen wie Superhengste. Jetzt zieh blank, dann wird meine Assistentin dich einölen.«

Leo fand die Sprache wieder. »Ähm, wozu das Öl?«

»Ihr müsst *glänzen*. Schaut euch das mal an.« Die Fotografin holte eine Mappe aus dem Seitenfach ihrer riesigen Kameratasche und reichte sie Leo, der sie auf einer Doppelseite in der Mitte aufklappte.

Alle verstummten, weil sie die Fotografin völlig falsch eingeschätzt hatten. Sie war eine *Künstlerin*. Die Fotos zeigten eine Reihe von Footballspielern, die in verschiedenen Sport-Locations posierten – in einer Umkleide, auf einer Tribüne oder nachts auf dem Spielfeld, während das Flutlicht ihre skulpturartigen Körper erhellte. Die Bilder hatten eine überraschend sphärische Qualität, jedes für sich war ein stimmungsvolles Meisterwerk. Das Licht spielte mit den Muskeln der Männer und ließ die Sportler aussehen wie Übermenschen.

»Wow«, hauchte Georgia.

Castro lachte. »Da ist wohl jemand Fan.«

Georgia trat eilig einen Schritt zurück und hoffte, dass sie nicht sabberte. »Hör auf! Mit diesen Fotos kriegst du jedes Mädchen in ganz Amerika herum. Tu nicht so, als würde dich das nicht interessieren.«

»Na schön. Sollen sie mir den Arsch einölen. Wenigstens gibt das hinterher eine gute Geschichte für die Bar. Na komm, Trevi. Wir haben nicht den ganzen Tag Zeit.« Er grinste Leo an.

Immer noch stirnrunzelnd löste Leo seine Krawatte. »Kannst du das mal halten?«, bat er und reichte Georgia sein Jackett. »Ich möchte kein Öl auf meinem Anzug haben.«

»Natürlich.« Sie griff nach dem Jackett und wartete auf die Krawatte. Und währenddessen arbeitete sie an ihrem Pokerface. Es würde nicht einfach werden, uninteressiert zu wirken, während Leo sich auszog.

»Einen verrückten Job hast du, George«, raunte Leo, während er sich das Hemd aufknöpfte.

»Ein ganz normaler Tag im Büro«, sagte sie, zog ihr Handy aus der Tasche und bemühte sich, gelangweilt dreinzuschauen.

Als wäre es nun wirklich uninteressant, einem heißen Sportler dabei zuzusehen, wie er mitten auf der Eisfläche für ein sinnliches Foto posierte.

»Muss ich das wirklich machen?«, fragte er leise.

»Nein, musst du nicht«, antwortete sie sofort. Sie würde ihn nicht dazu zwingen. »Für einen guten Zweck den Hintern zu entblößen, ist eine ziemlich persönliche Entscheidung.«

»Was ist noch mal der gute Zweck? Ich hoffe, es ist wenigstens etwas Wichtiges.« Er reichte ihr sein Hemd, *und sie würdigte seine Brustmuskeln keines Blickes.*

Also gut, eines *winzigen* Blickes. Nur ganz kurz. »Es ist, äh ...« Was war noch mal die Frage? »Die Organisation nennt sich Everyone Play. Sie setzt sich gegen Homophobie im Sport ein.«

Er seufzte und zog sich die Schuhe aus. »Das klingt ganz so, als wäre es das wert. Also, bist du diejenige, die mich einölt?«

Ein Schauer durchlief sie, und sie hoffte, dass Leo es nicht bemerkt hatte. Doch natürlich zog er spöttisch eine Augenbraue hoch. *Erwischt.* »Nö.« Sie schüttelte den Kopf. »Sorry.«

Er verzog schmollend das Gesicht, genauso wie früher, wenn sie sich von ihm verabschieden musste, um rechtzeitig zu Hause zu sein. »Ich finde aber, dafür habe ich eine Belohnung verdient. Vielleicht nachher einen Gutenachtkuss.« Er nutzte diesen Moment, um seine Hose und die Boxershorts auf den Boden fallen zu lassen.

Georgia schluckte und konzentrierte sich auf sein Ohr. *Muss. Ohr. Ansehen.* Sie spürte, wie sich ihr Herzschlag beschleunigte. Sobald er ihr diese Hosen reichte, würde sie von hier verschwinden.

»Ähm, George?«, fragte er verwundert. »Habe ich da irgendwas am Ohr?«

»Nein, gar nichts«, quiekte sie. »Ich gehe nur eben die Sachen für dich aufhängen.« Sie schnappte sich seine Hosen, drehte sich um und flüchtete in die leere Umkleide. Sie suchte nach dem Spind mit der Aufschrift TREVI und ließ sich einige Minuten Zeit, um alles aufzuhängen.

Als sie zurückkam, unterschrieb Castro gerade, dass er mit der Veröffentlichung seiner Fotos einverstanden sei, aber Leo war splitternackt bis auf seine Socken. Er stand mit dem Gesicht zur Wand des Spielertunnels, während eine Assistentin mit beiden Händen seine Oberschenkel mit Öl einrieb.

»Lass die Knöchel aus«, wies er sie an. »Es darf kein Öl an meine Schlittschuhe kommen.«

»Na klar«, flötete die Assistentin. Sie hielt inne, um ihre Hände mit noch mehr Öl aus einer kleinen Flasche zu begießen. Vor sich hin pfeifend ließ sie ihre Hände über Leos Waden wandern, über seine Knie, Oberschenkel bis hin zu seinem herrlichen muskulösen …

Waaah! Georgia atmete tief durch und blickte hinaus aufs Eis, wo die Fotografin ein Stativ aufgestellt hatte.

»Uh, das wird ziemlich kühl«, beschwerte sich Leo. »Und hier bin ich … irgendwie kitzlig«, stieß er zwischen den Zähnen hervor.

»Ich mache nur meine Arbeit, Sir«, sagte die Assistentin.

Schau. Nicht. Hin, befahl sich Georgia. »Bist du bereit für deine Schlittschuhe?«, fragte sie, ohne den Kopf zu wenden.

»Ja, aber die sind hier.« Aus den Augenwinkeln sah sie, wie er sich umdrehte und auf einen Klappstuhl setzte, um sie zuzuschnüren. »Scheiße, ist das kalt!« Er lachte. »Und ich wäre beinahe von diesem Ding heruntergerutscht.« Er beugte sich vor und schnürte erst den einen, dann den anderen Schlittschuh zu.

Georgia gestattete sich einen Blick auf seinen herrlichen Oberkörper, sah, wie seine Muskeln, die wie ein Ölgemälde glänzten, zum Leben erwachten. »Ich werde mal nach der Security sehen«, sagte sie plötzlich. »Wir können es nicht gebrauchen, dass hier irgendwelche Mitarbeiter Nacktfotos von euch machen und auf Twitter verbreiten.«

Als sie das hörte, erhob sich die Fotografin hinter ihrer Kamera. »Ich schau mal nach, ob ich jemanden entdecke.« Sie drehte sich um sich selbst und ließ den Blick über die Ränge schweifen. »Ich glaube, es ist alles in Ordnung. Ich habe oben jemanden in der Beleuchtungskabine, aber er sollte der Einzige da oben sein.«

Georgia stellte sich auf die Bank des gegnerischen Teams und suchte das Zwischengeschoss ab. »Ich sehe auch niemanden.«

»Wir sollten für diesen Scheiß einen Gefahrenzuschlag bekommen«, bemerkte Castro. »Und jetzt hast du den Stuhl eingeölt. Vielen Dank.«

»Puh«, machte Leo, richtete sich auf und schauderte übertrieben. »Ein bisschen kühl hier drinnen. Hoffentlich sieht man auf den Bildern die Gänsehaut nicht.« Dann stand er auf, splitterfasernackt, und Georgia musste sich zwingen, irgendwo anders hinzuschauen.

»Wo ist mein Helm hin?«, fragte er und blickte sich suchend um.

Okay. Konzentrier dich. Finde Leos Helm. Georgia blickte zu Boden und suchte.

»Hey, George?«

»Ja?« Ihre Stimme war heiser, ihre Augen suchten die Wände des Spielertunnels ab.

»Du hast meinen Helm in der Hand.«

»Was?« Eilig blickte sie auf ihre Hände hinunter. Und tatsächlich, eine davon umklammerte den Gurt von Leos Helm. Na toll. Sie war offenbar überhaupt nicht mehr zurechnungsfähig. »Ähm, sorry«, sagte sie und hielt den Helm vage in seine Richtung.

»Jetzt brauche ich nur noch meinen Schläger«, sagte Leo. »Den *anderen* Schläger.« Alle außer Georgia lachten. Er packte seinen Schläger und trat mit einem Lächeln auf die Eisfläche, das so viel sagte wie: *Ich werde das Beste daraus machen.*

Die Fotografin winkte hinter ihrer riesigen Kamera hervor. »Okay. Hauptbeleuchtung aus! Leo, lauf ein paar Aufwärmrunden. Dann möchte ich, dass du an mir vorbeigleitest, ein Bein vor dem anderen, damit wir dein bestes Stück nicht sehen.«

»Das seht ihr sowieso nicht«, rief er, während er zum Eis hinunterging. Die Muskeln in seinem herrlichen Hintern bewegten sich. »Es hat sich versteckt.« Georgia versuchte, sich nicht an ihrer eigenen Zunge zu verschlucken, als ein Spotlight auf Leo fiel, während er am anderen Ende der Eisfläche eine Kurve fuhr und dann elegant zurück in Richtung der Fotografin glitt, in all seiner ganzen nackten Pracht. »Da bekommt ›den Schläger baumeln lassen‹ eine völlig neue Bedeutung«, rief er.

»Du hast viel zu viel Spaß an der Sache«, bemerkte Castro.

»Spaß ist doch der Sinn der Sache«, erwiderte die Assistentin. »Es wäre eine Schande, mit diesem Körper keinen Spaß zu haben.« Sie beugte sich vor, um besser sehen zu können, und seufzte entzückt, als der nackte Leo eine weitere Schleife auf dem Eis fuhr.

Glücklicherweise war es in der Eishalle größtenteils dunkel, sodass niemand Georgias Gesicht sehen konnte. Leo hatte schon immer wunderbar geskatet, und er hatte schon immer den Körper eines Gottes. Aber ihn nun auf dem Eis zu sehen, wie Gott ihn geschaffen hatte, war mehr, als sie ertragen konnte. *Nicht auf seinen Schritt gucken*, ermahnte sie sich, als er wieder um die Kurve bog. *Nicht hingucken …*

Sie schaute hin, war aber zu spät für das volle Programm. Sie sah nur eine Spur dunkler Haare auf seinem Bauch, die zu einem V aus puren Muskeln führte. Dann schnellte sein statuengleicher Oberschenkel hervor und verdeckte die guten Stellen. Sie kniff die Augen zusammen. Sich selbst zu quälen war wirklich nicht ihr Ding. Aber es war kaum zu glauben, dass er einmal ihr gehört hatte. Dass sie die erste Frau gewesen war, die ihn berührt hatte.

Nein, das erste *Mädchen*. Sie waren so jung gewesen. Sie musste sich immer wieder in Erinnerung rufen, wie lange das alles schon her war.

»Ja, genau so«, sagte die Fotografin. »Jetzt noch einmal, näher an mir vorbei. Und ein kleines bisschen langsamer. Halt die linke Schulter etwas tiefer und heb das Kinn ein wenig an …«

Georgia schüttelte sich ein bisschen. In ein paar Minuten wären sie hier fertig. Das Licht würde angehen, und sie würde mit hängender Zunge dastehen wie ein Bernhardiner. Sie riss ihren Blick von Leos perfektem Körper los und machte sich auf den Weg zurück zu den Umkleiden, um dem armen Mann ein Handtuch zu holen, das er sich auf dem Weg zur Dusche würde umbinden können.

16

Georgia verbrachte zehn lange Stunden im Stadion, und nach dem Fotoshooting war der Tag nur noch aufregender geworden.

Nach einem weiteren nervenaufreibenden Nachmittag hatte ihr Vater Leo endlich auf die Spielerliste gesetzt. Und dann tat Leo es – er schoss sein erstes Tor in der NHL.

Es war im dritten Drittel des Spiels, und es stand 2:2.

Der Coach hatte mitten im Spiel die Reihen ausgewechselt, wahrscheinlich, damit die Gegner sich nicht zu sehr an ihre offensive Spielweise gewöhnen konnten. Leo skatete mit Bayer und O'Doul, der sich freilaufen konnte. Der Kapitän bekam jedoch keine Gelegenheit zum Schuss, da auf einmal beide gegnerischen Verteidiger direkt vor ihm standen. Also passte er den Puck zurück zu Leo.

Und der schoss ihn direkt am Ellbogen des Torhüters vorbei ins Netz.

Georgia war beinahe heiser vom Schreien. Nicht dass Leo sie oben in der Presselounge hätte hören können. Als sie wieder zur Besinnung kam, rief sie ein Dokument mit Leos Lebenslauf und seinen Statistiken aus der Minor League auf. Mit zitternden Fingern mailte sie es an alle anwesenden Journalisten.

Nach dem Spiel auf dem Korridor hielten sie Leo alle ihre Mikrofone ins Gesicht. Die Spotlights ihrer Kameras erleuchteten sein verschwitztes, siegreiches Gesicht. »Wie fühlt es sich an, Ihr erstes NHL-Tor zu schießen?«, fragten sie.

»Es fühlt sich an, wie gegen Arizona zu gewinnen«, antwortete er.

Er hatte nicht nur den Siegtreffer erzielt, seine Antwort war außerdem bescheiden und unterstützte das gesamte Team. Er war wirklich der perfekte Mann.

Nicht einmal mit ihrem Vater hatte Georgia nach dem Spiel gesprochen, aus Angst, sie könne sich anhören wie ein verknallter Teenager. Ganz allein ging sie zurück in ihr Hotelzimmer. Sie zog sich ein Bruisers-T-Shirt und eine pinkfarbene Pyjamahose an und ging ins Bett. Aber sie war viel zu aufgedreht zum Schlafen. Ihr Kopf und ihr Herz waren viel zu voll, um etwas anderes zu tun, als den Tag Revue passieren zu lassen.

Sie konnte nicht einmal Becca anrufen, weil es längst Mitternacht war und die Arme sicher schon schlief. Georgia lehnte sich an das gepolsterte Kopfende des Bettes, zog die Knie an die Brust und stöhnte. Wie konnten Leute nach so einem Abend einschlafen? War Schäfchenzählen aus der Mode gekommen? Hatte Nate schon eine App entwickelt, um dieses Problem zu lösen?

Da hörte sie ein leises Klopfen an der Wand neben ihrem Kopf. Tock. Tock. Georgia hielt den Atem an und lauschte. Dann klopfte es wieder, diesmal in einem vertrauten Rhythmus. Di-dada-di-da.

Georgia streckte die Hand aus, um den Rhythmus zu vervollständigen. Dit-dit.

Eine Sekunde später klingelte ihr Telefon. Leo rief an. Flüsternd nahm sie ab. »Hi.«

»Hi, alles in Ordnung? Ich habe dich stöhnen gehört.«

»Mir geht's gut«, antwortete sie hastig.

»Ja? Dann war es also ein gutes Stöhnen?«

Sie lachte. »Nein! Du und deine schmutzigen Gedanken, Mr Trevi.«

»Mhhh«, machte er, seine Stimme klang rau. »Das ist aber schade. Denn ich liege hier nackt und stöhne deinen Namen.«

Die Härchen auf Georgias Armen richteten sich auf, und plötzlich wurde ihr am ganzen Körper heiß. »Leo!«, tadelte sie ihn.

»War nur Spaß!« Er lachte. »Ich schaue mir im Fernsehen die Sport-Highlights an.«

»Meine Güte«, quiekte sie peinlich berührt.

Er lachte. »Tut mir leid. Aber ich könnte es wahr werden lassen. Komm einfach rüber.«

»Auf keinen Fall.« Sie erschauerte beim Gedanken daran.

»Gigi, ich kann nicht schlafen, weil ich viel zu aufgedreht bin. Ich habe mich gerade selbst im Fernsehen gesehen. Das war absolut surreal. Ich brauche jemanden zum Reden, weil ich hier sonst durchdrehe. Bitte. Komm einfach rüber und schau mit mir Fernsehen. Wir können schauen, was du willst. Pass auf …« Stille trat ein, dann glaubte sie, auf der anderen Seite der Wand eine Bewegung zu hören. Dann hörte sie, wie ein Schlüssel herumgedreht wurde. »Ich habe meine Tür aufgemacht. Komm mich besuchen.«

Sie zögerte. »Wenn du es sagst, klingt es so einfach.«

»Das ist es auch. Ich vermisse dich. Es muss ja keine große Sache sein. Komm einfach rüber, und dann plündern wir die Minibar. Ich glaube, ich habe Combos gesehen. Warte mal …« Sie hörte das Knistern von Chipstüten. »Hab sie gefunden.«

Georgia war aufgesprungen, bevor ihr Kopf ein Veto einlegen konnte. »Käse oder Erdnussbutter?«

»Ähm, süßes und salziges Karamell.«

Mmmh. Sie beendete das Gespräch und warf ihr Handy aufs

Bett. *Ich mache das nur für die Combos*, redete sie sich ein, als sie die Verbindungstür zu seinem Zimmer öffnete und eintrat.

Er saß auf dem Bett, in genau der gleichen Position wie sie gerade eben noch, das Telefon noch immer am Ohr. Langsam ließ er es sinken und lächelte sie schüchtern an. »Mitternachtssnack?« Er ließ das Telefon fallen, griff nach der Tüte und riss sie auf.

Wieder zögerte Georgia. Sollte sie sich einfach zu ihm aufs Bett setzen?

Er klopfte auf den Platz neben sich. Dann griff er nach der Fernbedienung und stellte den Fernseher lauter. Jetzt redete der Moderator über College-Basketball.

Georgia setzte sich und schwang die Beine aufs Bett. Leo reichte ihr die offene Tüte. Ein paar Minuten saßen sie nebeneinander, knusperten und hörten den Experten im Fernsehen dabei zu, wie sie darüber fachsimpelten, wer die besten Chancen hatte, die March Madness, die nationale Hochschulmeisterschaft im College-Basketball, zu gewinnen. Bald waren die Combos alle.

»Für Carolina sieht es dieses Jahr gut aus«, sagte Leo, während er die Tüte zusammenknüllte.

»Für die sieht es jedes Jahr gut aus, und trotzdem ist der letzte Titel schon eine Weile her.«

Sie nahm die Flasche Wasser entgegen, die er ihr reichte, und öffnete sie. Sie schauten mehrere Clips von unfassbar großen Männern, die grazil wie Gazellen dem Korb entgegenflogen.

Und da hatte sie ein Déjà-vu. So war es früher jeden Samstag gewesen. Snacks und Fernsehen. Sport und Lästereien und unbeschwerte Unterhaltung.

Im Fernsehen ging der Moderator zu den Patzern der Woche über. Leo trank seine Wasserflasche aus und warf sie leer auf den Nachttisch auf der anderen Seite. Dann lehnte er sich bequem zurück gegen die Kissen. Eine seiner Hände landete auf ihrem Knie und drückte es flüchtig, dann entspannte er sich. Er lachte leise über irgendetwas Lustiges im Fernsehen. Sein großer Körper war *direkt hier* neben ihr. So nah, dass sie den Duft von Waschmittel und warmer Haut riechen konnte.

Georgia schloss die Augen und nahm einfach den Augenblick in sich auf. Es war so einfach. Georgia und Leo, nebeneinander nach einem langen Tag. Ein Augenblick des spätnächtlichen Friedens. Wie oft hatten sie so zusammengesessen? Tausendmal?

Die Situation war ihr so vertraut, mit einer riesigen Ausnahme. Sie war nicht mehr dasselbe Mädchen wie damals, als sie zusammen die Sportnachrichten geschaut hatten. Das war eine andere Georgia gewesen. Die jugendliche Georgia, die geglaubt hatte, das Leben würde immer so unbeschwert bleiben. Dass ihr Freund sie immer lieben würde. Obwohl ihre Mutter gestorben war, als Georgia noch klein war, hatte sie die Macht des Verlusts seltsamerweise erst mit achtzehn verstanden. In der Woche, bevor sie vergewaltigt worden war, hatten Leo und sie vermutlich genau diese Sportsendung geschaut. Vielleicht hatten sie Chips geknabbert und eine Wasserflasche hin und her gereicht. Vielleicht war es sogar genau dieselbe Marke gewesen.

Plötzlich wurde Georgia von einer unfassbaren Trauer um ihr früheres Selbst überwältigt. Dieser Teenager auf der Couch war immer fröhlich und großherzig gewesen. Sie hatte geglaubt, dass alles immer einfach sein würde.

Aber das war es nicht. Überhaupt nicht. Sie hatte nicht gewusst, dass sich alles so komplett verändern konnte. Dass zwischen zwei Menschen, die sich immer so nah gewesen waren, auf einmal eine Mauer aus Angst und Unbehagen stehen konnte.

Ihre Augen brannten, und das Fernsehbild verschwamm.

Mist.

Georgia rutschte vom Bett und ging ins Bad – Leos Bad, damit es nicht so aussah, als flüchtete sie. Sie schloss die Tür hinter sich, und als sie das Licht einschaltete, sah sie sich selbst im Spiegel. Ihre Augen waren gerötet, und ihre Wangen glühten. Genervt von der älteren Georgia, setzte sie sich auf den Badewannenrand. Diese Georgia flüchtete ins Badezimmer und hatte nah am Wasser gebaut.

Das war das Problem daran, dass Leo aufgetaucht war. Wenn man Georgia vor zwei Wochen gefragt hätte, ob es ihr gut ginge, hätte sie voller Überzeugung geantwortet: *Und wie!* Sie hatte ein gutes Leben in Brooklyn und lief nicht die ganze Zeit verängstigt herum. Sie war *geheilt*, verdammt. Dann hatte sie in den letzten sechs Jahren halt nur ein oder zwei Dates gehabt, na und? Gute Männer waren rar gesät. Es lag nicht daran, dass sie beschädigte Ware war.

Und dennoch … Leo kam in die Stadt marschiert und führte ihr klar vor Augen, dass sie sich etwas vorgemacht hatte. Auf einmal konnte sie nicht anders, als ihr altes Leben mit dem neuen zu vergleichen. Und das neue schnitt dagegen nicht besonders gut ab.

Georgia drückte sich die Fingerspitzen in die Augenwinkel und atmete tief ein.

Es klopfte an der Tür. »Gigi? Alles okay?«

»Ja«, stieß sie eilig hervor. Eine Träne entkam ihrem Gefängnis und rann ihren Finger hinab. Sie konnte es nicht verhindern.

Die Tür ging einen Spaltbreit auf, und ein braunes Auge blickte auf sie herab. Dann ging die Tür weiter auf, und Leos besorgtes Gesicht kam zum Vorschein. Er streckte eine Hand aus. »Komm her, Gi. Komm, setz dich zu mir.«

Sie schüttelte den Kopf. Neben Leo zu sitzen, würde es nur noch schlimmer machen.

»Bitte«, flüsterte er.

Georgia stand auf. Ihr Plan war, es in ihr eigenes Zimmer zu schaffen, bevor das Rinnsal zu einem Sturzbach werden konnte. Sie war noch nie eine Heulsuse gewesen. Jedenfalls nicht bis … Ein Schluchzer entrang sich ihrer Brust.

Leo zog sie fest an sich. Sie holte tief und zittrig Luft und versuchte, die verdammten Tränen aufzuhalten. Aber sie hielt sie jetzt schon seit Tagen zurück. Und er fühlte sich so gut an. Ihre Augen tropften wie undichte Wasserhähne, und sie presste die Stirn in sein T-Shirt, damit sie ihr jämmerliches Gesicht nicht im Spiegel sehen musste. »Es tut mir leid«, sagte sie, die Worte dumpf von der frisch gewaschenen Baumwolle.

»Nicht doch«, sagte er sanft. »Komm jetzt.« Er ging in die Knie und hob sie hoch, sein Unterarm hielt sie unter dem Po.

Sie schloss die Augen und presste ihre erhitzte Wange an seine Schulter. Sie hörte seinen Atem, als er die Decke zur Seite schlug und sie aufs Bett legte. Dann schaltete er die Lampe aus.

Da der Fernsehbildschirm bereits schwarz war, wurde es dunkel im Zimmer, abgesehen von dem leichten Schimmer, der durch die offene Tür ihres Zimmers hereinfiel.

Leo ging um das Kingsize-Bett herum und legte sich auf die andere Seite. Seine Stimme kam durch die Dunkelheit, eine Mischung zwischen einem Knurren und einem Flüstern. »Lass mich dich halten.«

Sie drehte sich um, legte ihr Kinn auf seine Schulter. Starke Arme zogen sie näher, bis sie halb auf ihm lag. Es fühlte sich göttlich an. Abgesehen von einem Problem. »Ich möchte überhaupt nicht zählen, wie oft du mich so gehalten hast, wenn ich geweint habe.« Die Worte klangen verbittert. Aber sie *war* verbittert. Mit Leo zusammen zu sein bedeutete, dorthin zurückzukehren, wo sie sich beide wegen dem, was passiert war und was sie verloren hatten, schlecht gefühlt hatten.

Seine Hand glitt durch ihre Haare, während sie darauf wartete, dass er etwas sagte. »Es gefällt mir nicht, wenn du traurig bist«, gab er zu. »Aber wir hatten viel mehr gute Zeiten als schlechte.«

Das war eine lächerlich optimistische Sichtweise, wenn man bedachte, dass all die Traurigkeit am Ende ihre so besondere Verbindung zerstört hatte. Aber Georgia wollte nicht darüber streiten. Sie legte einen Arm über seine breite Brust und seufzte.

»Warum bist du so traurig, Gigi?«, fragte er. »Erzähl es mir, damit ich dir helfen kann.«

Das würde es nur noch schlimmer machen. Aber das sagte sie nicht laut.

Weil Leo fragen würde, warum, und es war wirklich nicht seine Schuld. Sie wollte nicht zugeben, dass sie sich längst nicht so gründlich erholt hatte, wie sie geglaubt hatte. »Ich bin einfach erschöpft«, sagte sie stattdessen.

»Mmh. Okay.« Seine große Hand wanderte zu ihrem Rücken, sein Handballen drückte beruhigend zwischen ihre Schulterblätter. »Versuch einfach, dich zu entspannen.«

Ein Kuss landete auf ihrem Scheitel, und Georgia atmete tief ein und langsam wieder aus. Sie spürte seinen Herzschlag, er war langsam und regelmäßig. Leo Trevi war die Quelle für all ihren aktuellen Stress. Wie seltsam, dass er zugleich eine Quelle des Trostes sein konnte. Sie schloss die Augen und gestattete es sich, wegzudriften.

Während sie mit der Schläfrigkeit flirtete, strichen seine Finger fortwährend über ihren Rücken. Ihre Gedanken wanderten zurück zum Eis, zu der Menschenmenge und den Lichtern. Das weiße Oval der Eisfläche tanzte in ihren schläfrigen Gedanken. Gerade als sie einschlief, war es ihr, als hörte sie jemanden flüstern: »Komm zurück zu mir, Georgia.«

17

10. Februar
19 Tage vor dem Ende der NHL-Transferperiode
Phoenix, Arizona

Schlagzeile des Tages:
Brooklyn schlägt Arizona auswärts. Schaffen sie es erstmals seit der Wiedergeburt des Franchise wieder in die Play-offs?
– The Post

Leo wachte von dem angenehmen Geräusch auf, dass jemand in seinem Hotelzimmer herumlief. Weil er noch schlaftrunken war, dachte er nicht weiter darüber nach. Er wusste, dass es jemand war, den er liebte. Und dass das Zimmer noch fast komplett dunkel und ruhig war. Die leisen Schritte zogen sich in das Nebenzimmer zurück, wo sie sich mit dem Klang von fließendem Wasser vermischten. Das gedämpfte Rauschen einer Toilettenspülung. Das Geräusch einer Zahnbürste.

Georgia.

Als der Name in sein Bewusstsein drang, wachte er auf. Er öffnete die Augen und sah es draußen dämmern. Er hatte die ganze Nacht über gut geschlafen und nur ab und an glücklich die Hand nach dem warmen schlafenden Körper auf der anderen Seite des Bettes ausgestreckt.

Es war wunderschön gewesen, sie neben sich zu haben, obwohl er sich gewünscht hätte, früher aufzuwachen, um es genießen zu können.

Leo stand nun auch auf und verbrachte ein paar Minuten in seinem Hotelbad. Er war noch tapsig, noch nicht ganz wach und noch nicht bereit dafür, die vergangene Nacht schon loszulassen.

Nur in seiner Boxershorts ging er zu der offenen Tür zwischen ihren beiden Zimmern. Georgia kam aus dem Bad, in ein Handtuch gewickelt, die Haare oben auf dem Kopf festgesteckt, wie sie es früher manchmal beim Duschen gemacht hatte. Ungeordnete Erinnerungen trafen ihn wie ein Schlag in die Magengrube: Wie er darauf gewartet hatte, dass sie fertig wurde, bevor sie gemeinsam ausgingen. *Wie findest du diese Jeans?*, hätte sie ihn gefragt und sich vor ihm gedreht, um ihm die ganze Pracht zu präsentieren. *Super*, hätte er geantwortet.

Das waren alle Jeans, wenn sie sie trug.

Jetzt stand sie am anderen Ende des Raums und blinzelte ihn unsicher an.

»Komm her«, sagte er mit vom Schlafen belegter Stimme. Sie gehorchte, und er breitete die Arme aus, um sie an sich zu ziehen. Ihr Kinn landete auf seiner Schulter. »Hast du gut geschlafen?«, fragte er. Nicht die kreativste Nachfrage, aber er wollte einfach nur ihre Stimme hören. Sie sagen hören, dass sie nicht wieder davonrennen würde.

»Ja«, hauchte sie und schlang die Arme um ihn.

Leos Herz setzte einen Schlag aus, als er ihren warmen Körper an seinem spürte. Das hier war genau das, was er brauchte. Er neigte den Kopf und drückte ihr einen sanften Kuss auf den entblößten Nacken. Und Georgia erschauerte in seinen Armen.

Herrje. Er schien sie mit jeder Faser seines Körpers zu spüren. Langsam erkundete er mit den Lippen ihre Wange. Ihre Haut war samtig und feucht vom Duschen.

In der Stille hörte er, wie ihr der Atem stockte. Es brauchte nur diesen kleinen Laut, um ihn heißzumachen. Sein Verlangen nach ihr würde immer im Hintergrund lauern, gerüstet und bereit für den Einsatz. Und auch jetzt fühlte sich sein Schwanz angenehm und schwer an.

Aus, Junge. Georgia sollte wissen, dass sie sein war, aber dass es nicht unbedingt nur mit Sex zu tun hatte. »Es ist noch früh«, sagte er, seine Stimme so rau wie Kies. »Ich möchte dich noch ein wenig halten.«

Er erwartete, dass sie ihn abblitzen ließ. Im kühlen Tageslicht wollte Georgia vielleicht lieber wieder Distanz wahren.

Aber tatsächlich löste sie sich nicht von ihm. Ein weiterer Augenblick verstrich, während er sie in der Verbindungstür umarmte. Dann nahm er ihre Hand und führte sie zu seinem Bett zurück. Er glitt unter die noch warmen Laken und legte sich auf den Rücken. Als Georgia sich neben ihm zusammenrollte, den Kopf auf seiner Schulter, glaubte er, vor Glück zu platzen.

Sie trug nur ein Handtuch, und sein Körper konnte das nicht vergessen. Also zog er sie an seine Seite, wo nicht ganz so offensichtlich war, wie sehr ihn die bloße Umarmung angemacht hatte. Er strich ihr über das seidenweiche Haar und seufzte. »Es ist schon viel zu lange her, Gigi«, flüsterte er. »Ich mag es, wenn du neben mir liegst.«

Georgia sagte nichts, aber sie breitete die Finger auf seinem Bauch aus. Der sanfte Druck ihrer Hand war köstlich. Sie waren schon immer eins dieser Paare gewesen, die sich anfassen mussten. Diese Anhänglichkeit hatte ihre Freunde auf der Highschool in den Wahnsinn getrieben, aber so waren sie nun mal. Auf dem College hatte er mehrere Freundinnen gehabt, aber mit keiner hatte es sich so angefühlt. Einfach nur neben jemandem zu liegen, hatte in ihm nie diese tiefe Befriedigung ausgelöst wie mit Georgia.

Und woran lag das? Sein nerviger Bruder hätte womöglich die eine oder andere Theorie. Leo schob den Gedanken beiseite und konzentrierte sich wieder darauf, wie Georgias weiche Haare ihn am Kinn kitzelten. Er küsste sie noch einmal auf den Kopf, einfach, weil er es konnte.

Georgias sanfte Finger spielten mit dem Saum seines T-Shirts, das hochgerutscht war. Dann schlüpfte ihre Hand unter den Stoff und strich über seine Haut.

Leo hielt die Luft an. Er nahm jede ihre Berührungen, die er nur kriegen konnte. Aber der Daumen, der nun langsam über seine Bauchmuskeln strich, war pure Folter. »Mmm«, brummte er.

»Mmm«, erwiderte eine sanfte Stimme. Und dann reckte sie sich, um mit ihren weichen Lippen seinen Hals zu erreichen und den empfindlichen Fleck genau unter dem Kinn zu küssen. Die Magie ihrer Berührungen sickerte durch sein Bewusstsein und setzte seine Haut und jeden einzelnen Nerv in Brand.

Leo biss sich auf die Wange, um nicht zu stöhnen. Georgia schmiegte sich noch enger an ihn und liebkoste die Haut unter seinem Kinn. Derweil war er hart und wurde immer härter.

So oft hatte er sich das gewünscht – im Bett neben Georgia aufzuwachen. Das hatten sie als Teenager nie geschafft, weil es gegen jede erdenkliche Regel verstieß. Deshalb lebte er diesen Traum nun aus. Zumindest teilweise.

Georgia bewegte die Hand seine Brust hinauf, um seine Brustwarze zu necken. Dann saugte sie an seinem Hals.

Leo gab auf und stöhnte. »Ich liebe das, Baby. Aber du bringst mich auf dumme Gedanken.« Unglaublicherweise strich sie mit ihrer ungezogenen Hand wieder seine Brust hinab und bis zum Bündchen seiner Boxershorts, wo ihre Fingerspitzen seinen wartenden Schwanz streiften.

»Ungh«, grunzte er schockiert.

Georgia hatte ihn schon immer mit einem einzigen Blick in ein willenloses Stück Fleisch verwandeln können. Das hatte sich offensichtlich nicht geändert. Doch eine Sache hatte sich geändert. Er drehte den Kopf und umfasste ihr Kinn, damit er sie besser ansehen konnte. Er blendete vorübergehend das großartige Gefühl ihrer Hand auf seinem Schwanz aus und stellte ihr eine Frage. »Bist du dir sicher?« Wenn diese Begegnung wieder mit einer Nachricht endete, die besagte, dass es ein Fehler gewesen war, wäre er am Boden zerstört.

Sie blinzelte ihn mit ihren wunderschönen blauen Augen an. Das Flüstern war so leise, dass er es fast von ihren Lippen ablesen musste. Aber die Worte waren unmissverständlich. »Ich brauche dich, Leo.«

Du meine Güte, sie machte ihn fertig. »Ich bin für dich da, wann immer du mich brauchst«, flüsterte er. Er drehte sich auf die Seite und zog mit dem Finger langsam die Wölbung ihrer Brüste nach, genau oberhalb des Handtuchs. »Aber ist das auch in Ordnung? Ich meine …« Er räusperte sich, sein Verstand vernebelt vor Verlangen. »Kannst du …?«

Sie griff nach oben, zerrte an der Ecke des Handtuchs und befreite ihre Brüste.

Er stöhnte und stützte sich auf einen Ellbogen. Dann senkte er den Kopf, um zuerst die eine und dann die andere Brust zu küssen, erst neckte er sie, dann saugte er sanft daran. Als er das zum ersten Mal gemacht hatte, waren sie sechzehn und in einem Autokino gewesen. Genau wie damals wölbte sie sich seinem hungrigen Mund entgegen und keuchte.

In seiner Leistengegend pochte es vor Sehnsucht, als er sein Kinn hob und in ihr errötetes Gesicht sah. Er wollte nichts überstürzen – der Augenblick war zu wichtig. Aber sein übereifriger Körper wollte nichts davon wissen.

Georgia streckte die Hand nach ihm aus, zog ihn an sich, und ihre Lippen trafen auf seine. Der Kuss wurde sofort innig, und für eine bessere Verbindung legten beide die Köpfe schräg, ihre Zungen begegneten sich. Er stützte sich auf beide Ellbogen und positionierte sich über ihr. Dann ließ er die Hüften auf ihre sinken und vergrub seinen ungeduldigen Schwanz zwischen ihren Schenkeln. Himmlisch.

Aber dann stieß sie einen verzweifelten Laut aus, und er drückte sich hoch und löste ihren Kuss. »Alles in Ordnung?«, fragte er sofort.

Zwei Hände packten den Bund seiner Boxershorts und schoben sie hinunter. »Mir geht's gut«, behauptete sie. »Hör bloß nicht auf.«

Tja dann. Er zog die Shorts aus, legte sich wieder auf sie. Sie waren Haut an Haut, und es gab nur noch Hitze und Reibung. Sie hätten genauso gut wieder achtzehn Jahre alt sein können, mit ungeduldigen Händen und ungebändigten Küssen. Vor diesem Morgen hätte Leo gedacht, das Älterwerden hätte ihn im Bett geduldiger gemacht. Aber jetzt wusste er, dass das nicht stimmte. Georgia brachte ihn immer noch um den Verstand. Ihre weiche Haut und ihr fester Körper nahmen ihm die Fähigkeit, es langsamer und besonnener angehen zu lassen.

Vielleicht war das der Grund dafür, dass er in den letzten zwei Wochen so oft ins Fettnäpfchen getreten war. Georgia war sein Kryptonit. Nur bei ihr fühlte er sich so lebendig. Und er wollte nicht, dass es aufhörte.

Aber das würde es, und zwar viel zu schnell, wenn er nicht aufpasste. Sie zu küssen und zu berühren, war fast zu viel für ihn.

Leo schlang die Arme um Georgia und drehte sich auf den Rücken. Der Positionswechsel signalisierte seinem Körper, verdammt noch mal langsamer zu machen. Und auch der Ausblick war ziemlich fantastisch. Er sah zu einer schönen, errötete Frau auf, deren Brüste sich hoben und senkten und deren Augen für ihn leuchteten.

Sie war der Wahnsinn. Und sie würden wieder zusammen sein. Er wusste es einfach.

18

Georgia blickte auf Leo hinunter, ihr Herz tanzte einen Jitterbug. Er lächelte zu ihr auf, seine großen braunen Augen funkelten. Selbstbewusst wie eh und je.

Sie hingegen zitterte förmlich. Wer hätte gedacht, dass man wahnsinnig erregt und gleichzeitig unglaublich nervös sein konnte? *Merke: Sechs Jahre waren eine viel zu lange Wartezeit, um das hier noch einmal zu machen.*

Leo zog sie in einen weiteren hammermäßigen Kuss, einen Kuss, bei dem sie beinahe ihren eigenen Namen vergessen hätte. Mit seiner Zunge in ihrem Mund und den großen Händen, die liebevoll über ihren Rücken strichen, war ihre Nervosität nicht mehr ganz so schlimm. Das heisere zustimmende Stöhnen, das Leo ausstieß, vibrierte in ihrer Brust.

Sie wusste, sie könnte es langsam angehen lassen, und er würde es verstehen. Er würde sie einfach nur festhalten, wenn sie das brauchte. Aber Georgia war es leid, all die Dinge aufzuzählen, die sie an ihrem alten Leben mit ihm vermisste. *Das hier* war auch einmal ihre gemeinsame Währung gewesen. Als es verschwunden war, war sie am Boden zerstört gewesen.

Aber nun war Leo hier, in seiner ganzen nackten Pracht. Und er wollte sie. Der Beweis war eindeutig und zugleich eine Folter für sie. Sie ließ ihren Körper an seinem Schaft entlanggleiten, bloß um zu testen, ob das eine gute Idee wäre.

Das Ergebnis war, dass sie beide stöhnten.

Leos Hüfte zuckte voller Vorfreude, als sie die Bewegung wiederholte. »Fuck«, murmelte er an ihrem Mund. »Du fühlst dich so verdammt gut an.«

Aber sie wusste, dass es sogar noch besser sein konnte. Und es war genau wie beim Fallschirmspringen – Zögern machte den Sprung nicht einfacher.

Georgia hob ihre Hüfte an, richtete Leos Schwanz aus und ließ sich dann auf ihn hinabsinken. In einer einzigen herrlichen Bewegung füllte er sie aus.

Er keuchte, zuckte einmal mit der Hüfte und streckte beide Arme zu den Seiten aus. »Heilige …«, keuchte er und warf den Kopf zurück. »Verdammt, halt mal eine Sekunde lang still.«

Aber sie hätte sich ohnehin nicht bewegen können. Während sie Leo mit ihren Knien umklammerte, verbarg sie ihr Gesicht an seinem Hals und hielt ihn ganz fest. Ihre Gefühle überwältigten sie. Tränen des Glücks stiegen ihr in die Augen. Wenn es möglich gewesen wäre, hätte sie diesen Augenblick für alle Ewigkeit festgehalten. Sie fühlte sich gerade so *lebendig*. Zusammen mit dem einzigen Menschen, den sie jemals gewollt hatte.

Leo stöhnte. Langsam schlang er die Arme erneut um ihren Rücken. »Puh. Okay. Mach weiter.« Kräftige Finger wanderten über ihre Wirbelsäule. »Sorry.« Er lachte leise und küsste sie aufs Ohr. »Mein letztes Mal ist schon eine Weile her.«

Du hast ja keine Ahnung. Georgia wandte den Kopf und presste die Lippen an seine Wange. Sie ließ Küsse auf sein Gesicht regnen und fuhr ihm mit den Fingern durch die dichten Haare. Als sie glaubte, sie sei bereit, richtete sie sich ein wenig auf und küsste ihn noch einmal. Sofort stöhnte er und bewegte die Hüfte unter ihr.

Georgia verstand den Hinweis. Sie stemmte die Ellbogen in die Matratze und begann, sich langsam zu bewegen.

»Oh, Gigi.« Er packte sie an der Hüfte und ermutigte sie. »Reite mich – oh, verdammt, ja.« Seine Stimme klang kratzig und verzweifelt, und der Klang war ihr schmerzlich vertraut. Er hob sein Becken, wieder und wieder, ihr entgegen, und mit seinen braunen Augen schien er sie zu verschlingen. Sein Blick war voller Liebe und noch etwas anderem. *Glück.* Es schien so hell, dass Georgia seine Hitze mit jeder ihrer Bewegungen spürte. Sie hörte es in jeder geflüsterten Ermutigung und in dem leisen Stöhnen, das er ausstieß, als sie das Tempo erhöhte.

So ein kleines Wort, »Glück«. Und so schwer zu erlangen.

Aber nicht in diesem Augenblick. Georgia holte tief Luft, ließ die Hüfte kreisen. Er legte ihr die Hände auf die Brüste und strich mit den Daumen über die empfindlichen Brustwarzen. »So verdammt gut«, keuchte er, und sie erschauerte. Er hatte im Bett schon immer geredet. Unglaublich sexy. »Jetzt küss mich!«

Georgia hätte alles getan, was diese Stimme von ihr verlangte. Sie beugte sich hinab und küsste ihn noch einmal. Das Zittern war verflogen, vertrieben von der süßen Spannung und Erregung. Ihr Gehirn schaltete sich ab, und sie ließ sich in den einfachen Rhythmus hineinfallen, den sie schon immer gemeinsam gehabt hatten. Das stetige Klopfen von Leos Herzen und seine starken Arme, die ihren Körper umschlungen hielten, waren alles, was sie im Augenblick wissen musste.

Die Zeit blieb stehen. Es gab keine Sorgen mehr. Es gab nur noch Lust und ihren schweren Atem, hin und wieder unterbrochen vom leisen Klackern, wenn ihre Zähne beim Küssen aneinanderstießen.

»Mmm«, stieß er hervor, und ihr gefiel, wie angestrengt seine Stimme klang. »Hab dich vermisst, Baby. So sehr.«

Das machte sie fertig – die Worte und seine andächtigen Hände und sechs Jahre aufgestauter sexueller Frustration. Georgia spürte, wie sich alle ihre Empfindungen auf einen Punkt konzentrierten. Sie holte noch einmal tief Luft, dann keuchte sie, stürzte über die Klippe, ließ sich auf ihn fallen und von der Lust hinwegschwemmen. Sie hörte, wie sie irgendetwas Unverständliches murmelte. Es war auch egal, was.

Leo zog sie an seine Brust, küsste sie und bewegte sich weiter hingebungsvoll unter ihr. Alle seine Muskeln unter ihr arbeiteten, während sie sich an ihm festklammerte. Dann, mit einem tiefen Seufzen, packte er ein letztes Mal ihre Hüfte und riss sie an sich. Er schauderte und stöhnte, und es war das Schönste, was sie je gehört hatte.

Danach war es still, abgesehen von ihrem abgehackten Atem. Mit seinen großen Händen strich er ihr ungeschickt die Haare aus dem verschwitzten Nacken, während er sie behutsam küsste.

Nach einer Weile legte Georgia die Wange auf seine Brust und lächelte. Vielleicht hatte sie ihr Leben gerade unendlich viel komplizierter gemacht. Aber jetzt war nicht der Augenblick, um darüber nachzudenken. Sie war viel zu sehr damit beschäftigt, glücklich zu sein.

Lange lag sie auf seiner Brust, während Leo mit ihren Haaren spielte. Keiner von ihnen sprach ein Wort, aber irgendwann lachte Leo leise.

»Was?«, fragte sie heiser.

»Mir ist jetzt erst eingefallen, mich zu fragen, ob du immer noch die Spirale hast, die du in der Highschool bekommen hast.«

Sie hob den Kopf und schaute ihm in die Augen, die so unfassbar attraktiv waren, dass sie beinahe die Frage vergaß. »Natürlich.« Sie legte den Kopf wieder auf seine Schulter. »Das würde ich dir nicht antun.«

Er schloss die Arme um ihren Rücken und seufzte. »Ich weiß … Und doch …« Der Satz erstarb.

»Was?«

»Ach. Das willst du gar nicht wissen.«

Sie hob wieder den Kopf. »Was?«

Er grinste sie träge an. »Den Gedanken, mit dir Babys zu machen, fand ich schon immer heiß.«

»Was? Himmel!« Also, das war ja mal eine verrückte Idee. »Sei still. Wir waren doch selber noch Babys.«

»Kann sein.« Sein Lächeln wurde breiter, aber er schaute zur Decke hinauf. »Aber trotzdem habe ich darüber nachgedacht. Die Idee gefällt mir immer noch.«

Ihr Herz taumelte. »Jetzt ist wirklich nicht der richtige Zeitpunkt für diese Diskussion.«

Leo drückte sie. »Ich wusste, dass du das sagen würdest.«

»Im Ernst. Wir können nicht einfach da weitermachen, wo wir aufgehört haben, und so tun, als hätte es die letzten sechs Jahre niemals gegeben.«

Er gab ihr einen liebevollen Klaps auf den Po. »Gerade ist mein Schwanz in dir. Mir kommt es so vor, als hätten wir genau da weitergemacht.«

Verdammt. Georgia verspürte ein glückliches Pochen zwischen den Beinen, was es schwierig machte, ihm zu widersprechen. Sie drückte ihren Körper ein paar Zentimeter hoch und trennte sie, und Leo stieß ein sexy Stöhnen aus, das ihr einen Schauer über den Rücken jagte.

Sie musste aus diesem Bett raus und ein wenig Abstand zwischen sich und Leo bringen. Aber er zog sie wieder auf seine Brust hinunter, und instinktiv schmiegte sie sich an ihn. Damals waren sie Meister im Kuscheln gewesen. Und wie bei allen Sportarten ging das Muskelgedächtnis nicht so schnell verloren. Ihre Körper wussten noch ganz genau, wie sie zusammenpassten, ihr Kopf unter seinem Kinn, und ihre Beine ineinander verschlungen.

Im Ernst. Wäre Kuscheln nach dem Sex ein Medaillensport, würden sie ganz oben auf dem Siegertreppchen stehen. Und warum fühlte sich das nicht seltsam an? *Das sollte es*, überlegte sie. *Ich liege nackt auf Leo Trevi*, versuchte sie sich selbst zu schockieren.

Nichts.

Komisch.

Aber selbst wenn Sex mit ihrem Highschool-Freund an und für sich nicht beängstigend war, wäre es ein Problem, wenn sie den Jet nach Dallas verpassten. Und die Morgendämmerung schimmerte bereits unter den Hotelvorhängen hindurch. »Wir müssen aufstehen«, sagte sie, immer noch völlig entspannt und auf Leo ausgestreckt.

»Mmh«, machte er und rührte sich nicht.

»Wir können nicht zusammen als Letzte und mit zerzausten Haaren in den Bus stolpern.«

Seine Brust bebte unter ihrem Ohr, als er lachte. »Wenn du das sagst.«

Sie klaubte die zersplitterten Überreste ihrer Entschlossenheit zusammen und drückte sich hoch. »Ich meine es ernst. Wir können im Moment kein Gerede gebrauchen. Wir dürfen nicht zulassen, dass alle über unseren One-Night-Stand tratschen.«

Leo streckte einen seiner langen, appetitlichen Arme aus und zog sie zurück auf seine spektakuläre Brust. »Scheiß drauf«, sagte er. »Du und ich, wir haben keine One-Night-Stands. Wir haben Für-immer-Night-Stands.«

Georgias Herz nahm eine Tangostunde, als er das sagte. Damals, als sie noch jung und frisch verliebt waren, hatten sie oft die Worte »für immer« benutzt. Und als es dann auseinandergegangen war, hatte es mehr wehgetan als alles andere. Sie drehte ihr Gesicht zur Seite, wandte sich von Leo und all seiner Strahlkraft ab. Es fiel ihr schwer, rational zu denken, wenn sie auf ihm lag.

Doch Leo fing bloß an, an ihrem Nacken zu knabbern. »Du kannst weglaufen, kleine Georgia, aber mir entkommst du nicht. Auch wenn du mir nachher im Flugzeug die kalte Schulter zeigst. Selbst wenn du dich von mir zurückziehst. Zwischen uns läuft was.«

Langsam setzte sie sich wieder auf und löste sich sanft von Leo. Aber die kühle Luft ließ sie erzittern, und sofort vermisste sie die Wärme seines Körpers.

Aaaah. *Entscheide dich, du Irre.*

»Ich muss noch mal duschen«, sagte sie. Und das stimmte eindeutig.

»Mmh«, knurrte Leo von der Matratze. »Warum denn nur?« Er setzte sich ebenfalls auf und zog sie in seine Arme. Er küsste ihren Hals, und sie erschauerte *überall*. Leo war schon wieder hart. Sie spürte, wie er sich an ihre Hüfte drückte. Das unartige Teenagermädchen in ihr überlegte zu ignorieren, wie spät es schon war.

Aber das würde für sie beide nicht gut ausgehen. »Lass mich aufstehen, Mann. Ich habe fünfundzwanzig Minuten, um wieder professionell auszusehen.«

»Mmh«, machte er zwischen Küssen auf ihren Hals. »Weißt du, ich finde diesen sexy Pressesprecherinnen-Look wirklich anziehend.«

»Leo«, tadelte sie, aber es war nur gespielt. Es war schon so lange her, dass sie für jemanden das Objekt der Begierde gewesen war. Es sorgte dafür, dass sie sich wieder jung fühlte.

»Dieser enge Rock, den du gestern Abend beim Spiel anhattest, der hat es mir schwer gemacht, mich zu konzentrieren.«

»Nächstes Mal trage ich etwas Schlabberiges. Wir müssen gewinnen.« Sie rutschte von seinem Schoß und schob sich Richtung Bettkante.

»Moment.« Seine langen Arme packten sie an der Hüfte. »Ich muss mich von den Mädels verabschieden.«

Georgias Herz zog sich zusammen, als Leo sich hinunterbeugte, um ihre linke Brustwarze zu necken. »Bis später«, sagte er, die Worte wurden von der Wölbung ihrer Brust gedämpft. Dann senkte er den Kopf erneut, um mit der anderen zu sprechen.

Es war absolut lächerlich. Und dennoch fingen Georgias Augen an zu brennen. Denn genau das hatte er auch früher getan, nachdem sie herumgemacht hatten. Jedes Mal, wenn es Zeit war, sich anzuziehen und Georgia rechtzeitig nach Hause zu bringen, sagte er ihren Brüsten Gute Nacht. Auch wenn es ihnen Spaß machte, war es ein *Witz*.

Allerdings jetzt nicht mehr. Jetzt war es eine weitere Erinnerung, die Georgia zeigte, wie viel Zeit vergangen war. War es immer noch allein ihr Ritual? Mit wie vielen Brüsten hatte Leo in den vergangenen sechs Jahren gesprochen?

Fang nicht damit an, ermahnte sie sich selbst.

Leo hob den Kopf und gab ihr einen ausgesprochen zärtlichen Kuss auf die Lippen.

Dann, mit einem Kloß im Hals, löste sie sich von ihm und verzog sich in ihr eigenes Zimmer, um zu duschen und sich anzuziehen.

»Morgen, Prinzessin!«, begrüßte ihr Vater sie in der Hotellobby mit einem Kuss auf die Wange.

»Hi, Daddy«, erwiderte sie gezwungen fröhlich. Sie war ein

Mädchen mit einem Geheimnis. Und obwohl es ein verdammt schönes Geheimnis war, verspürte sie leichte Schuldgefühle.

»Wie hast du geschlafen?«, fragte ihr Vater.

Schluck. »Sehr gut. Und du?«

»Na ja. Ich kann es nicht erwarten, am Freitag nach Hause zu kommen. Da draußen steht schon der Bus, wollen wir?«

Auf dem Weg zum Flughafen setzte sie sich neben ihren Vater in die erste Reihe des Busses. Und obwohl sie praktischerweise aus dem Fenster schaute, als Leo einstieg, konnte sie ihn spüren, als er an ihr vorbeiging. Im gleißenden Morgenlicht auf dem Hotelparkplatz konnte sie kaum glauben, wie verwegen sie gewesen war. Sie hatte ihn zu diesen morgendlichen Eskapaden angestiftet. Sie hatte ihn durch seine Kleidung berührt. Sie hatte seine Erektion gestreichelt, und er hatte gekeucht. Sie war diejenige gewesen, die über ihm gekniet hatte, und sich dann langsam auf seinen …

»Prinzessin?«

»Mmm?« Sie schüttelte die Erinnerung ab. »Was?«

»Ich habe dich gefragt, ob es dir gut geht. Du bist ein bisschen rot im Gesicht.«

»Es ist … ziemlich warm hier drin.«

Eine V-förmige Sorgenfalte erschien auf seiner Stirn. »Im Gegenteil, es ist eiskalt in diesem Bus. Hugh hat sich gerade beim Fahrer darüber beschwert.«

»Weißt du, mein Pullover ist wirklich warm«, plapperte sie. »Der ist aus Kaschmir.«

Er sah sie seltsam an. »Gut zu wissen, Prinzessin«, sagte er und holte sein Katt-Phone heraus.

Georgia tat das Gleiche und wurde von einer Nachricht von Becca begrüßt. *Dreimal darfst du raten, wo ich bin.*

Georgia war viel zu abgelenkt für solche Spielchen. *Ich gebe auf.*

Spielverderberin! Dann verrate ich es dir eben gar nicht.

Schön, auch gut, antwortete Georgia.

»Georgia?«

»Ja?«

»Warum guckst du so skeptisch?«

»Ähm, ich schreibe bloß mit Rebecca, warum?«, sagte sie und blickte zu ihrem Vater auf.

Er musterte sie mit zusammengekniffenen Augen. »Du benimmst dich heute ein bisschen seltsam.«

»Wie meinst du das?« Stimmte das? In ihrer Jugend war Georgia eine geschickte Lügnerin gewesen, aber vermutlich waren ihre Fähigkeiten ein wenig eingerostet.

»Alles in Ordnung?«, fragte ihr Vater.

»Alles super.«

»Ist es schwer für dich?«

»Was?«

Ihr Vater blickte sich um, auf seinem Gesicht erschien der finstere Blick, den er allein für Leo reserviert hatte. »Mit *ihm* zu reisen.«

Nicht rot werden!, rief sie sich in Erinnerung. »Ihm geht's gut.« *Verdammt.* »Ich meine, es ist schon gut. Mir geht's gut.« *Uns allen geht's gut.* Sie musste unbedingt aufhören zu reden.

Er nagte an seiner Lippe. »Sag mir Bescheid, falls er dich auf irgendeine Weise belästigen sollte.«

»Ähm, okay.« Es fühlte sich an wie Verrat, dass sie Leo nicht verteidigte. Ihr Vater war derjenige, der sich irrational verhielt. Aber das, was zwischen ihr und Leo vorgefallen war, würde ihrem Vater nicht gefallen, und Georgia war sich nicht sicher genug, was es zu bedeuten hatte, um irgendjemandem davon zu erzählen. Also saß sie einfach schweigend da, bis ihr Vater schließlich aufgab und sich wieder seinem Katt-Phone zuwandte.

Als Georgia eine halbe Stunde später in den Jet stieg, war Beccas Gesicht das Erste, was sie sah. Ihre Mitbewohnerin winkte ihr begeistert zu. »Setz dich zu mir! Ich hab dich vermisst.«

»Aber sicher.« Während Georgia ihre Tasche im Gepäckfach verstaute, wanderte ihr Blick in den hinteren Bereich des Flugzeugs, wo die Tür zum Konferenzraum bereits geschlossen war. Aber wenn Becca hier war, dann bedeutete das, dass Nate sich unterwegs zum nächsten Spiel mit dem Trainerteam und dem Geschäftsführer zusammensetzte. War das ungewöhnlich? Immerhin hatten sie gestern Abend gewonnen. Das hätte den Boss doch beruhigen sollen, oder? Sie setzte sich neben Becca. »Alles in Ordnung?«, fragte sie leise. Wenn Nate mit der Arbeit ihres Vaters unzufrieden wäre, würde er dann lange fackeln?

Becca zuckte mit den Schultern. »Ich habe keine Ahnung, was der Boss vorhat. Er hat mich gestern Abend angerufen und gesagt, ich solle eine Tasche packen. Und jetzt bin ich hier. Vielleicht will er auch einfach mal den neuen Coach live erleben. Es hat vielleicht überhaupt nichts zu bedeuten«, sagte sie, als hätte sie Georgias Gedanken gelesen.

Georgia wollte ihr glauben. »Okay. Und was gibt es bei dir Neues?«

»Die Mango ist weg. Und in unserer Küche finden keine weiteren Experimente statt.«

»Juhuuu!« Georgia klatschte in die Hände.

Becca blinzelte. »Das ist ein bisschen viel Begeisterung für einen sauberen Kühlschrank. Du siehst heute schrecklich fröhlich aus.«

»Ich habe keine Ahnung, wovon du sprichst«, beteuerte Georgia. Aber Hitze kroch ihr den Nacken hinauf. Ihrer Mitbewohnerin fielen fast die Augen aus dem Kopf. »Du meine Güte. Georgia Worthington ist flachgelegt worden!«

Georgia hielt Becca mit einer Hand den Mund zu. »Hör auf. Ich meine es ernst. Du bringst mich in Riesenschwierigkeiten.« Als Gegenschlag streckte Becca die Zunge raus und machte Georgias Hand nass. »Ihhh!« Georgia ließ von Beccas Mund ab und wischte sich die Hand an Beccas wollenem Bruisers-Fanschal ab.

»Ladys«, sagte da eine tiefe Stimme. »Gibt es hier ein Problem?«

Georgia blickte auf und sah Leos schönes Gesicht vor sich. Der Blick, den er ihr zuwarf, konnte nur als »sengend« beschrieben werden.

»*Verdammt*«, hauchte Becca.

»Alles in Ordnung«, stammelte Georgia hastig. Mit einer raschen Bewegung forderte sie ihn zum Weitergehen auf. *Zisch ab.*

Er zwinkerte, dann verschwand er den Mittelgang entlang.

Becca schnappte sich das Bordmagazin aus der Sitztasche und fächelte sich damit Luft zu. »Die Hitze, die ihr beiden ausstrahlt, ist gefährlich. Ich schaue mich besser schon mal um, wo hier der Feuerlöscher aufbewahrt wird. Du weißt schon, Safety first.«

Georgia riss ihr die Zeitschrift aus den Händen und stopfte sie zurück in die Tasche. Becca lachte.

19

Leo: Habe ich was Falsches gesagt?

Georgia:?

Leo: Deine Freundin Becca hat mich mit Silas in ein Zimmer gesteckt. Und O'Doul ist im Zimmer nebenan. Er will nicht mit mir kuscheln.:(

Georgia: Hast du höflich gefragt?

Leo: Ja. Deshalb habe ich jetzt ein blaues Auge.

Georgia: Haha. Du teilst dir das Zimmer mit Silas, weil Nate beschlossen hat, mit nach Texas zu kommen, und das Hotel ist ausgebucht.

Leo: Also dann bei dir?:)

Georgia: Nein.

Leo: Ich muss aber mit den Mädels sprechen. Ich habe vergessen, ihnen etwas zu sagen.

Georgia: Du kannst mit ihnen skypen.

Leo: Ehrlich?

Georgia: Nein!

Leo: Welche Zimmernummer hast du?

Georgia: Dieselbe wie Becca. Siehe obige Erklärung zum ausgebuchten Hotel.

Leo: Fuck.

Georgia: Wohl eher nicht.

Leo: Ich muss dich küssen. Heute.

Georgia: Ist das wieder so ein Aberglaube-Ding? Wie dein Glücks-Suspensorium auf der Highschool?

Leo: Quatsch. Ich muss dich küssen. Überall. Bald. Bevor du dir tausend Gründe ausdenkst, warum das nicht geht.

Georgia: Zu spät.

Leo: Sehr witzig. Wir sprechen später darüber. Du fehlst mir.

Georgia: Was ist eigentlich mit deinem Glücks-Suspensorium passiert? Bitte sag mir, dass du das Teil irgendwann gewaschen hast.

Leo: Nein! Aber ich trage es nicht mehr.

Georgia: Zum Glück.

Leo: Es ist in einem Plastikbeutel ganz unten in meiner Sporttasche. Es lag nur drei Meter neben dem Bett, in dem wir …

Georgia: Igitt!

Leo: :)

20

Donnerstag, 11. Februar
18 Tage vor dem Ende der NHL-Transferperiode
Dallas, Texas

Schlagzeile des Tages:
Sieben Siege gegen Brooklyn – Schafft Dallas auch den achten?
– The Dallas Tribune

Leo erwischte sich dabei, wie er nach dem morgendlichen Training in der Dusche vor sich hin summte. Zur Abwechslung war mal alles richtig gelaufen. Er wusste nicht, ob er seine Laune dem Tor oder der perfekten Wiedervereinigung mit Georgia gestern Morgen zu verdanken hatte. Vielleicht beiden. Aber was auch der Grund war, er hatte es beim Training gestern und heute Morgen richtig gerockt. Selbst bei der Drei-gegen-zwei-Übung am Ende war er an O'Doul vorbeigerast und hatte ihm den Puck abgeluchst.

Nach dem Training war er noch ein paar Minuten geblieben, weil der Assistenztrainer mit ihm über die Abwehrtaktik von Dallas reden wollte. Leo ging als Letzter vom Eis und meinte sogar, eine gewisse widerwillige Anerkennung in Coach Worthingtons Blick zu bemerken.

Endlich. Eine winzige Veränderung.

Er drehte das Wasser ab und griff nach dem Handtuch, das er vor der Kabine aufgehängt hatte. Aber seine Hand traf nur auf einen leeren Haken und kühle Luft. Deshalb steckte Leo den Kopf hinter dem verblassten Duschvorhang hervor und kontrollierte die Haken an beiden Seiten der Kabine. Beide waren leer.

Mist.

Er stieg trotzdem aus der Dusche, triefnass und mit nichts bekleidet als seinen Badelatschen. Jemand hatte beschlossen, ihm einen Dummejungenstreich zu spielen. Auch der Stapel sauberer Handtücher, den er vor zehn Minuten auf der Ablage gesehen hatte, war verschwunden.

Egal.

Leo ging in die Umkleide, wo einige der Jungs kicherten. Als er an O'Doul vorbeikam, schüttelte er sich wie ein Hund, und Wassertropfen spritzten in alle Richtungen.

Das Gekicher verwandelte sich in Gelächter, nur O'Doul fluchte. »Das war ich nicht, Arschloch. Castro steht auf diesen Scheiß.«

»Gut zu wissen.« Er ging zu seinem Spind und suchte nach etwas – irgendetwas –, um sich abzutrocknen. Das T-Shirt von gestern? Gut genug. Er wischte sich die Wassertropfen von Brust und Hals.

»Hey, Nacktarsch.« O'Doul stand neben ihm und sah ihn fragend an.

»Ja?« Er kramte seine Unterwäsche aus seiner Tasche hervor.

»Gewinnen wir heute Abend?«

Leo lachte leise. »Das ist der Plan, oder?« Obwohl Dallas ein harter Gegner und die Statistik der Bruisers gegen sie nicht die beste war.

»Klar. Aber sie haben einen Verteidiger im Team, der mich auf dem Kieker hat. Einer ihrer Spieler wurde letzte Saison bei einem Spiel gegen uns verletzt. Karriere beendet. Erinnerst du dich an Burkowski?«

»Ja. Gebrochener Oberschenkelknochen?«

»Genau der. Es war nichts Regelwidriges, aber sie schieben uns immer noch die Schuld zu. Und dann habe ich in der Vorsaison diesen anderen Arsch in einem Kampf bloßgestellt. Er will eine Revanche. Du bist der Neuzugang, vielleicht greift er dich an, um mich aus der Reserve zu locken.«

Na toll. Leo war nicht gerade für seine Kämpfe bekannt. Im Gegensatz zu vielen anderen NHL-Spielern hatte er die Junior-League zugunsten von College-Eishockey übersprungen, wo Schlägereien gegen die Regeln waren. »Willst du, dass ich ihm eine reinhaue?«

»Scheiße, nein. Du sollst nur den Puck im Netz versenken, Collegeboy. Ich decke dich. Pass einfach auf.«

»Alles klar. Danke.«

Leo zog sich an und fragte sich, ob O'Doul doch endlich beschlossen hatte, ihn wie ein echtes Teammitglied zu behandeln.

Als den Schiedsrichtern vor dem Spiel am Abend die Spielerliste übergeben wurde, erwartete Leo fast, dass sein Name nicht darauf stand. Trotz seines guten Auftritts in Arizona traute er es dem Coach zu, ihm eine Lektion in Sachen Demut zu erteilen.

Aber offensichtlich nicht. Denn sein Name stand auf der Liste. Und er war bereit.

Die Stimmung in der Umkleide war ein bisschen albern. Während des Aufwärmfußballs versteckte Castro die Suspensorien einiger Spieler. Nachdem alle ihren Schutz wiedergefunden hatten, jagten sie Castro durch die Umkleide und verhauten ihn damit. Aber O'Doul beteiligte sich heute nicht an den Späßen vor dem Spiel. Stattdessen saß der Kapitän mit gesenktem Kopf in der Ecke und murmelte immer wieder vor sich hin.

Leo stieß Silas an. »Geht's ihm gut?«

Silas zuckte mit den Schultern. »Denke schon. So macht er sich vor einem harten Spiel heiß. Wenn wir erst mal anfangen, wird das schon wieder.«

Obwohl das Team wegen des Gegners angespannt war, war Leo beschwingt. Sein Handy platzte vor lauter guten Wünschen von Familie und Freunden. Das war es, meine Damen und Herren. Das höchste Spielerlevel, das man im Profi-Eishockey erreichen konnte.

Sie kamen für eine Last-minute-Ansprache mit Coach Karl zusammen, der noch grantiger wirkte als sonst. »Das könnte heute richtig fies werden. Lasst die Schiedsrichter ihren Job machen und verliert nicht die Nerven, Jungs. Rache bringt uns nicht in die Play-offs, kapiert?«

Es gab gemurmelte Zustimmung, dann öffnete sich die Tür zum Spielertunnel, und es ging los.

Wie vorhergesagt, wurde das Spiel schnell unfair. Jede Menge Beinstellen und Stockschlagen in den Ecken. Leo spielte dreckiger, als es ihm gefiel. Und bevor das erste Drittel um war, bekam er zwei Minuten wegen Beinstellen.

In der Pause machte der Coach ein paar passende Bemerkungen dazu. »Wenn du schon zurückschlägst, Rookie, dann wenigstens nicht so offensichtlich. Selbst meine Tante Sally hätte dir deshalb eine Strafe verpasst.«

Leo lachte auf. »Ich habe Tante Sally kennengelernt, und sie ist verdammt schlau.«

Worthington knurrte nur.

Leos Sinn für Humor bekam jedoch schon früh im Mitteldrittel einen Kratzer. Beim Bully stand er vor einem gegnerischen Außen, der ihn mit schiefen Zähnen anknurrte. »Dein Gesicht wird nach diesem Abend nicht mehr so hübsch sein, Kleiner. Du Rookie wirst von meinem Enforcer in den Arsch gefickt«, drohte er.

»Redest du so auch mit deiner Mutter?«, blaffte Leo, ohne die Hände des Schiedsrichters aus den Augen zu lassen. Sekunden später flog der Puck aus dem Kreis heraus in seine Richtung. Leo holte ihn mit seinem Schläger aus der Luft und flankte ihn in einer fließenden Bewegung zu seinen eigenen Verteidigern zurück.

»Schwanzlutscher«, knurrte der andere Außen und schlug Leo das Ende seines Schlägers auf den Knöchel.

Scheiße. Ein stechender Schmerz kroch sein Bein hinauf. Und weil das Geschehen sich schon ans andere Ende der Eisfläche verlagert hatte, bemerkte der Schiedsrichter den unerlaubten Schlag nicht. Leo glitt los. Es war ja nur Schmerz.

Aber sie waren noch nicht mit ihm fertig. Der Blödmann-Außen versetzte Leo bei jeder Gelegenheit einen Seitenhieb. Das war nervig, aber nichts, mit dem er nicht umgehen konnte – dachte er zumindest. Dem Kerl aus dem Weg zu gehen, erwies sich jedoch als gefährlich ablenkend.

Leo sah den heftigen Schlag nicht kommen.

In einem Augenblick kratzte er den Puck von der Bande, suchte nach einer Passmöglichkeit und wich dem Außen schwungvoll aus. Im nächsten Moment krachte er gegen das Plexiglas – mit dem Helm voran. Während er durch die Wucht des Aufpralls beinahe in der Luft zu stehen schien, traf sein Blick für einen seltsam eingefrorenen Augenblick den eines Mädchens in der ersten Reihe. Dann brach er auf dem Eis zusammen.

Die Luft wurde seltsam kalt und *laut*. Er brauchte einen Moment, bis er kapierte, dass er seinen Helm verloren hatte. Wie gelähmt blieb er auf dem Eis liegen. Er öffnete den Mund, um Luft zu holen, aber es funktionierte nicht richtig.

Scheiße.

Der Krach im Stadion drang auf ihn ein, und der fehlende Sauerstoff in seiner Lunge machte ihm Angst. Aber gerade als Panik in ihm aufsteigen wollte, hörte er eine wohlbekannte Stimme in seinem Kopf. *Gib ihm noch eine Sekunde, mein Sohn.* Das hatte sein pensionierter College-Trainer immer gesagt, wenn er oder jemand anders so hart geschlagen wurde, dass ihm die Luft wegblieb. Also wartete er darauf, dass dieser schreckliche Augenblick, in dem seine Lunge den Dienst versagte, vorüberging. O'Doul war irgendwo in der Nähe und beschwor einen Sturm herauf. »Unerlaubter Schlag auf den *Kopf, verdammt!*«

Leos Überlebensinstinkte meldeten sich. Obwohl er noch nicht richtig einatmen konnte, rappelte er sich auf, stemmte eine Kufe ins Eis und kämpfte sich auf die Füße. Nur ein Schwächling blieb mit allen vieren von sich gestreckt auf dem Eis liegen. Und es ging ihm gut. Er hatte noch nicht einmal das Bewusstsein verloren.

Wieder auf den Beinen, konnte er endlich wieder atmen. Die Bank erschien in seinem Blickfeld, und Leo sah den Physio die Tür öffnen, im Begriff, über das Eis zu kommen und zu checken, ob es Leo gut ging.

Das würde nicht notwendig sein, beschloss Leo. Er stieß sich in Richtung Bank ab und stellte fest, dass seine Beine normal funktionierten. Der Physio blieb, wo er war, und hielt ihm die Tür auf. Auf dem zehnsekündigen Weg konnte er auch das Stadion wieder scharf sehen. Der Coach beugte sich über die Bande und bedachte den Schiedsrichter mit einer Schimpftirade. »Schwachsinn! Große Strafe. Wenn nicht sogar Spieldauer-Disziplinarstrafe.«

Auch O'Doul war jetzt am Ort des Geschehens, die behandschuhten Hände zu Fäusten geballt, und schrie den Linienrichter an.

Als Leo über die Schwelle trat, sagte der Schiedsrichter beiden, sie sollten sich verdammt noch mal beruhigen. Der Physio drückte Leo auf die Bank und stellte ihm Fragen.

Leo schaltete ab und konzentrierte sich aufs Atmen, während er darauf wartete, dass sich der Nebel weit genug lichtete, damit er herausfinden konnte, wo genau es wehtat.

»Ist dir schwindelig?«, fragte der Physio.

»Äh …« *Reiß dich zusammen, Trevi.* »Ich habe nur kurz keine Luft mehr bekommen. Mir geht's gleich wieder gut.«

»War es der Kopf oder die Brust? Wo hat er dich getroffen?«

»Die Schulter hat ziemlich was abbekommen. Aber ich glaube, sie ist nicht verletzt.« Leo hob den Ellbogen und ließ das Gelenk vorsichtig kreisen.

Der Physio packte Leo am Oberarm und grub die Finger zwischen die Pads. »Tut das weh?«, fragte er. »Heb dein Kinn.«

Als er tat wie geheißen, drückte ihm der Physio aufs Schlüsselbein und beobachtete seine Reaktion. »Ich bin fit«, sagte Leo. »Fühlt sich wie ein fieser Bluterguss an, das ist alles.« *Hoffe ich.*

»Dehn dich eine Minute«, riet ihm der Physio. »Prüf mal deinen Bewegungsradius.«

»Alles klar.« Leo holte noch ein paarmal tief Luft.

»Castro. Bayer. Crikey«, bellte Coach Karl. »Ihr seid die Nächsten.«

Kurz darauf schwangen sich seine Mitspieler über die Bande. Karl hatte die Reihen ausgewechselt. Zunächst war Leo dankbar für die Atempause. Der Physio kam wieder zu ihm und befragte ihn zu seinem Kopf und seiner Brust. »Ist dir noch schwindelig? Kannst du normal sehen?«

»Ja«, versicherte Leo. »Mein Kopf ist in Ordnung.«

Genau in diesem Moment brachte ihm jemand seinen

Helm. Da er ihn auf dem Eis vergessen hatte, bekam sein Einwand, es gehe ihm gut, einen Kratzer. »Danke«, murmelte er und schnappte sich das Teil.

Der Spieler, der ihn niedergestreckt hatte, hatte nur eine Zwei-Minuten-Strafe bekommen, was bedeutete, dass Coach Karl immer noch fluchte. Leo wandte seine Aufmerksamkeit wieder dem Spiel zu, wo Bayer und Castro den Puck in der Angriffszone hin und her passten und versuchten, Gewinn aus der Überzahlsituation zu schlagen. Und Leo konnte *wirklich* normal sehen – gut genug, um zu beobachten, wie der Puck plötzlich am Knie des Torhüters vorbei ins Netz flog.

»JA!«, schrie er und stand auf, um die Torlampe zu sehen. Da sein Team in Überzahl ein Tor erzielt hatte, hatte er den brutalen Treffer wenigstens nicht umsonst einstecken müssen. Das Spiel war jetzt richtig aufgeheizt. Sie brauchten nur noch ein Tor vor der Schlusssirene. »Wir können das schaffen«, sagte er und löste den Helmverschluss, um den Helm wieder aufzusetzen.

Aber der Coach wechselte eine Reihe ein, zu der Leo nicht gehörte. »Ich kann spielen«, rief er ihm zu. »Schick mich raus.« Obwohl nur noch sechs Minuten zu spielen waren, konnte der Coach die Reihen nicht ständig verändern, damit Leo auf der Bank blieb. Das war lächerlich.

Der Coach bahnte sich seinen Weg die Bank hinunter zu Leo. Er krallte sich Leos Trikot und riss es hoch, dann legte er Leo die Hand auf die Rippen und drückte zu.

»Scheiße!« Leo fluchte, bevor er es sich anders überlegen konnte. Er flog quasi nach hinten, um Karls Krallen zu entkommen. Der Typ hatte ihn genau da erwischt, wo er getroffen worden war.

»Ja, das hab ich mir gedacht«, fauchte der Coach.

»Mir geht's gut«, behauptete Leo.

»Bleib auf der Scheißbank sitzen, wenn ich es dir sage, Rookie.«

Meine Güte. Erst hatte der Coach ihn ignoriert, und jetzt behandelte er ihn wie ein Kind. Verdammter Karl. Leo zweifelte langsam daran, dass er jemals die Anerkennung dieses Mannes gewinnen würde.

21

Die zehn Sekunden, die Leo auf dem Eis lag, waren die längsten in Georgias Leben.

Steh auf, steh auf, flehte sie innerlich, als der Schiedsrichter pfiff und die Teamkameraden sich um ihn scharten. Der Schlag, den er abbekommen hatte, war unfassbar heftig gewesen und viel zu weit oben ausgeführt, um regelkonform zu sein. Der Schiedsrichter stoppte das Spiel. Hohe Treffer waren so schrecklich gefährlich. Es hatte schon Spieler gegeben, die nach deutlich harmloseren Schlägen gelähmt gewesen waren.

Als Leo taumelnd auf die Beine kam, atmete sie erleichtert aus.

»Es geht ihm gut«, flüsterte Becca, die ihre Gedanken gelesen hatte. Nicht dass das heute Abend schwer gewesen wäre. Von der ersten Minute an hatte Georgia die Augen nicht von einem gewissen Spieler abgewandt.

Aber auf dem Weg zur Bank wirkte Leo angeschlagen. Die Linienrichter auf dem Eis behielten den Anspielkreis fest im Auge, vermutlich, weil O'Doul so aussah, als würde er jeden Moment ausbrechen wie ein Vulkan. Ihr Vater hatte ebenfalls quasi Schaum vorm Mund. Er mochte Leo vielleicht nicht, aber er würde es niemals kampflos hinnehmen, dass sich jemand gegenüber einem seiner Spieler so unfair verhielt.

Georgia wandte sich abwechselnd dem Geschehen auf dem Eis und dem Physiotherapeuten zu, der Leo anstupste. Erst als der ihn in Ruhe ließ, entspannte sie sich ein wenig.

Zum Glück hatte das Foul dem Brooklyner Team Feuer unterm Arsch gemacht, und nach Ablauf von einer Minute konnten sie aus ihrem Powerplay Kapital schlagen. Bayer feuerte direkt am gegnerischen Torwart vorbei und sorgte für den Ausgleich. Das hätte die Stimmung auf dem Eis verbessern müssen.

Doch bei der nächsten Spielunterbrechung, als der bestrafte Spieler von der Bank zurückkehrte, zog O'Doul seine Handschuhe aus. Auch der andere Kerl schleuderte seine Handschuhe weg, und O'Doul packte ihn am Trikot und holte aus.

Bei dem Schlag zuckte Georgia zusammen. Die Prügeleien beim Eishockey mochte sie nicht sonderlich. Als sie jünger gewesen war, hatten sie sie nicht gestört. Aber nun, da sie direkt nach jedem Spiel die verletzten Spieler sah, hatte sie ihre Meinung geändert. Prügeln *tat weh*. Als O'Doul also loslegte, wollte sie nicht zusehen.

»Gott sei Dank ist Leo kein Schläger«, murmelte sie. »Das würde ich nicht aushalten.«

»Ja«, bestätigte Becca. »Wie solltet ihr das später euren Kindern erklären? Daddy haut die anderen Jungs bei der Arbeit, aber im Kindergarten müsst ihr immer schön lieb sein.«

»Sehr witzig«, schnaubte Georgia.

»Ach ja? Sag mir einfach Bescheid, ob ich mir im Schlussverkauf noch ein Kleid für eure Hochzeit kaufen soll.«

»Pssst. Hör auf, mich ständig verheiraten zu wollen«, zischte Georgia. »Wir haben eine Nacht miteinander verbracht. Das muss überhaupt nichts bedeuten.«

»Himmel! Ich frage mich, wie laut ich ›Bullshit‹ rufen kann?«

»Offensichtlich ziemlich laut.« Georgia warf einen Blick über ihre Schulter, um sicherzugehen, dass niemand zuhörte.

»Gab es in den letzten zwei Wochen mal fünfzehn Minuten am Stück, in denen du nicht an ihn gedacht hast?«

»Klar gab's die.« *Wenn ich geschlafen habe.*

Becca schnaubte. »Das wird eine Narbe geben«, sagte sie und deutete hinunter auf das Geschehen auf dem Eis. »Doulie hat diesen Kerl gerade niedergestreckt. Igitt, da ist Blut auf dem Eis.«

Georgia wollte nicht hinsehen. Stattdessen beobachtete sie Leo. Saß er irgendwie komisch? Mehrmals hob er seine behandschuhte Hand an die Brust und schien sie zu untersuchen. Jedes Mal, wenn er das tat, verging Georgia vor Sorge um ihn. Hatte er Schmerzen? Gebrochene Rippen?

Eine Herzattacke?

Oh je.

Sie schaute den Rest des Spiels mit Furcht im Magen. Auch ihr Vater warf Leo immer wieder einen Blick zu. Normalerweise wandte er seine Augen nicht so oft vom Spielfeld ab. Also *musste* Leo verletzt sein. Allerdings wirkte Leo eher sauer, weil er auf der Bank sitzen musste. Und irgendwann standen sie sich Nase an Nase gegenüber und brüllten sich mit roten Gesichtern an.

Leo durfte erst zwei Minuten vor Spielende wieder aufs Eis. Georgia beobachtete jede seiner Bewegungen, suchte nach Unsicherheiten. Doch wenn ein Weltklasse-Eishockeyspieler nur neunzig Prozent gab, anstatt seine volle Kraft auszuschöpfen, dann war es selbst für jemanden, der sich so gut auskannte wie Georgia, schwer, den Unterschied zu erkennen. Er skatete mit so kraftvollen, fließenden Bewegungen wie immer. Sie hätte ihm den ganzen Abend lang zusehen können.

Ich liebe ihn immer noch.

Herrje. Das war ja mal ein unpassender Gedanke.

Nach der regulären Spielzeit stand es immer noch 1:1. Es gab fünf Minuten Verlängerung, und das Eis wurde aufbereitet. Widerwillig machte sich Georgia auf den Weg nach unten, um sich auf die Pressekonferenz nach dem Spiel vorzubereiten.

Aber zumindest gab es einen Fernseher in der Lounge der Gastmannschaft, also standen Roger und sie da und schauten zu. In den ersten Minuten der Verlängerung passierte erst einmal nichts. Aber dann versuchte derjenige, der Leo niedergestreckt hatte, vor der Bank der Bruisers den Puck aus einem Gewirr aus Schlittschuhen und Schlägern freizubekommen. Und auf einmal riss Silas, der auf seinem üblichen Platz auf der Bank saß, die Tür auf.

Sein Gegner ging schnell und hart zu Boden, stürzte halb in den Bankbereich der Bruisers, die Beine noch immer auf der Eisfläche.

»Alter«, hauchte Roger.

Georgia rückte so nah an den Bildschirm heran, dass sie ihn fast mit der Nase berührte. *Fasst ihn nicht an*, betete sie.

Die Emotionen kochten dort unten hoch, und sie wollte sich gar nicht vorstellen, was für eine Massenschlägerei ausbrechen würde, wenn sich die Bruisers von der Bank auf diesen Kerl stürzten.

Die nächsten zwei oder drei Sekunden kamen ihr vor wie eine Ewigkeit. Georgia hielt den Atem an, während der Spieler sich zurück aufs Eis schob und wieder auf die Füße sprang.

In der Zwischenzeit hatte sich O'Doul den Puck geschnappt und war damit in die Angriffszone vorgedrungen, wo er im Alleingang ein Tor schoss.

Georgia starrte einige Minuten lang den Bildschirm an und versuchte zu verstehen, was gerade passiert war. Dann griff sie nach ihrem Katt-Phone und fragte: »Nate, ist der Trick mit der Bandentür gegen die NHL-Regeln?«

Ihr Telefon fand nicht viele Erwähnungen der Bandentür im NHL-Regelwerk. Sie erfuhr, dass die Bänke beider Teams die gleiche Länge haben mussten und die Banden auf jeder Seite gleich viele Türen erforderten – zwei für jede Mannschaft. Es stand nichts dazu, ob man die Tür aufreißen durfte, um den Gegner zu Fall zu bringen.

Verrückt.

Unabhängig vom Regelwerk hatte Georgia nun ein PR-Desaster zu managen. Sie wusste nicht, ob sie Silas vor sämtliche Reporter im Stadion treten lassen oder ob sie ihn verstecken und den Vorfall herunterspielen sollte.

Sie hatte neunzig Sekunden, um sich zu entscheiden.

Georgia rannte in die leere Umkleide und auf der anderen Seite wieder heraus. Die ersten Spieler stampften sich gerade das Eis von den Schlittschuhen und kamen die Gummimatten entlang. Glücklicherweise kam Silas als einer der Ersten vom Eis. Sie packte ihn am Arm und zog ihn in die Umkleide. »Gute Arbeit da draußen. Aber ich möchte wirklich nicht, dass du damit vor den Kameras prahlst.«

Silas grinste. »Habe mir schon gedacht, dass du das sagen würdest. Ich werde einfach sagen, dass es blödes Timing war, dass ich genau in dem Moment die Tür geöffnet habe. Ich hätte nicht damit gerechnet, dass der Typ uns vor die Füße fallen würde.«

»Perfekt«, sagte Georgia. »Auf dem Gang darfst du das sagen. Aber ich werde dich nicht in die Pressekonferenz lassen, denn dann sähe es viel zu offiziell für einen Unfall aus.«

»Okay, Boss.« Silas zog sich die Handschuhe aus und warf sie in Richtung seines Spinds. »Machen wir das.«

Auf dem Flur sprang ein lokaler Sportreporter vor, und Silas erzählte seine Geschichte vom schlechten Timing.

»Ist das Ihr Ernst?«, fragte der Reporter gedehnt.

»Aber sicher«, sagte Silas und zog die Worte absichtlich in die Länge, um sich dem Südstaatenakzent des anderen anzupassen. »Ich glaube, es war genauso schlechtes Timing wie bei Ihrem Spieler, als er meinem Teamkameraden eins auf den Kopf gegeben hat.«

Georgia biss sich auf die Lippe, um nicht loszulachen, dann schickte sie Silas zurück in die Umkleide.

Natürlich wussten seine Teamkameraden es besser. Ihren Jubel hörte man sogar noch durch die Tür zur Umkleide. »Silas ist der Größte«, rief jemand. »Der Trick des Jahres«, jemand anders.

Der Korridor war voll mit Journalisten, die auf Interviews mit dem Siegerteam hofften. Als Georgia den Kopf zur Umkleide hineinsteckte und nach O'Doul fragte, erklärte ihr der Geschäftsführer, O'Doul werde heute keine Fragen beantworten.

»Er ist völlig platt, nimm jemand anderen«, sagte Hugh.

Das machte ihre Aufgabe ein wenig schwieriger. Aber wenn der Kapitän beschlossen hatte, dass er nicht in der Stimmung für höfliche Gespräche war, dann war daran nicht zu rütteln. Sie lockte Bayer aus der Umkleide, damit er etwas über sein Tor sagen konnte. Er erlaubte sich eine kleine Spitze in Richtung des anderen Teams, sagte etwas von »altem Groll, den manche Spieler nicht hinter sich lassen konnten«, aber insgesamt war es nicht allzu schlecht. Der heutige Abend würde kein völliges PR-Desaster werden.

Im Grunde zählte das schon als Sieg.

Jedoch verging eine ziemlich lange Zeit, ohne dass Leo sich blicken ließ. Georgia machte sich Sorgen um ihn. Immer wieder schaute sie auf ihr Handy, aber es kamen keine Nachrichten von ihm. Sie hätte natürlich in die Umkleide gehen und nach ihm fragen können, aber falls tatsächlich irgendetwas nicht in Ordnung war, dann wäre ihr Vater auch da.

Tja, Pest oder Cholera.

Georgia sammelte ihre Sachen zusammen und machte sich auf den Weg zum Bus zurück ins Hotel.

22

Nach dem Spiel wurde Leo vom Arzt und vom Physio gründlich durchgecheckt. Sie führten eine Reihe von Tests auf Gehirnerschütterung durch, leuchteten ihm in die Augen und stellten ihm dumme Fragen.

»Welcher Tag ist heute?«

»Spieltag!«, antwortete er fröhlich.

»Mr Trevi …«

»Donnerstag, da bin ich mir ziemlich sicher. Aber auf Reisen vergesse ich das manchmal. Ihr solltet mich fragen, wer Präsident ist oder so. Und mir geht es gut. Wirklich.«

So ging es noch einige Zeit weiter, und dann untersuchten sie seine Schulter und seine Rippen, die zugegebenermaßen ziemlich empfindlich waren. Aber er war es gewohnt, sich nach dem Spiel wie nach einer Prügelei zu fühlen. »Ich nehme ein Eisbad«, schlug er vor. Um sie loszuwerden, würde er ihnen alles anbieten. Der Arzt und der Physio machten sich außerdem Sorgen, dass seine Rippen gebrochen sein könnten, aber Leo wusste aus Erfahrung, dass es einen Tag dauerte, bis er wusste, ob er den Schmerz als Muskelkater abschreiben konnte oder nicht.

»In Ordnung«, stimmte der Physio schließlich zu. »Dann schauen wir uns dich morgen noch einmal an.«

Leo sprang kurz unter die Dusche und verkniff es sich,

scharf die Luft einzuziehen, als das heiße Wasser auf eine Abschürfung an seinem Hals traf. Danach quälte er sich wie versprochen ins Eisbad. In dieser Sportanlage bestand es nur aus einer Plastikwanne und einem kalten Wasserschlauch, den eine hilfreiche Seele auf Hochtouren laufen ließ. Er steckte die Hand ins Wasser und wünschte sich, er hätte es nicht getan. Mit einem Seufzer stieg er hinein, ein Bein nach dem anderen, und ließ sich dann schnell bis zum Kinn ins Wasser sinken.

Einige Leute schworen auf das kalte Bad, um Muskelkater vorzubeugen, aber Leo hatte nie geglaubt, dass es mehr brachte, als seine Eier auf Kieselsteingröße schrumpfen zu lassen. Er zählte bis dreihundert, dann machte er, dass er rauskam, trocknete sich mit blau angelaufenen Fingern ab und verfluchte den Erfinder des Eisbades.

Als er endlich seine zitternden Glieder in Anzug und Schuhe gefummelt hatte, war die Pressekonferenz vorbei und der Bus war schon mit der ersten Gruppe von Spielern abgefahren. Die Umkleide war fast leer. Und als er seine Sporttasche hochgehoben hatte, um zu gehen, war nur noch O'Doul da. Der Kapitän saß komplett angezogen auf der Bank vor seinem Spind, den Kopf nach hinten gelehnt, als würde er an der Decke eine Abhandlung lesen.

Als er Leo dabei ertappte, wie der ihn beobachtete, ließ er das Kinn sinken und erlaubte Leo damit einen Blick auf die Pflaster in seinem Gesicht. »Alles in Ordnung, Neuling?«, fragte er Leo plötzlich.

»Ja, klar. Ich kapiere bloß nicht, warum alle wegen dieses Schlags so ausflippen. Es ist bloß ein ganz normaler Tag im Büro.«

»Vielleicht, weil du es nicht gesehen hast.« O'Doul klopfte mit den Fingern auf die Bank. »Sah verdammt rücksichtslos aus. Wäre dein Körper anders positioniert gewesen, hätte es fies ausgehen können.«

»Gut, dass es nicht so war.« Leo machte einen Schritt zur Seite, um zu sehen, wie groß O'Douls Pflaster war. »Alles okay? Das sieht irgendwie schmerzhaft aus.«

»Klar.« O'Doul stand schnell auf. »Ach, ist doch nur 'ne Fleischwunde.« Seine Monty-Python-Parodie war nicht besonders gelungen, aber Leo sagte nichts dazu. »Willst du zurücklaufen? Ich habe keine Lust, auf den blöden Bus zu warten.«

»Klar, warum nicht.« Leo hielt die Tür der Umkleide auf, um O'Doul durchzulassen.

»Seid ihr die Letzten?«, fragte ein junger Mann mit einem Bruisers-Ausweis um den Hals im Flur.

»Ja, Jimbo«, bestätigte O'Doul. »Danke.«

Der junge Mann ging in die Umkleide, wahrscheinlich, um ihre Ausrüstung zusammenzupacken. Leo fand es komisch, seine Ausrüstung nach dem Training oder einem Spiel einfach zurückzulassen. Aber heutzutage hatte jemand anders die Aufgabe, seine Schoner und seine Ausstattung zusammenzupacken und zum nächsten Spielort zu bringen.

Seltsam.

Er und O'Doul verließen das Stadion durch die Hintertür in der Nähe des Parkplatzes. Leo wusste nicht, wo genau sie waren, aber er konnte ein paar Fans sehen, die etwas weiter links warteten, wahrscheinlich in der Hoffnung, das Heimteam würde herauskommen und ihnen ein paar Trikots signieren.

O'Doul zeigte nach rechts, und wortlos wichen sie der Menge aus und machten lieber einen längeren Umweg um das Stadion herum.

Leos Handy vibrierte in seiner Tasche. Er zog es hervor und bemerkte, dass O'Doul das Gleiche tat. »Hast du die Nachricht auch bekommen?«, fragte Leo. Es war eine automatische Nachricht der für ihre Reiseplanung zuständigen Abteilung, die ihn nach seinem momentanen Aufenthaltsort fragte und ob er ein Taxi bräuchte.

»Ja«, knurrte O'Doul. »Antworte einfach, dann lassen sie dich in Ruhe.«

Wir laufen zurück, schrieb Leo. *Danke.*

O'Doul schob sein Katt-Phone zurück in die Tasche. »Die Ortungsdienste sind immer eingeschaltet. Wenn du jemals eine Bank ausrauben willst, lass das Katt-Phone zu Hause.«

»Guter Tipp.«

»Obwohl du bestimmt nicht kriminell bist, sonst hätte Kattenberger dich nicht geholt. Was Datengewinnung angeht, ist er der Fortschrittlichste der Branche, hab ich gehört. Wahrscheinlich weiß er, welche Schuhgröße und wie viele Zahnfüllungen du hast, und kennt den Namen deiner ersten Kindergärtnerin.«

»Millie«, sagte Leo. »Aber ich glaube, die lebt schon nicht mehr.« Sie erreichten die Hauptstraße, und fast direkt vor ihnen erschienen die Hotellichter. »Danke, dass du heute Abend für mich, äh, gekämpft hast.«

»Gern geschehen. Wenn du das Trikot trägst, passe ich auf dich auf.«

Leo lachte leise. »Ich weiß, das hat nichts mit mir zu tun. Du würdest sogar den nervigsten Neuling verteidigen.«

Zu seiner Überraschung gab O'Doul ihm einen spielerischen Check mit dem Ellbogen und sagte: »Du bist nicht der nervigste Typ im Team. Für diesen Titel müsstest du dich etwas mehr anstrengen.«

»Verdammt. Okay. Ich arbeite dran.« Ein Mann in Uniform öffnete ihnen die Hoteltür, und sie traten ein.

»Gute Nacht, Collegeboy«, sagte O'Doul, ohne einen Blick

über seine Schulter zu werfen. Dann wendete er sich ab und ging zur Bar.

Leo wäre ihm fast gefolgt, weil O'Doul ihn neugierig machte. Der Typ war nicht leicht zu durchschauen. Aber er hatte keine Lust auf einen Ausflug an die Bar. Seine Rippen schmerzten, und er war zu müde, um zu trinken. Also ging er stattdessen zum Aufzug, wo er Georgia eine Nachricht schickte. *Hi, Schatz, ich bin zu Hause.* Es wäre so schön, ihr Gesicht zu sehen.

Sobald er in seinem Zimmer ankam, zog er den Anzug aus und seinen Lieblingsjogginganzug an. Mit der Fernbedienung in der Hand kletterte er ins Bett und wickelte sich eine Extradecke um die Schultern. Erst dann steckte er sich das Kühlpack, das sie ihm mitgegeben hatten, unter das Shirt.

Kurz darauf kam Silas herein. »Hey! Wie geht's den Rippen?«

»Ich werd's überleben. Feierst du heute Abend nicht? Ich wette, du müsstest keinen einzigen Drink bezahlen.«

»Ich bin am Arsch«, gab Silas zu. »Lange Auswärtstrips machen mich echt fertig. Stell dir vor, was passieren würde, wenn ich wirklich spielen müsste.« Er ließ sich mit dem Gesicht voran auf das andere Bett fallen.

Leo lachte, und dann vibrierte sein Handy mit einer Nachricht. Schnell hob er es auf und hoffte, von Georgia zu lesen. Aber es war seine Mutter. *Geht es dir gut? Ich habe 90 Minuten gewartet, bis ich gefragt habe. Mein neuer Rekord.*

Leo musste lachen. *Gut gemacht, und mir geht es gut. Wenn ich ein Tor erzielt hätte, würde ich mich aber noch besser fühlen.*

Wir lieben dich, komme, was wolle. Selbst wenn ihr nächste Woche gegen die Rangers verliert. Aber gib alles, damit das nicht passiert.

Ich schaue mal, was ich tun kann.

Das Spiel ist an meinem Geburtstag. Hast du vorher Zeit für ein spätes Mittagessen mit uns?

Klingt gut, antwortete Leo, der sich schuldig fühlte, weil er vergessen hatte, dass seine Mom bald Geburtstag hatte.

Es klopfte an der Tür, und Silas hob den Kopf. »Hast du den Zimmerservice bestellt?«

»Nein, aber mir gefällt die Vorstellung.«

Silas rutschte vom Bett und ging zur Tür. Leo hörte ihn jemanden begrüßen, und als Silas zurückkam, sah er amüsiert aus. »Leo, du hast Besuch.«

Hinter ihm erschien eine zaghaft wirkende Georgia. »Hi.«

»Hi.«

»Ich wollte nur …« Sie räusperte sich. »Geht es dir gut?«

Oh. »Klar geht's mir gut, Baby. Komm, schau es dir an.«

Silas zog sich die Anzugjacke aus und lockerte die Krawatte. »Ich glaube, ich gehe doch noch unten was trinken. Bis später.« Er warf die Jacke über einen Stuhl und war blitzschnell verschwunden.

»Ich hoffe, er erzählt nicht der ganzen Bar, dass er uns ein paar Minuten allein verschafft hat. Du und der Coach kommt offensichtlich immer noch nicht miteinander zurecht«, sagte Georgia und drückte sich weiterhin in der Nähe der Tür herum.

»Na und? Komm her und küss mich.«

Langsam kam sie auf ihn zu und musterte die Kühlpacks unter seinem Shirt. »Geht's dir wirklich gut? Würdest du es mir sagen, wenn nicht?«

»Vielleicht.« Leo gluckste. »Dein Dad hat sich wegen der ganzen Sache wirklich komisch verhalten. Er wollte mich nicht wieder aufs Eis lassen. Hat den Physio immer wieder rübergeschickt, um mich zu untersuchen.«

»Vielleicht hat er sich Sorgen um dich gemacht?«

»Auf keinen Fall. Wenn er könnte, würde er mich wohl eher eigenhändig mit der Eisbearbeitungsmaschine überrollen. Heute Abend kam es mir vor, als wolle er mich schwach aussehen lassen oder so.«

Georgia schüttelte den Kopf. »Er stellt niemanden bloß. Das ist nicht seine Art.«

Das hatte Leo früher auch geglaubt. Aber er wollte den Coach vor Georgia auch nicht weiter kritisieren. Sie sollte sich nicht zwischen ihnen entscheiden müssen. Stattdessen hob er sein Shirt an. »So schlimm ist es gar nicht, siehst du? Gib mir einen Tag, dann geht es mir wieder gut.«

Ein leiser, beunruhigter Laut kam aus ihrer Kehle. Und als sie sanft die Fingerspitzen auf die blutunterlaufene Haut legte, zog sich irgendetwas in Leos Brust zusammen. Es war schon lange her, dass sich eine seiner Freundinnen Sorgen um ihn gemacht hatte. Die Amys seiner Vergangenheit hatten die blauen Flecke vom Spiel sexy gefunden und wie Trophäen betrachtet. Aber in Georgias Berührung lag nur Sorge, keine Freude.

»Das war kein fairer Schlag«, flüsterte sie.

»Hätte schlimmer sein können«, sagte Leo und zog sie zu sich. Sie hielt sich am Kopfteil fest, um nicht auf seine verletzte Brust zu fallen. Aber für einen Kuss hätte Leo auch ein bisschen Schmerz riskiert. *Ich liebe dich,* dachte er und zog sie an sich. Sanft trafen ihre Lippen aufeinander, und die Zärtlichkeit erzeugte einen ganz anderen Schmerz in seiner Brust. Er küsste sie wieder und wusste, dass sein aufdringlicher Bruder recht gehabt hatte. Nie war ihm jemand so wichtig gewesen wie Georgia. Sie zu küssen war, als würde er nach Hause kommen.

Er griff nach ihren Kniekehlen und zog sie sich auf den Schoß. »Hab dich heute vermisst«, flüsterte er zwischen Küssen.

»Mmm«, sagte sie, und ihre weichen Lippen streiften seine. Dann ließ sie den Kopf gegen seinen sinken und sah ihn ernst an. »Ich hasse den Arsch, der dich geschlagen hat.«

»Du bist sehr loyal«, flüsterte er. »Obwohl du mir vorhin im Stadion aus dem Weg gegangen bist.«

Sie sah schuldbewusst aus. »Du warst beschäftigt.«

»Ah ja.« Leo küsste sie auf die Nase. »Du hattest heute ein anderes sexy Pressesprecherinnen-Outfit an. Und ich bin nicht nah genug an dich rangekommen, um es zu bewundern.«

Georgia verdrehte die Augen. »Du kannst mich nicht mit den Händen bewundern, mein Herr. Das ist nicht erlaubt.«

»Aber klar doch.« Er kniff ihr leicht in den Hintern, und dann fragte er sich, wie lange Silas wohl für seinen Drink brauchte …

Sie umfasste sein Kinn. »Sei brav.«

»Baby, ich bin ein Guter. Das hast du neulich morgens selbst gesagt.«

Wieder verdrehte sie die Augen. »Leo, wir können gerade kein Paar sein. So einfach ist das nicht …«

Er hielt sie in einer Umarmung fest und vergrub die Nase in ihrem Haar. »Es ist *total* einfach. Du und ich, zusammen allein. Daran ist nichts kompliziert. Wir gehören zusammen, Georgia Worthington. Es ist mir scheißegal, was dein Vater dazu sagt. Ich habe sechs Jahre versucht, über dich hinwegzukommen, und es hat nicht geklappt. Jetzt ist unsere Zeit gekommen.«

Georgia holte tief Luft und entspannte sich an seiner Brust. Eine weiche Hand strich über die Stoppeln an seinem Kinn. »Dieses ganze Feuer-und-Flamme-Ding ist sexy, du Berg von einem Mann. Aber du solltest im Kopf behalten, dass in zwei Wochen die Transferdeadline ist.«

Er knurrte. »Glaubst du, dein Vater würde mich verkaufen, weil ich Zeit mit dir verbringe?« Obwohl »Zeit verbringen« ein Euphemismus war, wie sie beide wussten.

»Vielleicht. Ich weiß nicht, was er gegen dich hat, aber das wäre definitiv nicht hilfreich.«

Er knabberte an ihrem Hals. »Du meinst also, wir sollten uns zwei Wochen lang nicht outen? Das kriege ich hin.«

»Mindestens.« Sie fuhr ihm mit den Fingern durch die kurzen Haare im Nacken. »Und dann muss ich mir noch Gedanken um *meinen* Job machen.«

»Warum?« Leo legte den Kopf zurück, damit er ihr Gesicht sehen konnte. »Gibt es so etwas wie eine Richtlinie, die so was verbietet?«

»Ich bin mir nicht sicher. Ich hatte bisher keinen Grund, die Mitarbeiter-Richtlinien nach einer Regel zu Beziehungen am Arbeitsplatz zu durchforsten.«

Er grinste. Vielleicht machte ihn das zu einem Neandertaler, aber ihm gefiel der Gedanke, dass Georgia mit niemand anderem aus dem Unternehmen ausgegangen war. Sie hatte bestimmt Freunde gehabt, aber er wollte keinen von ihnen kennenlernen.

»Ein paar Wochen, bevor du aufgetaucht bist, hat der PR-Chef gekündigt. Nate und Hugh Major wissen noch nicht, wie sie die Position besetzen sollen. Ich habe den Chefposten nur vorübergehend. Und diese Pressekonferenz, die du gesprengt hast, war meine erste.«

Er blinzelte. »Scheiße, wirklich? Das tut mir leid.«

»Ich will damit sagen, dass ich wenigstens über einen kurzen Zeitraum professionell wirken sollte.«

Leo führte ihre Handfläche zum Mund und küsste sie. »In Ordnung. Das verstehe ich. Wenn du es eine Weile geheim halten willst, werde ich es dir nicht versauen. Aber ich muss dich sehen. Oft.« Er küsste ihr Handgelenk und dann ihren Unterarm. »Und ich muss dir zeigen, wie sehr ich dich vermisst habe.« Er küsste sie auf den Ellbogen. Dann beugte er sich vor und küsste sie auf die Schulter. Den Hals. Die Stelle unter ihrem Ohr, die sie erschauern ließ.

Georgia seufzte an seiner Schulter. »Du machst mich verrückt.«

»Gut.« Er legte die Finger auf die Knöpfe ihrer Seidenbluse.

»Nein.« Sie setzte sich gerade auf. »Das geht nicht. Silas kommt bestimmt bald zurück.«

Leo unterdrückte ein Stöhnen. Er war sich ziemlich sicher, dass Silas sich für eine Weile rarmachen würde. Aber Leo wollte sie nicht drängen. Er wollte nicht, dass sie sich unwohl fühlte. »Dann lass uns ein bisschen fernsehen.«

»Okay.«

»Kannst du die Fernbedienung holen? Es nervt total, die Kühlpacks neu auszurichten.«

»Klar, alter Mann.« Sie krabbelte von ihm weg zum Ende des Bettes, und in ihrem Rock war das ein toller Anblick.

»Warte. Bleib genau so«, sagte er, bevor sie hinunterhüpfen konnte. »Das ist besser als fernsehen.«

Sie sah ihn an, verdrehte die Augen und holte die Fernbedienung. Sie entschied sich für einen Late-Night-Comedian.

»Nicht die Sport-Zusammenfassung?«

Sie schüttelte den Kopf. »Ich will mir den Schlag nicht in Endlosschleife angucken.«

»Aber ich bin doch hier!« Er legte ihr einen Arm um die Schultern.

»Das weiß ich ja.« Eine weiche Hand landete auf seinem Bauch. »Tut das weh?«

»Nein, Süße.«

Sie rutschte mit der Hand etwas tiefer. »Hier?« Ihre Finger neckten die empfindliche Haut direkt über seiner Jogginghose.

Er gluckste. »Ich bin mir nicht sicher. Mach weiter, damit ich es herausfinden kann.«

Georgia schlüpfte mit der Hand unter den Bund und schlang die Finger um seinen wachsenden Schwanz.

»Aaaah«, sagte er in gespielter Überraschung. »Das tut gar nicht weh.«

»Gut.« Leider ließ sie ihn los. Aber nur, um noch einmal aus dem Bett zu steigen und zur Zimmertür hinüberzugehen. Er hörte ein »Klonk«, was ihm signalisierte, dass Georgia den Sperrbügel geschlossen hatte, den es in manchen Hotelzimmern gab.

Jaaaaaa. Bei dem Geräusch rollte eine kleine angenehme Welle der Lust über Leos Schritt. Und als Georgia zurück zum Bett kam, streckte er die Arme nach ihr aus.

»Nein«, flüsterte sie und schob seine Hände weg. »Heute Abend möchte ich mich nur um dich kümmern.« Dann griff sie ihm in die Hose und holte seinen Schwanz hervor. »Mmm«, sagte sie und leckte sich die Lippen. Sie beugte sich vor und neckte die Eichel mit der Zunge.

Leo atmete geräuschvoll aus. Und als sie den Mund öffnete und ihn aufnahm, presste er sich mit dem Rücken in die Kissen hinter ihm. »So verdammt schön«, keuchte er und umfasste ihr seidiges Haar. Sie ließ ihn frei, leckte ihn dann aber erneut. »Puh«, sagte er, und sein Körper fing überall zu prickeln an. »Willst du ganz sicher nicht, dass ich …«

Genau in diesem Moment nahm Georgia ihn wieder ganz in sich auf, und er konnte den Satz nicht beenden. Sie machte sich an ihm zu schaffen, und es war so verdammt gut. Als er endlich wieder zu Atem kam, machte er einen anderen Vorschlag. »Dreh dich um. Da sind nur ein Rock und ein paar Strümpfe im Weg.«

Sie schüttelte den Kopf und leckte über seine Spitze. Sie hob das Kinn, und der Anblick war wie aus seinen Fantasien. Zwischen seinen Beinen sein Mädchen, das ihn lustvoll ansah. »Du hattest einen anstrengenden Abend. Lass mich dich verwöhnen. Sag mir, was dir gefällt.«

Als ob sie das nicht wüsste. »Ich mag, was du machst. Alles.«

»Mmm«, sagte sie, ließ eine Hand sinken und umfasste seine Hoden. Dann beugte sie sich wieder über ihn und nahm ihn in ihren himmlischen Mund. Sie saugte hart und heftig an ihm, und Leo genoss es in vollen Zügen. Er hatte so ein verdammtes Glück, das würde er nicht so schnell vergessen.

23

Samstag, 13. Februar
15 Tage vor dem Ende der NHL-Transferperiode

Schlagzeile des Tages:
Bruisers treffen in den nächsten Heimspielen auf Boston, Washington und die Rangers.
– New York Post

Am nächsten Tag nach Brooklyn zurückzukehren, war eine Erleichterung. Aber noch immer ertrank Georgia in Arbeit. Deshalb ging sie am Samstagmorgen für ein paar Stunden ins Büro, um zu erledigen, was sie am Vortag nicht geschafft hatte. Aber selbst das genügte nicht. Als es draußen dunkel wurde, hatte sie immer noch zweihundert ungelesene E-Mails in ihrem Posteingang. Sie musste Presseanfragen beantworten und Spielerbiografien aktualisieren. Und die Vorsitzende von Nates gemeinnütziger Stiftung wollte die letzten Feinheiten für das Wohltätigkeitsdinner in der kommenden Woche klären.

Georgia war immer noch da, als um sieben Uhr der Geschäftsführer den Kopf zur Tür hereinsteckte. »Alles in Ordnung? Wenn ich eine Pressesprecherin an einem Samstagabend arbeiten sehe, dann denke ich immer gleich *Skandal.*« Er lachte leise.

»Alles in Ordnung, Hugh«, beteuerte sie eilig. »Wirklich.«

Er sah sie skeptisch an. »Aber du brauchst doch bestimmt Hilfe. Wir sind gerade sehr beschäftigt mit dem nahenden

Ende der Transferperiode, aber wir müssen Verstärkung fürs Pressebüro finden.«

»Ich komme fürs Erste klar«, erwiderte Georgia hastig.

Hugh nickte nachdenklich. »Auf dich kann man sich wirklich verlassen. Schönen Abend noch.«

Georgia hörte seine Schritte verhallen, dann rief sie Becca auf ihrem Katt-Phone an. »Bestell schon mal 'ne Ladung Teigtaschen«, sagte sie, sobald ihre Mitbewohnerin abnahm. »Es war ein langer Tag, und ich brauche ein bisschen Trash-Fernsehen zum Entspannen.«

»Ich habe schon was für dich bestellt, Schätzchen. Teigtaschen und Frühlingsrollen von Thai Me Up.«

»Juhuu!«

»Ich werde allerdings nicht zu Hause sein. Ich habe ein Date.«

»Wie bitte?« Georgia war sich nicht sicher, ob sie richtig gehört hatte.

Becca lachte. »Kein Grund, so schockiert zu sein. Ich dachte nur, dass du ja jetzt jede Menge Zeit mit Leo verbringst. Und da ist mir klar geworden, dass ich auch mehr ausgehen muss. Also habe ich meiner Schwester erlaubt, mich mit einem ihrer Kollegen bekanntzumachen. Wir gehen alle zusammen in einen Comedy-Club in Chelsea.«

»Wow. Viel Spaß.«

»Werde ich haben. Aber schwing du jetzt deinen Hintern nach Hause, weil … Teigtaschen. Und auf dem Sofa liegt noch eine Überraschung für dich.«

»Was denn?«

»Komm einfach nach Hause.« Becca legte auf.

Voller Vorfreude auf die Teigtaschen fuhr Georgia ihren Computer herunter und verließ endlich das leere Bürogebäude. Sie eilte über das Kopfsteinpflaster zu ihrem Wohnhaus, dann sprintete sie die Treppe hinauf. Sie steckte den Schlüssel ins Schloss und drückte die Tür auf. »Hallo Schatz, ich bin wieder zu Hause«, rief sie.

»Wunderbar«, antwortete eine Stimme, aber es war nicht Beccas.

Georgias Herz machte einen doppelten Rückwärtssalto. Sie lugte um die Ecke und sah Leo auf dem Sofa liegen, in einer engen Jeans und einem eng anliegenden langärmligen Shirt. Er trank ein Bier. »Oh, hi du«, sagte sie und war auf einmal ganz verlegen.

Sein Lächeln war so herzlich, dass der seltsame Moment sofort verflog. »Ich habe vor ungefähr einer halben Stunde bei dir geklingelt, und Becca meinte, ich sollte einfach raufkommen.«

Du kannst jederzeit bei mir anklingeln. Georgias Blick blieb kurz an den langen muskulösen Beinen auf ihrem Couchtisch hängen. »Hast du heute Abend gar nichts vor?«, fragte sie.

»Oh, ich habe so einiges vor«, sagte er mit blitzenden braunen Augen. »Aber du solltest dein Abendessen essen, bevor es kalt wird. Becca hat es für dich in der Küche gelassen.«

Georgias Magen flatterte, als sie in die Küche eilte und das Essen fand, das Becca ihr dagelassen hatte. Auf die Tüte hatte sie gekritzelt: *Ich bin nicht vor Mitternacht zu Hause.*

Offenbar hatten alle große Pläne für Georgias Abend.

Sie machte sich einen Teller zurecht und trug ihn ins Wohnzimmer, dann setzte sie sich neben Leo.

»Nette Wohnung«, sagte er.

»Sie ist kuschelig. In Brooklyn heißt das ›klein‹.«

»Aber dieser Backsteinkamin ist toll. Da kann der Weihnachtsmann dich besuchen.«

Georgia bot Leo ihren Teller an, aber er schüttelte den Kopf. »Ich war mit Silas bei Grimaldi's. Er fand, ich müsse in den Brooklyn-Pizza-Kult eingeweiht werden.«

»Schön. Jetzt kannst du vor DJ damit angeben.«

Leo grinste. »Mein Bruder, der Pizza-Snob. Ich kann nicht glauben, dass ihr in Kontakt geblieben seid. Das ist cool.«

»Ich liebe den Jungen«, gestand Georgia.

Sie nahm den ersten Bissen von ihrer Teigtasche, und es wurde still zwischen ihnen. Wie oft hatte sie sich in den letzten sechs Jahren vorgestellt, wie schön es wäre, wenn Leo neben ihr auf dem Sofa säße. Nun, da er tatsächlich da war, wusste sie nicht, was sie sagen sollte. Die Stille lastete schwer auf ihr und zerrte an ihren Nerven. Vielleicht waren sie so lange getrennt gewesen, dass es kein Zurück mehr gab.

»Das ist eine spektakulär hässliche Couch«, begann Leo.

Georgia lächelte ihn an und entspannte sich ein wenig. »Wir nennen sie ›das Biest‹. Diesseits der Rockies wurde noch nie ein hässlicheres Polstermöbel gesichtet. Aber es ist unfassbar gemütlich.«

Er zog zweideutig die Augenbrauen hoch. »Darauf würde ich wetten.«

Georgia spürte, wie ihr Hitze den Hals hinaufkroch. »Kann ich einen Film anmachen?«

»Klar. Alles, was du willst«. Er legte ihr eine Hand aufs Knie.

»Auch einen Frauenfilm?«, neckte sie.

Er drückte ihr Knie. »Ich vermisse dich wirklich sehr, Gigi. Wenn ich an einem Freitagabend einfach so bei dir hereinplatzen darf, kannst du meinetwegen auch *My Little Pony* einlegen.«

»Wir wollen mal nicht übertreiben.« Sie entschied sich für *Die Waffen der Frauen*, den kannte sie auswendig, und lehnte sich zurück, um die Anfangsszene zu schauen. Die Kamera schwenkte über die Freiheitsstatue und den New Yorker Hafen. Sie erkannte undeutlich das Ufer von Brooklyn, wo sie und Leo in diesem Augenblick saßen. Und seit jeher liebte sie Carly Simons Hymne darüber, seine Träume zu verfolgen. Dieser Film war ihre bevorzugte Wahl nach einer anstrengenden Woche.

Die Berührung von Leos Hand war fast genauso köstlich wie die Teigtaschen, die sie aß. Sie lebte jetzt ihre Fantasie aus – nach einem langen Tag gemütlich mit Leo zu Hause.

Als sie aufgegessen hatte, stoppte Leo den Film, damit sie ihren Teller abräumen konnte. Auf dem Weg in die Küche hielt sie inne. »Kann ich dir etwas zu trinken mitbringen? Das heißt, eigentlich weiß ich gar nicht, was wir dahaben. Ich war nicht zu Hause …« Außerdem hatten sie nur selten Besuch, aber das behielt sie für sich.

»Ich habe ein Sixpack mitgebracht«, sagte er und hielt seine leere Flasche hoch. »Mir ist aufgefallen, dass du nicht trinkst.«

»*Zu Hause* trinke ich schon«, widersprach sie und nahm ihm die Flasche ab. In der Öffentlichkeit trank sie nicht gern. Ein Vergewaltigungsopfer sollte sich niemals die Schuld an dem geben, was passiert ist, und das tat sie auch nicht. Viele Stunden Therapie hatten ihr klargemacht, dass der einzig Schuldige an einer Vergewaltigung der Vergewaltiger ist. Dennoch fühlte sie sich nicht wohl bei dem Gedanken, an einem öffentlichen Ort, wo sie verletzlich war, die Kontrolle zu verlieren.

Mit schief gelegtem Kopf musterte Leo sie, als überlege er, ob er ihr eine weitere Frage stellen sollte. »Dann bring zwei mit«, sagte er stattdessen. Und dann erschien ein Lächeln auf seinem Gesicht, sodass ihr die Knie ganz weich wurden.

Sie verzog sich in die Küche und spülte ihren Teller ab. Es fühlte sich immer noch seltsam an, dass Leo plötzlich wieder Teil ihres Lebens war, auch wenn ihm ein solches Unbehagen offenbar völlig fremd war. *Wir gehören zusammen, Georgia Worthington.* Zwischen Telefonaten heute bei der Arbeit hatten seine Worte in ihrem Kopf herumgespukt. Sie waren aufregend und mehr als nur ein wenig beängstigend. Sie wollte ihn. Und sie hatte kaum Zweifel, wohin dieser Abend führen würde. Wenn Leo mit ihr ins Bett wollte, würde sie nicht Nein sagen.

Aber sie war sich nicht ganz so sicher wie er, dass sie sich hier auf einen Für-immer-Night-Stand einließen. Im Zusammenhang mit Leo hatte sie schon einmal von »für immer« gesprochen, aber das Leben hatte andere Pläne gehabt. So naiv war sie nicht mehr. Es gab keine Versprechen, die nicht gebrochen werden konnten, nicht einmal von einem so wunderbaren Menschen wie Leo.

Sie öffnete zwei Bierflaschen und brachte sie ins Wohnzimmer. »Soso, die Brooklyn Brewery?«, fragte sie, als sie ihm eine reichte.

»Wenn ich schon mal hier bin«, erwiderte er und klopfte auf das Kissen neben sich.

Georgia schaltete den Film wieder an, Hüfte an Hüfte mit Leo. Nachdem sie ihre Biere ausgetrunken hatten, schlang er einen Arm um sie und zog sie mit dem Rücken an seine Brust. Während der Film weiterlief, legte er eine Hand auf ihren Bauch. Mit den Fingern streichelte er sanft über ihre Rippen. Die leichte Berührung ließ sie erschauern.

Die frechen Fingerspitzen setzten ihre Liebkosungen fort, und irgendwann streifte sein Daumen die Wölbung ihrer Brüste. Ein Kribbeln durchlief Georgias ganzen Körper. Schon nach kurzer Zeit konnte sie sich nicht mehr auf den Film konzentrieren, nahm nichts mehr wahr als seine Berührungen, bis sich ihre Brüste schwer und überempfindlich anfühlten.

Doch Leos Aufmerksamkeit war ganz auf den Fernseher gerichtet, und er lachte an all den richtigen Stellen, während seine Finger tiefer wanderten. Er strich über die kitzlige Stelle an ihrem Bauch, sodass sich ihre Bauchmuskeln anspannten. Dann glitt seine Hand hinunter zwischen ihre Beine und blieb dort einfach abwartend liegen, während ihre Wärme durch den Stoff des schwarzen Rockes drang, den Georgia heute bei der Arbeit getragen hatte.

Sie vergaß auszuatmen. Und als er seine Hand schließlich zurückzog, stieß sie zittrig die Luft aus.

»Die Stelle gefällt mir«, sagte Leo.

»Wa…?« Ihre Augen wanderten zum Fernseher, wo Melanie Griffith in Sigourney Weavers Kleid in der Bar war. Harrison Ford machte ihr ein Kompliment. Und als sie erwiderte »Ich habe ein Gespür fürs Geschäft und einen Körper für die Sünde«, wiederholte Leo die Zeile direkt an Georgias Ohr.

Die Rechnung bitte. Mit einem Wimmern wölbte sie den Körper seinem entgegen, wendete den Kopf und küsste ihn auf den Hals. Falls es sein Plan gewesen war, sie sanft davon zu überzeugen, mit ihm herumzumachen, dann hatte es funktioniert. Sie drehte sich zu ihm um und schwang ein Knie über seins.

»Hey, ich will den Film sehen«, beschwerte sich Leo mit einem Lächeln. Aber sein ziemlich harter Schwanz behauptete etwas anderes. Sie ließ die Hand seine Brust hinabwandern, betastete ihn, streichelte ihn.

Er stöhnte zustimmend, dann küsste er sie. Da vergaß sie den Film vollkommen. Harrison wer? Es gab nur noch Leo, der sie mit seinen starken Armen umfing. Sie neigte den Kopf, um ihn besser küssen zu können, und vertiefte den Kuss.

Aber Leo wollte sich offensichtlich Zeit lassen. Seine Lippen strichen mit köstlicher Langsamkeit über ihre. Er kostete ihre Unterlippe, knabberte daran. Dann ging er zu ihrer Oberlippe über, neckte und schmeckte sie.

Georgia wurde von Minute zu Minute ungeduldiger. Also zerrte sie am Saum seines T-Shirts und zog es ihm über den Kopf.

Leo lachte. »Ziehst du dich immer im Wohnzimmer aus?«

Nur wenn du hier bist. »Becca kommt erst in ein paar Stunden nach Hause.«

»Ich verstehe«, flüsterte er mit rauchiger Stimme. Die Muskeln in seinem Superheldentorso spannten sich an, als er die Arme hob, um Georgia für einen weiteren Kuss an sich zu ziehen. Sie lehnte sich ihm entgegen, gierig nach mehr. Doch wieder kostete er sie behutsam, als wäre sie ein feiner Wein, den er zu bewerten versuchte, während sie sich wünschte, er würde sie einfach hinunterstürzen wie ein Gatorade vor der Verlängerung.

Während sie sich küssten, erkundeten seine großen Hände ihren Körper, seine Berührung war ehrfürchtig. Damit konnte Georgia gut arbeiten. Sie streichelte seine Brustmuskeln, zwickte ihn in die Brustwarzen und erntete ein Stöhnen für ihre Mühe. Ihre Küsse wurden leidenschaftlicher, und sie driftete zu einem schönen Ort, wo nichts mehr wichtig war außer ihrer Lust.

»Gigi?«

»Hmm?«

»War es leicht für dich, wieder Sex zu haben, nachdem du …?« Er verschluckte das Ende des Satzes.

Neiiiin!, beschwerte sich ihre Libido. *Dieses* Thema würde ihre glückliche, sexy Traumblase nur zum Platzen bringen. Georgia beugte sich hinab, küsste ihn noch einmal und überging die Frage. Er öffnete sich sofort für sie, und sie nahm die Einladung an und vertiefte den Kuss. Er schmeckte nach dem lokalen Lagerbier. Er schmeckte nach Glück.

Aber als sie Luft holen mussten, zog er den Kopf zurück und sah sie an. »Ich muss es wissen, Gi. Damit ich nichts falsch mache.«

»Das wirst du nicht.« Wieder wollte sie ihn küssen, aber er legte ihr eine Hand auf die Wange.

»Ich *liebe* dich. Und wir werden *so viel* Sex haben. Überall, in der ganzen Wohnung. Aber ich bitte dich hier um ein wenig Führung.«

Einen Augenblick lang sonnte sich Georgia einfach in diesem Satz. *Ich liebe dich.* Er hatte den Satz gesagt, den sie zögerte auszusprechen. Ihm war es leicht über die Lippen gegangen, die Worte so einfach und freundlich. Aber der Satz mit *so viel Sex* hatte ihr auch gefallen.

Sie wollte jedoch weder über ihren Überfall noch über ihre darauffolgende Sexualhistorie sprechen. Ersteres war ein Lustkiller, Letzteres war einfach nur peinlich.

Mit einem Stöhnen legte sie die Stirn an seine. »Ich bitte dich, fang nicht davon an. Denn mit dir darüber zu reden ist …« – *das Einzige, wovor ich Angst habe* – »… nicht lustig.«

»Das kann ich mir vorstellen.« Sein Daumen strich über ihre Wange, was sich göttlich anfühlte. Wenn er nur zu reden aufhören würde. »Aber du hast mir nie erzählt, was in Florida passiert ist. Es gibt eine Menge, was ich nicht weiß.«

»In Florida haben wir gegen Tampa verloren.«

»Georgia«, tadelte er leise. »Bitte.«

Zorn wallte in ihr auf. Ihr Herz stampfte ungeduldig mit dem Fuß auf und fragte: *Habe ich dich nicht gerade gebeten, nicht davon anzufangen?* »Bitte?«, quietschte sie. »Komm mir nicht mit ›Bitte‹. Zwing mich nicht dazu, jetzt darüber zu reden. Warum möchtest du das überhaupt?« Nach all den Jahren machten Leo und sie nur deswegen jetzt wieder miteinander herum, weil die hässliche Vergangenheit endlich verblasst war. Sie wieder anzusprechen, würde sie beide bloß wieder in diese unglückliche Zeit zurückversetzen – wo sie Händchen haltend bei ihrem Vater auf dem Wohnzimmersofa saßen, Sport im Fernsehen anschauten und sich gegenseitig bemitleideten.

Damals war die große Liebe gestorben.

»Baby, es muss sein«, flüsterte er. Sein Blick war vollkommen ernst. Und das machte sie ernsthaft wütend.

»'nen Scheiß muss es.«

Leo lehnte sich mit gerunzelter Stirn an die Sofalehne. »Hör mal, ich will wirklich nicht streiten.« Er schloss seine schönen Augen und öffnete sie dann wieder. »Ich habe dich nicht gebeten, mir alles bis ins kleinste Detail zu erzählen. Ich habe nur gefragt, ob es jetzt schwierig für dich ist.«

Verdammt. *Punkt für Leo.* Obwohl er mit seiner Frage nur alte Wunden aufriss. »Sah es neulich morgens in Phoenix so aus, als wäre es schwer für mich?«

Seine Brust bebte, als er kurz auflachte. »Nein, Baby. Aber da hattest du die Kontrolle. Pass auf …« Er drückte ihren Kopf an sein Schlüsselbein und führte die Lippen an ihr Ohr. Dann flüsterte er: »Ich habe große Pläne mit dir.« Sein Atem kitzelte sie am Ohr. »Ich muss wissen, ob ich dir die Kleider vom Leib reißen und dich aufs Bett werfen und mit dir machen darf, was ich will. Ich will dich unter mir spüren, wenn du kommst.«

Jeder Nerv in Georgias Körper erschauerte. »Dann lass uns üben. Ich habe gerade nichts vor.«

Seine Hände glitten auf ihren Po und drückten ihn. »Okay. Aber du hast meine Frage nicht beantwortet.« Er packte sie an der Taille und rollte sich auf die Seite, sodass sie einander auf dem Sofa gegenüberlagen. »Also hilf mir hier mal ein bisschen.«

Grrr. »Leo, du bist vielleicht ein Ninja, und das ist heiß und so.« Er grinste. »Aber ich bin kein ängstlicher Mensch, und ich verstehe nicht, warum wir hier jetzt unser jüngeres Sexleben ausbreiten müssen. Vor allem möchte ich nichts über deins hören. Und über meins gibt es nichts zu sagen. Absolut nichts, okay? Und vielen Dank, dass ich es aussprechen musste.«

Seine braunen Augen weiteten sich. »Du meinst doch wohl nicht …«

Sie warf den Kopf zurück auf das Couchkissen und stöhnte. »Was wäre, wenn ich sechs Jahre lang keinen Sex hatte? Es ist wahrscheinlich nicht einmal ein Weltrekord. Ich hatte keine Angst, okay? Es war einfach … es gab niemanden, mit dem ich es gewollt hätte.«

Eine Minute lang sagte Leo nichts. Aber er nahm ihre Hand und küsste ihre Handfläche. »Es tut mir leid, dass ich so neugierig bin.«

»Aber deinem inneren Höhlenmenschen gefällt meine Antwort.« Sie gab seinem Knöchel einen kleinen Tritt. »Gib es zu.«

Er rollte sich auf sie und schaute sie mit seinen großen Augen an. »Mein innerer Höhlenmensch?«

»Ja«, hauchte sie, ihr Bauch zitterte bei dem wunderschönen Anblick seiner nackten, muskulösen Schultern über ihr. »Leugne nicht, dass sich ein kleiner Teil deines zerbrechlichen männlichen Egos gerade auf die Brust trommelt.« Er schnaubte, und seine schönen Augen funkelten amüsiert. Vielleicht hatte sie in ihrem Leben nur mit einem Mann Sex gehabt, und einige Leute würden das für erbärmlich halten. Aber das war es nicht. Sie wusste, dass sie auf die bestmögliche Weise verdorben worden war. Der Mann, der gerade auf ihr lag, war ihr wertvollster Spieler. Keine Frage.

»Mein innerer Höhlenmensch will dich nackt, egal unter welchen Umständen«, sagte er.

Sie griff nach oben, um sein wunderschönes Gesicht zu berühren. »Das *sagst* du. Aber es gab eine Zeit, in der wir an nichts anderes gedacht haben als an die beschissenen Dinge, die mir passiert sind. Und zufällig zu genau der Zeit haben wir aufgehört, Sex zu haben. Es ist wirklich kein Wunder, dass ich diese schreckliche Zeit, in der du mich nicht wolltest, nicht noch einmal durchleben will.«

Leos Augen weiteten sich. »Moment mal, Missy. Es gab *nicht einen* Tag, an dem ich dich nicht wollte.«

Georgia ließ den Kopf auf das Kissen sinken und seufzte. Sie hätte sich freuen sollen, dass Leo es so in Erinnerung hatte. Doch der Stachel der Zurückweisung saß immer noch tief. »Wir hatten *monatelang* nicht rumgemacht«, flüsterte sie. »Immer wenn ich dich geküsst habe, hast du dich kurz darauf abgewendet.« Das war das schlimmste Gefühl der Welt gewesen. Und verdammt, bei der Erinnerung wurden nun auch noch ihre Augen feucht.

Über ihr runzelte Leo die Stirn. »Na ja, ganz im Ernst, es war nicht die richtige Zeit. Nicht, weil ich nicht gewollt hätte.«

»Aber *ich* wollte.« Sie hasste den mürrischen, unglücklichen Ton ihrer Stimme.

»*Georgia*«, keuchte er. »Was hast du denn von mir erwartet? Ich wollte auf keinen Fall sagen: Hey, Baby, ich weiß, dir geht's scheiße, weil du *vergewaltigt* worden bist, aber ich brauche es nun mal regelmäßig.«

Sie wandte den Kopf ab und verbarg ihr Gesicht im hässlichsten Sofakissen der Welt. Es war ein Fehler gewesen, von diesem Thema anzufangen.

Aber Leo ließ nicht locker. »Baby, schau mich an.«

Langsam drehte sie sich zu ihm um, und er sah sie mit sanften Augen erwartungsvoll an. »Das ist lange her«, sagte sie.

»Ja und nein.« Er beugte sich hinunter und gab ihr einen Kuss auf die Nase. »Manchmal, wenn ich dich anschaue, kommt es mir vor wie fünf Minuten. Aber damals war ich bloß ein dummer Junge. Ich wusste nicht, wie ich das Thema ansprechen sollte. Ich wollte so gern ein Mann für dich sein. Aber ich hatte einfach keine Ahnung, wie das geht.«

Mist, nun fingen ihre Augen an zu tropfen. »Aber das *warst* du doch. Du warst so geduldig mit mir, und ich wusste das überhaupt nicht zu würdigen. Ich hatte Angst, du fändest mich abstoßend.«

»Nein«, murmelte er und zog sie an sich. »Gott, ich hatte solche Angst, etwas Falsches zu sagen. So schreckliche Angst. Also habe ich einfach wie eine Klette an dir geklebt und gebetet, dass es irgendwann einfacher werden würde.«

»Aber das wurde es nicht. Und ich war es irgendwann so leid, dass wir zusammen Angst haben und darauf warten, dass alles besser wird. Es war, als hätten wir zwei Monate bei einer Beerdigung verbracht.«

Sanft strich er ihr eine Haarsträhne hinters Ohr. »Hast du deswegen Schluss gemacht?«

War es so? »Ich glaube schon. Ich habe mich hässlich und schlecht gefühlt. Zwischen uns beiden war es nicht mehr so wie früher. Das tat weh.«

Leo schüttelte den Kopf. »Es tut mir so leid.«

»Mir auch.« Sie versuchte, die Tränen wegzublinzeln. Aber sie waren störrisch.

»Ich glaube, wir hätten uns eine Menge Schmerz ersparen können, wenn wir darüber gesprochen hätten.«

»Weil das ja auch so viel Spaß macht«, schniefte Georgia.

Er lachte leise, und sie liebte es, das zu hören. Gelacht hatten sie in diesem schrecklichen Frühling vor sechs Jahren nicht. »Lass uns nie wieder achtzehn sein«, schlug Leo vor.

»Abgemacht.« Georgia kuschelte sich enger an ihn. Es war so still, dass sie seinen Herzschlag hören konnte.

»Du sollst aber wissen, dass du mir die schlimmen Sachen erzählen kannst«, sagte er schließlich. »Ich lasse mich nicht mehr so leicht abschrecken.«

»Okay.« Allerdings wollte sie jetzt nicht mehr reden. Also

führte sie ihre Lippen an Leos Kinn und platzierte dort einen hauchzarten Kuss. Dann wanderte sie langsam aufwärts, seine Bartstoppeln kitzelten ihre Lippen. Sie küsste einen Pfad hinauf zu seinem Ohr, knabberte an seinem Ohrläppchen. Leo schnurrte wie eine glückliche Katze. Dann umfing er ihre Wange und zog sie für einen Kuss an sich.

Ja, endlich, frohlockte Georgia innerlich. Sie zog ihn zu sich hinunter und versuchte, die alten Enttäuschungen ein für alle Mal hinter sich zu lassen.

24

Mach langsam, befahl sich Leo. Georgia hatte gesagt, dass es für sie in Ordnung sei, und er glaubte ihr. Aber jetzt, da er grünes Licht bekommen hatte, konnte er es kaum erwarten loszulegen. Endlich hatten sie eine Nacht allein zu Hause – ohne Störungen. Er wollte, dass es andauerte.

Georgia hatte allerdings lange genug gewartet. Sie unterbrach ihren Kuss, setzte sich auf und zog sich das Oberteil aus. Dann packte sie Leos Gürtel und riss das Ende aus der Schnalle.

Leo griff ein, um zu helfen. »Du sagst mir, wenn du etwas nicht magst?«

Sie legte ihm eine Hand mitten auf die Brust und sah ihn mit loderndem Blick an. »Ich habe nie Angst vor dir gehabt, und damit fange ich auch heute Abend nicht an.«

Schwing! Er hatte es immer genossen, von Georgia zurechtgewiesen zu werden. »Vielleicht ist es an der Zeit, dass ich eine Führung durch dein Schlafzimmer bekomme.« Er zog sie auf seinen Schoß und stand auf.

Georgia japste überrascht und klammerte sich an ihn wie eine Katze. »Es ist das da«, sagte sie und deutete in die entsprechende Richtung.

Ihm war alles recht. Solange es dort ein Bett gab. Er trug sie um die Couch herum und in das dunkle Zimmer dahinter.

»Pass auf den …«

Er stieß sich schmerzhaft den Zeh. »Autsch!«

»… Koffer auf«, beendete sie den Satz.

Leo schob den Koffer beiseite und ging weiter. Das Licht, das von den Nachbarhäusern reflektiert wurde, fiel durch ihr Fenster und erleuchtete sein Ziel – das Bett. Er setzte sie auf der Kante ab, und sie machte sich sofort an seinem Reißverschluss zu schaffen. Der metallische Klang machte ihn noch härter, als er sowieso schon war. Niemand hatte ihn jemals so heiß gemacht wie Georgia. Im Bett war sie schon immer furchtlos gewesen. Und die Vorstellung, dass sie nach allem, was passiert war, so wahnsinnige Lust hatte, machte ihn so glücklich, dass er hätte sterben können.

Weiche, aber bestimmte Hände schoben seine Jeans und seine Boxershorts hinunter, und die kühle Zimmerluft strich über seine Haut. Sofort packte Georgia mit beiden Händen seine Hüften. Sie beugte sich vor und leckte über die Unterseite seines Schwanzes. »Oh, verdammte Scheiße«, keuchte er und legte ihr die Hand auf den Kopf, um sich in der Dunkelheit irgendwo festzuhalten. Sie seufzte glücklich und umschloss ihn dann mit den Lippen. »Himmel«, sagte er mit einem Glucksen. »Es fühlt sich so gut an, wenn du mich in den Mund nimmst. Ich weiß noch, wie du das zum ersten Mal gemacht hast. Ich war der glücklichste Mann der Welt.«

Georgia entließ ihn mit einem Lachen. »Damals hatte ich keine Ahnung, was ich da tat.«

Aber das stimmte nicht. Vielleicht hatten sie als Teenager noch keine ausgefeilte Technik, aber das war egal. Er war ihr wichtig gewesen, und allein darauf kam es an.

Jetzt strich sie mit dem Daumen über die empfindliche Spitze und bewies, dass sie genau wusste, was sie tat. »Ich erinnere mich daran, wie du auf dem Sitz deines Trucks Geräusche von dir gegeben hast, als ginge die Welt unter. Das war so scharf.«

Aaaah. Das war es wirklich.

Bevor er bereit war, öffnete sie die Lippen und nahm ihn wieder so tief sie konnte in ihren heißen Mund. Leo stieß erfreut und überrascht die Luft aus. Georgia saugte hart, und unwillkürlich packte er ihre Haare fester. »Du machst mich fertig. Zieh dich aus, Babe. Sofort.« Georgia stöhnte zustimmend, und die Vibration um seinen Schwanz ließ seinen gesamten Körper hart werden. Als sie sich von ihm löste, konnte er es sich nicht verkneifen, mit den Hüften vorzustoßen, und sie stöhnten beide.

»Okay«, flüsterte Georgia schließlich. Sie griff nach ihrem Rocksaum und fummelte am Knopf herum. Er zog ihr den Rock herunter und warf ihn auf den Boden. Durch ihr Fenster drang genug Licht von der Straße, dass er ihren glühenden Blick sehen konnte. Sein Mädchen brauchte ihn, und Leo war genau der Richtige für diese Aufgabe.

Er trat sich die Hose von den Knöcheln und zog sich mit den Zehen die Socken aus. Dann tippte er Georgia auf die Knie. »Das da muss weg.«

Während sie sich aus Strumpfhose und Unterhose wand, hielt sie mit ihren hungrigen Augen seinen Blick gefangen. Im schummrigen Licht schimmerte ihre Haut blass. Als sie sich aufs Bett legte, wurde die sanfte Linie ihres Körpers nur von ihrem knappen schwarzen BH unterbrochen. Er strich ihr vom Knöchel über das Schienbein und drückte ihr Knie. »Für mich warst du nie schöner als in diesem Augenblick.«

»Dann komm endlich her«, sagte sie und stupste ihn mit dem Zeh am Bein.

Yes, Ma'am. Er kletterte aufs Bett, streckte sich neben ihr aus, und sie wölbte sich ihm entgegen. Ihr Kuss war alles andere als zaghaft. Er übersprang alle Aufwärmübungen und stürzte sich direkt in ein Freundschaftsspiel. Leo umfasste ihren nackten Po mit einer Hand und drückte zu. Zur Antwort wanderte Georgia mit einer Hand seinen Körper hinunter und umfasste seine Hoden. Als sie sie sanft in der Hand wog, stöhnte er in ihrem Mund.

Dieses Spiel war perfekt für zwei. Er drehte sich auf den Rücken und zog sie mit sich. Sie küsste ihn innig, und er spreizte mit den Knien ihre Beine. Mit den Fingerspitzen beider Hände strich er ihr fest über den Rücken. Als sie leise wimmerte, strich er ihr über den Po und versenkte die Hand zwischen ihren Beinen.

Sie war so feucht, dass sie beide stöhnten.

»Meine Güte«, flüsterte er und berührte und neckte sie. Doch der Versuch, sie zu quälen, ging nach hinten los, weil er jetzt so hart wie ein Zaunpfahl war und so erregt, dass es wehtat. Langsam kreiste er mit dem Daumen, und sie ritt seine Hand. Ihre Küsse wurden unkonzentriert. Sie war kurz davor. Das spürte er.

Leo zog die Hand weg, und Georgia stöhnte. Leise lachend küsste er sie auf den Mundwinkel. »Wenn es für dich in Ordnung ist, möchte ich dich unter mir spüren.«

»Tu es«, keuchte sie, rutschte von ihm herunter und legte sich auf den Rücken.

Er kniete sich zwischen ihre Schenkel, hob eins ihrer Beine an und streckte es, bis ihr Unterschenkel auf seiner Schulter lag. Dann zog er sie an der Hüfte zu sich heran. Er richtete sich vor der Tür zum Paradies aus und trat ein.

Das Gefühl der Vereinigung war so überwältigend, dass sie beide aufkeuchten. Unter ihm öffnete Georgia die Lippen und ließ den Kopf nach hinten sinken, die Arme ausgestreckt.

Weil er sie seit Jahren zum ersten Mal wieder auf diese Art

sah, konnte er kaum atmen. Er hatte sich Sorgen gemacht, dass die Zeit und die Umstände ihre Verbindung zerstört haben könnten. Aber in ihrem ekstatischen Gesicht lag so viel Vertrauen. *Zwischen uns wird alles gut,* erlaubte er sich zu denken.

Sie ertappte ihn dabei, wie er sie anstarrte, und verschränkte die Arme hinter dem Kopf. »Hab noch nie gesehen, dass du mitten in einem Spiel zögerst.« Sie bäumte sich unter ihm auf, und er erschauerte vor Lust. »Wo ist deine Ungeduld geblieben?«

Leo lächelte. Mit ihrem Knie an seiner Brust kreiste er mit den Hüften. Es war nur eine kleine Bewegung, aber er spürte Georgia an all den Stellen, an denen sie sich berührten. Das Gefühl verblüffte ihn – er konnte jeden winzigen Teil ihres Körpers spüren, mit dem sie ihn umschloss. Sie war die Einzige, mit der er jemals ohne Kondom geschlafen hatte, und er war unglaublich dankbar, dass er sich das für sie aufgespart hatte. Nie wieder sollte etwas zwischen ihnen stehen. Scheiß auf Eishockey. Er würde für immer nur noch das hier tun.

Georgia stöhnte. »Ja. *Mehr.*« Sie bewegte sich an ihm, und Leos Hoden zogen sich zusammen. Okay, das hier für immer zu tun, würde nicht funktionieren. Zehn Minuten würden schon eine Herausforderung werden, wenn sie dieses Geräusch noch einmal machte.

»Warum bist du so weit weg?« Georgia seufzte. Sie streckte die Arme nach ihm aus. »Küss mich endlich.«

»Gleich«, neckte er. »Mir gefällt die Aussicht.« Aber er versuchte nur, Zeit zu gewinnen. Er wusste, wenn er ihren süßen Körper unter sich und ihre hungrigen Küsse spürte, wäre es so gut wie gelaufen. Georgia verwandelte ihn in einen Teenager zurück. Vielleicht hatten sie sechs gemeinsame Jahre verpasst, aber sein Körper wusste nichts davon.

Georgia stieß sexy zu, und sein Herz schlug schneller. Dann spielte sie mit ihren Brüsten, und er musste langsam und tief einatmen, um ruhig zu bleiben. Und sein Mädchen wusste, dass sie seine Aufmerksamkeit hatte. Das war ihm schon klar, bevor sie ihn geheimnisvoll anlächelte und dann mit einer Hand an ihrem Körper hinabglitt bis zu der Stelle, an der sie verbunden waren. Sie rieb sich und streifte mit den Fingerspitzen seine Haut, und er musste die Zähne zusammenbeißen, um nicht augenblicklich zu explodieren.

Aber es war noch zu früh, denn er wollte mehr von ihr spüren.

Leo schnappte sich ihre ungezogene Hand. Dann legte er in einer fließenden Bewegung ihr Bein aufs Bett und streckte sich auf ihr aus. Als sie Nase an Nase, Haut an Haut lagen, küsste er sie und schob ihr die Zunge in den verlockenden Mund. Georgia stöhnte und hob die Knie, um seine Hüften zu drücken.

Diese Stellung hatte etwas Ursprüngliches – sein Mädchen unter ihm –, genau dort, wo sie hingehörte. Und weil sie weiter so glückliche, ermutigende Laute von sich gab, konnte er sich nicht länger zurückhalten. Er musste sich bewegen, musste es zu Ende bringen. Er stieß mit den Hüften zu, während sie in seinen Mund keuchte.

»Leo«, stöhnte sie. Ihre Körper verschmolzen miteinander, und beim Klang seines Namens auf ihren Lippen fühlte er sich wie ein Gott.

Und das war's.

Im nächsten Moment errang er den süßen Sieg und schrie auf. Dann ließ er sich mit dem Gesicht nach vorn aufs Kissen fallen, während sie ihn an sich zog. Schwer atmend und ineinander verschlungen lagen sie einfach nur da.

Und die Welt war in Ordnung.

25

Georgia grinste in der Dunkelheit wie eine Irre und wollte den großen, verschwitzten Mann, der auf ihr zusammengebrochen war, gar nicht wieder loslassen. Es gab nichts Besseres als das hier. Vor allem, weil er sie offensichtlich auch nicht loslassen wollte. Nachdem sie beide wieder zu Atem gekommen waren, machte er keine Anstalten, sich von ihr zu lösen. Stattdessen rollte er sich mit ihr auf die Seite und zog sie an seine Brust. Seine Finger strichen durch ihre Haare, und er stieß einen zufriedenen Seufzer aus.

Nach einer Weile driftete Georgia in die schläfrigen Halbträume der sexuell Befriedigten hinüber.

»Ich möchte hierbleiben«, flüsterte er und weckte sie auf.

»Mmm.« Sie seufzte. »Ich hole dir eine Zahnbürste.«

»Ich habe meine mitgebracht.«

Sie zwickte ihn in die Hüfte. »Ganz schön selbstbewusst.«

»Ich höre keine Klagen.«

Punkt für Leo. »Geh du zuerst. Nimm dir im Bad alles, was du brauchst.«

Während er im Bad war, zog sie sich ein übergroßes Bruisers-T-Shirt an und wünschte sich dreißig Sekunden lang, sie hätte sexy Nachthemden wie Becca. Aber sie war einfach nicht der Typ für sexy Nachthemden, und es hatte keinen Sinn, so zu tun als ob.

Eine Minute später kam Leo nackt wieder in ihr Zimmer geschlurft und kletterte ins Bett. Als sie sich nach dem Zähneputzen wieder zu ihm legte, hatte er die Augen geschlossen. Doch er schlang die Arme um sie und zog sie fest an sich. Seine Hand kroch unter ihr Shirt, und er stieß einen zustimmenden Laut aus. »Das gefällt mir«, murmelte er schläfrig. »Direkter Zugang zu den Mädels. Gute Nacht«, sagte er und drückte die linke. »Gute Nacht«, wiederholte er und umfasste die rechte.

Mit einem Lächeln auf dem Gesicht schlief sie ein. Und sie hätte durchgeschlafen, wenn nicht einige Zeit später ihr Telefon neben dem Bett zu brummen angefangen hätte. Sie schlug ein Auge auf. Es war stockdunkel im Zimmer, abgesehen vom Leuchten ihres Handydisplays. Sie klappte das Auge wieder zu und beschloss, dass der Anruf nicht wichtig sei. Sie war nicht nur schläfrig, es war auch viel wärmer und gemütlicher als sonst. Leos großer Körper lag neben ihr ausgestreckt.

Himmlisch.

Das verdammte Telefon vibrierte erneut. Niemand rief sie mitten in der Nacht an. Genau genommen war sie sich sicher, dass sie es so eingestellt hatte, dass es nach 23 Uhr automatisch auf lautlos schaltete, abgesehen von ein paar wichtigen Telefonnummern.

Mist.

Jetzt war Georgia hellwach. Wenn ihr Telefon Lärm machte, dann musste es wichtig sein. In dem Augenblick, als sie danach griff, klingelte es an der Wohnungstür. Vielleicht hatte Becca sich ausgesperrt?

Sie schwang die Beine aus dem Bett, schnappte sich das Telefon und tapste ins Wohnzimmer. Auf dem Handydisplay stand: *Anruf in Abwesenheit: Dad.* Sie drückte auf »Anrufen«. Während sie darauf wartete, dass sich die Verbindung aufbaute, fiel ihr auf, dass Beccas Zimmertür geschlossen war. Also war ihre Mitbewohnerin doch zu Hause …

»Liebling?«, sagte ihr Vater an ihrem Ohr. »Kann ich raufkommen?«

»Was? Warum? Es ist …« Sie blickte sich um, sah aber keine Uhr. »Spät«, riet sie.

Er lachte leise. »Ich weiß, und es tut mir leid. Aber ich war was trinken und habe den letzten Zug nach Huntington verpasst.«

»Wo ist dein Auto?«

»Ich kann nicht mehr fahren«, murmelte ihr Vater. »Für so einen schmächtigen Kerl kann Nate ganz schön was wegbechern. Ich weiß nicht, wo er das hinsteckt.«

»Stehst du vor der Haustür?«, fragte sie, als sie es endlich kapiert hatte. Ihr Vater hatte vor, hier in ihrer Wohnung aufzuschlagen. Wo Leo gerade nackt in ihrem Bett lag. Ach, du lieber Himmel.

»Ja, Liebling. Ich verspreche dir auch, dass es nicht zur Gewohnheit wird.« Er lachte betrunken.

Georgia drückte auf den Türöffner. »Sag mir, wenn du drinnen bist.«

»Bin drinnen.«

Sie beendete das Telefongespräch und flitzte in ihr Zimmer, um die Gästebettwäsche herauszusuchen.

»Wasislos?«, fragte Leo schlaftrunken.

»Nichts«, zischte sie. »Tu mir einen Gefallen und verhalte dich absolut ruhig. Mein Vater ist auf dem Weg nach oben.«

»Okay«, murmelte er noch immer schläfrig.

Sie verließ ihr Schlafzimmer und zog die Tür halb hinter sich zu, dann beäugte sie sie misstrauisch in der Hoffnung, dass sie aussah wie *lässig* angelehnt. Als es an der Wohnungstür klopfte, öffnete sie, um ihren Vater hereinzulassen.

»Hi, Prinzessin«, sagte er mit leichtem Lallen. »Geh niemals mit Leuten trinken, die nur halb so alt sind wie du.«

»Ich werd's mir merken.« Sie ging hinüber zur hässlichsten Couch der Welt und ließ die zusammengefaltete Bettwäsche darauffallen. Shit! Überall auf dem Boden lagen Klamotten verteilt. Zum Glück war es ziemlich dunkel hier drin. Panisch kickte sie Leos riesige Schuhe unter die Couch. »Warum gehst du nicht ins Bad? Da ist, ähm, noch eine Zahnbürste im Badezimmerschränkchen. Noch verpackt. Kannst du nicht übersehen.«

»Danke«, murmelte ihr Vater. »Zahnpflege ist gerade nicht meine größte Sorge. Hast du eine Aspirin?«

»Bedien dich.«

Kaum war er ins Bad getrampelt, langte Georgia nach Leos Gürtel und nach ihren Shirts, brachte sie in ihr Zimmer und legte sie auf den Stuhl in der Ecke. Wieso verhielt sie sich auf einmal wieder wie eine unartige Jugendliche? Es war lächerlich.

Zurück im Wohnzimmer, schlug sie die Laken und die Decke aus und zog einen Kissenbezug auf eins der Sofakissen. Es war nicht gerade das Plaza Hotel, aber ihr Vater würde schon damit zurechtkommen.

»Danke, Liebling«, sagte er, als er aus dem Badezimmer kam. »Tut mir leid, dass ich dich aufgeweckt habe. Ich bin dir für den Gefallen wirklich dankbar. Wir waren gerade in der Gegend …«

»Schon verstanden.« Sie seufzte. »Schlaf gut.«

»Ich lade dich morgen zum Frühstück ein, als Dankeschön.«

»Ähm, danke. Gute Nacht.«

Verdammt. Das war's dann wohl mit ihrem faulen Morgen mit Leo im Bett. Mit schuldbewusst klopfendem Herzen schlich Georgia zurück in ihr Zimmer und schloss die Tür vollständig. Dann schlüpfte sie wieder ins Bett.

Leo drehte sich auf die Seite und zog sie an sich. »Hey. Alles okay?«

»Pssst!«, flüsterte sie ihm ins Ohr. »Er ist direkt auf der anderen Seite der Tür.«

Er war still, aber sie spürte, wie sein Bauch vor unterdrücktem Lachen bebte. Dann näherte er sich mit dem Mund ihrem Ohr, seine Stimme ein leises Knurren. »Immer diese Heimlichtuerei. Heißt das, es gibt morgen keinen Guten-Morgen-Sex?«

»Leo«, warnte sie ihn so leise sie konnte. »Bitte, er darf es nicht wissen.«

Er leckte ihr übers Ohrläppchen. »Schämst du dich für mich?«

»Nein!«

Immer noch lachend, drückte er sein Gesicht an ihre Wange. »Ist es schrecklich, dass ich es öffentlich machen will? Du gehörst zu mir, Gigi. Es ist mir egal, wer davon weiß.«

»Nur noch eine kleine Weile«, flüsterte sie. »Bis zur Transferdeadline. Ich will dich nicht verlieren.«

Leo rollte sich auf sie. »Okay«, flüsterte er. »Aber ich würde gerade gern eine Menge Lärm machen.« Er küsste sie auf den Nacken.

Sie schlang die Arme um ihn und seufzte. Es war wirklich eine Schande.

Als Georgia das nächste Mal aufwachte, war ihr Zimmer vom Sonnenschein durchflutet. Und sie lag allein im Bett.

Mist!

Rasch setzte sie sich auf und lauschte. Sie hörte ihren Vater auf dem Sofa schnarchen. Und dann das Rauschen der Toilettenspülung. Das Quietschen der Badezimmertür gefolgt von jemandem, der sich vorsichtig durch die Wohnung bewegte.

Einen Augenblick später huschte Leo wieder in ihr Zimmer. Er trug nichts als Boxershorts und ein breites Grinsen im Gesicht. Es war ein herrlicher Anblick, trotzdem machte er Georgia nervös. Er schloss die Zimmertür hinter sich, dann krabbelte er aufs Bett und drückte Georgia auf die Matratze.

»Er hätte dich sehen können!«, flüsterte sie.

»Der Mann zersägt Baumstämme da draußen«, sagte Leo und knabberte an ihrem Ohr. »Aber ich muss zusehen, dass ich hier rauskomme, solange die Gelegenheit günstig ist.«

Allerdings ging er nicht. Stattdessen fing er an, sanfte Küsse auf ihre Wangenknochen zu drücken. Eine seiner Hände wanderte unter die Bettdecke, strich ihr übers Knie und glitt ihren Oberschenkel hinauf ... Es war wirklich wie im Traum. An einem Wochenende gemeinsam mit Leo aufwachen.

Mit ihrem Vater im Nebenzimmer.

Seufz.

Sie gab ihm einen leichten Schubs gegen die Brust. »Benimm dich«, flüsterte sie.

Er lächelte sie frech an. Doch dann stand er auf und nahm seine Jeans vom Stuhl.

»Deine Schuhe liegen unter der Couch«, flüsterte Georgia. »An diesem Ende«, sagte sie und deutete in die Richtung.

Als er sich angezogen hatte, klopfte Leo sich auf die Taschen, um nach seinem Handy und dem Schlüssel zu tasten. Dann gab er Georgia einen Kuss auf den Kopf. »Ich rufe dich nachher an.«

Sie nahm seine stoppeligen Wangen in beide Hände und hielt ihn noch einen Augenblick länger fest. »Okay. Tut mir leid, dass es kein Frühstück gibt.«

»Nächstes Mal.«

Sie stand auf, um ihm dabei zuzusehen, wie er ging.

Langsam öffnete Leo die Zimmertür erneut.

Ihr Vater schnarchte dröhnend, mit einem netten lauten Pfeifen am Ende jeden Atemzugs, genau wie in einem Cartoon. Auf Zehenspitzen schlich Leo zum Ende der Couch und bückte sich. Vorsichtig zog er erst einen Schuh hervor und dann den anderen. Er hakte die Finger in die Ferse und stand langsam auf.

In diesem Augenblick geschah alles auf einmal. Ihr Vater pfiff noch einmal besonders laut und hörte dann auf zu schnarchen – es wurde totenstill. Leo erstarrte mitten auf dem Weg in Richtung Freiheit. Und Beccas Zimmertür ging auf. »Hi«, begann sie, unterbrach sich aber, wahrscheinlich weil sie Leos angespannte Körperhaltung bemerkte.

Auf dem Sofa hustete Georgias Vater und raschelte mit den Laken. Georgia konnte ihn von ihrer Zimmertür aus nicht sehen, aber es war das Geräusch eines Mannes, der aufwachte. Hektisch deutete sie auf Leo und dann auf die Tür.

Leo war schon sein ganzes Leben lang ein Sporttalent gewesen. Er wusste, wie man eine Chance erkennt und verwandelt. Nun beeilte er sich also, die Tür zu erreichen.

»Morgen, Becca«, rief Georgia laut und mit aufgesetzter Fröhlichkeit. »Gut geschlafen? Mein Dad ist hier.«

Noch bevor sie den Satz beendet hatte, war Leo zur Tür hinaus. Beim Geräusch der sich öffnenden und wieder zuklappenden Wohnungstür zuckte Georgia zusammen.

»Ähm, ja?«, machte Becca mit weit aufgerissenen Augen.

»Prinzessin?«, rief ihr Vater. »Bist du gerade reingekommen?«

»Jepp!«, antwortete sie viel zu schwungvoll. »Habe nach der Zeitung geschaut, aber sie war noch nicht da.«

Er setzte sich auf. »Wie spät ist es?«

»Gute Frage«, sagte sie mit immer noch rasendem Herzen. »Das gehe ich mal herausfinden.«

Mit klopfendem Herzen flüchtete sie in ihr Zimmer. Und drei Minuten später bekam sie eine Nachricht von Leo. *Ich bin jetzt zu Hause, aber ich habe was vergessen.*

Was???, antwortete sie und hoffte inständig, dass ihr Vater gerade nicht Leos Armbanduhr zwischen den Sofakissen entdeckte.

Ich habe mich nicht von den Mädels verabschiedet, verdammt. Ich vermisse sie.

Sie sackte vor Erleichterung förmlich zusammen. *Die vermissen dich auch.*

Genau genommen gab es einige Körperteile, die sich heute Morgen einen Besuch von ihm gewünscht hätten. Aber man kann nicht alles haben. Langsam zog Georgia sich an, dann ging sie hinaus, um nach ihrem Vater zu schauen.

»Es ist Viertel vor zehn, Dad. Du kannst mit mir frühstücken gehen, wann immer du so weit bist.«

»Okay«, sagte er und stand von der Couch auf. »Ich lade alle meine Mitbewohnerinnen zum Frühstück ein. Wo möchtest du gern essen, Becca?«

Ihre Freundin kicherte. »Oh, mir war nicht klar, dass du mich meinst.«

Georgia warf ihr einen bösen Blick zu.

»Klar. Natürlich meintest du mich«, sagte Becca. »Ich hole nur eben meine Handtasche.«

Die folgende Woche war wunderbar, aber auch anstrengend.

Georgia steckte noch immer bis zum Hals in Arbeit, und Leo hatte wie alle Spieler einen vollgestopften Terminplan aus Training und Heimspielen. Sie spielten Unentschieden gegen Boston und schlugen Washington, D.C., wobei Leo ein Tor schoss und zwei Vorlagen machte.

In der PR-Abteilung lief alles wie geschmiert. Das Interview mit Nate und ihrem Vater erschien auf der Titelseite des Sportteils der *Times*. »Der junge Milliardär und sein junges Eishockeyteam.« Nate schien zufrieden damit, also verbuchte Georgia es als Erfolg.

Für Georgia und Leo war es nicht einfach, Zeit miteinander zu verbringen, doch sie lösten dieses Problem, indem sie einfach wenig schliefen. Der einzige Wermutstropfen daran war Georgias Erschöpfung. Sie war es nicht gewöhnt, bis in die frühen Morgenstunden wach zu bleiben, weil sie mit Leo sechs verlorene Jahre an Sex aufholen musste, und dann wieder früh aufzustehen, weil sie im Büro sechs verlorene Tage an Arbeit aufholen musste.

Und selbst wenn Leo neben ihr im Bett schlief, kämpfte Georgia darum, die Augen offen zu halten. Denn seinen ruhigen Atem zu hören, war ebenfalls kostbar. Mit dem Mann, den sie liebte, ein Bett zu teilen, war ein vollkommen neues Glück für sie. Sie freute sich auf die Wärme, die er im Schlaf ausstrahlte, egal ob sie bei ihr oder bei ihm waren.

Am Donnerstagabend war Silas etwas trinken gegangen, also hatten sie und Leo das Loft für sich allein. Sie schafften es, ungefähr sieben Minuten lang auf dem riesigen Flachbildschirm fernzusehen, bevor sie auf dem Ledersofa übereinander herfielen.

Danach stellte Georgia ihren Handywecker für einen frühen Start am Freitagmorgen. Als er klingelte, war sie sehr diszipliniert. Nur zwei Minuten lang bewunderte sie den gottähnlichen schlafenden Körper in dem riesigen Bett neben sich, bevor sie in die glamouröse verglaste Duschkabine in Leos angrenzendem Badezimmer schlich. Sie seifte sich ein und wusch sich die Haare, doch dann ging die Badezimmertür auf und Leo erschien, nackt. Er stieg zu ihr in die Dusche und ging in die Knie, ohne auch nur ein Wort zu sagen.

»Guten Morgen«, knurrte er, bevor er mit den großen Händen ihren Po umfasste.

»Gut...«, brachte sie heraus, bevor er sich vorbeugte und die Stelle küsste, wo sich ihre Oberschenkel berührten. »Uarrrgh!«, machte sie und hielt sich mit den Händen an der gefliesten Wand fest, um nicht das Gleichgewicht zu verlieren.

»Mmmm«, machte Leo, und der Laut vibrierte mitten im Zentrum ihres auf einmal lüsternen Körpers. Er presste sich an sie, seine Zunge bahnte sich den Weg dorthin, wo es drauf ankam, und sie fuhr ihm mit der Hand in die nassen Haare und stöhnte.

An diesem Tag erschien sie nicht so früh bei der Arbeit, wie sie es geplant hatte. Und sie war immer noch müde von ihren nächtlichen Vergnügungen. Aber dafür gab es schließlich Kaffee.

Doch noch besser als Koffein waren die Möglichkeiten, die jeder Tag von nun an bereithielt. Auch wenn sie Leo bei der Arbeit selten zu sehen bekam, erfüllte sie allein der Gedanke an seine Nähe mit Aufregung. Wozu brauchte sie Fallschirmspringen, wenn sie einen heimlichen Freund hatte, der jeden Moment auf dem Korridor um die Ecke biegen und einem so verschwörerisch zuzwinkern konnte, dass sie rot anlief? Und da Freitag war und alle im Büro über ihre Pläne fürs Wochenende redeten, erwartete sowieso niemand geistige Höchstleistungen von Georgia.

Sie arbeitete lange, natürlich, denn die Presseakkreditierungen für das kommende Wohltätigkeitsbankett zugunsten eines Brooklyner Frauenhauses organisierten sich nicht von allein. Aber gegen sechs konnte sie endlich Feierabend machen. Sie hatte die dringendsten Punkte auf ihrer To-do-Liste abgearbeitet. Endlich. Bevor sie nach Hause gehen konnte, musste sie noch einen Ordner mit Informationen über Nates Stiftung in Beccas Büro bringen. So wäre wenigstens ihr eigener Schreibtisch leer und aufgeräumt, wenn sie am Montag zurückkäme.

Wieder einmal war Georgia länger bei der Arbeit geblieben als das Fußvolk. Als sie am Großraumbüro vorbeikam, waren alle Monitore schwarz, abgesehen von einem Bildschirmschoner mit O'Doul, wie er letztes Jahr gegen Detroit das Siegtor schoss.

Ihre Chucks machten kein Geräusch, als sie den Korridor zum Chefbüro entlangging. Becca war schon längst zu Hause – auch ihr Bildschirm war schwarz. Doch gerade, als sie den Ordner auf Beccas Schreibtisch legte, hörte sie Hugh Majors Stimme durch die geschlossene Tür zu seinem Büro. Und sie hörte, wie er sagte: »Der Anruf kam aus Vancouver. Sie wollen über den Neuling sprechen. Trevi.«

Georgia erstarrte wie ein Dieb in der Nacht. Sie hätte sich umdrehen und gehen sollen, aber sie konnte nicht anders, sie musste einfach bleiben und lauschen.

Eine Pause entstand, und sie nahm an, dass Hugh telefonierte und jemand anderem zuhörte. Doch dann vernahm sie die Stimme ihres Vaters. »Ja? Wollen sie uns ein Angebot machen?«

Gänsehaut breitete sich in Georgias Nacken aus.

»Ja«, bestätigte Hugh, und ihr Herz verkrampfte sich. »Könnte allerdings ein schlechter Deal sein. Wenn sie die Blogs lesen, glauben sie vielleicht, dass du ein Problem mit diesem Spieler hast. Sie werden uns wahrscheinlich ein Scheißangebot machen, nur um zu sehen, ob wir anbeißen.«

Die nächste Stille war lang. *Bitte nicht*, flehte Georgia innerlich. Sie wusste nicht, ob sie ihren Vater anflehte, das Universum oder Leo selbst. Aber Vancouver war richtig, richtig weit weg. Sie hielt den Atem an.

»Schauen wir mal, was sie anbieten«, sagte ihr Vater. »Vielleicht ist das genau das, was wir brauchen.«

Georgias Herz stolperte und stürzte zu Boden.

»Bist du weg?«, fragte Hugh. Hinter der Milchglasscheibe der Bürotür bewegte sich ein Schatten.

Das riss Georgia aus ihrer Erstarrung. Sie schlüpfte zur Tür hinaus und ging allein zurück in ihr Büro.

Sie setzte sich an ihren Schreibtisch. Im Gebäude war es so still, dass sie ihren Stuhl quietschen hörte. Die Stille war ihr nur allzu vertraut. Lange Zeit hatte Georgia alles mit sich selbst ausgemacht und sich so sehr an die Stille gewöhnt, dass sie sie gar nicht mehr wahrgenommen hatte. *Ich sollte mich wohl besser wieder daran gewöhnen*, sagte sie zu sich selbst.

Für einen kurzen Moment war ihr Leben nicht so still gewesen. Sie war so von Leo mitgerissen worden, dass sie ganz vergessen hatte, dass die guten Dinge nie von Dauer waren.

Wie sie so in ihrem Bürostuhl saß, sah Georgia keinen Grund mehr, nach Hause zu gehen. Also blieb sie noch ein wenig länger, das Kinn in die Hand gestützt, und fragte sich, was zur Hölle wohl passieren würde. Und je länger sie darüber nachdachte, desto komplizierter wurde die Situation.

Sie konnte Leo nicht erzählen, was sie mit angehört hatte. Erstens war es streng vertraulich. Zweitens würde es ihm nur Sorgen bereiten. Vielleicht war es sowieso nur falscher Alarm. Die meisten Wechsel, die Manager und Trainerstab diskutierten, fanden am Ende gar nicht statt.

Warum also war sie sich so schmerzhaft sicher, dass dieser zustande kommen würde?

Weitere verzweifelte Minuten verstrichen, in denen sie sich Leo in einem Flugzeug nach British Columbia vorstellte, wo der Coach ihn wollte und ihm sofort mehr Zeit auf dem Eis geben würde. Sie fluchte leise. Wenn sie die Neuigkeiten an

Leo durchsickern ließe, würde er vielleicht etwas Unüberlegtes tun, vielleicht vor ihrem Vater auf die Knie fallen und ihn anflehen, in Brooklyn bleiben zu dürfen, und damit die Chance vergeben, für ein Team zu spielen, in dem er sein volles Potenzial ausschöpfen könnte.

Oder, schlimmer noch, vielleicht würde er das *nicht* tun. Vielleicht würde er fröhlich in das erstbeste Air-Canada-Flugzeug steigen und aus dem Fenster winken.

Herrje, sie wusste nicht, was schlimmer wäre.

Obwohl es schon sechs Uhr war, pingte ihr Computer mit einer letzten E-Mail für heute. *War ja klar*. Sie kam von Hugh Major, also öffnete sie sie.

Hey Georgia, Montagnachmittag kommt dieser Bewerber für unsere Presseabteilung zum Vorstellungsgespräch. Kannst du mir bis Montagmorgen mitteilen, was für Fragen du an ihn hast? Wünsche dir ein schönes Wochenende.

Wiederwillig klickte Georgia auf den Lebenslauf, den Hugh angehängt hatte. *Bitte lass es eine neunzehnjährige Praktikantin sein*, betete sie.

Leider war der Bewerber ein einunddreißigjähriger Mann, der momentan als stellvertretender Pressesprecher für ein AHL-Team im Mittleren Westen arbeitete. Als sie die Seite hinunterscrollte, stürzte ihr Herz die Kellertreppe hinunter und blieb auf dem kalten, harten Boden liegen. Der Bewerber hatte einen Abschluss in Marketing von der Wharton School, und er hatte in North Dakota College-Eishockey gespielt, während er in seiner Freizeit eine eigene T-Shirt-Firma aufgezogen hatte.

Zum Glück hatte Georgia in Brooklyn keine Mafiakontakte, ansonsten hätte sie vielleicht herumgefragt, ob irgendjemand einen guten Auftragskiller kannte.

Sie griff nach ihrem Katt-Phone und schrieb Becca eine Nachricht. *Ruf schon mal die Teigtaschen-Lieferdrohnen. Ich besorge den Wein.*

Dann zog sie ihren Mantel an und ging hinaus. Als sie ihren Häuserblock auf der Water Street erreichte, blickte sie an dem Gebäude hoch, in dem Leo wohnte. Sie hatte sich gerade daran gewöhnt, ihn wieder in ihrer Nähe zu haben. Nun würde sie sich erneut anpassen müssen. Dieses Gebäude würde wieder einfach nur ein Gebäude sein. Und bei der Arbeit würde sie nie wieder um eine Ecke biegen und Leos hübsches Gesicht sehen, das einen Teamkameraden anlächelte. Sie würde nie wieder sein Lachen aus der Umkleide schallen hören.

Schmerz breitete sich in ihrer Brust aus. Sie überquerte die Straße und betrat ihr eigenes Gebäude, wo sie in Selbstmitleid versinken würde, genau wie früher.

26

Samstag, 20. Februar
9 Tage vor dem Ende der NHL-Transferperiode
Brooklyn, New York

Schlagzeile des Tages:
Lokalderby: Bruisers treffen auf Rangers
– The Times

Mitten in der Saison war das Morgentraining manchmal als optional im Terminkalender eingetragen. Spieler, die zu erschöpft waren, weil sie öfter als andere gespielt hatten, konnten sich abmelden.

Leo würde sich auf gar keinen Fall einen Morgen freinehmen. Es war nicht besonders schlau, einen auf Drückeberger zu machen, wenn man um seinen Job kämpfte. Obwohl er sich beim Geburtstagsessen für Bayer bei Peter Luger's bis spät in die Nacht betrunken hatte, stand er deshalb auf und quälte sich zu diesem brutalen Training. Dann hatte er einen Termin bei Ari, der Massagetherapeutin, und verbrachte danach einige Zeit, mit dem Physio über Dehnübungen zu sprechen.

Jetzt war es Mittag, und in fünf Stunden würde er aufs Eis gehen müssen. Aber erst musste er mit Silas' Auto nach Long Island zum Geburtstagsessen seiner Mutter fahren. Sie hatten es so eingerichtet, dass es in seinen Terminplan passte.

Mit seinem Anzug in der Kleiderhülle und dem Schlüssel in der Hand hielt er kurz inne, um Georgia anzurufen.

»Hallo?« Ihre Stimme klang sanft an sein Ohr.

»Hey, Babe. Bist du fertig? Wir treffen uns in fünf Minuten vor der Tür.«

In der Leitung herrschte Schweigen. »Leo, ich halte es für keine gute Idee, wenn ich heute mit dir nach Hause komme.«

Etwas an ihrer Stimme ließ ihm einen Schauer über den Rücken laufen. »Warum? Was ist los?«

Georgia antwortete nicht sofort. »Ich glaube, wir sollten das alles etwas langsamer angehen lassen. Nur … für ein paar Wochen einen Gang runterschalten.«

»Äh …« Leo wusste nicht, was er sagen sollte. Das letzte Mal, als er Georgia gesehen hatte, hatten sie es in seiner Dusche miteinander getrieben wie Pornostars, und sie hatte seinen Namen geschrien. »Baby, wir müssen meiner Mutter ein Geburtstagsständchen bringen. Es ist ihr Fünfzigster. Und dann können wir darüber reden, was dich bedrückt.«

»Ich kann nicht mitkommen«, flüsterte sie. »Es tut mir so leid.«

Sie legte tatsächlich auf, und mit dem Katt-Phone am Ohr stand Leo da wie ein Trottel und versuchte zu verstehen, was gerade geschehen war.

Keine Panik, redete er sich zu. Er schnappte sich seine Tasche, rannte aus der Wohnung und nahm den Aufzug hinunter in die Lobby, wo der Portier mit Silas' Autoschlüssel wartete. »Ich brauche nur fünf Minuten«, sagte er. »Bin sofort wieder da.«

Er rannte über die gepflasterte Straße und lehnte sich gegen Georgias Klingel.

»Hallo?«, rief eine Frauenstimme hinunter. Die Klangqualität war so schlecht, dass er nicht mit Sicherheit sagen konnte, ob es Georgia war.

»Ich bin's, Leo. Ich muss raufkommen.«

Als der Öffner gedrückt wurde, vibrierte die Tür, und er riss sie auf und sprintete die Stufen hinauf. Becca öffnete die Tür. Stumm bedeutete sie ihm hereinzukommen. Dann nickte sie in Richtung von Georgias Zimmertür.

Leo ging hinüber und blieb im Türrahmen stehen. Georgia saß in Jogginghose und einem weichen Pulli auf der Bettkante. Neben ihr stand ihre Tasche, und der Mantel lag auf ihrem Schoß. »Babe? Sieht so aus, als wärst du fertig.«

Sie hob die Augen, ihr Blick war voller Kummer. »Ich glaube, ich sollte nicht mitkommen. Deine Familie …« Sie ließ den Satz ersterben.

»… liebt dich«, beendete er ihn.

»Ich habe gar kein Geschenk für deine Mom«, argumentierte sie matt.

»Kein Problem. Ich habe ein Trikot und eine Flasche von ihrem Lieblingswein dabei. Wir sind ausgerüstet.« Georgia wirkte nicht überzeugt. »Hab ich erwähnt, dass DJ Lasagne gemacht hat?«

»Lasagne?« Ihr Magen knurrte so laut, dass er es am anderen Ende des Zimmers hören konnte.

Er ging zwei Schritte hinein und streckte ihr die Hand entgegen. »Wie gesagt, ich weiß nicht, was dich bedrückt. Aber wir sollten nicht zu spät zum Essen kommen. Wahrscheinlich gibt es eine Geburtstagstorte von Reinwald's. Schokolade mit Himbeerfüllung. Und wenn du mir etwas sagen willst, werde ich dir zuhören.« Er hielt die Luft an und wartete.

Georgia seufzte. Aber sie nahm seine Hand und stand auf. »Es fällt mir nicht leicht, dir zu widerstehen«, flüsterte sie.

Wärme breitete sich in seiner Brust aus, und er schloss die Hand um ihre. »Und es liegt sicher nicht an der Lasagne und der Geburtstagstorte, was?«, witzelte er. »Gehen wir. Der Wagen steht schon bereit.«

Sie gingen hinunter und überquerten die Straße. Er hielt ihr die Beifahrertür des schwarzen VW Jetta auf, rannte um den Wagen herum und stieg auf der Fahrerseite ein. Georgias Zögern hatte ihn eine Viertelstunde gekostet, und er hatte keine Zeit zu verlieren.

»Nettes Auto«, sagte sie, als er losfuhr.

»Es gehört Silas. Aber auf dem College bin ich das gleiche Modell gefahren. DJ hat es jetzt.«

»Oh.« Sie runzelte die Stirn. »Komisch. Ich kann mir dich nur in diesem alten Truck vorstellen.«

»Ich habe ihn verkauft, nachdem du dich von mir getrennt hast.«

»Warum?«, fragte sie.

»Zu viele Erinnerungen. Immer, wenn ich in den Truck gestiegen bin, habe ich an dich gedacht. Ich könnte schwören, dass er sogar nach dir gerochen hat.«

Georgia wandte sich ab und sah aus dem Fenster, als wolle sie nichts davon hören. Er wusste nicht, was sie heute erschreckt hatte. Aber wenn sie glaubte, sie könne ihre Probleme verdrängen und er würde das einfach so hinnehmen, dann hatte sie sich auf jeden Fall geschnitten.

Sie steckten da gemeinsam drin, verdammt. Das hätte er ihr sagen sollen, als sie achtzehn waren. Andererseits – wenn dir ein Mädchen, das vergewaltigt worden ist, sagt, du sollst dich fernhalten, dann hältst du dich fern. Selbst wenn du es nicht willst.

Diesmal würde es jedoch anders laufen. Sie waren keine Kinder mehr. Er würde sie bitten, ihm zu verraten, was sie bedrückte. Allerdings erst später. Er würde ihr noch ein paar Stunden Galgenfrist gewähren. »Hier geht es zum Brooklyn-Queens Expressway, richtig?«

»Ja, genau.« Sie fuhren eine Weile schweigend, bis er beschleunigte, um auf die Autobahn aufzufahren. »Kannst du beim Blumenladen anhalten, bevor wir zu euch fahren? Ich kann nicht mit leeren Händen auftauchen.«

»Mom wird vor Freude einen Salto machen, wenn sie dich sieht. Sie braucht kein Geschenk. Du bist das Geschenk.« Er hatte seinen Eltern noch nicht erzählt, dass er und Georgia wieder zusammen waren. Es war noch so neu und irgendwie geheim. Und er hatte keine Lust verspürt, irgendwelche Fragen zu beantworten.

Georgia war schrecklich still, deshalb schaltete Leo das Radio ein und suchte die Frequenz von WBAB. Den Rocksender hatte er immer auf der Highschool gehört. Er kicherte. »Hört sich an wie damals. Manche Dinge ändern sich nie.«

Sie antwortete nicht. Aber er konnte beinahe ihre Gedanken hören. *Manche Dinge ändern sich sehr wohl, selbst wenn man es nicht möchte.*

Fast pünktlich kamen sie vor dem Haus an, und Leo parkte gegenüber einer Stretchlimousine, deren Fahrer hinter dem Steuer Zeitung las. So reiste die Freundin seines Bruders, ein echter Filmstar.

Auf dem Weg die Auffahrt hinauf zur Küchentür des zweigeschossigen Tudorhauses, in dem er aufgewachsen war, nahm er ihre Hand. Sie war schon tausendmal hier gewesen. Er fragte sich, ob es seltsam für sie war, nach all dieser Zeit wieder hier zu sein.

Leo schob die Tür auf und trat ein. »Hey, Mom! Herzlichen Glückwunsch! Wie fühlt es sich an, dreißig zu werden?«

Seine Mutter drehte sich um, um ihn anzulächeln, aber als sie Georgia sah, fiel ihr glücklicher Gesichtsausdruck in sich zusammen. »Georgia, mein Schatz!«, keuchte sie. »Mein Gott.« Sie schlug die Hand vor den Mund.

Ein paar Meter entfernt am Küchentisch kreischte Leos

kleine Schwester auf und ließ das Messer fallen, mit dem sie Tomaten geschnitten hatte.

Er spürte, wie Georgia sich neben ihm versteifte.

Okay – das war viel mehr Aufruhr, als er beabsichtigt hatte. Offenbar hätte er seine Mutter vorwarnen sollen, dass er Georgia mitbrachte. Jetzt starrten sie alle an.

»Leute«, sagte er leise. »Ihr macht Georgia Angst. Sie ist nicht von den Toten wiederauferstanden.«

Mrs Trevi ließ die Hand sinken. »Es tut mir leid. Ich bin nur …« Sie wischte sich die Hände an der Schürze ab. »Ich freue mich sehr, dich zu sehen, mein Schatz.« Sie kam herüber und umarmte Georgia.

»Ich auch!«, rief Violet, die lachend hinzukam. Georgia wurde so fest gedrückt, dass Leo sich um ihre Rippen sorgte. »Du verstehst das nicht«, sagte Violet. »Auf dem College war Leo mit so furchtbaren Mädels zusammen. Das waren richtig schlechte Menschen …«

»Gott, Vi. Halt die Klappe, verdammt«, beschwerte er sich.

»Hier wird nicht geflucht, Leo«, sagte seine Mutter.

Georgia befreite sich von den Trevi-Frauen und wirkte wegen des liebevollen Ansturms mehr als verlegen. »Wow«, sagte sie und sah sich in der Küche um, als wolle sie ermessen, wie viel tatsächlich noch wie früher war. An der Wand hing sogar noch die Tafel, die sie Leos Mutter einmal zu Weihnachten geschenkt hatte. *Rosinen in Schokokeksen sind der Grund für meine Vertrauensprobleme.* Ihr Blick landete auf Violet, und endlich lächelte sie. »Gott, wann bist du so *schön* geworden? Das ist einfach nicht fair.«

Seine Schwester strahlte. »Hör auf! Scheiße, das letzte Mal, als du hier warst, trug ich noch eine Zahnspange.«

»Violet«, sagte Leos Mutter. »Das S-Wort will ich hier nicht hören.«

»Hey, Leute!« Die Stimme von Leos Bruder kam aus dem Wohnzimmer. »Kann mir mal jemand ein Bier bringen? Das Spiel läuft schon.«

»Hol's dir doch selbst!«, rief Violet.

»Ich mach schon«, sagte Georgia. Sie ging zum Kühlschrank und öffnete ihn.

»Nimm dir auch etwas«, sagte seine Mutter. »Oder soll ich eine Flasche Wein aufmachen?«

»Limo ist super«, sagte Georgia und schnappte sich ein Bier und eine Cola Light aus dem Fach in der Tür.

Und jetzt hatte Leo ein Déjà-vu. Weil Georgia sich hier immer so wohlgefühlt hatte, in der Küche bei seiner Familie. Sie hatten viel Zeit hier verbracht, besonders als sie noch jünger waren, bevor es ihre Lieblingsbeschäftigung wurde, sich davonzuschleichen, um heimlich Sex zu haben.

Auf dem Weg ins Wohnzimmer ging sie an ihm vorbei, ohne ihn anzusehen. Offensichtlich war sie sauer auf ihn, weil er sie dieser seltsam emotionalen Situation ausgesetzt hatte. Zwischen ihnen gab es noch wunde Stellen – alte Verletzungen, die noch nicht ganz verheilt waren. Das hätte er schon früher erkennen sollen. *Es ist total einfach*, hatte er ihr neulich abends gesagt.

Vielleicht stimmte das nicht.

Leo folgte Georgia ins Wohnzimmer, wo sein Bruder mit seiner Freundin auf dem L-förmigen Sofa vor dem Fernseher saß. DJ drehte den Kopf und entdeckte Georgia. »Heilige Scheiße! Gigi! Das ist ja toll.« Er sprang auf, um Georgia auf die Wange zu küssen. Dann umarmte er sie fest.

Zu sehen, wie sein Bruder die Arme um Georgia schlang, machte Leo unerklärlicherweise sauer. Er räusperte sich. »Georgia, das ist Lianne. Sie ist super, trotz ihrer Schwäche für meinen Bruder.«

DJ zeigte ihm den Mittelfinger, und Lianne hob die Faust für einen Fist Bump mit Georgia.

»Hallo, meine Liebe«, sagte Georgia und erwiderte den Gruß. »Wie geht's dir? Hast du ein paar neue Playlists für mich? Dein fauler Freund hat mir schon eine Weile nichts mehr geschickt.«

»Ihr kennt euch schon?«

Georgia würdigte ihn nun doch eines Blickes. »Ja. Letzten Sommer haben wir uns in Manhattan zum Abendessen getroffen.« Ihre Augen fragten: *Und wo warst du?*

Gute Frage. Alles wäre einfacher gewesen, wenn er nicht diese verdammten sechs Jahre zwischen sie hätte kommen lassen. *Merke: Du bist nicht halb so clever, wie du glaubst.*

Georgia reichte DJ sein Bier. Er klopfte auf den leeren Platz neben sich. »Komm her. Ich wollte schon immer zwei Freundinnen haben.«

»DJ«, ermahnte ihn Georgia. »Das ist nicht nett gegenüber Lianne.«

»Du hältst ihn fest, ich schlage ihn«, schlug Lianne vor.

»Abgemacht.«

»Bringt mich nicht dazu, mein Bier zu verschütten«, sagte DJ und platzierte die Füße auf dem Couchtisch. Dann legte er die Arme um die beiden Frauen an seiner Seite.

»Wer spielt?«, fragte Georgia.

»Kentucky. Sie steuern ungeschlagen auf die Play-offs zu.«

»Gähn«, sagte Lianne, und Georgia lachte.

Weil Georgia zum ersten Mal seit einer Stunde entspannt wirkte, drehte sich Leo um und ging zurück in die Küche, wo seine Mutter und Violet gerade am Küchentisch den Salat anrichteten. »Komm her«, zischte Vi, als sie ihn erblickte. »Wir brauchen Antworten.«

Er schnappte sich ein Bier aus dem Kühlschrank und kam

zu ihnen an den Tisch. Er setzte sich und sah in ihre strahlenden Augen. »Wie wäre es, wenn wir keine große Sache daraus machen?«

Vi verdrehte die Augen. »Wo bleibt denn da der Spaß? Und wir lieben Georgia. Es war nie mehr so wie früher, nachdem ihr beide euch getrennt habt.«

Verlegen zuckte Leo mit den Schultern. Bis heute war ihm nicht in den Sinn gekommen, dass sein Liebeskummer auch seine Familie getroffen hatte. »Georgia und ich verbringen einfach ein bisschen Zeit miteinander. Das ist keine große Sache.«

»Ich denke schon«, sagte seine Mutter sanft. »Ich hoffe, dass es diesmal klappt. Aber wenn nicht, hast du es wenigstens versucht.«

Autsch. Seine Mutter war ziemlich clever. Vielleicht zu clever. »Wo ist Dad?«, fragte er, um das Thema zu wechseln.

»DAD!«, rief Vi. »LEO IST DA!«

Über ihnen erklangen Schritte, die schließlich die Treppe herunterkamen. »Hey«, sagte sein Dad und knuffte ihn gegen die Schulter. »Gibt's jetzt DJs Lasagne?«

»Weißt du was?«, krähte Vi. »Er hat Georgia mitgebracht.«

Sein Vater runzelte die Stirn. »Es ist genug da. Können wir jetzt essen?«

Immerhin einer, der Georgia nicht ins Rampenlicht zerren würde. Gott sei Dank hatte sein Vater keine Ahnung.

»Kapiert ihr Männer eigentlich gar nicht, was das zu bedeuten hat?«, fragte Violet und rutschte von ihrem Stuhl herunter. »Hol das Besteck, Leo. Ich kümmere mich um die Teller.«

27

Georgia kämpfte sich durch das Essen und bemühte sich, gute Laune auszustrahlen. Aber ihr Lächeln fühlte sich an wie aufgemalt. Überall sah sie die Geister der Vergangenheit. Hier im Esszimmer der Familie Trevi zu sitzen, kam ihr vor, als sähe sie einen 3D-Film ihrer eigenen Jugend. Als sie eben in die vertraute Küche gekommen war, hatte ihr das Herz wehgetan, und Marion Trevis feste Umarmung hatte sie geradezu versengt.

Dennoch bekam sie DJs hervorragende Lasagne und Vis Salat leicht herunter. Denn es war Essenszeit, und ihr Appetit nahm sich keinen Tag frei, bloß weil sie gestresst war.

Aber hier in diesem fröhlichen Esszimmer mit den gestreiften Baumwollservietten und den glücklichen Gesichtern zu sitzen, machte den Schmerz nur noch schlimmer. Sie hatte sich einmal wie ein Teil dieser Familie gefühlt. Damals hatte sie das gebraucht, und es war ihr nicht einmal bewusst gewesen.

Ihr Dad war ein guter Mann und ein guter Vater, aber bei ihnen zu Hause war es immer still gewesen. Selbst bevor ihre Mutter gestorben war, hatte Georgia sich immer einen kleinen Bruder oder eine kleine Schwester gewünscht, damit etwas Leben ins Haus käme. Aber das Glück hatte es nicht gut mit ihnen gemeint. Wenn sie an die verschwommenen Tage ihrer Kindheit zurückdachte, war es erstaunlich, wie gut ihr Vater angesichts der Tragödie tatsächlich funktioniert hatte. Sogar unmittelbar nachdem ihre Mutter verstorben war, hatte er die Weihnachtstraditionen aufrechterhalten. Er hatte es zu allen ihren Schulveranstaltungen geschafft und war mit ihr in den Urlaub gefahren. Seine Trauer musste überwältigend gewesen sein, aber für sie hatte er es geschafft.

Sie hatte sich nicht beklagt. Aber im Herzen hatte sie sich stets nach einer größeren Familie gesehnt. Und als sie und Leo in der Highschool ein Paar wurden, war sie tatsächlich zu einem festen Bestandteil der Familie Trevi geworden. Genau genommen saß sie an exakt demselben Platz wie damals – direkt vor dem segelbootförmigen Serviettenhalter. Jedes Mal, wenn irgendetwas verschüttet worden war, hatte sie sich darum gekümmert. Und es wurde ständig irgendetwas verschüttet, weil die Trevi-Kinder beim Diskutieren gern die Hände benutzten.

Wieder diesen Raum zu betreten, war, als öffnete sie ein Fenster zu allem, was sie aufgegeben hatte. Vom Platz neben sich spürte sie, wie Leo ihr besorgte Blicke zuwarf. Und als sie ihm schließlich in die geduldigen Augen schaute und die Wärme darin sah, drehte ihr Herz vor Freude eine Pirouette, gefolgt von einer plötzlichen Bauchlandung.

Er war wunderschön. Sie liebte ihn. Und er würde vermutlich ab Ende dieser Woche siebentausendsiebenhundert Kilometer (danke, Katt-Phone!) entfernt leben.

Sie wollte sich zu einer Kugel zusammenrollen und weinen. Doch stattdessen sang sie *Happy Birthday*, inklusive der obligatorischen Strophe mit der Marmelade im Schuh. Vi hatte tatsächlich fünfzig extradünne Kerzen auf den Kuchen gesteckt, und Mrs Trevi beschwerte sich, dass sie noch das ganze Haus abfackeln würden. Aber ihre Augen glänzten, als ihre Kinder für sie sangen, und Georgia konnte den Anblick, wie sie die Kerzen mit einem breiten Lächeln im Gesicht auspustete, fast nicht ertragen.

Leo lief hinaus zum Auto, um die Geschenke zu holen, die er mitgebracht hatte. Alle bewunderten das Trikot, abgesehen von DJ.

»Super, der Profisportler der Familie schenkt Mom ein Trikot mit unserem Nachnamen drauf. Dagegen sehen wir anderen aus wie Arschlöcher.«

»Ich will auch eins«, verlangte Violet.

»Du hast heute nicht Geburtstag«, rief Leo ihr in Erinnerung.

»Werde bloß nicht zurück in die Minor League geschickt, bevor ich einundzwanzig werde«, grummelte sie.

»Dein Vertrauen ist überwältigend«, gab er zurück.

Und dann war es auf einmal Zeit zu gehen. »Ich schaue mal nach dem Verkehr«, sagte Mr Trevi, stand vom Tisch auf und griff nach seinem iPad. »Ich glaube, auf dem Long Island Expressway müsstet ihr gut durchkommen.«

In anderen Teilen der Welt redeten die Leute über das Wetter. Auf Long Island war der Verkehr das beliebteste Thema.

Georgia ging in den Flur, um ihren Mantel zu holen, und DJ folgte ihr. »Alles okay?«

»Ja«, sagte sie leise. Offensichtlich hatte sie ihr Unbehagen nicht besonders gut verborgen, verdammt. »Es war ein ziemlich aufregender Monat.«

»Darauf würde ich wetten.« DJ umarmte sie. »Ich freue mich immer, dich zu sehen. Wenn mein Holzkopf von Bruder dich nicht gut behandelt, ist in meinem Harem immer ein Platz für dich frei.«

Sie zwickte ihn.

»Au!«

»Kommen Lianne und du heute Abend zum Spiel?«

»Natürlich. Morgen früh kannst du eine komplette Kritik erwarten.«

»Super!« Sie drückte ihn ein letztes Mal.

»Ruf mich an«, sagte er leise in einem Ton, der seine Besorgnis verriet.

»Mache ich.«

Nach einer weiteren Runde Umarmungen stiegen sie und Leo ins Auto.

»Wir kommen gleich nach. Und such in Block 3 nach uns.«

»Ich weiß nicht einmal, wo das ist«, gestand Leo und küsste seine Mutter zum Abschied. »Also müsst ihr laut schreien.«

Sie fuhren aus Huntington hinaus, und Georgia sah die vertraute Umgebung an sich vorbeiziehen. Als sie es auf den Expressway geschafft hatten, sagte Leo: »Okay, und jetzt erzähl mir, was du auf dem Herzen hast.«

Georgia fummelte am Reißverschluss ihrer Jacke herum. Es gab mehrere gute Gründe, ihm nichts von dem zu erzählen, was sie mit angehört hatte. An der Tür des Chefs zu lauschen, gefährdete ihren Job, und wenn Leo mit dieser Information irgendetwas anfing, gefährdete das auch seinen. Georgia war zu der Einsicht gelangt, dass der Anruf aus Vancouver nur der Anfang gewesen war. Wenn Leo sich bei den Bruisers gut machte, würden weitere Anrufe dieser Art folgen. Er hatte einen Großteil seiner vierundzwanzig Jahre auf diesen Moment hingearbeitet, an dem seine noch junge Profikarriere endlich Fahrt aufnahm.

Vor einer Woche war es genauso einfach gewesen, mit Leo zusammen zu sein wie in ihren aneinandergrenzenden Hotelzimmern ins Bett zu fallen. Nun schien es auf einmal wahnsinnig kompliziert.

»Gigi«, drängte er. »Ich muss wissen, worüber du so angestrengt nachdenkst. Was soll dieser Blödsinn mit dem Langsam-angehen-lassen?«

Er klang ein wenig verärgert, und das konnte sie ihm nicht verübeln. Vor langer, langer Zeit war es zwischen ihnen stets einfach gewesen. Sie hatten zusammen Tennis und Scrabble gespielt und einander Orgasmen verschafft. In den letzten Wochen hatte sie ihm hingegen nichts zu bieten als Tränen und Unsicherheit.

»Auf der Arbeit läuft es gerade schlecht für mich«, sagte sie, und das stimmte sogar. »Hugh hat am Montag ein Vorstellungsgespräch mit jemandem, und es sieht ganz danach aus, als hätten sie einen Ersatz für mich gefunden.«

Ein oder zwei Kilometer verstrichen, bevor Leo antwortete. »Das ist scheiße, Baby. Das tut mir leid. Aber ich verstehe nicht, was das mit uns zu tun hat.«

Gute Frage. »Dieser Job ist mir wirklich wichtig. Seit zwei Jahren ist er mein Leben.« Das klang ziemlich erbärmlich, wenn sie es laut aussprach, aber auch das war die Wahrheit. »Ich muss ihn unbedingt behalten.«

»Ich verstehe, dass du Angst hast ...«

»Ich habe niemals Angst«, widersprach sie, bevor sie es sich anders überlegen konnte. Vielleicht klang es zickig, aber sie hasste dieses Wort wirklich.

»*Schön.*« Leos Stimme war frostig. »Also willst du damit sagen, dass ich nur eine Ablenkung bin.«

»Richtig.«

Er wechselte die Spur und überholte zwei Sattelschlepper. Ein paar Kilometer später warf er einen flüchtigen Blick in ihre Richtung. »Ablenkungen sind etwas Gutes. Zumindest sollte das so sein.«

Natürlich war das so. Er würde ihr den Blödsinn, den sie ihm auftischte, nicht abnehmen. Aber es gab kein Entkommen aus diesem Loch, das sie sich selbst gegraben hatte. Sie konnte ihm nichts von dem Wechsel erzählen. Aber sie konnte diesen auch nicht einfach verdrängen. Nach dem Spiel heute Abend würde Leo sie sehen wollen. Er würde ihr die Kleider ausziehen, sie lieben und Pläne für die Zukunft schmieden wollen. Sie würde nicken und lächeln und so tun müssen, als wäre nicht alles vergeblich.

So eine gute Schauspielerin war Georgia nicht. Und vor allen Dingen wollte sie ihm nichts vormachen.

Weitere Kilometer glitten vorbei. Die Lichter von Brooklyn kamen bereits in Sicht, als Leo wieder sprach. »Die Sache ist die, Georgia, ich liebe dich. Sehr. Ich weiß nicht, was zum Teufel dich bedrückt, oder warum du nicht mit mir reden willst. Aber wenn du mich bittest, dich für eine Weile in Ruhe zu lassen, werde ich das einhalten. Unter einer Bedingung.«

»Welcher?« Es kam kratzig heraus.

»Dass du mir ehrlich sagst, was der Grund dafür ist. So wie ich es sehe, gibt es nur zwei Gründe, warum du mich wegstoßen willst. Entweder hast du Angst …«

»Ich habe *keine* Angst«, widersprach sie reflexartig.

Leo überraschte sie, indem er auf einen Parkplatz fuhr. Sie waren nur noch ein paar Minuten von zu Hause entfernt. Er schaltete den Motor aus und drehte sich zu ihr um. Widerwillig sah sie ihm in die großen braunen Augen. »Ich liebe dich, seit ich sechzehn war, und ich habe es dir gesagt, als ich siebzehn war. Als ich achtzehn war, hast du mich weggeschickt. Aber ich habe nie aufgehört, dich zu lieben. Wenn du keine Angst hast, dann empfindest du vielleicht nicht das Gleiche wie ich. Sag es mir jetzt. Ich kann es verkraften.«

Ohhhhh, Scheiße. Nicht weinen. Georgia atmete tief durch die Nase ein. Er wartete, geduldig wie immer. Das Einzige, was Georgia in diesem Moment sicher wusste, war, dass Leo es im Eishockey weit bringen würde. Kein Spieler war so entschlossen und furchtlos wie er in diesem Augenblick, als er sie zwang,

Farbe zu bekennen, weil er nun einmal richtig gut war und immer gewinnen wollte.

Sie waren aber nicht mehr achtzehn. Die unkomplizierte Liebe, die sie mit achtzehn genossen hatten, konnte sowieso nicht andauern. Das sollte er inzwischen wissen.

»Ja oder nein, Gigi«, sagte er leise. »Es ist eine Ja-oder-Nein-Frage. Liebst du mich genauso wie ich dich?«

Georgias Herz richtete eine Waffe auf sich selbst. Dann drückte es den Abzug. Sie schüttelte den Kopf.

Einige Sekunden lang geschah nichts. Sein Laserblick blieb auf ihr Gesicht gerichtet, als erwartete er, dass sie lachen und zugeben würde, dass sie gelogen hatte.

Aber sie lachte nicht.

Schließlich drehte er sich wieder zum Lenkrad um, startete den Wagen und steuerte das Auto vom Parkplatz. Fünf Minuten später kamen sie vor ihrem Wohnhaus an. Mit zitternden Händen löste sie den Sicherheitsgurt. Was sollte sie sagen, nachdem sie gerade einem guten Mann einen Dolch ins Herz gerammt hatte? *Danke fürs Abendessen. Die Lasagne war der Hammer.*

»Ich muss dir nur noch eine Sache sagen«, krächzte Leo vom Fahrersitz.

»Was?«, flüsterte sie und wagte es nicht, ihn noch einmal anzusehen. Also erschrak sie, als sich seine große Hand auf ihren Hinterkopf legte und sie an sich zog. Der sanfteste Kuss der Welt landete auf ihren Lippen, und sie erwiderte ihn instinktiv. Für einen herrlichen Moment verstummte alles in ihr. Als seine Lippen ihre liebkosten, hörte sie nicht mehr das Echo von hundert Sorgen. Alles, was sie stattdessen hörte, waren ihr eigener Seufzer und der leise Laut, der tief aus Leos Brust drang.

Dann war es vorbei. Er zog sich zurück und ließ Georgia verwirrt auf dem Beifahrersitz zurück.

»Daran werde ich mich festhalten müssen«, flüsterte er und wandte sich ab.

Mit zitternden Knien stieg Georgia aus dem Auto und griff nach der Tür. Sie musste all ihre Willenskraft aufbringen, um sie zuzuschlagen und sich abzuwenden.

28

Leo war nicht bei der Sache, als er seinen Anzug in den Schrank hängte und seine Bruisers-Trainingsklamotten anzog. Irgendetwas hatte sie auf dem Herzen, und Leo war sauer, dass sie ihm nicht sagte, was. Das erschien ihm nicht fair.

Denn Georgia war immer fair gewesen. Das war einer der Gründe, warum er sie liebte. Ob beim Tennis, beim Rommé oder in der Liebe – sie war immer ehrlich und aufrichtig gewesen. Sie hatte ihm immer direkt gesagt, wenn etwas nicht stimmte.

Warum dann nicht jetzt? Was war so schlimm, dass sie nicht darüber reden konnte?

Sie hatte keine Angst vor Sex. Verbindlichkeit? Das sah ihr auch nicht ähnlich. Hatte sie Angst, dass er sich nicht festlegen wollte? Verdammt. Er würde vor ihr auf die Knie fallen und die eine Frage stellen, wenn er sicher wäre, dass er sie damit nicht verschreckte.

Bei der Vorstellung musste er kichern.

Er verließ die Umkleide, aber im Flur zögerte er. In die Lounge wollte er nicht, weil er gerade keine Lust auf Essen und Gesellschaft hatte. Stattdessen ging er in den Kraftraum, der leer war. Er setzte sich auf die Matten und dehnte seine Beinmuskulatur, indem er sich langsam zu seinen Füßen streckte und tief atmete. Die Yogalehrerin wäre stolz auf ihn.

Dann stellte er ein Knie auf, um seinen Hüftbeuger zu dehnen.

Die Dehnübungen hätten beinahe geholfen. Doch Georgias zurückhaltendes Gesicht tauchte immer wieder vor seinem inneren Auge auf. Das bittersüße Lächeln, das sie seiner Mutter kurz vor ihrer Abreise geschenkt hatte …

Verflixt. Er machte sich schon wieder Gedanken über sie. Dabei musste er gleich ein Spiel gewinnen.

»Hey«, sagte Silas von der Tür aus. »Hast du einen Moment?«

»Klar.« Leo legte sich wieder auf die Matte und hob die Beine, um seinen unteren Rücken zu dehnen. »Was gibt's denn?«

Silas kam herein und setzte sich auf die Matte neben ihm. »Erinnerst du dich daran, dass ich dir von dem Schleudersitz in deinem Zimmer erzählt habe?«

»Mist.« Daran erinnerte er sich nur allzu gut. »Warum fragst du?«

»Ich habe einen Kumpel in Vancouver. Wir haben zusammen auf dem College gespielt.«

»Und?«

»Er hat mich angerufen und mir erzählt, dass wir bald wieder Teamkollegen sein könnten. Es gibt das Gerücht, er würde nach Brooklyn wechseln.«

Schnell setzte Leo sich auf. »Moment. Für wen soll er kommen?«

Silas verzog das Gesicht. »Für dich, Alter. Ich war mir nicht sicher, ob ich es überhaupt erwähnen soll. Wollte dich nicht vom Spiel heute Abend ablenken. Aber …« Er räusperte sich. »Ich weiß, dass du hier einige Probleme hast. Dachte, du könntest die Vorwarnung gebrauchen.«

Leo geriet nicht schnell in Panik. Das war einer der Gründe, weshalb er so gut im Eishockey war – er blieb ruhig, auch wenn sich die Dinge in eine unerwartete Richtung entwickelten. Also brachte ihn diese Neuigkeit nicht ins Schleudern. Wenn ihn ein anderes NHL-Team wollte, stieg sein Wert in der Liga. Aber …

Georgia.

»Ach so«, sagte er. Und dann stieg ein Glucksen in seiner Brust empor. Plötzlich wurde ihm so einiges klar. Georgia hatte keine Angst vor Verbindlichkeit. Sie hatte Angst, dass er mehrere Tausend Kilometer weit wegziehen würde. Er lachte und fühlte sich so gut wie den ganzen Tag noch nicht.

»Was ist daran so witzig?«, fragte Silas. »Ich mag Galgenhumor.«

Leo schüttelte den Kopf. »Es ist nur ein kosmischer Witz, okay? Das Universum führt mich heute an der Nase herum. Aber mir geht's gut. Es wird sich alles finden.« Entweder würde er wechseln oder nicht. »Egal wie es ausgeht, du wirst einen Mitbewohner haben, Mann. Mich oder deinen Kumpel vom College.«

Silas schüttelte den Kopf. »Das ist nicht die Reaktion, die ich erwartet habe.«

»Ach. Es gibt Schlimmeres. Vielleicht komme ich so um den nächsten Wohltätigkeitsball herum.«

»Das nenne ich optimistisch. Die E-Mail habe ich auch bekommen. Vergiss nicht, bis Ende der Woche den Namen deiner Begleitung anzugeben. Vielleicht will ja wieder diese Amy mitkommen.« Silas gluckste.

»Du bist *so* witzig. Aber weißt du was? Letztes Mal warst du ganz allein da. Wie bist du damit durchgekommen?«

»Ich könnte dir mein Geheimnis verraten, aber das kostet was.« Der Torwart schlug einen Fuß über den anderen und grinste. »Deine Lieblings-PR-Frau besteht auf einer Begleitung, weil sie glaubt, dass wir uns besser benehmen, wenn Frauen anwesend sind.«

Leo schnaubte. »Damit hat sie wahrscheinlich recht. Wie bist du drum herumgekommen? Ich zahle auch.«

»Der geht auf mich. Aber verrate es keinem. Denk dir einfach einen Namen aus. Schreib den auf die Liste. Und am Abend vor der Party versetzt dich deine fiktive Verabredung. So einfach ist das. Und wenn es ein Galadinner ist, kannst du sogar die doppelte Portion essen. Einige dieser edlen Caterer sind knickrig.«

»Gott, das ist so offensichtlich. Warum bin ich da nicht selbst draufgekommen?«

Silas deutete auf seinen Kopf. »Nicht jeder ist so genial wie ich.«

»Die Idee klau ich dir. Weil es ein Scheißtag war und ich eine gewisse PR-Dame nicht dazu überreden kann, mit mir hinzugehen.«

»Nicht?« Silas schüttelte den Kopf. »Das ist aber schade.«

Das fand Leo auch. Obwohl er jetzt wusste, warum Georgia am Durchdrehen war. Sie musste das Transfergerücht in der Chefetage aufgeschnappt haben. Vielleicht hatte Becca es ihr erzählt.

Er würde es einfach durchstehen müssen. Der Wechsel würde innerhalb der nächsten Tage über die Bühne gehen – oder auch nicht. Und wenn es so kam, würde er ihr klarmachen, dass es zwischen ihnen nicht vorbei war. Von Vancouver nach Brooklyn war es verdammt weit. Aber die Saison dauerte nur noch ein paar Monate. Sie könnten also den Sommer zusammen verbringen …

»Silas Kelly!«, bellte Coach Karl von der Tür. »Kannst du heute Abend spielen?«

Der Torwart sprang auf. »Ja klar.«

Der Coach klopfte gegen den Türrahmen. »Gut. Denn es sieht so aus, als hätte Beacon eine leichte Lebensmittelvergiftung. Er behauptet immer wieder, dass es schon gehen wird, aber er hat die Toilette seit einer Dreiviertelstunde nicht verlassen.«

»Ich bin bereit«, versprach Silas. »Dann dehne ich mich jetzt.«

»Mach das. Dann will ich, dass du dich mit dem Torwarttrainer besprichst. In eineinhalb Stunden geht's los.« Er verschwand.

Als er weg war, fluchte Silas leise. »Eine kurze Vorwarnung wäre nett gewesen.«

»Ich verstehe dich.« Das war Silas' erstes Spiel für Coach Karl. Unter normalen Umständen hätte man ihm gestern oder heute Morgen gesagt, dass er heute Abend im Tor stehen würde. »Du machst das schon«, sagte Leo.

Silas salutierte, dann setzte er sich mit gespreizten Beinen auf den Boden, um sich zu dehnen.

Leo verließ ihn und ging nachschauen, ob die anderen schon mit dem Aufwärmfußball begonnen hatten.

Neunzig Minuten später war Leo ruhig und bereit für das Spiel. Er war völlig konzentriert, und bei seinen ersten paar Einsätzen auf dem Eis fühlte er sich stark und als hätte er alles unter Kontrolle. Wenn der Coach ihn nächste Woche nach Kanada schickte, würde er wenigstens als Champion gehen.

Die Rangers waren ein Respekt einflößendes Team, aber er wusste, dass sein Team eine Chance hatte, wenn alle sich konzentrierten. Nach zehn Minuten war das Spiel immer noch torlos. Leo, Bayer und die anderen Stürmer machten ordentlich Druck, selbst als die ausgezeichneten gegnerischen Verteidiger ihre besten Torchancen verhinderten.

Geduld, ermahnte sich Leo. Er würde weiter Pässe annehmen und für Torchancen sorgen. Bald.

Oder auch nicht. Denn als Bayer von den Verteidigern des anderen Teams in die Ecke gedrängt wurde, verlor er den Puck. Die Gegner passten auf einen guten Stürmer, der zum Netz der Bruisers durchbrach.

O'Doul positionierte sich perfekt, um den Typen zu blocken. Es hätte gut gehen können. Aber der Schütze machte einen langen Handgelenkschuss. Er war nicht besonders hart oder schwer zu erahnen. Aber Silas stand nicht gut und schätzte den Winkel falsch ein.

Der Puck schoss unter seinem Torwartschläger hindurch ins Tor.

Zwölftausend Fans schrien unisono »NEEEIIIN«, selbst als die Lampe aufleuchtete.

O'Doul glitt zu Silas, und Leo hörte ihn sagen: »So was passiert, Kleiner. Lass dich davon nicht beeindrucken.«

Doch leider ließ Silas sich doch davon beeindrucken.

Für den Rest des ersten Drittels wirkte er verunsichert, und obwohl Coach Karl in der Pause eine motivierende Ansprache hielt, war das zweite Drittel eine echte Katastrophe. Die Bruisers kämpften hart, aber die Rangers witterten Blut. Wie sie O'Doul eine Zeitstrafe verpassten, war fast schon kunstvoll. Dann gaben sie im Powerplay alles und schossen in den ersten dreißig Sekunden in Überzahl ein Tor.

Scheiße, flüsterte Leo leise. Das andere Team hatte Silas perfekt ausgespielt, und jetzt hatten sie Oberwasser.

Dieses Spiel kam Leo wie das längste vor, das er jemals erlebt hatte. Er und die anderen Stürmer gaben ihr Bestes, aber alle ihre Schüsse wurden abgewehrt. In der Mitte des letzten Drittels stand es 4:0. Ein grüngesichtiger Beacon kam aufs Eis, um Silas zu ersetzen.

Beacon verhinderte weitere Tore, aber es war zu spät. Leo, dem der Schweiß über das Gesicht lief, kämpfte bis zur Schlusssirene vergeblich um einen Torerfolg. Seine Hüfte schmerzte von einem harten Check gegen die Bande, und seine Oberschenkel brannten. Und es hatte nichts gebracht.

Nach dem Spiel war es still in der Umkleide, und nicht auf eine gute Art. Leo duschte lange und bemühte sich, den Gedanken zu verdrängen, was das schlechte Spiel für ihn selbst bedeutete. Er zog sich langsam an, und als sich die Tür der Umkleide öffnete, hörte er Georgias schöne Stimme, die O'Doul zu einem Interview mit der *Post* überredete.

Er konnte es nicht erwarten, nach Hause zu kommen und ins Bett zu fallen. Wenn nur Georgia da wäre, um sich neben ihm zusammenzurollen. Er hatte das starke Verlangen, sie beiseitezunehmen und sich zu erklären. Sie zu küssen. Sie zu bestechen. (Nicht dass sie der Typ war, den man mit Geschenken überzeugte. Aber er war verzweifelt.) Was auch immer nötig war.

Aber er hatte ihr schon gezeigt, dass sie ihm wichtig war – er hatte alles getan, außer auf die Knie zu fallen und zu betteln. Wenn sie Zeit brauchte, bis über seine Zukunft entschieden war, würde er sich gedulden.

Was blieb ihm anderes übrig?

29

Montag, 22. Februar
7 Tage vor dem Ende der NHL-Transferperiode
Brooklyn, New York

Schlagzeile des Tages:
Bruisers freuen sich auf Auswärtsspiele und Revanche im Mittleren Westen
– New York Post

Georgia stand kurz davor, den Verstand zu verlieren.

Sie war durch die letzten paar Tage getaumelt und hatte auf die Katastrophe gewartet. Wechsel in der NHL geschahen häufig ziemlich rasch. Manchmal vergingen nur ein bis zwei Tage zwischen einem bekundeten Interesse und dem Vertragsabschluss. Der Sportler selbst wurde darüber meistens nicht informiert. Schnürte er sich im einen Moment noch die Schuhe für eine Trainingseinheit im Kraftraum, war er ein paar Minuten später schon gezwungen, seine wichtigsten Sachen in eine Tasche zu stopfen und das Gebäude zu verlassen. Es war brutal, aber es war nun mal Teil des Profisports.

Jedes Mal, wenn ihr Telefon klingelte, hatte sie Angst dranzugehen. Und jedes Mal, wenn Becca in ihr Büro kam, erwartete sie, dass sie ihr schlechte Nachrichten überbrachte.

»Bist du sauer auf mich oder so?«, fragte ihre Mitbewohnerin sie schließlich. »Immer wenn ich dich heute sehe, schaust du mich an, als hätte ich deinen Hund überfahren.«

»Nein, alles in Ordnung.«

Becca warf ihr einen skeptischen Blick zu. »Na gut. Ich wollte dich eigentlich fragen, ob du mit mir Burritos essen gehst.«

»Super«, antwortete Georgia mit gespielter Begeisterung. »Ich hole meinen Mantel.«

Am nächsten Morgen fand wieder eine Yogastunde statt, und Georgia rannte in letzter Minute herein, überflog die Hinterköpfe der Anwesenden und wappnete sich für die Möglichkeit, dass Leo nicht da sein könnte.

Doch in einer Ecke, die sie noch nicht abgesucht hatte, drehte er sich zu ihr um und erwiderte ihren Blick. Erwischt. Sie erwartete, Enttäuschung oder Verärgerung in seinen Augen zu sehen. Aber er zwinkerte bloß.

Komisch.

Ari begann die Stunde mit einer geführten Meditation. Georgia schloss die Augen und versuchte sich zu konzentrieren.

»Du sitzt an einem Strand, es ist ein warmer, windiger Tag …«, begann Ari. »Die Wellen schwappen in einem beruhigenden Rhythmus auf den Sand, so wie dein Atem. Konzentriere dich auf deinen Atem. Dein Atem findet sein natürliches, entspanntes Tempo. Du wirst eins mit dem Ozean. Du bist im Frieden mit dir und der Welt …«

Georgias Augen klappten auf. Ihr Vater war nicht da. Sie ließ den Blick im Raum hin und her schnellen, um sich zu vergewissern. Wo war er? Telefonierte er mit Vancouver?

»Atme ein und rieche die klare, salzige Luft. Atme aus und lass alle deine Sorgen und Ängste los.«

Nein. Vancouver ist drei Stunden zurück. Da ist es jetzt gerade fünf Uhr morgens.

Wenn das so weiterging, wäre sie vollkommen verrückt, noch bevor an der Westküste die Bürozeiten begannen. Und sie hatte noch nicht einen Atemzug an Sorgen oder Ängsten losgelassen, verdammt. Die Stunde verging im Schneckentempo. Auf schlechte Nachrichten zu warten, war ein sehr einsames Geschäft.

Nach der Stunde drückte Becca ihr den Ellbogen. »Ich fahre heute Abend mit dem Team nach Ohio. Nate fliegt aus dem Silicon Valley ein, um sich das Spiel anzuschauen.«

»Oh«, machte Georgia, immer noch zu sehr in ihrem eigenen Elend gefangen, um wirklich zu hören, was Becca ihr sagte.

»Pass auf«, sagte Becca plötzlich und packte Georgia bei den Schultern. »Es tut mir leid, dass ich das tun muss, aber es ist Zeit für eine Intervention. Für heute Mittag um zwölf berufe ich ein Notfallmeeting ein.«

»Was, echt?«, quiekte Georgia. »Für wen?«

Becca machte große Augen. »Für dich und mich, wen sonst?«

»Warum?«

»Weil du ein verdammter Zombie bist, und das macht mich wahnsinnig. Komm zum üblichen Treffpunkt. Zwölf Uhr.« Becca marschierte davon, um ihren Arbeitstag zu beginnen, und ließ Georgia mit ihren Sorgen allein.

Drei Stunden später betrat Georgia das Nagelstudio und ging in den hinteren Bereich, wo Becca schon in einem Pediküresessel auf sie wartete. »Hast du dir eine Farbe ausgesucht?«, fragte ihre Mitbewohnerin.

Georgia hielt eine Flasche rosa Nagellack hoch, den sie vorne am Tresen wahllos ausgesucht hatte. Sie machte sich nicht so viel aus Nagellack wie Becca. Aber in dieser Gegend gab es nicht so viele Orte, wo sie die Mittagspause verbringen konnten, ohne befürchten zu müssen, von anderen aus der Firma belauscht zu werden. Das Nagelstudio war ihr sicherer Ort für Tratsch. Von den Bruisers würde sich niemals jemand hierher verirren.

»Denk dran, das hier ist eine Intervention.« Becca nahm ihr die Flasche aus der Hand und stellte sie außer Sichtweite ab. Dann reichte sie Georgia eine andere Farbe.

»Lila?«

»Ein *dezentes* Lila«, widersprach Becca. »Weil du dir immer das gleiche Rosa aussuchst.«

»Na und?«

»Das ist so *vorsichtig*. Trau dich doch mal was.«

»Moment. Forderst du mich gerade heraus, Lila zu tragen?«

»Auf jeden Fall.«

»Aha. Heißt das, ich kann dich nächstes Mal dazu herausfordern, mit mir zum Paragliding zu gehen?«

Becca öffnete den Mund und schloss ihn wieder. »Möchtest du den rosa Nagellack zurück?«

Schon kapiert. »Nein, ich bleibe beim Lila. Aber ich wollte nur sagen, Tapferkeit hat verschiedene Farben.«

»Touché. Ich nehme eines von diesen beiden Blaus. Was meinst du?« Ihre Mitbewohnerin hielt zwei grässliche Farbtöne hoch.

Georgia schlüpfte aus den Schuhen und zog sich die Socken aus. »Ich finde, du solltest das nehmen, was dich glücklich macht.«

»Aber sie machen mich auf unterschiedliche Weise glücklich«, sagte ihre Freundin und starrte die Flaschen an. »Aber genug von meinen Problemen. Was zum Teufel ist mit dir los? Weil ich zufällig ganz genau weiß, dass es nicht um Nagellack geht.«

Georgia wartete, bis die Nageldesignerin ihre Utensilien aufgebaut hatte. Dann setzte sie sich auf den Sessel neben Becca und tauchte die nackten Füße ins warme Wasser. Die Nageldesignerin gab ihrem Fußgelenk einen leichten Klaps und griff dann nach ihren Instrumenten. »Kann ich dich was fragen?«, sagte Georgia leise. »Wenn du mitbekommen würdest, dass Leo verkauft wird, würdest du es mir dann sagen?«

Becca blinzelte. »*Scheiße*. Hat Hugh deswegen mit Vancouver telefoniert?«

Georgias Herz stürzte ein paar Etagen die Treppe hinunter. »Verdammt.«

»Oh, Süße, das tut mir so leid. Bist du *sicher*, dass es um ihn geht? Es könnte doch jeder sein.«

»Ich habe etwas mit angehört, das ich nicht hätte hören sollen.«

»Kein Wunder, dass du so nervös bist wie eine langschwänzige Katze in einem Zimmer voller Schaukelstühle.« Becca tätschelte ihr die Hand. »Was sagt Leo dazu?«

»Ich habe es ihm noch nicht gesagt. Eine Pressesprecherin, die Wechsel ausposaunt? Wird gefeuert. Und schlimmer noch – ich bin nicht besonders gut damit umgegangen. Ich habe ihm gesagt, dass wir es langsam angehen lassen sollten.«

»Du bist so blöd«, sagte Becca sofort.

»Sag mir, was du wirklich denkst«, murmelte Georgia, sodass die anderen Nageldesignerinnen auflachten.

»Stimmt doch. Denn Leo hat bestimmt schon selber daran gedacht. Vielleicht hat er einen Plan B. Oder vielleicht hätte er gern die Gelegenheit, dir zu sagen, was er empfindet.«

Georgia stöhnte. »Aber ich kann es ihm nicht sagen. Wenn ich es ihm sage, bringe ich unsere Jobs in Gefahr. Ich wünschte, ich hätte das gar nicht erst mit angehört. Es macht mich fertig. Jetzt schaue ich ihn an und kann an nichts anderes denken als daran, wie schwer es sein wird, ein zweites Mal über ihn hinwegkommen zu müssen.«

»Das tut mir leid, Süße.«

»Er hat gerade erst für die nächste Wohltätigkeitsveranstaltung zugesagt. Seine Begleitung ist jemand namens Honey Cove.«

»Was?« Becca kreischte. »Das klingt wie eine Pornodarstellerin.«

»Wem sagst du das? Die ist bestimmt noch schlimmer als die Letzte, das weiß ich einfach.«

Becca kicherte, dann schlug sie sich eine Hand vor den Mund, und die Nageldesignerinnen schnalzten mitfühlend mit der Zunge. Becca wischte sich über die Augen. »Das Schicksal meint es wirklich nicht gut mit dir, Georgia.«

»Danke für deine unerschütterliche Unterstützung.«

»Korrigiere mich, wenn ich mich irre, aber das letzte Mal, als du Leo den Laufpass gegeben hast, hast du es bitterlich bereut.«

»Und was willst du damit sagen …?«

Ihre Mitbewohnerin beugte sich zu ihr herüber und schubste sie an der Schulter. »Sei nicht blöd. Wenn Leo morgen verkauft wird, bereust du, dass du so kalt zu ihm warst. Und wenn nicht, dann führst du dich völlig grundlos wie eine Irre auf. Ohne deine Hilfe wäre Miss Honey Cove überhaupt nicht auf der Gästeliste.«

Es war schwer, etwas gegen diese Logik zu sagen. Außer bei einer Sache. »Aber jedes Mal, wenn ich ihn ansehe oder wenn seine Mutter mich umarmt, könnte ich mich vor Nervosität übergeben. Und was, wenn er diese Transferrunde übersteht, aber es dann nach den Play-offs wieder von vorne anfängt? Es wird nie aufhören.«

»Dann müsst ihr eben damit *klarkommen.* Vielleicht interessieren sich als Nächste die Rangers für ihn. Die sind nur auf der anderen Seite des Flusses. Es gibt schon genug Probleme im Leben, du musst dir nicht noch zusätzlich welche machen.«

»Apropos Probleme. Hugh hat mir gerade *schon wieder* den Lebenslauf von einem Kerl weitergeleitet, der doppelt so viel Erfahrung in der PR hat wie ich.«

»Das schreit nach Teigtaschen«, sagte Becca verständnisvoll.

»Du sagst es.« Georgia blickte hinab und sah, wie der erste Strich lila Farbe auf ihren großen Zehennagel aufgetragen wurde. Es sah überraschend hübsch aus.

Als Georgia an diesem Abend den Mittelgang des Jets entlanglief, blickte Leo ihr freundlich nach. Und als sie zufällig im Hotel im gleichen Aufzug landeten, hielt er ihr beim Aussteigen die Tür auf. Diesmal war Georgia überhaupt nicht erstaunt, als sich herausstellte, dass ihre Zimmer nebeneinander lagen.

»Schlaf gut«, sagte er leise, bevor sie ihre Tür schloss.

Georgia stampfte in ihr Zimmer und ließ die Tasche fallen. Dann ging sie ins Badezimmer, setzte sich auf den Badewannenrand und rief Becca an. »Echt jetzt?«, grummelte sie, als ihre Freundin ans Telefon ging. »Schon wieder?«

»Ich wollte nur sicherstellen, dass keine Hindernisse zwischen euch stehen, wenn du endlich wieder zu Verstand kommst.«

»Er ist so furchtbar *nett* zu mir, obwohl ich ihn praktisch abserviert habe«, grummelte Georgia. »Wie macht er das?« Wenn Leo wirklich verkauft werden sollte, dann hoffte sie, es möge bald geschehen, damit sie beide von ihrem Elend erlöst werden würden.

»Vielleicht nimmt er dir deinen Bullshit einfach nicht ab.«

»Das ist kein Bullshit. Ich möchte das einfach nicht noch einmal durchmachen müssen. Das ist scheiße.«

»Dann mach es nicht. Gesteh ihm einfach, dass du Angst hast.«

Beinahe hätte Georgia ihre Mitbewohnerin korrigiert. Beinahe hätte sie widersprochen. Stattdessen flüsterte sie: »Ich habe tatsächlich Angst.«

»Na endlich. Eine ehrliche Antwort.«

»Aber was ändert das? *Er* hat keine Angst. Früher waren wir auf Augenhöhe. Aber jetzt werde immer ich diejenige sein, die sich Sorgen macht. Es ist immer noch das gleiche Problem. Ich war immer furchtlos, bis ich eines Abends lernte, was Angst ist.« Auf einmal schnürte sich ihr der Hals zu, sodass sie die letzten Worte beinahe hinauswürgen musste. »Und dann war nichts mehr wie früher.«

»Ach, Süße«, tröstete Becca sie. »Bist du in deinem Zimmer? Ich komme rauf.«

Nachdem Becca aufgelegt hatte, saß Georgia einfach in dem Hotelbadezimmer und fühlte sich erbärmlich. Tränen rannen ihr übers Gesicht. Schon wieder. Sechs Jahre lang hatte sie sich selbst zu beweisen versucht, dass sie immer noch mutig war. Und dann kam Leo Trevi in die Stadt und brauchte weniger als einen Monat, um ihr zu zeigen, wie klein und einsam ihr Leben in Wirklichkeit war.

Es klopfte an der Tür, also verließ Georgia das Badezimmer und riss die Tür auf. Draußen stand Becca in einem Hotelbademantel, unter dem ihr typisches schwarzes Negligé hervorlugte. In der Hand hielt sie die kleinen Weinflaschen aus der Minibar.

»Ich springe aus Flugzeugen«, sagte Georgia vollkommen zusammenhanglos.

»Und davor habe ich eine Scheißangst«, sagte Becca und ging an ihr vorbei.

»Aber ich bin eine schlimme Hochstaplerin.« Georgia nahm die Hotelweingläser vom Fernsehtisch und war überrascht, als Becca lachte.

»Das bist du nicht«, sagte sie sanft. »Alle diese Angst einflößenden Sachen, die du machst, sind wie ein Dialog über Tapferkeit mit dir selber. Das ist nicht betrügerisch. Das ist keine Hochstapelei. Es ist bloß nicht die Art von Tapferkeit, die du gerade brauchst. Dieser Junge ist verrückt nach dir. Erzähl ihm, dass ihr vielleicht getrennt werdet.«

»Aber …« Georgia schluckte schwer. Wenn man dumm gewesen ist, fällt es schwer, das zuzugeben. »Als ich achtzehn und völlig von Sinnen war, da habe ich ihn weggeschickt, und er hat nicht widersprochen. Ist es schrecklich, dass ich so wütend darüber war? Ich hätte nicht gedacht, dass er tatsächlich einfach so verschwinden würde. Genau das wollte ich verhindern – dass er eine so folgenreiche Entscheidung würde treffen müssen. Ich wollte nicht wissen, wie er sich entscheiden würde.«

»Also hast du ihn zuerst verlassen«, sagte Becca. »Und damit dein eigenes Elend besiegelt.« Sie schraubte beide Flaschen auf. »Überteuerten Roten oder überteuerten Weißen?«

Georgia nahm den Weißen, weil sie wusste, dass Becca den Roten lieber mochte.

Sie schenkten sich ein und tranken. Georgia hatte immer noch Tränen in den Augen.

»Pass mal auf«, sagte Becca und setzte sich aufs Bett. »Du bist jeden Tag tapfer. Das kann man nicht wegdiskutieren. Du bist die Chefin der Presseabteilung in einer männerdominierten Organisation. Du bist Sportlerin und eine richtig tolle Frau. Aber vielleicht ist dies eine dieser Situationen, in denen du einen Schritt zurückgehen musst, um vorwärtszukommen. Leo hat eine Menge Zeug aufgewirbelt, an das du nicht gern denkst. Ich weiß, dass du nicht gern Angst hast. Aber wenn du nicht *mit ihm gemeinsam* Angst haben kannst, dann steckst du fest.«

»Ich hasse Feststecken.«

»Ich weiß. Ich auch. Lass uns Trash-Fernsehen gucken und über alle anderen lästern.« Ihre Freundin streckte sich auf dem Kingsize-Bett aus und zog die Decke über sich. »Es ist schon spät. Du kannst dich morgen darum kümmern.«

»Okay.« Georgia zog ihren Pyjama an und kletterte neben ihr ins Bett. Sie tranken den Wein, und dann schliefen sie nebeneinander ein. Und Georgia hatte mutige Träume.

Streng genommen wurden weder Georgia noch Becca am nächsten Morgen um halb acht im Eisstadion gebraucht, im Gegensatz zu den Spielern.

Und trotzdem hämmerte am nächsten Morgen jemand an Georgias Zimmertür.

Als Georgia zur Tür taumelte und sie aufriss, stand Nate im Anzug und perfekt frisiert vor ihr.

»Hast du Becca gesehen?«, wollte er wissen. »Sie wird vermisst.«

Auf der anderen Seite von Georgias Kingsize-Bett setzte Becca sich hastig auf, ihr Gesicht noch schläfrig verquollen. »Wo brennt's? Wer wird vermisst?«

Nate blickte um Georgia herum, und sie bemerkte, wie Röte seinen Hals hinaufkroch, vermutlich, weil Becca in diesem Hauch von Nichts schlief. »Ihr müsst euch ein Bett teilen? Sind wir so knauserig bei unserem Reisebudget?«

Becca schüttelte sich wach. »Nein, Nathan. Übernachtungsparty. Wir haben uns gegenseitig die Haare gemacht und uns mit Weinschorle die Kante gegeben.« Sie schlüpfte aus dem Bett, und Nate wandte den Blick ab, sein Hals lief noch roter an. »Was wolltest du überhaupt?«

»Äh.« Er sah verwirrt aus. »Die, äh, Ticketvorverkäufe für das Spiel am Donnerstag. Hast du die Zahlen?«

»Gib mir fünfzehn Minuten, Herzchen«, sagte sie und verschwand im Bad.

Nach diesem eher ungewöhnlichen Weckruf war der Tag der ganz normale Wahnsinn. Georgia arbeitete während der morgendlichen Trainingseinheit, dann begleitete sie O'Doul und Bayer zu einem Auftritt bei einem lokalen Radiosender. Beim Mittagessen beantwortete sie E-Mails, dann zog sie ihre Sportsachen an und machte sich für eine mittägliche Yogastunde auf den Weg zum Stadion.

Obwohl sie Becca gegenüber zugegeben hatte, dass sie fürchtete, Leo zu verlieren, hatte das ihre Sorgen *keineswegs* gemindert.

Selbst als sie dem Wachmann ihren Ausweis zeigte und durch die Korridore des alten Stadions lief, verkrampfte sich ihr der Magen. Würde heute Leos letzter Tag bei den Bruisers sein?

Es waren noch sechs Tage bis zur Transferdeadline. Wie schafften die Sportler es, mit dem Damoklesschwert zu leben, das permanent über ihren Köpfen schwebte? Jede Saison war wie eine endlose Runde Russisch Roulette.

Georgia irrte in den schlecht ausgeschilderten Gängen der Anlage umher und fragte sich, ob vielleicht das ganze Team verkauft worden war. Der Ort hier war praktisch ein Labyrinth und auch genauso anheimelnd – die Korridore waren einfache Betontunnel, die von vergitterten Glühbirnen erhellt wurden.

Sexy.

Kurz bevor sie richtig frustriert war, hörte Georgia Leos Stimme. Sie hätte sein Lachen überall herausgehört. Und das war eindeutig er hinter der nur angelehnten Tür mit der Aufschrift GÄSTE. Sie blieb stehen, und ihre Schultern sanken vor Erleichterung nach unten.

»Alles okay?«, fragte jemand.

Georgia fuhr herum und entdeckte O'Doul, der sich im Schatten an einer der Betonwände dehnte. »Mir geht's gut«, antwortete sie hastig. *Herzrasen wegen der Transferdeadline ist doch in meinem Alter vollkommen normal, oder?*

»Ist schon Zeit für Yoga?«

»Fast«, sagte er. »Gehen wir zusammen hin.« Er deutete mit dem Kopf zum anderen Ende des Flurs.

Da Georgia keine Ahnung hatte, wo die Stunde stattfinden sollte, war sie froh, dass sie sich ihm anschließen konnte.

»Was gibt's Neues, Captain?«

Er lachte leise. »Ich habe gehört, dass Hugh uns nächste Woche alle zum Karaoke schleppen will. Singen ist nun wirklich nicht meine Lieblingsbeschäftigung, aber dabei zuzuhören, wie sich die Jungs auf der Bühne zum Affen machen, klingt nach 'nem Knaller.«

»Das ist ja auch irgendwie der Sinn von Karaoke«, erklärte sie.

»Kannst du singen? Ich kann mir dich dabei nicht vorstellen.«

Es hatte mal eine Zeit in ihrem Leben gegeben, da war Georgia immer die Erste auf der Bühne gewesen. »Ich kann mir gut Texte merken. Ich gebe einen ziemlich guten Eminem ab.«

»Echt jetzt?« O'Doul lachte. »Das muss ich hören.«

»Okay«, versprach sie. Tapferkeit hatte offenbar viele verschiedene Erscheinungsformen. Eine davon war Paragliding. Aber sich vor Leuten gehen zu lassen, mit denen man jeden Tag zusammenarbeitete, zählte auch. Warum war ihr das vorher nie aufgefallen?

»Du bist so still da drüben. Denkst du schon über einen Song nach?«

Jetzt war sie diejenige, die lachte. »Nein. Ich entscheide mich lieber spontan. Aber wenn ich einen Song für dich aussuchen sollte … Dann würde ich ›Bitch‹ von Meredith Brooks singen.« Sie konnte sich den Seitenhieb auf die Pressekonferenz letzten Monat nicht verkneifen.

O'Doul verzog das Gesicht: »Gott, es tut mir leid, dass ich das gesagt habe. Wirklich.«

»Ist okay«, sagte sie schnell, auch wenn es das eigentlich nicht war.

»Nein. Weißt du, du hast mich ein paarmal zusammengestaucht, und das bin ich nicht gewöhnt. Offenbar reagiere ich dann wie ein Kleinkind. Aber ich habe meine Lektion gelernt.«

Georgias Gesicht wurde heiß. »Ähm …«

»Du brauchst dich nicht zu entschuldigen.«

Sie stieß ein nervöses Lachen aus. »Okay. Aber ich bin manchmal ziemlich direkt.«

»Schon gut. Aber hör mal, ich habe dich vor ein paar Wochen im Dojang auf der Spring Street gesehen, kurz vor den Auswärtsspielen. Hast du wirklich einen schwarzen Gürtel? Da hast du ja einen höheren Rang als ich.«

»Ach ja?«, quietschte sie. »Ich wusste gar nicht, dass du Taekwondo machst. Ist das deinem normalen Job nicht ein bisschen zu ähnlich?«

Er schnaubte. »Kann sein. Aber ich bin ein bisschen empfindlich, wenn die Leute denken, ich wäre ein Schläger. Ich habe mit Taekwondo angefangen, weil es das Kämpfen in geordnete Bahnen lenkt. Es ist eine Kunst, verstehst du, was ich meine?«

Das war eindeutig die persönlichste Unterhaltung, die sie jemals mit O'Doul geführt hatte. »Es *ist* eine Kunst. Und wunderschön, wenn es gut ausgeführt wird.«

Er grinste. »Normalerweise benutzt niemand das Wort ›wunderschön‹ im Zusammenhang mit mir. Aber ich weiß, was du meinst. Hast du deshalb damit angefangen?«

»Nein. Ich habe damit angefangen, weil ich mich verteidigen können wollte. Als ich achtzehn war, ist mir etwas Schlimmes passiert. Nachdem ich vergewaltigt wurde, habe ich auf diese Weise gelernt, wieder Vertrauen zu fassen.«

Er machte große Augen. »Herrje. Das tut mir leid.«

»Danke. Es ist schon eine Weile her. Ich hatte zuerst mit Aikido angefangen, aber das fühlte sich zu choreografiert an.«

»Ja, das verstehe ich«, sagte er. »Hey … Du könntest mir helfen, für meine nächste Gürtelprüfung zu üben. Ich könnte einen Sparring-Partner gebrauchen.«

Georgia grinste. Mit O'Doul zu trainieren, wäre der Brüller. »Okay! Machen wir das. Ich sehe eine Matte da drinnen.« Sie hatten den Gymnastikraum erreicht, in dem die Yogastunde stattfinden würde. Er hielt ihr höflich die Tür auf und wartete, bis sie eingetreten war. »Es ist noch niemand hier. Los, Doulie, wirf mich hin.«

»Ich wusste doch, dass man mit dir Spaß haben kann.« Er lachte leise. Er verbeugte sich rasch vor ihr und nahm die Achtungsstellung ein, während sie grinsend abwartete.

30

Leo folgte Silas und Castro aus dem Umkleideraum in den dunklen Kellerflur. »Schick hier«, murmelte er.

»Das erinnert mich ans Set eines Horrorfilms«, witzelte Silas. »Gab es in *Psycho* nicht ein paar Kellerszenen?«

»Alter, *Das Schweigen der Lämmer*«, schlug Castro vor. »›Es muss die Lotion in den Korb legen‹.«

Silas kicherte, als sie um eine Ecke bogen und nur einen alten Putzeimer und eine Sackgasse fanden. »Scheiße, haben wir uns verlaufen?«, fragte er.

»Warte, das hier ist kein Horrorfilm«, sagte Castro, als sie sich schnell umdrehten. »*This is Spinal Tap.*« Er blieb vor einer Tür mit der Aufschrift *Zutritt für Unbefugte verboten* stehen und hämmerte daran. »›HELLO, CLEVELAND!‹ Das wollte ich schon immer mal sagen.«

»Das kannst du von deiner Liste streichen«, stimmte Silas zu.

»Moment, ich höre Stimmen«, sagte Leo, als sie sich der nächsten Ecke näherten.

»Ich sehe tote Menschen«, konterte Silas.

»Ihr seid beide so wahnsinnig witzig«, knurrte Leo. »Jetzt beeilt euch mal. Ich will nicht von der Spielerliste gestrichen werden, nur um noch mehr von euren Filmzitaten zu hören.«

»Wir wissen alle, dass ich nicht spielen werde«, murmelte

Silas. »Da kann ich auch die längere, aber schönere Strecke nehmen.«

Aber hier gab es keine schönere Strecke, und Leo ging schneller. Er bog links ab und entdeckte den langen Flur, den sie suchten. Hier war ein Pfeil neben dem Schild *Trainingsräume* an die Wand gemalt.

»Auf geht's!«, sagte jemand, als sie sich endlich in die richtige Richtung wandten.

Sie gingen weiter. Und es war reiner Zufall, dass Leo genau im richtigen Moment den Flur hinunterblickte. Durch eine Tür am anderen Ende des Flurs sah er zwei Personen, und eine von ihnen war Georgia. Ihr glänzendes Haar und ihre Supermodelfigur erkannte er selbst bei schlechtem Licht auf hundert Meter Entfernung. Er hätte einen Gruß rufen können, aber der Mann neben Georgia hob einen Arm, ergriff sie und riss sie außer Sichtweite, hinein ins Zwielicht.

Später konnte er sich nicht mehr an seinen 50-Meter-Sprint über den Flur erinnern.

Dieselben Instinkte, durch die er einen hundert Stundenkilometer schnellen Puck auf dem Eis erwischte, ließen ihn zu dem dunklen Ort rennen, wo Georgia überwältigt worden war. Die Stimmen seiner Teamkameraden drangen nur noch gedämpft in sein Bewusstsein. Es gab nur noch seine Schnelligkeit und den beißenden Geschmack der Galle in seinem Mund, als er seinem Ziel entgegensprintete. In seinem Tunnelblick sah er nur noch den Türrahmen, hinter dem sie verschwunden war.

Sekunden später flog er durch diesen Türrahmen auf den Mann, der Georgia an der Taille gepackt hatte und auf den verdammten Boden drückte. Keine Sekunde später vergrub er die Hände im Fleisch des Angreifers. Ein Wutschrei entrang sich seiner Kehle, als er den Mann beiseiteschleuderte.

Aber sofort hörte er Georgia schreien. Und als er neben ihr auf die Knie fiel, hielt sie seine Arme fest und schrie »STOPP«.

Sie redete weiter auf ihn ein, aber er verstand kein Wort. Er war völlig in diesem Moment gefangen – die Erinnerung an den Arm, der Georgia aus seinem Blickfeld riss und sie ins Zwielicht warf. Das war alles, was er sehen konnte.

Seine Teamkameraden kamen kurz darauf an, ihre Stimmen hallten in seinem Kopf wider. »Geht es Doulie gut?«, und: »Scheiße, was ist passiert?«

Jemand half O'Doul auf die Beine. Der Kapitän betastete seinen Kopf, und an seiner Hand war Blut. Und endlich konnte Leo Georgia fokussieren, die eine Yogahose und ein Bruisers-T-Shirt trug und irgendwas von »Sparring« oder so sagte. Sein Verstand sagte ihm, dass er die Situation falsch eingeschätzt hatte. Aber sein Magen war sich noch nicht ganz sicher. Und obwohl er irgendwie auf die Füße gekommen war, kroch ihm ein seltsames Gefühl in die Glieder. Er spürte eine ungewohnte Kälte in den Fingerspitzen, die sich schnell bis in sein Innerstes ausbreitete.

»Leo? Alles in Ordnung? Er ist ganz grau.«

Stehen funktionierte irgendwie nicht richtig. Deshalb stützte er sich mit der Hand an der nächsten Wand ab. Aber die nächste Wand war Silas. Also beugte sich Leo vor und stützte sich stattdessen auf seine Knie.

Dann würgte er und erbrach sich auf den Boden.

Eine halbe Stunde später saß Leo auf einer Liege in einem Behandlungsraum, den Kopf an die kühle Wand gelehnt.

Der Mannschaftsarzt war gekommen und wieder gegangen. Leo hatte alles erklärt. Halbwegs. Dass es ein dämliches Missverständnis gewesen sei. Dass es ihm total peinlich sei und er hoffe, sich entschuldigen zu können.

Wenn nur sein Magen endlich aufhören würde zu rumoren.

Er hatte dem Arzt versichert, dass er heute Abend spielen könne. Sie hatten ihm einen Sportdrink gegeben, und er hatte etwas davon heruntergewürgt. Nun umklammerte er weiter die halb leere Flasche, für den Fall, dass noch jemand in den Behandlungsraum kam. Er wollte nicht, dass jemand bemerkte, wie seine Hände zitterten.

Verdammte Scheiße. Von all dem Mist, den er bisher gebaut hatte, war sein Angriff auf O'Doul das Schlimmste. Jede Wette, dass sie den Kapitän gerade in einem anderen Behandlungsraum untersuchten, um eine mögliche Gehirnerschütterung auszuschließen. Verdammt, er hatte O'Doul *niedergestreckt*.

Aber der Typ hatte Georgia angefasst, als wollte er …

Wieder zog sich Leos Magen zusammen, und er schluckte schwer, als ihn die nächste Welle der Übelkeit überrollte. *Denk nicht daran*, ermahnte er sich. *Blende es einfach aus*. Es war einfach ein Missverständnis gewesen. Er hatte sehr schlecht reagiert. Das würde sicher Konsequenzen haben, aber erst mal musste er das Spiel gewinnen. Wenn er sich nur darauf konzentrieren könnte, würde alles gut werden. Er nahm noch einen Schluck von dem Sportdrink, schloss die Augen und dachte an die Spielfläche. Schade, dass er es nicht zum Yoga geschafft hatte. Positive Visualisierung oder so was hätte er gerade sehr gut gebrauchen können.

Kurz darauf ging die Tür auf, und in Erwartung des Arztes öffnete Leo die Augen. Aber es war nicht die Person, die er erwartet hatte.

»Hi, Leo«, sagte Dr. Mulvey, der Teampsychologe. »Wie geht es Ihnen?«

»Gut«, sagte er abwehrend.

»Zittern Ihre Hände?«

Scheiße. Ein Schauer lief ihm über den Körper, und es gelang ihm nicht, ihn zu unterdrücken. »Ich glaube, ich bekomme die Grippe oder so was.« Warum sollte er sich sonst so zittrig fühlen? Vielleicht konnten sie ihm vor dem Spiel eine Vitaminspritze und ein Schmerzmittel geben.

»Die Grippe, soso.« Der Psychologe hockte sich neben ihn auf die Liege. »Hatten Sie schon mal eine Panikattacke?«

»Scheiße, nein«, knurrte Leo.

»Es gibt für alles ein erstes Mal.«

Leo drückte seinen Hinterkopf gegen die Wand und seufzte. »Wer darf heute Abend spielen? Alles okay mit O'Doul?« *Bitte sagen Sie Ja.* In erster Linie hoffte er, dass es O'Doul gut ging. Und wenn der wirklich eine große Sache daraus machen wollte, konnte er Leo ziemlich in Schwierigkeiten bringen. Verdammt, er könnte die Bullen rufen, wenn er Leo wirklich den Tag versauen wollte.

»Er wird sich wieder erholen«, sagte Mulvey leichthin. »Er braucht vielleicht einen Abend frei. Der Mannschaftsarzt wird bald entscheiden.«

Leo stöhnte.

»Können Sie mir sagen, was da draußen passiert ist?«

Nein. Leo zögerte. »Ich habe irgendwas falsch interpretiert. Es war ein dämlicher Fehler. Es wird nicht wieder vorkommen.«

»Das verstehe ich«, sagte der Psychologe. »Aber was ist mit *Ihnen* passiert?«

»Äh, ich habe …« Leo fehlten die Worte, um zu erklären, was er gefühlt hatte. Er war sich noch nicht einmal sicher, dass er sich richtig erinnerte. Vielleicht war es wirklich die Grippe. »Mein Magen ist nur ein wenig durcheinander.«

Dr. Mulvey schnalzte mit der Zunge. »Aber *warum* ist er durcheinander? Ich denke, *Sie* sind durcheinander, und es wird Ihnen besser gehen, wenn Sie aussprechen, warum.«

Wie aufs Stichwort krampfte sich Leos Magen zusammen. »Ich bin da draußen kurz durchgedreht. Das wird nicht wieder passieren.«

»Das mag sein«, sagte der Psychologe ruhig. »Aber Ihre heftige Reaktion auf dieses Missverständnis lässt auf eine unverarbeitete Angst schließen. Schütteln Sie meine Hand.«

»Was?«

»Einfach schütteln.« Dr. Mulvey streckte ihm die Hand entgegen.

Leo schüttelte.

»Ihre Hände sind kalt, und Sie sind nicht ruhig«, sagte der Doktor. »Sie haben einen *Schock*, Mr Trevi. Das passiert nach körperlichen oder psychischen Traumata. Wie bei einem Knochenbruch oder wenn man Zeuge eines Unfalls auf der Autobahn wird.«

»Das ist mir aber nicht passiert.«

Dr. Mulvey kaute auf seiner Lippe. »Ich denke doch. Auf andere Art.« Der Psychologe stand auf. »Legen Sie sich auf den Rücken und winkeln Sie die Beine an.«

»Ich brauche kein …«

»Wollen Sie heute Abend spielen oder nicht?«

Verdammt. Leo drehte sich, um sich auf der Liege auszustrecken. Wenn sie das von ihm wollten, würde er es tun. Der Doktor legte ihm einen Schaumstoffblock unter die Füße, um sie etwas anzuheben. Dann legte er Leo eine Decke über die Brust, und Leo biss die Zähne zusammen, um nicht zu diskutieren.

»Ich spreche jetzt mit dem Mannschaftsarzt«, sagte Dr. Mulvey. »Warten Sie kurz.«

»Lassen Sie niemanden herein«, sagte Leo, und in seiner Stimme schwang leichte Verärgerung mit.

»Okay«, sagte der Doktor und sah auf ihn hinab. »Mit ›niemand‹ meinen Sie Georgia?«

Leo knurrte zustimmend.

»Gut. Aber Sie und ich sprechen später darüber.«

Ich kann es kaum erwarten. Leo faltete die Hände über der Brust und zwang sie, nicht zu zittern.

Als der Psychologe etwas später wiederkam, brachte er Hugh Major mit. Leo setzte sich schnell auf, bereit für seine Strafe. Das Zimmer drehte sich nur ein bisschen. Das war immerhin ein Fortschritt.

»Hab Ihnen was mitgebracht«, sagte der Psychologe und stellte ein Tablett mit einer Banane und einem Proteinriegel ab. »Wenn Sie essen können, brauchen Sie etwas mit schnell verfügbarem Zucker.«

»Danke«, sagte Leo abwartend.

Der Geschäftsführer sah ihn stirnrunzelnd an. »O'Doul kann heute Abend spielen«, sagte Hugh schließlich. »Keine Anzeichen für eine Gehirnerschütterung. Er hat nur eine Schramme am Kopf und einen großen Bluterguss am Hintern.«

Leo sackte erleichtert zusammen. »Gut zu hören. Darf ich mich bei ihm entschuldigen?«

Der Geschäftsführer legte den Kopf schief. »Natürlich. Aber wirst du spielen können?«

»Klar«, sagte Leo sofort. »Auf jeden Fall.«

Der Psychologe verdrehte die Augen. »Das haben schon andere gesagt, mein Sohn. Sie essen etwas, und wir sprechen uns in einer Stunde noch mal, okay?«

»Sicher.« Leo schnappte sich die Banane und schälte sie. Wenn sie ihn einfach nur ein paar Minuten in Ruhe lassen würden, ginge es ihm bald besser.

Sie verschwanden, aber die verdammte Tür öffnete sich wieder, und O'Doul kam herein. »Hey«, sagte der Kapitän.

»Hey.« *Mist.* »Hör mal, es tut mir wirklich leid.« Wie oft würde Leo diese Rede noch halten müssen? Bevor er zu den

Bruisers gekommen war, hatte er noch nie so oft Scheiße gebaut. Ehrlich. Sein Leben war bis jetzt ziemlich glatt verlaufen. Ihm war nicht klar gewesen, wie viel man dem Universum zurückzahlen musste, wenn man es in die NHL schaffte.

Der Kapitän wedelte mit einer Hand in der Luft herum. »Ich, äh … Bis heute wusste ich nichts von der Sache mit Georgia.«

»Was genau?«

O'Doul legte die Hand in den Nacken. »Du weißt schon. Dass sie vergewaltigt wurde, als ihr auf der Highschool zusammen wart.«

Leo konnte nicht verhindern, dass er bei dem Wort zusammenzuckte. »Sie spricht vermutlich nicht so gern darüber.« Und er konnte das gerade sehr gut verstehen.

»Bestimmt nicht.« O'Doul hüpfte auf die Ablage ihm gegenüber. »Aber das ist ganz schön fieser Scheiß. Erklärt so einiges. Über euch beide.«

Stimmte das? Leo war sich nicht sicher, ob ihm das gefiel. Er wollte nicht durchschaut werden. Er wollte einfach nicht mehr ständig ausflippen. »Es tut mir trotzdem leid, dass ich so überreagiert habe. Wäre schön, wenn das aufhören würde.«

O'Doul legte tatsächlich den Kopf zurück und lachte. »Meinst du?«

»Ja.« Ein Lachen bahnte sich den Weg durch seinen Körper. Obwohl es sich ein bisschen hysterisch anfühlte. »Also komme ich jetzt aus diesem kleinen Gefängnis raus? Machen wir das andere Team platt, oder was? Und wo ist überhaupt der Coach?«

»Bei Georgia«, sagte er. »Aber ja. Er wird uns alle bestimmt ein paar Minuten anbrüllen.«

»Gut zu wissen.« Leo biss in die Banane. Er hatte eigentlich keinen Hunger, aber er tat es fürs Team.

»Wusstest du, dass Georgia einen schwarzen Gürtel in Taekwondo hat?«

»Sie hat mir nicht viel darüber erzählt«, musste Leo zugeben. »Aber es überrascht mich nicht, sie ist in allem gut, was sie ausprobiert.«

O'Doul grinste. »Das ist sie wirklich, was?« Er schüttelte den Kopf. »Ich habe sie ein paarmal gefragt, ob sie mit mir ausgeht, und 'nen Korb kassiert. Wusste nicht, dass sie auf dich wartet.« Er sprang von der Ablage. »Sehen wir uns nachher in der Umkleide?«

»Ja. Und es tut mir leid, dass ich …«

»Halt die Klappe, Collegeboy.« Der Kapitän legte Leo auf dem Weg nach draußen die Hand auf die Schulter. »Lass uns heute Abend einfach nur gewinnen, okay?«

»Ja.« Die Tür schloss sich hinter O'Doul, und Leo musterte misstrauisch den Proteinriegel. Seufzend nahm er ihn in die Hand.

31

Georgia hatte noch nie zuvor bei der Arbeit geweint. Nicht einmal, als ihr Dad angerufen und ihr erzählt hatte, dass ihre Großmutter gestorben war. Nicht einmal, als sie im Flugzeug nach Vancouver den Film *Touchdown* geschaut hatten und am Ende das Team Rudy auf den Schultern übers Feld trug.

Denn man weint einfach nicht bei der Arbeit.

Also biss sich Georgia so fest auf die Lippe, dass sie blutete, als zwei Teamkameraden Leo unter den Armen einhakten und ihn vom Tatort wegschleiften. O'Doul stand da, betastete seinen Hinterkopf und fragte: »Was zum Teufel war das denn gerade?«, bis Hugh Major hereingeschneit kam und ihn zum Mannschaftsarzt schleppte, damit der einen Blick auf seinen Kopf werfen konnte.

Andere Teamkameraden umringten Georgia, versuchten, ihr behilflich zu sein, und bestürmten sie mit Fragen, die sie nicht beantworten wollte. Irgendjemand rief beim Hausmeisterservice an und fragte nach einem Wischmopp. Und jemand anders rief nach Coach Worthington. Es war ein heilloses Durcheinander.

Georgia lehnte einfach an der Wand und fühlte sich … verängstigt. Aber weshalb, das wusste sie nicht. Immer wieder hörte sie den schrecklichen Laut, den Leo ausgestoßen hatte, als er hereingestürmt war. Und er hatte O'Doul vor Zeugen niedergestoßen. Er hätte ihn beinahe windelweich geprügelt. So etwas hatte sie noch nie zuvor gesehen.

Wahrscheinlich war das alles ihre Schuld. Nein – ihr Therapeut würde diesen Gedanken im Handumdrehen widerlegen. Und dennoch *fühlte* sie sich schuldig. Leo war vor ihren Augen ausgerastet. Das mit anzusehen ließ ihr Herz schmerzen. Und sie erkannte, dass das, was ihr zugestoßen war, auch bei ihm Spuren hinterlassen hatte. Bis jetzt hatte sie das nie wirklich verstanden.

»Georgia?«

Als sie aufblickte, sah sie Roger, der sie heranwinkte. »Ja?« Es klang wie ein Krächzen.

»Dein Vater möchte mit dir sprechen.«

Ihr wurde mulmig zumute. Wortlos folgte sie Roger über einen weiteren der Millionen Korridore, die es in diesem Gebäude offenbar gab. Nun würde sie ihm beichten müssen, dass sie mit Leo zusammen war. Wenn es irgendeine Möglichkeit gab, ihm einen Teil der Schuld abzunehmen, würde sie es ohne mit der Wimper zu zucken tun.

Und bitte, lass O'Doul nicht verletzt sein, flehte sie innerlich. Sie hatte gerade angefangen, den Typen zu mögen.

Georgia schlüpfte in das kleine Büro, das sich Hugh und ihr Vater teilten. Für heute hatte sie genug von deprimierenden Untergeschossräumen. Sie sehnte sich nach der Sonne.

»Mach die Tür zu, Liebling«, sagte ihr Vater.

Sie gehorchte und setzte sich ihm gegenüber.

»Was ist da gerade passiert?«, fragte er. »Hilf mir, es zu verstehen. Leo hat O'Doul angegriffen? War sonst noch jemand da? Ich habe es nicht gesehen. Aber …« Er räusperte sich. »Ich habe es *gehört*.«

Beim bloßen Gedanken an den grässlichen Laut, den Leo ausgestoßen hatte, erzitterte Georgia. Sie wollte ihn nie wieder hören. »Es war ein Missverständnis«, sagte sie. Ihr Hals war so trocken, dass es sich anfühlte, als würde er zerspringen. »Doulie trainiert auch Taekwondo. Wir wollten für seine Gürtelprüfung üben. Also habe ich mich von ihm auf die Matte werfen lassen. Und Leo war am anderen Ende des Korridors. Und dann … Er hat bloß gesehen, wie O'Doul mich gepackt und zu Boden geworfen hat.«

Ihr Vater zuckte zusammen. »Herr im Himmel. Und er hat geglaubt, O'Doul hätte dich angegriffen? Ist das logisch?«

Georgia zögerte. Sie hatte den Ausdruck auf seinem Gesicht gesehen, und er würde sie für immer verfolgen. »Ich bin mir nicht sicher, ob *Logik* in diesem Moment möglich war. Seine Reaktion war eher … ähm, instinktiv.«

Ihr Dad faltete die Hände auf dem Schreibtisch und runzelte die Stirn. »Er ist ausgerastet.«

»Daddy, er hatte *Angst.* Es war Furcht einflößend – für ihn genauso wie für O'Doul.«

»Und was ist mit dir?«, fragte ihr Vater leise.

Georgia unterdrückte ein Schaudern. »Ich komme schon klar. Aber ich glaube …« Sie seufzte. »Du und ich, wir sprechen nie über mein schreckliches Jahr, nicht wahr?«

Ihr Vater verzog das Gesicht, dann nickte er zustimmend.

»Nun ja, damals war Leo mein Felsen, weißt du? Er war immer in meiner Nähe, und er war einer der wenigen, die mir geholfen haben, das alles durchzustehen. Aber ich glaube, ihn hat es auch belastet.« Sie schämte sich, als ihr klar wurde, dass sie das nie verstanden hatte. »Ich glaube, er leidet noch immer darunter.«

Ihr Vater grunzte, dann ließ er seinen Zahnstocher von einem Mundwinkel in den anderen wandern. Das war die einzige Zustimmung, die sie von ihm zu diesem Thema bekommen würde, und das machte sie wütend.

»Daddy, ich habe *keine Ahnung*, was du gegen Leo hast, und ich hatte wirklich nicht vor, das mit dir zu diskutieren, aber ich schwöre bei Gott, wenn du ihn nach Vancouver schickst, dann sei ein Mann und mach vorher reinen Tisch mit ihm. Er ist nicht irgendein Fremder, den du einfach wegschicken kannst.«

Ihr Vater kniff die Augen zusammen. »Die Wechsel gehen dich nichts an, junge Dame.«

»Alles klar«, blaffte Georgia. »Dann schick mich in mein Zimmer und stell mich unter Hausarrest für das, was ich jetzt sagen werde. Du kannst behaupten, du hättest ihm die gleiche Chance gegeben wie jedem anderen in der Mannschaft, aber wir wissen beide, dass das Bullshit ist.« Sie stand auf und überraschte damit sie beide.

»Schatz«, sagte ihr Vater, »jetzt warte mal eine Sekunde. Ich bin sicher, dass Leo ein guter Mann ist. Aber in einem anderen Team wäre er besser aufgehoben. Irgendwo, wo er keine Vorgeschichte hat.«

Ihr Magen sprang von einer Klippe. Ohne Fallschirm. »Das ist nicht fair. Seine einzige Vorgeschichte ist, dass er für uns beide gut ist.«

»Ich glaube, deine Erinnerung verklärt da irgendetwas.«

»Ach ja? Dann spuck's schon aus, okay? Was hast du für ein *Problem* mit ihm?«

Ihr Dad schüttelte den Kopf. »Ich vertraue ihm nicht, und das ist ein absolut berechtigter Grund, ihn seine Sachen packen zu lassen. Ich muss *jedem* trauen können, der das Mannschaftstrikot trägt. Und seit er hier angekommen ist, ist er mit mir aneinandergeraten und mit O'Doul. Das ist nicht gut für das Mannschaftklima.«

Georgia keuchte auf. »Das ist *Schwachsinn*, Coach. Du hast Leo an seinem ersten Tag mit einem Zähnefletschen begrüßt und willst ihn für die Spannungen zwischen euch verantwortlich machen? Wirklich sehr erwachsen. Vielleicht sollte ich dann auch besser für ein anderes Team arbeiten.«

»Liebling …«

»Nicht!«, warnte sie. »Ich liebe meinen Job. Ich fühle mich sehr wohl hier. Aber wenn Leo nach Vancouver geht, wundere dich nicht, wenn ich mitgehe.« Sie machte einen Schritt und griff nach der Türklinke.

»Was?« Ihr Vater klang schockiert. »Georgia! Komm zurück. Jetzt renn nicht weg wie ein Teenager.«

Über die Schulter warf sie ihm einen letzten Blick zu. »Du bist der Letzte, der mir unreifes Verhalten vorwerfen darf.«

Und mit diesen Worten verließ sie das Büro und schlug die Tür mit einem lauten Knall hinter sich zu.

32

Sauer auf die ganze Welt lag Leo im Behandlungsraum. Er schloss die Augen und versuchte sich zu entspannen.

Wer hätte gedacht, dass Ausrasten so anstrengend war? Er ließ die Augen eine Weile geschlossen. Aber als er sie wieder öffnete, bemerkte er, dass er eingenickt sein musste. Hastig und mit klopfendem Herzen setzte er sich auf. Wie spät war es? Seine Uhr sagte halb vier. Er atmete aus. Bis zum Anstoß blieben ihm noch vier Stunden. Er hatte also noch ein wenig Zeit.

Außerdem klopfte jemand an die Tür. Sein Herzschlag beruhigte sich langsam, und ihm wurde klar, dass ihn vermutlich das Klopfen geweckt hatte. »Herein«, krächzte er.

In der Tür erschien Georgia, die ihn mit sanftem, sorgenvollem Blick musterte. *Scheiße.* Als er sie zuletzt gesehen hatte, hatte jemand sie zu Boden geworfen … Wieder wurde ihm flau im Magen.

»Hi«, sagte sie leise. »Kann ich reinkommen?«

»Ja. Klar.« Er setzte sich gerader auf und schob die Decke zur Seite. Ihm gefiel nicht, wie schwach er heute wirkte. Ein Mann sollte sich zusammenreißen können, egal was passierte.

Aber dann stand Georgia vor ihm und sah ihn mit ihren sanften Augen und vorsichtiger Miene an. »Hey«, sagte er, und seine Stimme brach. Denn obwohl es ihr offenbar wirklich gut ging, war er noch viel zu aufgewühlt, um es zu glauben. Er sah immer noch vor sich, wie sie die Balance verlor, überwältigt von einem unsichtbaren Angreifer … Plötzlich brannten seine Augen. Es ergab überhaupt keinen Sinn, dass er es mit einem Verbrechen in Verbindung brachte, das schon Jahre zurücklag und das er überhaupt nicht miterlebt und nicht hatte verhindern können.

Atme, befahl sich Leo.

»Süßer«, sagte Georgia sanft. Sie stellte sich zwischen seine Knie und umfing sein Gesicht mit beiden Händen.

Er konnte nicht weglaufen. Er schloss die Augen, und ein Beben breitete sich in seiner Brust aus. Dass jemand sie angegriffen hatte, versetzte ihm einen Stich ins Herz. Sein geliebtes Mädchen. Sie war von einem verdammten Psychopathen verletzt worden, und er hatte einfach nichts dagegen tun können.

Leo streckte die Arme nach ihr aus und zog sie an seine Brust. Er wollte tief Luft holen, aber ihm stockte dabei der Atem. Und der Laut, der ihm entfuhr, klang viel zu sehr nach einem Schluchzen.

Sie schlang die Arme um ihn und drückte ihn, während Leo um seine Selbstbeherrschung rang. Und verlor. Er vergrub das Gesicht an ihrem Hals, während ihm die Tränen über die Wangen liefen. »Es tut mir leid«, würgte er hervor. »Ich habe nur …« *Völlig den Verstand verloren.*

»Ich liebe dich so sehr«, flüsterte Georgia. »Alles wird gut.«

Aber dafür gab es keine Garantie. Er hatte auf die harte Tour gelernt, dass er sich Tag und Nacht den Arsch aufreißen konnte, bis er der Stärkste und Beste war, und doch konnte alles in einer einzigen Sekunde den Bach runtergehen. Je mehr man hatte, desto mehr hatte man auch zu verlieren. Er hatte die letzten sechs Jahre versucht, das zu vergessen. Aber die Wahrheit tat verdammt weh.

Er würde jedoch niemals aufgeben. Er würde tun, was immer nötig war, damit sie sicher und glücklich war. Wenn das irgendjemand schaffte, dann er.

Georgia kletterte ohne Einladung auf die Untersuchungsliege und zerknitterte das dort ausgelegte Papier. Sie setzte sich neben Leo und umarmte ihn. »Es tut mir leid, dass du durcheinander bist. Was mir damals passiert ist, war schrecklich, aber mir war nicht klar, dass es auch an dir nicht spurlos vorübergegangen ist.«

Leo holte tief Luft und atmete wieder aus. »Du bist diejenige, die wirklich gelitten hat«, sagte er.

»Das stimmt nicht ganz.« Sie schüttelte den Kopf. »Mein Dad auch. Und du. Aber damals hatte ich keine Kapazitäten, um das zu verstehen. Ich war zu sehr damit beschäftigt, wütend zu sein.«

Er nahm sie fest in die Arme und seufzte. »Mir geht es gut, Gigi. Wirklich.«

»Du«, sagte sie und küsste die Haut unter seinem Ohr, »bist alles für mich. Ich habe es dir nicht gesagt, als ich es hätte sagen sollen, deshalb hoffe ich, dass es jetzt nicht zu spät dafür ist.«

Ihren warmen Körper zu spüren, beruhigte ihn allmählich. »Ich liebe dich, Baby. Verlass mich nicht.«

»Werde ich nicht.«

Er strich ihr übers Haar. »Vor sechs Jahren hast du es getan, und ich verstehe immer noch nicht, warum.«

»Ich hatte Panik«, sagte sie leise. »Ich hatte plötzlich das Vertrauen in alles auf einmal verloren. Und ich glaubte, du würdest nur bei mir bleiben, weil du dich schuldig gefühlt hast.«

»Nein …«

»Schsch«, unterbrach sie ihn. »Ich schämte mich so sehr und hatte so viel Angst. Ich dachte, das würde nie wieder verschwinden. Komischerweise war unser Schulabschluss nur zwei Monate, nachdem es passiert ist. Mit achtzehn kamen mir diese zwei Monate wie eine Ewigkeit vor, in der ich darauf wartete, mich endlich besser zu fühlen. Aber das waren sie nicht. Nur ein paar beschissene Wochen. Doch damals wusste ich das noch nicht. Mir war noch nicht klar, dass die Zeit alle Wunden heilt.«

Leo hatte heute den Beweis dafür bekommen, dass die Zeit das nicht immer hinbekam. Aber trotzdem verstand er sie. »Ich hätte noch viel länger gewartet.«

An ihn gelehnt, seufzte sie auf. »Darauf habe ich nicht vertraut, weil ich nicht mehr wusste, wie es ist, glücklich zu sein. Ich konnte mir nicht vorstellen, das zurückzubekommen.«

Er strich ihr eine Haarsträhne aus dem Gesicht. »Du machst mich glücklich, Baby. Du allein.« Er küsste sie auf die Stirn. »Alles andere wird sich zeigen, okay?«

»Okay.«

Es klopfte an der Tür.

Scheiße. »Jetzt nicht«, knurrte Leo und betastete seine Augen. Sie waren nicht mehr feucht, aber es war sicher nicht zu übersehen, wie rot sie noch waren.

Die Tür öffnete sich trotzdem, und Coach Karl kam mit steinerner Miene herein. Leo löste seine Arme nicht von Georgia. Er hatte sich genug Sorgen darüber gemacht, was ihr Vater von ihm hielt.

»Du hättest nicht gehen dürfen«, sagte der Coach langsam.

»Was?«, fragte Leo. »Wohin denn?«

»Weg von ihr!«, sagte der Coach wütend.

»Daddy!«, protestierte Georgia. »Was soll das denn heißen?«

Der Coach trat in den Raum und schloss die Tür hinter sich. Er musterte kurz seine Tochter. »Du bist diejenige, die reinen Tisch machen wollte«, knurrte ihr Vater. »Also mache ich das jetzt.« Er wandte sich an Leo. »Ich habe dir Georgia anvertraut und dachte, du wärst es wert. Aber am schlimmsten Abend ihres Lebens sagst du ihr, dass es vorbei ist. Mein Mädchen flippt aus, trinkt etwas zu viel und wird von einem Psycho angegriffen. Braucht Jahre, um sich davon zu erholen, du Arschloch. Und jetzt kommst du angetanzt und glaubst, du könntest einfach dort weitermachen, wo du aufgehört hast? Dafür braucht man ganz schön Eier.«

Eine verblüffte Stille senkte sich über den kleinen Raum. Leos Gedanken wirbelten durcheinander, während er herauszufinden versuchte, was der Coach meinte. »Ich habe sie nicht verlassen«, sagte er. »Was redest du denn da?«

»Der Anruf«, brummte ihr Vater. »An dem Abend telefoniert sie mit dir. Dann rufe ich sie an, und sie explodiert wie ein Feuerwerk. ›Ich bin sauer auf Leo. Ich will nicht darüber reden. Ruf mich morgen an, ich gehe auf eine Party.‹ Der nächste Anruf mitten in der Nacht kommt vom verdammten *Krankenhaus.*«

»*Daddy*«, keuchte Georgia. »Mach mal langsam. Wovon redest du?«

»Du warst sauer!«, fauchte er. »Das hast du selbst gesagt. Auf *ihn.*« Er zeigte anklagend mit dem Finger auf Leo.

»Wart mal kurz. Mir gefällt nicht, wie sich das hier entwickelt«, sagte Georgia mit einer Stimme, die Leo noch nie gehört hatte. Sie war leise und drohend. »Du hast Tausende von Dollars in meine Therapie gesteckt, um mich davon zu überzeugen, dass der einzig Schuldige der Vergewaltiger war. Schön zu hören, dass du glaubst, Leo und ich wären mitschuldig.«

Meine Güte. Leo legte Georgia die Hand auf den unteren Rücken und fuhr in langsamen Kreisen darüber, so als könnte er sie dadurch beruhigen. Aber er war immer noch durcheinander. »Ich verstehe das nicht. Wir hatten keinen Streit.« Das stimmte doch, oder? So viel war nach diesem fraglichen

Telefonat an diesem Aprilabend passiert, dass er sich nicht zu einhundert Prozent sicher war. Aber wenn sie sich gestritten hatten, musste es wegen einer Kleinigkeit gewesen sein. Sonst würde er sich erinnern.

Georgia drehte sich mit traurigem Blick zu ihm um. »Ich *war* an diesem Abend aufgewühlt«, flüsterte sie. »Aber das ist nicht deine Schuld. Das habe ich nie gedacht. Bis jetzt habe ich noch nicht einmal mehr daran gedacht.«

»Aber warum?«, flüsterte er zurück.

»Du hast gesagt, du willst über das nächste Jahr reden«, sagte sie. »Wir wollten auf unterschiedliche Colleges gehen, und dieses Gespräch war unvermeidlich. Aber ich war sauer, dass du am Telefon darüber gesprochen hast.«

Leo schloss die Augen und versuchte sich zu erinnern. »Ich habe zu Hause rumgesessen und mir Flugpreise angeschaut.« Langsam kehrte die Erinnerung zurück. »Ich hatte herausgefunden, dass es teuer werden würde, von Hartford nach Charlottesville zu fliegen, um dich zu besuchen. Aber dass es von Newark ziemlich günstig war. Ich wollte mit dir über Flugpreise reden.«

Er öffnete die Augen und sah, wie Georgia sich die Hand vor den Mund schlug. Und dann füllten sich ihre Augen mit Tränen. Leo umarmte sie wortlos. Wie konnten zwei gesunde Menschen wie sie so viele Tränen produzieren? *Indem sie die wichtigen Dinge nicht ansprachen*, erinnerte ihn sein Gewissen. Nun ja. Vielleicht würden sie es diesmal endlich richtig machen. »Ich liebe dich«, sagte er zu Georgia. »Habe ich immer.«

»Ich habe dir nie die Schuld gegeben«, piepste sie. »Ich schwöre. Selbst als ich wie eine Idiotin ausgeflippt bin, das war nie wegen dir.«

»Schon gut«, sagte er und legte das Kinn auf ihre Schulter. »Wir sind ja jetzt hier. Das ist alles, was zählt.« Er riskierte einen Blick auf den Coach, dessen Miene immer noch versteinert war. Coach Karl drehte sich auf dem Absatz um, verließ den Raum und schloss die Tür mit einem Klicken hinter sich.

Sie hielten einander eine Weile umschlungen, bis Georgia schließlich etwas sagte. »Kann sein, dass du verkauft wirst«, sagte sie mit zitternder Stimme. »Ich weiß nicht, was in seinem Kopf vorgeht.«

»Wenn es passiert, werde ich damit umgehen. Solange du mich nicht verkaufst, Gigi, wird alles gut.«

»Es gibt keinen besseren Spieler für mein Team.« Sie schniefte. »Du bist mein Kapitän fürs Leben.«

Er küsste sie auf den Hals. »Aber mach mich nicht zum Enforcer. Ich erkenne wohl nicht so gut, wen ich schlagen muss.«

»Das können wir trainieren.« Sie sah auf die Uhr. »Du musst erst in drei Stunden wieder hier sein. Können wir hier verschwinden? Wenn du müde bist, könnten wir ein Nickerchen machen.«

Leo schüttelte den Kopf. »Kein Nickerchen mit dir. Da komme ich auf dumme Gedanken. Und das sollte ich vor einem Spiel besser lassen.«

Sie sah ihn an und verdrehte die Augen. »Na schön. Das Hotel hat eine Kletterwand. Ich bin ein bisschen eingerostet, aber ich kann dich vermutlich immer noch schlagen.«

»Kannst du nicht«, sagte er, und sofort meldete sich sein Kampfgeist. »Ich habe aber nur Sneakers.«

»Ich auch«, konterte sie. »Dann ist es ein fairer Kampf.« Sie rutschte von seinem Schoß runter und dann von der Liege.

Er stand zum ersten Mal seit einer Stunde auf. Vielleicht war er immer noch ein bisschen zittrig. Aber im Großen und Ganzen fühlte er sich stabil. »Perfekt. Ich klettere schnell zum Sieg, und dann gehen wir was snacken.« Er nahm ihre Hand und folgte ihr aus dem Raum.

Leo verlor den Kletterwettkampf. Aber er gewann den Münzwurf und durfte entscheiden, wo sie essen gingen. Er wählte ein chinesisches Restaurant, weil sein Mädchen schon seit mehreren Tagen keine Teigtaschen mehr bekommen hatte und er sie gern dabei beobachtete, wie sie sie mit den Stäbchen in die Sauce dippte.

Als sie fertig waren, erwischte er sie dabei, wie sie ihn über den Rand ihrer Teetasse hinweg musterte.

»Was ist?«, fragte er.

Sie senkte den Blick. »Du, ähm, gehst mit einer Honey zur Gala, wenn wir zurück sind? Kann ich dich nicht vielleicht irgendwie dazu bringen, mit mir hinzugehen?«

Oh. Leo stellte sein Wasserglas ab und grinste sie an. »Georgia, es gibt niemanden mit diesem schrecklichen Namen. Das hätte dir klar sein sollen.«

»Hätte es?«

»Ja, sicher. Erinnerst du dich nicht an den Witz? Honey Cove ist dein Stripper-Name. Dein erstes Haustier und die Straße, in der du aufgewachsen bist. Ich dachte, das wüsstest du.«

Georgia schlug sich die Hand vor den Mund und kicherte. »Das ist lustig. Aber der Hund hieß Sweetie Pie.«

Leo lachte auf. »Wirklich? Na ja, ich war nah dran.«

Sie legte den Kopf zurück und lachte. »Nicht nah genug.«

»Scheiße. Du hast wirklich gedacht, ich würde jemanden mit dem Namen Honey Cove zur Party mitbringen?« Er knüllte seine Serviette zusammen und warf sie scherzhaft über den Tisch. »Du musst ja eine hohe Meinung von mir haben.«

»Du bist ein toller Typ. Wirklich.«

Lachend bat er per Handzeichen um die Rechnung.

Als er wieder am Stadion ankam, hatten sich die emotionalen Turbulenzen etwas gelegt. Der Schmerz in seiner Brust war einer gesunden Portion Lampenfieber vor dem Spiel gewichen. Er zog sich die Trainingsklamotten an und dehnte sich ein wenig in der Umkleide. Dann folgte er ein paar Teamkameraden in den Kellerraum, wo vorhin die Yogastunde hätte stattfinden sollen.

Während sich der Kreis bildete, hielt O'Doul den Fußball in der Hand. »Du fängst an, Rookie«, sagte er und warf Leo den Ball zu. Aber es lag keine Bosheit in seinen Worten.

Leo ließ den Blick kurz über die Gesichter im Kreis schweifen, und ihm gefiel, was er sah. Nur ein Haufen Typen, die denselben Traum wie er leben wollten. Mit ein bisschen Glück würde er noch lange in diesem Kreis stehen. »In Ordnung«, sagte er. »Passt auf.« Er warf den Ball hoch und kickte ihn mit dem Knie quer durch den Kreis zu O'Doul. Der ihn zu Beacon köpfte, der ihn wegschießen wollte und verfehlte.

»Verdammt«, sagte O'Doul kopfschüttelnd. »Gut, dass er mit den Händen besser ist.«

Die Jungs johlten, dann spielten sie weiter. Leo ging ganz auf in dieser einfachen, dummen Aufgabe, den schwarz-weißen Ball in der Luft zu halten, und zumindest im Moment war alles gut.

Auf dem Eis lief es an diesem Abend allerdings nicht ganz rund.

Pässe kamen nicht an. Schüsse gingen nicht ins Tor. Coach Karl war ein knurrendes, grantiges Wrack, und seine Laune hing wie eine schwarze Wolke über der Bank.

Seltsamerweise hatte Leo einen großartigen Abend. Er erzielte einen der beiden Treffer für die Bruisers, und es gelang ihm, auch die schlecht getimten Pässe seiner Mitspieler anzunehmen. Vielleicht waren alle anderen gestresst, aber er war so entspannt wie seit Wochen nicht mehr.

Das reichte allerdings nicht, um das Spiel zu drehen, aber er trug dazu bei, dass sie nur mit einem Tor unterlagen. Immerhin etwas. Und er beschloss, für das dankbar zu sein, was er hatte.

Nach dem Spiel war die Stimmung in der Umkleide gedrückt. Bevor er sich zu viel von seiner Montur ausgezogen hatte, bat ihn Georgia, auf dem Flur mit einem Journalisten zu sprechen.

Das tat er, ohne sie in den Hintern zu kneifen, obwohl es ihm wegen ihres sexy Pressesprecherinnen-Rocks schwerfiel, dem Impuls zu widerstehen. »Wir haben da draußen hart gekämpft«, sagte er ins Mikrofon. »Nächstes Mal werden wir sie besiegen.«

Es war nicht der originellste Kommentar, aber Georgias Lächeln lenkte ihn zu sehr ab, als dass er etwas Bedeutungsvolleres hätte sagen können.

Zurück im Umkleideraum, traf er auf lange Gesichter. Und sie wurden nur noch länger, als der Coach, Hugh und Nate gemeinsam hereinkamen und sich vor dem Team aufbauten.

Nach und nach erstarben die Gespräche, als alle ihre Aufmerksamkeit auf die Verantwortlichen richteten. »Wir haben eine Veränderung anzukündigen«, sagte Hugh Major.

Oh, scheiße. Leo wappnete sich.

»Silas Kelly wird morgen früh nach Hartford aufbrechen. Ich möchte mich persönlich bei ihm für seine Arbeit und seine immer und überall herausragende Haltung bedanken. Und wenn wir die Play-offs erreichen, werden wir ihn vielleicht in Brooklyn wiedersehen.«

O'Doul fing an zu klatschen, und Leo stimmte sofort mit ein. Aber seine Gedanken rasten. Silas ging? Die letzten Kader-Änderungen hatten begonnen. Auf dem Weg in die Playoffs wollte Karl offensichtlich jemand anderem den Ersatztorwartjob geben.

Am anderen Ende des Raums stopfte Silas bereits Sachen in seine Tasche. Sie hatten es ihm wahrscheinlich erst vor fünf Minuten gesagt. Jetzt ging es zurück in die Minor League. Sein Zwei-Wege-Vertrag erleichterte dem Team die Entscheidung. Aber dann … Leo kroch ein kalter Schauer die Wirbelsäule hinauf. Wenn Karl einen neuen Torhüter wollte, könnte er Leo gegen einen eintauschen.

Und der arme Silas. Leo hatte schreckliches Mitleid mit seinem Vier-Wochen-Mitbewohner. Das Business war hart. Niemand war jemals sicher.

Als Leo ein paar Minuten später aus der Dusche kam, stand Silas neben seinem Spind und warf seine Ausrüstung in eine Eishockeytasche. Er musste sie heute Abend selbst hinaustragen und morgen beim Flug nach Hartford aufgeben.

»Alter, tut mir leid, dass du gehen musst«, sagte Leo. »Das hätte der Beginn einer wunderbaren Freundschaft werden sollen.«

Silas lachte auf. »Jetzt fang mal nicht an zu heulen. Und hey – mein Kumpel glaubt, dass er doch nach Anaheim verkauft wird. Du könntest also vom Haken sein.«

»Das werden wir wohl sehen.« Nach Karls Ausbruch würde Leo auf *gar nichts* setzen. In diesem Moment hätte Karl ihn wahrscheinlich sogar an eine Amateurmannschaft verkauft, nur um ihn von Georgia fernzuhalten.

»Falls du nach der Transferdeadline noch da bist, würdest du meinen Mietvertrag übernehmen? Er läuft noch fünf Monate.«

»Klar übernehme ich ihn«, sagte Leo schnell. »Aber das ist ein fettes ›Falls‹.«

Silas grinste ihn an. »Sag mir Bescheid. Die Miete ist echt teuer, aber ich werde die Wohnung vermissen.«

»Mach ich.«

Sie schüttelten einander die Hände.

Leo zog sich an und fragte sich, wo Georgia war. Der Flieger würde sie alle heute Abend auf einem Nachtflug zurückbringen. Leo freute sich darauf, nach Hause zu kommen. Er schlüpfte in seine Schuhe und machte sich auf die Suche.

Aber als er den Flur betrat, hielt ihn jemand auf. »Leo, könntest du kurz herkommen, mein Sohn?«

Leo hob überrascht den Kopf. Es war Karl Worthington, der ihn stirnrunzelnd ansah. »Klar«, sagte er und fragte sich, warum die Stimme des Coachs so düster klang. Jetzt kommt's, dachte er, als er ihm den Flur hinunterfolgte. »Gibt es ein Problem?«

»Kein Problem.« Der Coach blieb stehen und verschränkte die Arme. »Ich wollte mich nur bei dir entschuldigen.«

Leos einzige Reaktion war erst mal ein Blinzeln. »Ach ja?«

»Ja, weil ich so ein Arschloch war.« Karl steckte sich einen Zahnstocher in den Mundwinkel. »Georgias letztes Jahr auf der Highschool war wirklich hart für mich.«

»Wem sagst du das?«, sagte Leo schnell.

Aber der Coach schüttelte den Kopf. »Nicht nur der letzte Teil. Das ganze Jahr. Ihr beide wart kurz davor, euch aus dem Staub zu machen. Ich habe Georgia bei der Collegewahl unterstützt. Dann habe ich dir geholfen, ins Harkness-Eishockeyteam zu kommen, weil ich wusste, dass du dort groß rauskommen würdest. Und auf einmal war alles vorbei. Georgia war meine ganze Familie. Nein – Georgia und du, ihr wart meine ganze Familie. Als ich dachte, ihr würdet euch trennen, war ich sauer auf dich, weil du uns beide verlassen hast. Und dann …« Er schaute auf die Gummimatten auf dem Boden und schüttelte den Kopf. »Ich habe dir die Schuld gegeben, obwohl das überhaupt keinen Sinn ergab. Ich wollte einfach nur zu der Zeit zurück, als ihr beide glücklich wart und du nachts heimlich durchs Fenster in ihr Zimmer geklettert bist.«

Leo wurde es eng um die Brust. »Wir haben eine Menge Regeln gebrochen. Aber ich habe sie geliebt.«

Die Stimme des Coachs war rau. »Das weiß ich. Ich habe dir voll und ganz vertraut.«

Du lieber Himmel. »Die Sache ist die …« Leo rieb sich das Kinn und suchte nach den richtigen Worten. »Wer weiß, was passiert wäre? Vielleicht hätte Georgia irgendwann genug von der Fernbeziehung gehabt. So was passiert. Oder vielleicht ich. Wir waren so wahnsinnig jung.«

Karl lächelte traurig. »Ich weiß. Aber ich habe meine Frau auch auf der Highschool kennengelernt. Sie war das Beste, was mir je passiert ist. Und du hattest ein gutes Herz und hast Georgia zum Lachen gebracht. Zur selben Zeit habe ich zehn Jahre lang auf dem College ein paar richtige Rabauken trainiert. Mit siebzehn warst du viel erwachsener als die meisten von ihnen. Ich habe an euch beide geglaubt. Bis ich irgendwann damit aufgehört habe. Es tut mir leid.«

Leo lehnte sich an die Wand und richtete den Blick zur Decke. Was war heute bloß mit seinen Augen los? Sie wurden ständig kratzig und heiß. »Entschuldigung angenommen«, sagte er.

Karl atmete auf. »Dann such jetzt mein Mädchen und mach sie glücklich. Ihr beide habt es verdient.« Er streckte die Hand aus.

Aber durch irgendetwas – vielleicht seinen Kampfgeist, vielleicht aber auch Liebe – zog Leo ihn stattdessen in eine feste Umarmung und klopfte ihm auf den Rücken. Dann ließ er den Coach blinzelnd im Flur stehen und ging seine Sachen packen, um Georgia im Flieger auf den neuesten Stand zu bringen.

33

Georgia wäre als Erste an Bord des Flugzeugs gegangen, doch sie wurde von Hugh Major aufgehalten. »Können wir einen Augenblick über die Presseabteilung sprechen?«, fragte er. »Ich weiß, es ist schon spät, aber wenn wir schon einmal hier sind …«

»Klar«, sagte sie sofort. Wenn er schlechte Nachrichten für sie hatte, brachte sie es am besten schnell hinter sich.

»Du hast dich nicht mehr bei mir gemeldet wegen der beiden Kandidaten«, begann er ohne Umschweife. »Mir haben sie beide gefallen, aber da du mit demjenigen, den ich anstellen werde, zusammenarbeiten musst, würde ich wirklich gern deine Meinung hören.«

Sie unterdrückte ein Seufzen. »Ich bin sicher, dass ich mit beiden gut zusammenarbeiten würde. Sie sind beide hervorragend qualifiziert.« *Qualifizierter als ich.*

»Das stimmt. Aber du und ich, wir müssen über die Arbeitsaufteilung reden.«

Jetzt kommt's. Georgia blickte Hugh unverwandt in die Augen und wartete darauf, dass er ihr eröffnete, sie würde von nun an für den Neuen arbeiten. Sie würde es mit Fassung tragen, und vielleicht erkannte er dann, wie professionell sie wirklich war. »Wie stellst du dir die Arbeitsaufteilung vor?«, fragte sie ruhig.

»Ich werde zwei gleichrangige Pressesprecher ernennen. Dich und einen neuen. Also …« Er breitete die Hände aus.

Bei dieser Neuigkeit zuckte Georgia sichtlich zusammen. Hatte er gerade wirklich gesagt, dass sie die Führung der Presseabteilung (größtenteils) behalten würde?

»… müsstest du mir sagen, ob du lieber für die Spielerkommunikation zuständig sein möchtest – Interviewtermine organisieren, Skandale managen, du weißt schon, das Übliche – oder ob du dich lieber um unser soziales Engagement kümmern möchtest. Die Krankenhäuser, die Frauenunterkünfte, die Brooklyner Kunststiftung. Mein Bauchgefühl sagt mir, dass dir dieser Part eher zusagt, aber ich würde es gern von dir selbst hören.«

Eine Weile blinzelte sie ihn einfach nur an. »Also …« *Reiß dich zusammen, Worthington!* »Die Wohltätigkeitsarbeit macht mir am meisten Spaß, aber ich würde mit beiden Jobs zurechtkommen.«

»Natürlich würdest du das. Aber wenn du die Wohltätigkeitsarbeit möchtest, werde ich den einen Kandidaten einstellen, und wenn du die Arbeit mit den Spielern übernehmen willst, entscheide ich mich für den anderen – den von der Wharton.«

»Es wird immer einige Überschneidungen geben«, stellte Georgia heraus.

»Natürlich. Also, was soll es sein, Miss Worthington?«

»Ich nehme die Wohltätigkeitsarbeit. Wir könnten in dem Bereich noch so viel mehr erreichen.«

Hugh grinste. »Das wird Nate gefallen. Er will der Welt wirklich beweisen, dass die Bruisers gut für Brooklyn sind.«

»Das sind sie«, bestätigte Georgia. »Unsere nächste Veranstaltung ist für ein Frauenhaus. Dort leben vorübergehend fünfzig Kinder. Ich würde gerne eine Eislaufparty mit einigen

Spielern organisieren. Diese Kinder sollen erfahren, dass nicht alle Männer schrecklich sind.«

»Das gefällt mir.« Hugh hielt ihr eine Faust entgegen, und Georgia stieß mit ihrer dagegen. »Das hat eine große Außenwirkung ohne viele Ausgaben.«

»Zeit auf der Eisfläche und ein paar Erfrischungen. Ich habe das schon durchgerechnet. Und ich glaube, wir könnten auch noch ein bisschen Zeit auf dem Eis an New Yorker Jugendclubs spenden.« Sie bemerkte, dass sie anfing zu plappern. Hugh brauchte um elf Uhr abends wirklich keinen vollständigen Businessplan. »Wie auch immer – ich habe schon ein paar Ideen.«

»Das hör ich gern, Killer.« Er zwinkerte. »Ich glaube, sie sind bereit für uns.« Er blickte an ihr vorbei auf die Tür zum Flugsteig, die soeben geöffnet worden war.

Georgia hüpfte förmlich ins Flugzeug. Sie war unglaublich erleichtert wegen Hughs Plänen für die PR-Abteilung. Zwei gleichrangige Pressesprecher hatte sie gar nicht in Erwägung gezogen, aber es war absolut logisch. Es bedeutete, dass derjenige, der an den Wohltätigkeitsprojekten arbeitete, nicht ständig in alle Gerüchte und Skandale hineingezogen wurde, in die die Mannschaft verwickelt war.

Und Gerede würde es immer geben. Schließlich waren es Eishockeyspieler.

Georgia war eine der Ersten im Flugzeug. Sie suchte sich einen Platz im hinteren Bereich und rückte durch bis ans Fenster, um Platz für Becca zu machen, die direkt hinter ihr durch den Mittelgang lief. Aber Becca setzte sich nicht neben sie. Stattdessen ließ sie sich auf den Platz auf der anderen Seite des Gangs fallen und zwinkerte. Es dauerte nicht lange, bis die Kabine sich mit den Spielern füllte. Leo erschien über ihr. »Ist hier schon besetzt?«

»Nö«, tönte Becca hinter seinem Rücken.

Leo grinste, und Georgia stellte erfreut fest, dass er entspannt und glücklich aussah. Vielleicht ein bisschen müde, aber mitten in der Saison war das normal. Er verstaute sein Handgepäck und setzte sich. Dann griff er nach ihrer Hand, führte sie an seine Lippen und küsste sie.

Georgia lächelte in Richtung der Fensterscheibe, aber da es draußen dunkel war, sah sie nichts als ihr eigenes Spiegelbild. Auch sie sah entspannt und glücklich aus.

»Kommst du heute Abend mit zu mir nach Hause?«, fragte Leo leise. »Ich werde wahrscheinlich Silas beim Packen helfen, also wird es nicht gerade eine Party, aber ich möchte dich in meinem Bett haben.«

Georgia drückte seine Hand. »Auf jeden Fall. Ich habe dich vermisst.«

Er stieß ein leises Knurren aus. »Das höre ich gern.«

»Es tut mir leid«, sagte sie und rückte etwas näher an ihn heran. »Ich hatte gehört, dass du vielleicht verkauft wirst, und bin in Panik geraten.«

»Ich weiß.« Er lachte leise. »Du warst in der Klemme.«

»Es könnte trotzdem noch passieren.«

»Warten wir ab, bis sie mir ein Flugticket unter die Nase halten, bevor wir in Panik geraten. Abgemacht?«

»Abgemacht.«

Inzwischen waren die meisten Sitzplätze belegt. Nur die Bosse waren noch nicht an Bord gegangen. Als Silas einstieg, applaudierten alle anderen Spieler.

Georgia gähnte und fragte sich, ob sie während des zweistündigen Fluges würde schlafen können. Aber Leo rutschte unruhig auf seinem Sitz hin und her. Und das sah ihm überhaupt nicht ähnlich. »Alles okay?«, fragte sie.

»Ja. Aber ich muss noch etwas loswerden.«

Das machte sie augenblicklich wieder munter. »Ja? Was denn?« Als sie sich zu ihm umdrehte, um ihn ansehen zu können, bemerkte sie, dass Becca auf der anderen Seite des Mittelgangs das Gleiche tat. Neugier stand ihr ins Gesicht geschrieben. Was auch immer Leo ihr zu sagen hatte, sie hoffte, dass es nicht allzu persönlich wäre.

Er holte tief Luft und sprach es aus. »Es ist wahrscheinlich ein total blöder Zeitpunkt, aber ich kann einfach nicht mehr warten.« Er löste seinen Sicherheitsgurt und stand auf.

»Wo willst du hin?«, fragte Georgia. »In einer Minute machen sie die Türen zu.«

Leo drehte sich im Gang zu ihr um, dann ging er auf die Knie. Georgia blinzelte ihn an, wollte ihn schon fragen, ob er etwas fallen gelassen hätte, doch dann nahm Leo ihre Hand.

»Wir passen so gut zusammen«, sagte er.

War das etwa … »Oh mein Gott!« Sie schlug sich eine Hand vor den Mund.

»Willst du mich diesen Sommer heiraten?« Leos große braune Augen funkelten zu ihr auf, während er auf ihre Antwort wartete.

Georgia ging seine Worte im Kopf noch einmal durch, nur um sicher zu sein, dass sie ihn auch richtig verstanden hatte.

»Ich wünschte, ich hätte einen Ring«, fuhr er fort. »Ich habe mir immer vorgenommen, das hier richtig zu machen. Ich hatte es schon einmal geplant. Als wir achtzehn waren, hatte ich mir vorgenommen, mit dir in meinem Truck zum Sternegucken zu fahren und dir die Frage zu stellen. Aber jetzt will ich keine Zeit mehr verschwenden …«

»JA!«, rief Georgia, die endlich ihren Schock überwunden hatte.

Becca stieß ein lautes, schrilles Kreischen aus, und Leo grinste breit.

»Heilige Scheiße, was ist denn hier los?«, tönte Castro aus der Reihe hinter ihnen.

Irgendjemand begann zu klatschen, und dann fiel irgendjemand anders ein. Der Applaus schwoll an, als Leo sich erhob und zu ihr hinunterbeugte, um sie zu küssen.

Georgia verlor sich für einen Augenblick in dem Geschmack des Glücks. Leo umfing ihren Nacken und neigte den Kopf. Aber dann musste er so breit grinsen, dass er den Kuss unterbrach, und Georgia lachte. »Ich liebe dich, Baby. Schon immer«, knurrte er.

»Coach!«, rief jemand. »So wie's aussieht, musst du demnächst eine Hochzeit bezahlen.«

»Was?«, dröhnte die Stimme ihres Vaters, und Georgia erstarrte. Im Flugzeug wurde es still.

Langsam stand Leo auf, sie spürte seine warme Hand noch immer in ihrem Nacken. Er räusperte sich. »Ich hätte dich zuerst fragen sollen. Aber ich war schon immer impulsiv.«

Georgia beobachtete, wie das Gesicht ihres Vaters in etwa vier Sekunden das gesamte Spektrum menschlicher Emotionen durchlief. Dann fand es zurück zu seiner üblichen mürrischen Miene. »Jungs, ihr schafft es besser in die Play-offs. Ich werde diesen Bonus brauchen, um eine Party zu schmeißen. Wenn ihr bis ins Halbfinale kommt, lasse ich den guten Whiskey springen.«

Der ganze Jet brach in Gelächter aus.

Leo setzte sich wieder und zog sie in eine Umarmung. »Wirst du eine richtig übertriebene Brautzilla?«, wollte er nun wissen.

»Was glaubst du?«

»Mein Mädchen macht nicht gern Theater. Aber ich habe gehört, dass eine Hochzeit die Leute verrückt macht.«

Sie drehte sich zu ihm um und schmiegte sich an seine

Brust. »Den Verrücktheiten habe ich abgeschworen. Lass uns eine Hochzeitsplanerin engagieren, die alles organisiert.«

»Klingt gut.«

Es fühlte sich seltsam an, in aller Öffentlichkeit mit Leo zu kuscheln, aber nicht so seltsam, dass sie damit aufhören wollte. Doch ihr Handy, dessen obere Ecke aus der Sitztasche lugte, leuchtete plötzlich in einer Farbe, die sie noch nie gesehen hatte. Pink? Das war seltsam. Sie löste sich von Leo, um einen Blick aufs Display zu werfen.

HERZLICHEN GLÜCKWUNSCH stand da. – *Nate.*

»Wie macht er das?«, fragte Leo.

»Keine Ahnung. Er ist doch nicht an Bord, oder?«

»Nee«, bestätigte Leo. »Ich habe ihn bei diesem Spiel überhaupt nicht gesehen. Wo wohnt er eigentlich?«

»In einer Villa an der Promenade in Brooklyn Heights. Er nimmt immer die Fähre zu seinem Büro in Midtown, und zum Bruisers-Hauptsitz kann er laufen. Ganz schön praktisch. Können wir in Brooklyn bleiben?«, fragte Georgia. »Mir gefällt es dort.«

»Klar, Baby.« Er legte einen Arm um sie. »Vielleicht übernehme ich wirklich Silas' Wohnung, wenn der Mietvertrag ausläuft. Darüber hätte ich mir wohl schon mal Gedanken machen sollen.« Er lachte. »Ich bin eben impulsiv. Hätte ich mit dem Antrag warten sollen, bis ich einen Ring besorgt habe?«

»Nein!« Sie vergrub ihr Gesicht in seiner Halsbeuge. »Ich bin es so leid zu warten.«

Er drückte sie. »Ich auch, Baby. Ich auch.«

34

Montag, 29. Februar, 14:45 Uhr
Letzter Tag der NHL-Transferperiode
Brooklyn, New York

Schlagzeile des Tages:
Kurz vor den Play-offs:
Letzte Kaderänderungen bei lokalen Teams
– The Daily News

Um fünfzehn Uhr wäre die Transferperiode offiziell beendet.

Georgia machte sich keine Sorgen mehr, dass ihr Vater Leo aus reiner Boshaftigkeit verkaufen könnte. Tatsächlich sah es danach aus, als würde ihr Büro heute keine besondere Pressemitteilung herausgeben.

Obwohl sich Hugh, ihr Dad und Nate in Nates Büro zurückgezogen hatten und Last-Minute-Angebote von anderen Teams entgegennahmen, schien es nicht so, als planten sie irgendwelche großen Veränderungen. Einer ihrer AHL-Spieler aus Hartford ging nach Anaheim im Tausch gegen einen Second-Round-Draftpick, einen günstigen Ausgangsplatz bei dem Erwerb der Transferechte an Spielern.

Sie hatte diese Pressemitteilung vor einer Stunde verschickt – der Neue hatte noch nicht angefangen, also war sie dafür zuständig. Aber dieser Wechsel würde es nicht auf die Titelseiten der Sportteile schaffen, denn die Rangers und die Devils hatten viel interessantere Transfers zu vermelden.

Dennoch saß Georgia an ihrem Schreibtisch und blieb wachsam. Bis drei Uhr am Nachmittag war alles möglich. Selbst Leo hätte immer noch verkauft werden können, wenn ein anderes Team ein gutes Angebot machte. Dieses unwahrscheinliche Szenario würde zwar Georgia nicht glücklich machen, aber sie wusste nun, dass es nicht das Ende der Welt wäre.

Sie hatten beschlossen, am 4. Juli in einem Jachtclub am Nordufer von Long Island zu heiraten. Offenbar waren Hochzeiten am Unabhängigkeitstag gar nicht so üblich, also war an diesem Datum noch etwas frei, obwohl es bis dahin nur noch ein paar Monate waren. Sie und Becca würden am nächsten Wochenende mit verschiedenen Caterern sprechen. »Wir müssen uns beeilen«, hatte Becca atemlos verkündet. »Wir haben nur vier Monate, um das Kleid, die Schuhe und die Unterwäsche zu kaufen!« Im Stillen dachte Georgia, sie würde lieber sterben, wenn es vier Monate dauern sollte, ein Kleid zu kaufen, das sie nur an einem einzigen Tag in ihrem Leben trug. Aber sie ließ Becca den Spaß, wenigstens für eine kleine Weile.

Zum zehnmillionsten Mal heute warf sie einen Blick auf die Uhr und stellte fest, dass es in wenigen Minuten offiziell wäre, dass Leo auch noch die Play-offs im Kader der Bruisers verbringen würde. Als eine Minute später ihr E-Mail-Postfach pingte, stürzte sie sich auf die Nachricht. Aber sie war weder von Hugh noch von sonst irgendjemandem der Bruisers. Sie war von Hockey Hotties.

Sehr geehrte Miss Worthington,
anbei die Bilder von unserem Fotoshooting am 9. Februar. Bitte lassen Sie die Aufnahmen von den betreffenden Spielern bis zum 7. März freigeben.

Sie klickte auf den Anhang, und ihr Bildschirm füllte sich mit einem außerordentlich beeindruckenden Foto. Leo, dessen Haut und Muskeln im eisig leuchtenden Licht glänzten, seine kräftigen Oberschenkel gestreckt, als er an der Kamera vorbeiglitt.

Georgia starrte das unvergessliche Bild ihres Verlobten an. Und sie sollte nun der Welt dieses Bild zugänglich machen? Sie öffnete das Foto von Castro, der ebenfalls prächtig und dennoch geschmackvoll abgelichtet war. Sie schloss die Datei jedoch schnell wieder, denn es fühlte sich seltsam an, den nackten Hintern von jemandem zu betrachten, mit dem sie zusammenarbeitete.

Leo dagegen … Er erfüllte ihren Bildschirm noch immer mit seiner Schönheit. Am liebsten wäre sie sofort aus ihrem Büro gerannt, um ihn zu suchen.

»Hey«, sagte jemand in ihrem Türrahmen.

Beim Klang der Stimme ihres Vaters zuckte Georgia zusammen. Um das Foto zu schließen, klickte sie so heftig auf die Maus, dass ihr Daumen knackte. Dann drehte sie sich so lässig sie konnte zu ihm um. Hatte ihr Dad es bemerkt? Hatte er gesehen, dass sie Leos nackten Körper auf ihrem Arbeitsrechner angestarrt hatte?

»Hey«, quietschte sie und konzentrierte sich dann wieder auf ihr eigentliches Problem. »Was machst du hier? Haben wir einen weiteren Wechsel zu vermelden?« Etwa einen, den er ihr persönlich mitteilen wollte?

Ihr Herz bekreuzigte sich, während sie darauf wartete, was er ihr zu sagen hatte.

Ihr Dad schüttelte den Kopf. »Mach Feierabend, Prinzessin. Lass uns einen Kaffee trinken gehen. Wir sind hier fertig.«

»Oh.« Georgias Schultern sackten erleichtert nach unten. »Okay. Ich hole meinen Mantel.«

Sie traten hinaus in die blasse Wintersonne, in allen Richtungen umgaben sie Brooklyns Backsteinhäuser. Sie bogen auf die Hudson Avenue ab, aber ihr Vater blieb vor dem einzigen Restaurant in diesem Block stehen. »Komm eine Minute mit mir hier hinein«, sagte er.

»Warum?« Sie blickte an dem Restaurant vor ihr empor. Es war eins von den schickeren, und sie hatte hier noch nie gegessen.

»Mir zuliebe«, sagte ihr Vater, öffnete die Tür und trat ein.

Sie folgte ihm, und gleich die erste Person, die sie im Inneren entdeckte, war Leo. »Was …?«

»ÜBERRASCHUNG!«, riefen mehrere Dutzend Leute.

Mit offenem Mund überflog Georgia all die Gesichter vor sich. Becca und Leos Familie, inklusive DJ und Lianne. Das Team. Ari, die Yogalehrerin. Sogar Silas war da. »Wow«, hauchte sie. Waren sie alle ihretwegen hier?

Als Nächstes hörte sie einen Korken knallen, und das war DJ gewesen. »Hoppla«, sagte er. »Wir wollten einfach eure Verlobung angemessen feiern.« Er fing an, Schampus in eine Reihe von Gläsern auf dem Tresen einzuschenken.

Georgia schwieg immer noch verblüfft, doch dann kam Leo zu ihnen herüber und hob eine Hand, um seinem Coach die Schulter zu drücken. »Danke. Gute Idee.« Dann küsste er sie auf die Nase. »Sag doch was. Ich mache mir Sorgen.«

»Das ist …«, setzte sie an. »Wow.« Zwei Kellner waren hinzugekommen und trugen Tabletts mit etwas köstlich Aussehendem. »Sind das etwa … Teigtaschen?«

»Na klar!«

Sie drehte sich zu ihrem Vater um, auf dessen sonst so mürrischem Gesicht sich ein Lächeln ausgebreitet hatte. »Danke!«

»Gern geschehen.« Er lachte. »Aber du hättest dein Gesicht

sehen sollen, als ich zu deiner Bürotür hereingeschaut habe. Ich wollte dich nicht in Panik versetzen.«

DJ reichte ihr ein Glas Champagner, dann gab er ihr einen Kuss auf die Wange. »Cheers, du Schöne. Ich weiß zwar immer noch nicht, was du an meinem Bruder findest, trotzdem herzlichen Glückwunsch. Und meine Tür steht dir immer offen, falls du dich entscheiden solltest, ihm den Laufpass zu geben.«

Sie nahm das Glas. »Ähm … danke …«

»Das wird nicht passieren«, knurrte ihr Vater, der sich noch ein Glas von DJ nahm. »Sie hat sogar ein Nacktfoto von ihm auf ihrem Computer.«

»Oh mein Gott, Daddy«, protestierte sie. »Hör auf! Das, äh, ist ein Publicity-Foto.«

Auf einem Barhocker in der Nähe räusperte sich O'Doul. »Ich möchte einen Toast aussprechen. Nur einen kurzen.«

Er klopfte mit einem Löffel an sein Glas, und im Raum wurde es still. Der Barkeeper beeilte sich, Gläser an diejenigen Teammitglieder zu verteilen, die noch keins hatten.

»Leute«, sagte O'Doul und hob sein Glas. »Wir können uns glücklich schätzen, dass wir Georgia ›Killer‹ Worthington in unserem Team haben, und jetzt haben wir auch noch Collegeboy. Der Junge hat in dieser Saison vielleicht ein paar Anfängerfehler gemacht …« Bei dieser Bemerkung lachten einige schallend auf, sogar der Coach. »Aber er hat eine großartige Entscheidung getroffen, als er Georgia gefragt hat, ob sie ihn heiraten will. Also wünschen wir ihnen alles Gute!«

Es folgten weiterer Jubel und Pfiffe, und alle tranken auf ihr Glück. Die nächste halbe Stunde verbrachte Georgia damit, alle zu begrüßen, die hierhergekommen waren, um sie zu beglückwünschen. Sie ließ sich von Marion Trevi umarmen und von Violet und Lianne küssen. Sie ließ sich von der Mannschaft necken und aß Teigtaschen. Leo musste eine ganze Menge Schulterklopfen, Umarmungen und Witze einstecken.

Nachdem sie allen im Raum dafür gedankt hatte, dass sie an einem Montagnachmittag hergekommen waren, um ihr zu gratulieren, stand sie auf einmal vor Nate Kattenberger, der später gekommen war. Er trank gerade sein erstes Glas Champagner und aß einige der exquisiten Häppchen, die herumgereicht wurden. »Nummer drei«, dröhnte er und hielt sein Glas hoch. »Glückwunsch! Ich wünsche dir alles Gute.«

Georgia bedankte sich und fragte sich nicht zum ersten Mal, ob auch er jemals irgendjemanden finden würde. Wie kam ein überarbeiteter Milliardär zu einem Date? Und wenn sich eine Frau für ihn interessierte, würde er ihr jemals vertrauen können?

Merke: Manche Leute hatten eindeutig größere Schwierigkeiten in Sachen Romantik als sie.

»Bist du zufrieden mit dem Kader?«, fragte sie. »Ich muss sagen, ich kann meine Hochzeit jetzt deutlich entspannter planen, nun da sich das Transferfenster geschlossen hat.«

Er verzog das Gesicht. »Einen Verkauf von Leo Trevi würde ich nie unterschreiben. Er ist doch gerade erst angekommen.«

»Oh«, sagte Georgia langsam. »Na ja, man sollte niemals nie sagen.«

Sicher hatte jeder Spieler einen Preis. Nate war Geschäftsmann. Das wusste er.

Aber der Magnat zuckte bloß mit den Schultern. »Niemals ist eine lange Zeit, und Leo ist ein hervorragender Spieler, den ich aus gutem Grund nach Brooklyn geholt habe.«

»Und der wäre?« Georgia hatte noch nicht ganz den Code geknackt, warum Nate tat, was er tat. Es gefiel ihr, kleine Einblicke in das berühmte Nate-Hirn zu bekommen.

Ihr junger, genialer milliardenschwerer Boss verdrehte tatsächlich die eisblauen Augen. »Die Bruisers sind nicht einfach eine Mannschaft, Nummer drei! Sie sind eine Familie. Vergiss das nie.«

Während Georgia ihn anstarrte, drückte er ihr den Ellbogen, dann durchquerte er den Raum, um sich noch einen Wasabi-Reiscracker mit Lachstartar zu holen. Nachdem er ihn sich in den Mund geschoben hatte, ging er zu Leo hinüber, um auch ihn zu beglückwünschen.

Ihr Verlobter verzog die herrlich stoppeligen Wangen zu einem breiten Grinsen, als der Big Boss etwas zu ihm sagte, die Muskeln in seinem Unterarm hüpften, als er Nate die Hand schüttelte.

Sie hätte ihn ewig betrachten können.

»Wow, dich hat es echt voll erwischt.« Becca gab ihr einen kleinen Schubs, und Georgia wurde bewusst, dass sie Leo verträumt angestarrt hatte. Ihre Mitbewohnerin bot ihr einen der scharfen hausgemachten Kartoffelchips an, die sie auf einem kleinen Teller liegen hatte. »Die sind fantastisch. Gut, dass wir uns diesen Laden nicht leisten können. Na ja, du kannst es jetzt vielleicht.«

»Na klar, ich heirate Leo nur, damit ich seine Kreditkarte zum Glühen bringen kann.«

»Du wirst etwas zum Glühen bringen.« Becca wackelte mit den Augenbrauen. »Aber bestimmt nicht seine Kreditkarte. Hast du wirklich ein Nacktfoto von ihm auf deinem Computer?«

»Haben denn *alle* davon gehört?« Georgia stieg schon wieder die Hitze ins Gesicht.

»Nur alle, die hier sind.« Becca kicherte. »Und das sind alle, die du kennst. Tja.«

Georgia stöhnte. »Es ist ein Werbefoto, verdammt noch mal. Weißt du noch? Das Fotoshooting der begehrten Junggesellen für den Wohltätigkeitskalender? Sie haben mir die Belege geschickt.«

»Oooh.« Becca seufzte. »Heißt das, dass du auch ein Bild von Castros Hintern hast? Vielleicht muss ich mal in deinem Büro vorbeischauen und dir helfen, das Bild freizugeben. Weißt du …« Sie hielt inne, blickte nachdenklich drein. »Leo ist ja jetzt kein begehrter Junggeselle mehr. Darüber solltest du den Blog informieren. Dann verwenden sie sein Foto vielleicht gar nicht.«

»Oh mein Gott, du bist genial!« Georgia umarmte ihre Mitbewohnerin. »Das mache ich, sobald ich nach Hause komme. Dieses Foto gehört mir.«

»Apropos zu Hause. Kann ich dich was fragen?«

»Klar. Findest du, dass wir endlich das Biest ersetzen sollten?«

Becca schüttelte langsam den Kopf. »Nein. Meine Familie, so gern ich sie auch habe, ist schon wieder in einer Krise. Diesmal geht es um meine Schwester und meinen kleinen Neffen. Könnte ich ihnen vielleicht dein Zimmer geben, nun, da du bald heiratest? Also natürlich erst, wenn du dazu bereit bist.« Sie trat verlegen von einem Fuß auf den anderen. »Sie hat schon wieder ihre Wohnung verloren und kann sich eigentlich nicht einmal die Hälfte von unserer Miete leisten, aber ich denke, das werde ich schon hinkriegen.«

»Ach, Mist, das tut mir leid. Und natürlich könnt ihr mein Zimmer haben, sobald ihr es braucht. Lass mich nur kurz mit Leo sprechen, ob er irgendwelche Vorbehalte dagegen hat, dass ich schon so schnell bei ihm einziehe.«

Becca schnaubte. »Soll das ein Witz sein? Wenn es nach ihm ginge, könntest du schon heute bei ihm einziehen. Du wohnst doch praktisch sowieso schon da.«

Das stimmte. »Okay, ich frage ihn gleich heute Abend.«

»Du bist die Beste.«

»Nein, du.«

»Nein, du.«

»Moment mal, nicht ich?«, fragte Leo, der sich einen Kuss abholen kam.

Sobald er ihren Mund eroberte, vergaß Georgia zu diskutieren. Im Hintergrund wurde gepfiffen, und Georgia hörte, wie ihr Vater einen missbilligenden Laut ausstieß. Sanft schob sie Leo von sich. »Später«, flüsterte sie verlegen. »Die gucken alle.«

»Sie machen sich Notizen«, raunte er an ihren Lippen. »Sie wollen wissen, wie das geht.«

Georgia zog sich zurück. »Du bist so arrogant.« Sie lächelte ihn an.

»Und das liebst du doch«, gab er zurück.

Und das stimmte. Sie liebte es wirklich.

DANKSAGUNG

Es gibt so viele Menschen, die mich in diesem Job unterstützen!

Danke, Mollie Glick, Emily Brown und Jess Regel!

Das vergangene Jahr war unglaublich.

Danke, Laura und Julie, dass ihr die Brooklyn Bruisers zum Leben erweckt habt, und vielen Dank auch dem restlichen Penguin-Team!

Danke, Keyanna, Nina und Mike! Ihr alle habt mir in diesem Jahr so sehr geholfen, ohne euch hätte ich das sicher nicht geschafft.

Zu guter Letzt gilt mein Dank meinen Schriftstellerfreunden in der Nachbarschaft: Jess, Sarah, Jenny und KJ. Unsere Dinner-Abende retten mir immer die Woche.

TRIGGERWARNUNG

Dieser Roman enthält Elemente, die triggern können.

Diese sind:
Vergewaltigung

Sie ist die sündigste Versuchung, die ich je gekostet habe

Sarina Bowen
TRUE NORTH –
WO AUCH IMMER DU BIST
Aus dem amerikanischen
Englisch von
Wiebke Pilz und
Nina Restemeier
384 Seiten
ISBN 978-3-7363-0560-1

Wenn Audrey Kidder ihren Job bei einem Lebensmittelkonzern behalten will, muss sie Griffin Shipley seine Ernte zum halben Preis abschwatzen. Eine harte Nuss, denn der Bio-Farmer aus Vermont ist nicht nur ausgesprochen stur – und attraktiv –, sondern seit ihrer heißen Affäre am College auch alles andere als gut auf Audrey zu sprechen …

»Fantastisch!« USA TODAY

LYX

Wer THE IVY YEARS mochte, wird dieses Buch lieben

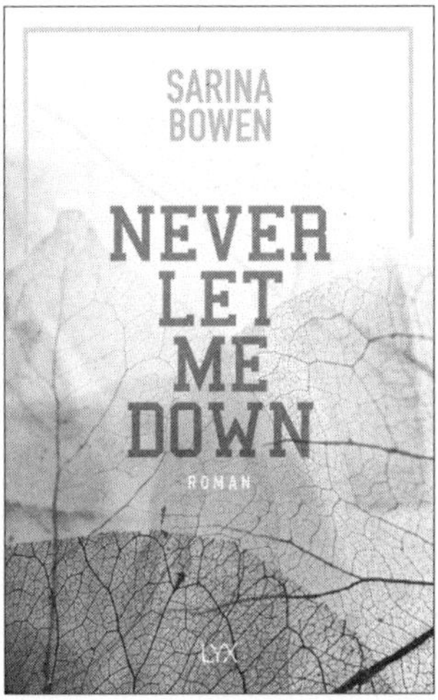

Sarina Bowen
NEVER LET ME DOWN
Aus dem amerikanischen
Englisch von Wiebke Pilz
und Nina Restemeier
ISBN 978-3-7363-1300-2

Nach dem Tod ihrer Mutter trifft Rachel Kress das erste Mal ihren leiblichen Vater Freddy Ricks – den größten Rockstar der USA. Sie betritt eine völlig neue Welt aus Reichtum und Freiheit. Und er erfüllt ihr ihren größten Traum: das Studium am Clairborne College. Dort verliebt sie sich in Jack. Doch je näher sie sich kommen, desto deutlicher spürt Rachel, dass sie erst wirklich nach vorne blicken kann, wenn sie sich den Fragen ihrer Vergangenheit stellt, die nur ihr Vater beantworten kann ...

»Ich liebe Sarina Bowens Geschichten. Ich werde alles von ihr lesen!« COLLEEN HOOVER

LYX